W0271978

THEODOR WOLFF

Die Schwimmerin

Roman aus der Gegenwart

Mit einem Nachwort von Ute Kröger

WEIDLE VERLAG

I.

An einem Tage im Mai des Jahres 1918 ließ sich Ulrich Faber in seinem Schlafzimmer im Hotel den linken Arm neu verbinden, der in dem Kampfgewühl an der Westfront verwundet worden war. Der Granatsplitter hatte den oberen Armansatz getroffen, als Faber bemüht gewesen war, seinen verschütteten Kameraden, den Leutnant Lorenz Münch, aus dem zerschossenen Graben herauszuziehen. Der Arzt, ein eifriger, freundlicher Herr, war so erfüllt von seiner wissenschaftlichen Mission, wie die über den Jammertälern schwebenden Erzengel von der Gewißheit der göttlichen Gnade erleuchtet sind. Er erklärte mit mildem Ernst, das Ergebnis der Röntgenuntersuchung sei zwar nicht ganz ungünstig, aber auch nicht brillant. Auch der beste Spezialist könne in diesem Stadium nicht sagen, ob der Arm, erfreulicherweise der linke, ganz die frühere Kraft und Beweglichkeit wiedererlangen werde, aber man müsse dem Himmel dankbar sein, denn zwei Zentimeter weiter nach rechts wäre der Geschoßtreffer tödlich gewesen, da hätte die ärztliche Kunst aufgehört. »Daran sind wir« – er pflegte »wir« zu sagen, als ob er sämtliche Verwundungen mit erhalten hätte – »gerade noch glücklich vorbeigekommen.«

Während er vor dem Arzt stand, der den Arm einschiente, umwickelte und in die richtige Lage brachte, blickte Ulrich Faber in offenbar angenehmer Stimmung durch die offene Tür in den Salon, in dem die blonde Dina Holgers sich mit kleinen gymnastischen Übungen drollig die Zeit vertrieb. Immer wenn er ihre feinlinige Anmut betrachtete, bereitete ihm das ein ästhetisches, künstlerisches Vergnügen, und es war ihm klar, daß er sie mehr noch mit den Augen als mit jenen Sinnen genoß, von denen sonst in seinen Beziehungen ein starker Antrieb kam. Ulrich Faber, der neben dem schon recht baufälligen Seniorchef Friedrich Dönhoff das angesehene Bankhaus Dönhoff, die bedeutendste Berliner Privatbank, leitete, war jetzt 43 Jahre alt. Er war, mit seiner mittelgroßen, kräftigen Gestalt, mit Schultern, deren Zuverlässigkeit nicht durch Aufpolsterung vorgetäuscht wurde, und mit einem gebräunten Gesicht, dichten Augenbrauen, einer nicht absolut klassisch geformten Nase, einem ansehnlichen Mund, den ein kleiner, ein wenig abwärts gebogener Schnurrbart überwölbte, und einem Kinn ohne weichliche Fleischlichkeit keineswegs eine einwandfreie Männerschönheit, aber man spürte eine robuste Vitalität. Das volle, über der breiten, gutgemeißelten Stirn noch dunkle Haar begann an den Schläfen bereits zu ergrauen. Ziemlich häufig wurde – Schmeichelei oder Vorwurf – in seinem Gesicht ein ironischer Zug konstatiert, obgleich niemand sagen konnte, ob diese Ironie sich in seinen Augen oder in den Mundwinkeln verriet oder wo und wie sonst sie zu entdecken sei. Seine Haltung und seine Bewegungen hatten eine ruhige, natürliche weltmännische, auch durch die Behinderung des eingeschnürten linken Armes nicht beeinträchtigte Leichtigkeit. Diese sichere Gewandtheit des Auftretens hatte sich in dem Verkehr mit Menschen aus vielen Ländern noch entwickelt und wurde um so mehr bemerkt, da etwas doch auch an den schwäbischen Gastwirtssohn erinnerte, der gewiß recht anständige Flaschenkisten aus dem väterlichen Keller hätte heraufftragen können.

Ulrich Faber war nicht, wie manche glaubten, ein Mitglied der berühmten Bleistiftfamilie, sondern, wie die besser eingeweihten Neider gern berichtigten, der Sohn eines Gastwirts bei Stuttgart, des Wirtes vom »Grünen Baum«. Dieser Gasthof war seiner ausgezeichneten Küche wegen allen Feinschmeckern der Gegend bekannt und ein beliebter Treffpunkt der lebenslustigen Gesellschaft gewesen, aber ein tragisches und ziemlich skandalöses Ereignis hatte den Kochkünsten, dem Vergnügen und gleichzeitig dem Dasein des Wirtes Faber ein Ende gemacht. Eberhard Faber war, noch als er die Siebzig schon überschritten hatte, ein großer und erfolgreicher Freund der Frauen. In einer Rauferei erschlug ihn mit einem Stuhlbein ein eifersüchtiger Ehemann, ein Gutsbesitzer aus der Nachbarschaft. Der »Grüne Baum« büßte unter den späteren, solider wirtschaftenden Besitzern die Sympathien der Kundschaft ein. Ulrich Faber lebte bei seiner Mutter, bis er mit einem Stipendium aus einer englischen Stiftung, das ihm Gönner verschafften, als Student nach Cambridge ging. Ein anderes Stipendium ermöglichte ihm eine Studienreise nach Amerika. Er schrieb eine Broschüre über die Organisation der Arbeit, von der hervorragende Persönlichkeiten der Schwerindustrie ärgerlich sagten, sie sei im Grunde der reine Dilettantismus und in höchstem Grade anfechtbar. Viele fanden es unverständlich, daß dann der konservative Friedrich Dönhoff diesen Ulrich Faber in seine Bank nahm und ihm nach einiger Zeit sogar einen Hauptteil der Führung überließ. Der Abgeordnete Ammon, Syndikus des Westdeutschen Messing-Konzerns, pflegte denjenigen, die sich wunderten, zu sagen: »Das Publikum ist so sehr mit neuen halbwissenschaftlichen Wirtschaftstheorien und sozialen Problemen gefüttert worden – der alte Dönhoff will zeigen, daß seine Firma nicht erstarrt und sich neuen

Ideen nicht verschließt –, darum hat er ihr dieses moderne Schmuckstück angefügt.«

Der alte erfahrene Dönhoff hatte sich Ulrich Faber aber nicht nur so geholt, wie manche schöngeistige Dame, um ihre Gäste zu unterhalten und zu verblüffen, einen echten Bolschewisten an ihre Tafel setzt. Er wollte auch nicht nur der Kundschaft mitteilen: »Wir offerieren Ihnen das Neueste auf jedem Gebiet.« Er hatte seiner Firma das ungewöhnliche Talent Fabers, Verhandlungen zu führen, sichern wollen. Auch in den Kreisen der Regierung erkannte man diese Begabung, und Ulrich Faber, der seiner Verwundung wegen nicht mehr zum Kriegsschauplatz zurückkehren konnte, wurde gerade jetzt wieder mit allerlei unbequemen wirtschaftlichen Aufträgen betraut. Besonders gefiel dem alten Bankier der nüchterne Skeptizismus, mit dem Ulrich Faber oberflächliche, tausendfach nachgeschwatzte Meinungen zersetzte, angebliche, niemals bis ans Ende durchdachte Wahrheiten entlarvte und sich von keinen Illuminationen der Phrase blenden ließ. Die Augen Friedrich Dönhoffs blinzelten behaglich, wenn Faber in einer Diskussion dem Herrn Schmidt, dem einen der beiden Direktoren, gegenüberstand. Der Alte konnte den Direktor Schmidt, diesen »bombastischen Feldwebel«, wie er sagte, nicht leiden, aber er hatte die Gelegenheit, ihn loszuwerden, verpaßt. Wenn Herr Schmidt, die Brust wölbend, über eine geschäftliche Angelegenheit Bericht erstattete, wurde eine Nationalhymne daraus.

Dina Holgers hatte ihre Freiübungen beendet und strich, vor einem Spiegel stehend, ihr helles mattgrünes Frühlingskleid glatt. Das Sonnenlicht, das durch das weitgeöffnete Fenster des Salons eindrang, umspielte die Falten dieses mattgrünen Kleides, betastete den Hals und das kleine rosige Ohr und veranstaltete Beleuchtungseffekte in dem blonden Haar. Es näherte sich auch dem Bild von Claude Monet, das neben dem Kamin hing, dem wehenden Kornfeld mit glutroten Mohnblumen – ganz ähnlich dem Bilde der Sammlung Caillebotte. Ulrich Faber fand, daß diese heitere und nicht brennende Maisonne um Dina Holgers die richtige Atmosphäre schuf. Er hatte Dina Holgers in Kopenhagen kennengelernt, als sie dort auf der Bühne die großen Rollen in den erfolgreichsten Operetten spielte, und sie war ihm einige Zeit später nach Berlin gefolgt. Sie hatte eine reizende, an der Spitze amüsant aufgebogene Nase, eine blonde Frisur, die auf Wunsch der Damen alle Haarkünstler kopierten, lange schmale Hände und ein auffallend feines, biegsames Handgelenk. Sie war graziös, immer gut gelaunt, nicht anspruchsvoll, und tadelte es, daß Faber bei den teuersten Schneiderfirmen für sie arbeiten ließ. Jetzt war sie der Star einer Berliner Bühne, aber sie hatte seit langem schon Anträge von Agenten und Filmgesellschaften in New York und Hollywood angenommen, und nur der Krieg war eine Entschuldigung für einen Aufschub, der sehr willkommen war. Sie hatte Faber gern, bei dem Gedanken an die Trennung huschte ein Schatten über die heitere Gegenwartsstimmung, und Faber empfand den Charme eines Liebesverhältnisses, das von dramatischen Zwischenfällen und beengenden Rücksichten frei war, in keiner Minute eintönig wurde oder wie abgestandener Wein erschien. Dabei wußte er, daß es noch etwas Stärkeres gab als die Gefühle, die sich in den übrigens niemals schwächlichen Umarmungen Dinas ausdrückten, und daß die Natur in manchen Frauen drängender strömte als in Dinas reizender Persönlichkeit. Aber die Erfahrung hatte ihn gelehrt, daß dieser unterirdische Trieb in den Frauen selten so mächtig und übermächtig ist, wie man es den Romanlesern erzählt. Wenn sie Medeen sind, oder auf andere Art die Tragödie der Leidenschaft aufführen, entstehen ihre Handlungen zumeist nicht aus dem unwiderstehlichen Bedürfnis, so zu lieben und geliebt zu werden, sondern aus der Verbitterung der Vereinsamten, aus dem Zorn über einen Wortbruch und aus verletztem Stolz, aus Rachsucht und Eifersucht. Gott sei Dank, Dina Holgers spielte nicht tragische, finstere Rollen und war auch, bei aller liebevollen Anhänglichkeit, kein »crampon«, wie man in Frankreich sagt. Einen Moment lang dachte Faber an eine andere – wahrscheinlich würde sie ihm heute noch begegnen –, und in diesem Augenblick fragte der Arzt: »Sie zucken ein bißchen ungeduldig, drückt Sie der Verband?«

Als sie jetzt aus dem Salon hereinkam, sah Dina Holgers zu, wie der Arzt dem kunstvollen Verband die letzte Vollendung verlieh. In ihrem Blick lag eine wohltuende Zärtlichkeit. Sie sagte: »Finden Sie es richtig, daß er morgen nach Amsterdam fahren will? Der Minister hätte auch einen anderen schicken können.« Faber tat beleidigt: »Offenbar findet er nicht wie du, daß ich leicht zu ersetzen bin.« – »Dummer Kerl!« Sie vollzog eine Drehung, die ihre Verachtung ausdrücken sollte, und trällerte das Lied aus der *Nitouche:* »Ach der Soldat, ach der Soldat, ach der Soldat war nur aus Blei!« Inzwischen steckte der Arzt, nachdem er sein Werk noch einmal anerkennend geprüft hatte, die alles kleidsam verdeckende schwarze Seidenbinde mit Nadeln fest. Er erklärte, auch er sei mit der Reise nach Amsterdam nicht ganz einverstanden, aber er habe schon, für alle Fälle, einen ihm befreundeten holländischen Chirurgen mit den nötigen Instruktionen versehen, und er selbst würde gewiß nicht imstande sein, Herrn Faber von der Erfüllung einer Pflicht, in einer offenbar wichtigen Sache, abzubringen.

»Glaubst du«, fragte sie, wie zur Revanche für seine Stichelei, den nun aus der hygienischen Behandlung entlassenen Faber, »daß dein Herr Lorenz Münch, den du gerettet hast, dir dankbar sein wird?« – »Nein, ich glaube es nicht.« Er antwortete, als ob er dazu den Schwurfinger hochheben wollte, mit einer scherzhaften Feierlichkeit. Aber man konnte aus dem Scherz auch heraushören, daß er im allgemeinen und in diesem besonderen Fall von der menschlichen Dankbarkeit nicht allzuviel hielt.

Der Arzt packte sein Handwerkszeug zusammen. »War dieser Lorenz Münch – es ist doch der Sohn des Philologen in Jena – nicht ein Theosoph oder sogar ein Anhänger von Schrenck-Notzing und all den unwissenschaftlichen Ideen?« – »Ja, und er wollte damals das ganze Bataillon dazu bekehren, nur nicht mich. Ich erschien ihm als ein ungeeignetes Objekt. Als wenn die Leute nicht schon genug marschieren mußten, predigte er ihnen auch noch die Seelenwanderung. Er ist ein wenig davon abgekommen, jetzt ist er ganz links. Er gehört zu den Menschen, die in jedem Jahr einen neuen Glauben oder ein neues Schlagwort brauchen, dagegen läßt sich nichts machen, und er ist immer überzeugt.«

Dina Holgers betrachtete aufmerksam eine Photographie, die eingerahmt an der Wand hing, das Bild eines breitschultrigen, hartknochigen Mannes mit einem stattlichen, dichten, nicht flockig wehenden Försterbart. »Ihr

Vater?« fragte mit taktvoller Vermeidung neugieriger Zudringlichkeit der Arzt. – »Ja, er war der Gastwirt vom ›Grünen Baum‹.« – »Und er war über siebzig Jahre alt, als das geschah?« Auch diese Frage sollte nicht indiskret klingen. »Ja, er war über siebzig Jahre alt, als ihn ein eifersüchtiger Gutsbesitzer erschlug. Er liebte noch immer die Frauen.« Dina wandte sich zu ihm um. »Das kann dir auch passieren. Wenn du über Siebzig sein wirst.« Der Mediziner steuerte die Diagnose bei, die Vorbedingungen seien durchaus vorhanden, aber es brauche ja nicht so tragisch auszugehen.

Als der vielbeschäftigte Vertreter der Wissenschaft sich eben verabschiedet, dabei glückliche Reise gewünscht und noch betont hatte, daß der Chirurg in Amsterdam eine Kapazität sei, klingelte es in dem Telefonapparat auf dem Schreibtisch im Salon. Ulrich Faber unterbrach sehr schnell die Worte des Anrufenden: »Ich habe schon gebeten, mich zu entschuldigen, ich bin wirklich für solche Gelegenheiten total unbegabt. Direktor Schmidt wird gewiß eine sehr schöne Rede halten, er hat die warmen Töne, er versteht sich besser darauf. Ja – natürlich –, zeichnen Sie für mich, ganz gleich, wieviel, aber wie immer, damit der respektvolle Abstand gewahrt bleibt, etwas weniger als das, was Herr Dönhoff gibt.«

Mit einem leichten Wehen, ein paar lose Papierblätter auf dem Schreibtisch in Bewegung bringend, kam durch das offene Fenster der Frühlingswind. Drüben, jenseits des Fahrdammes, zog sich die Mauer des Zoologischen Gartens hin, unterbrochen von dem Tor mit seiner kindlichen Elefantenromantik, seiner Jahrmarktsdekoration. Zwischen den Bäumen, halb verdeckt durch das grüne Laubwerk, sah man einige der steinernen Tierhäuser, vergitterte Käfige, und man konnte auch einen Kranich erkennen, der steifbeinig, mit gemessenen, würdevollen Schritten wie ein Professor der Philosophie auf einer Rasenfläche spazierenging. »Eure Dönhoffs haben schönes Wetter für ihr Wohltätigkeitsfest. Du hast wohl reden sollen?« – »Jawohl. Das hätte noch gerade gefehlt. Herr Schmidt ist ergreifend, wenn er von Treue und Dankbarkeit spricht. Es ist seine Spezialität.«

Sie lachte: »Oh, du mußt nicht so tun, als ob die Treue nicht auch deine Spezialität wäre.« In ihrem lustigen Spott war kein Tropfen übelnehmender Mißbilligung. Ulrich Faber antwortete mit einem komischen Seufzer: »Du solltest mich lieber bedauern – es wird ein entsetzlich langweiliger Nachmittag werden, mir graut davor.« Er trat dicht an sie heran, ihre drollige Nase gefiel ihm in diesem Augenblick wieder ganz besonders, und ehe sie ihm ausweichen konnte, berührte er diesen anlockenden Gegenstand mit einem schnellen Kuß. Dina Holgers äußerte eine unwahrscheinliche Empörung: »Du benimmst dich unglaublich. Wie ein ungezogener Boy. Wenn die Haute Finance sehen könnte, welche Dummheiten du machst, würde dich keiner ernst nehmen.« Mit gespielter Würde und lehrhaft den Zeigefinger hebend, erwiderte er: »Nur diejenigen, die nicht aufhören, solche Dummheiten zu machen, nur die sollte man ernst nehmen.« Er umfaßte ihr schmales, biegsames Handgelenk, und während er nachsinnend ganz mit dem Studium ihrer feinen Knöchel beschäftigt schien, sagte er: »Wenn du nichts dagegen hast, hole ich dich vom Theater ab. Ich brauche heute abend, nach diesem festlichen Nachmittag, wirklich eine Entschädigung.« Dina Holgers lachte wieder, lustig und herzlich: er brauche immer eine

Entschädigung, jeder Vorwand sei ihm recht. Aber er solle sie vom Theater abholen, es werde ihr äußerst angenehm sein. Aus ihrer zierlichen Handtasche nahm sie die Puderdose, und sie puderte sich das Gesicht, betupfte die ein wenig feucht gewordene Spitze der amüsant aufgebogenen Nase, während er, mit einer geheuchelt boshaften Miene, den kleinen Spiegel hielt. Dann gingen sie zusammen fort.

II.

Als Ulrich Faber in den Garten der Villa Dönhoff trat – einer noch im ruhigen Stil des vorigen Jahrhunderts gebauten Villa –, beendete gerade auf der Freitreppe des Hauses der stattliche schnurrbärtige Direktor Schmidt seine Begrüßungsrede: »... in ewiger Treue und Dankbarkeit.« Das Publikum, das ihm unten vor der Freitreppe zugehört hatte, bestätigte dieses Gelöbnis durch Händeklatschen und Bravorufe, und Direktor Schmidt zog die Brust, die er stark vorgestreckt hatte, wieder ein. Ungefähr wie man ein Segel refft. Es war ihm nur nicht möglich, den Bauch in gleicher Weise einzurollen. Herr und Frau Dönhoff – die immer bescheiden auftretende, im Alter noch zierliche Gattin des Bankiers war eine geborene Schlesinger, aber eine Amerikanerin, was dem Fall ein anderes Aussehen gab – hatten dieses Fest nur widerstrebend veranstaltet, denn sie hielten es für falsch und überflüssig, in einer Zeit, in der die Besitzenden mißgünstig benörgelt wurden, durch solche Schaustellungen aufzufallen. Aber der Sohn Erich, der jetzt Leutnant war, und die Tochter Dorothee, die sich trotz Krieg und perfidem Albion weiter mit englischer Aussprache »Dorothy« nannte, hatten ihnen erklärt, daß ein derartiger Akt der Wohltätigkeit, zu Gunsten der verwundeten Krieger und unter dem Protektorat der Kronprinzessin, der Firma nützliche Sympathien gewinnen müsse – und im übrigen würde man durch eine Einladung vielen Leuten eine Aufmerksamkeit erweisen und sich von allen lästigen Verpflichtungen befreien können. Herr Friedrich Dönhoff, durch dieses Argument überzeugt, hatte dann nur noch die Bedingung gestellt, es dürfe kein Wort, auch nicht die kleinste Notiz, in die Zeitungen kommen. Und die beiden Zimmer Dorothees im Erdgeschoß der Villa müßten an diesem unerquicklichen Nachmittag verschlossen bleiben, weil die Gäste nicht die Bilder der französischen Impressionisten zu sehen brauchten, die Dorothee mit Hilfe von Ulrich Faber gekauft hatte, und noch weniger den »Kuß« von Rodin, diese nackte Unanständigkeit.

Das Fest war begünstigt durch die Sonne, die warm und doch maienhaft milde auf die versammelte wohltätige Menge herunterschien. Sie beglänzte die grünen Rasenplätze, die roten Tulpen, die gelben Kieswege, die grauweißen Wände des Hauses, die hellen Frühlingskleider der jungen Damen und das im Tageslicht fahle Gesicht des Tenors Strahlendorf vom Königlichen Opernhaus, der jetzt auf der höchsten Stufe der Freitreppe das Preislied Walter Stolzings sang. Aber noch erhebender als die Botschaft des himmlischen Lichtes waren die Nachrichten, die täglich über den Verlauf der Westoffensive eintrafen, diese ununterbrochenen Siegesmeldungen, die nun bewiesen, wie unbegründet, töricht und frevelhaft der Pessimismus der Kleinmütigen gewesen war. Diese Nachrichten mußten auch die aufgehetzten Massen, deren unterirdisch rumorende Unzufriedenheit sich schon spürbar gemacht hatte, zur Besinnung bringen. Freudig angeregt von der Gewißheit des nahen vollständigen Sieges waren zu dem Fest der Dönhoffs bekannte und unbekannte Persönlichkeiten aus allen besseren Berufskreisen und Ständen gekommen. Das diplomatische Korps, die Ministerien, die vielen im Kriege geschaffenen Behörden und Ämter, die Großindustrie, die hohe und die mittlere Finanzwelt und die Wissenschaft waren stark vertreten, sogar einige Künstler und ein Schriftsteller waren geladen, und die Anwesenheit zahlreicher israelitischer Bankdirektoren bewies die harmonischen Verhältnisse im kollegialen Geldverkehr. Man trug, ebenso wie am Abend den Smoking und das steife Oberhemd, die Toleranz. Eine Hofdame der Kronprinzessin, in Trauerkleidung und mit ihrer hohen unbiegsamen Gestalt gleichsam eine parallele Linie zu den Fichten des Hintergrundes, überbrachte die Grüße und Wünsche der Protektorin und sprach von ihrer erdrückenden Arbeitslast so schlicht, wie von einer Kleinigkeit. Eine hochbusige Oberin vom Roten Kreuz war majestätisch in dem strengen, aber bei hinreichender Schneiderkunst nicht unvorteilhaften Kleide der Samariterin und hatte jenen sanft beherrschenden Blick, der in den Lazarettsälen die Stöhnenden daran mahnte, daß es ruhmvoll und schön sei, in Walhall einzuziehen. Zwei Vorkämpferinnen einer würdigen Frauentracht waren in hemdartig herunterhängenden Hüllen erschienen, jedoch unterbrachen unterhalb der Brust künstlerisch verfertigte Gürtel die gerade Linie des Büßergewandes, so daß sich immerhin ein Vorhandensein von Körperformen ahnen ließ. Speisen oder Kuchen wurden nicht gereicht, denn es wäre nicht möglich gewesen, den in dieser Zeit sehr regen Appetit so vieler Personen ohne jede Gegenleistung zu stillen. Aber es gab Selterwasser, den in der eigenen Wirtschaft bereiteten Himbeersaft und sogar ein als »Pilsener« bezeichnetes Bier. Die meist sehr hübschen Freundinnen Dorothees flatterten durch den Park, verkauften Lose und steckten mit graziöser Dreistigkeit Blumen in die Knopflöcher zahlender Herren. Man hatte sie gebeten, die Geheimräte aus den Ministerien und die Vertreter der Armee und der Marine nicht zu geschäftstüchtig zu bedrängen, und hatte ihnen als geeignete Opfer ein paar Finanzgrößen gezeigt, die sie denn auch umsummten, wie die Wespen den Marmeladetopf auf dem Frühstückstisch.

Hinter dem Bierbuffet, das etwas entfernt von der Villa, jenseits der großen Rasenfläche aufgestellt war, sagte der Diener Christian Rohr zu seiner Frau, der alte Friedrich Dönhoff habe heute noch nicht gewagt, ihn anzusehen. Der Bankier Dönhoff, dem es vor kurzem gelungen war, seinen Sekretär, den unentbehrlichen Herrn Ahrens, vom Kriegsdienst zu befreien, hatte für den keineswegs jugendlichen Diener, der nur noch das »Gnadenbrot« aß, nicht das gleiche tun wollen. Darum sollte der friedliche Christian Rohr sich am Morgen nach dem Wohltätigkeitsfest auf dem Kasernenhof einfinden und abtransportiert werden, zum Kriegsschauplatz. »Solch ein Unglück, ich weiß, es ist aus mit mir, ich komme nicht wieder ... und die Gerda, das Kind!« Frau Rohr hatte die Ärmel der Bluse hinaufgeschoben, um sie beim Abspülen der Gläser nicht naß werden zu lassen, und die Sprache, in der sie antwortete, war hart und gänzlich unsentimental. Gar nichts wisse er, er höre ja nicht einmal zu, wenn man ihm klarmache, daß der Krieg so gut wie aus sei und daß er gar nichts mehr zu befürchten habe, und die Gerda habe er nur immer verwöhnt. Seine Schuld sei es, wenn sie sich manchmal benehme und aussehe wie ein Strolch. Er jammerte weiter: »Mir kann keiner etwas vormachen, der Krieg ist noch lange nicht zu Ende. Es ist mir ja auch nur um das Kind bange, die Männer werden ihr nachstellen, mir wäre es beinahe lieber, wenn sie nicht so hübsch wäre, ich würde ruhiger sein.« – »Vorläufig ist sie eine dumme Jöre, der laufen die Männer noch lange nicht nach. Und ich glaube, sie wird sich daraus auch nicht viel machen.« – »Ja«, sagte Christian Rohr ein wenig giftig, »wenn sie wie du wird, dann macht sie sich nichts daraus.«

Auf der Terrasse sang Strahlendorf:

»Auf hohem Berg, unnahbar euren Schritten,
Liegt eine Burg, die Monsalvat genannt.«

Eine Dame mit einem Hörrohr hatte ihren Stuhl so dicht an die Steinstufen herangerückt, daß die Töne aus dem Munde des Sängers gerade in die trichterförmige Öffnung ihres Instrumentes zu fallen schienen, und die Oberin vom Roten Kreuz vergaß für einen Augenblick die Leiden der Menschheit und stieg zu den reinen Gefilden des Heiligen Gral empor. Diejenigen Herren, die der Ansicht waren, Lohengrin brauche ihnen sein Geheimnis nicht mehr zu enthüllen und die Geschichte mit dem Vater Parsival sei ihnen bereits bekannt, lösten sich von dem musikalischen Teil des Publikums los und sprachen, durch den Garten promenierend, über die glänzende Kriegslage, die geschäftlichen Aussichten, die genialen Leistungen der Generale und die beklagenswerte Schwächlichkeit der Diplomatie. Der Abgeordnete Ammon, Syndikus des Rheinischen Messing-Konzerns, ging zwischen zwei Herren, die gelegentlich in wohlwollenden Zeitungen zu den »führenden Köpfen der Wirtschaft« gerechnet wurden, dem Kommerzienrat Werner aus Elberfeld und dem Bankier Jordan, dessen weißer Backenbart an den Bart des alten Kaisers Wilhelm erinnerte, den Eindruck altmodischer Solidität erweckte und Vertrauen schuf. Statt von dem Vater Parsival sprach der Abgeordnete Ammon von dem Vater Faber, der, wie er zu berichten wußte, in dem Hinterzimmer des »Grünen Baum« Orgien zu veranstalten pflegte, bis ihm dann der betrogene Gutsbesitzer mit einem Stuhlbein den Schädel zerschlug. Diese Erzählung amüsierte die beiden anderen Wirtschaftsführer sehr.

Herr Werner fragte, ob denn Ulrich Faber Fräulein Dönhoff heiraten werde, was Ammon bejahte, und der Bankier mit dem Kaiserbart meinte, gewisse Qualitäten habe Ulrich Faber ja, gute Manieren, eine Geschicklichkeit im Kombinieren und Überreden, sonst hätte ihn Friedrich Dönhoff auch nicht herangeholt. »Gute Manieren haben wir alle«, konstatierte der Kommerzienrat, »da hat keiner was von uns voraus. Mir ist er unsympathisch, in meinen Augen ist er eine sehr überschätzte Nummer, Leute, die ebensoviel und mehr als er können, gibt es in Deutschland massenhaft.« Der Abgeordnete betonte, man müsse immer objektiv sein, ganz ohne Talent sei Faber nicht, und es sei nur skandalös, daß die Regierung ihn jetzt für allerhand Missionen verwende und zu Finanzberatungen hinaussende, von denen er weniger als andere verstehe, aber man werfe jetzt mit Reisespesen verschwenderisch herum. Als der Bankier Jordan noch bemerkte, Faber müsse doch schon erheblich über die Vierzig sein, mehr als doppelt so alt wie Dönhoffs Tochter, erklärte Herr Werner mit vielsagendem Lächeln, junge Mädchen hätten darüber ihre eigenen Ansichten und die Zahl der Jahre sei kein Hindernis. Auf die Frage des Herrn Jordan, ob Ulrich Faber wirklich den Sohn des Jenenser Philologen Münch aus dem Trommelfeuer herausgetragen und dabei seine Verwundung erhalten habe, entgegnete der Abgeordnete Ammon, es würden jetzt soviel Heldentaten erzählt, die sich nicht nachprüfen ließen, und jeder – diesen Einfall brachte er mit feiner Pointierung vor – sei heute sein eigener Homer.

Dann machte der Kommerzienrat die anderen Herren darauf aufmerksam, daß er vorhin hier im Garten ein vorzügliches Bier getrunken habe – er würde gern herausbekommen, wie sich Dönhoff das noch verschaffe, und es wäre geradezu eine Sünde, sich einen solchen Genuß entgehen zu lassen. Die anderen sahen das ein, und man begab sich dorthin, wo unter der Obhut des Dieners Christian Rohr und seiner Frau das Faß mit dem »Pilsener« lag. Unterwegs fragte der Abgeordnete Ammon in scherzhaft listigem Ton den Kommerzienrat: »Und wenn nun der Friede über Nacht kommt – ich nehme an, die Werner-Werke haben ihre Vorbereitungen getroffen, um sich gleich wieder auf die freilich weniger lohnende Friedensarbeit umzustellen?« Der Chef der Werner-Werke entgegnete in gleichem Ton: »Wir sind immer auf alles vorbereitet, für uns gibt es keine Überraschungen. Mein Wahlspruch ist der des Marschalls Blücher: ›Vorwärts!‹, in Elberfeld in meinem Büro hängt er über meinem Schreibtisch an der Wand.«

Als sie bei dem Bierbuffet angelangt waren, hob der Erbe des Blücherschen Wahlspruchs das gefüllte Glas, das ihm Frau Rohr reichte, und trank »auf den Einzug in Paris«. Alle hoben mit strammem Zeremoniell ihre Gläser bis zur Höhe der Halskragen und leerten sie dann ernst und gewissermaßen feierlich. In diesem Augenblick kam Ulrich Faber vorbei. Er begrüßte im Vorübergehen die drei Herren, sie hielten ihn freundschaftlich fest, erkundigten sich nach seinem Befinden und luden ihn herzlich, aber vergeblich zum Mittrinken ein. »Es ist eine große Zeit«, sagte der Kommerzienrat Werner so bedeutungsvoll zu Faber, als drückte er ihm mit einem Segensspruch diese ganze Zeit ans Herz. »Ja, nicht wahr, und ein großes Geschäft.« Eben als Faber diese Worte ausgesprochen hatte – ohne bestimmte Betonung, so daß man im Zweifel sein konnte, wie sie gemeint waren –, sah er Dorothee Dönhoff, die quer über den Rasenplatz kam. Er verabschiedete sich von den Herren mit jener etwas eiligen Liebenswürdigkeit, die im Verkehr mit guten Freunden gestattet ist. Während er ihr entgegenging, sagte der Kommerzienrat bedeutungsvoll: »Aha!« Der Abgeordnete Ammon erledigte den Fall mit einem Achselzucken, das ebenso viel Abneigung wie Gleichgültigkeit bewies.

Als Dorothee Dönhoff vor Faber stand, hielt sie ihm mit einer lächelnd gespielten Wichtigkeit ein winziges Päckchen hin. »Ihr Lotteriegewinn, ich habe ihn für Sie herausgesucht – Schokolade, heute etwas sehr Kostbares –, natürlich haben Sie es nicht selber abgeholt, das war Ihnen zu unbequem.« Er nahm das Päckchen und bedankte sich. Dorothee Dönhoff war schlank und schmal, die mattgelbe Farbe ihres Musselinkleides paßte, in wirksamer Gegenüberstellung, zu ihrem schwarzen, weichgewellten Haar, und ihre ungleichen Augen – das linke war ein wenig schräger gelagert als das rechte – hatten eine Zeitlang, im Beginn der Bekanntschaft, Eindruck auf Ulrich Faber gemacht und hätten ihn zu entscheidenden Erklärungen verleiten können. Aber er liebte seine Unabhängigkeit. Und Dorothee Dönhoff war das elegante, reiche Berliner Mädchen mit dem kunterbunten Bildungstrieb und den kleinen Talenten, und diese intellektuellen jungen Damen waren für sein Empfinden so wenig anregend, wie die edelgezüchteten Tulpen auf dem Rasenbeet. Da er bemerkte, daß die drei

Herren am Bierbuffet beobachtend herüberblickten, sagte er: »Wenn es Ihnen recht ist, gehen wir ein Stückchen weiter, wir stehen hier wie zwei Gartenfiguren, übrigens sehr dekorativ.« Sie wollte wissen, was für Figuren er meine, und er antwortete: »Caritas, die den verwundeten Krieger mit Schokolade erquickt.« Sie bogen in einen Seitenweg zwischen den Himbeersträuchern ein. »Haben Sie«, fragte er, »Nachricht von dem Rittmeister, von Herrn Markgraf? Er ist noch in den Argonnen?« – »Eine Feldpostkarte, er siegt unablässig, es geht ihm gut.« – »Glücklicher Rittmeister, der unablässig siegt!« Sie erzählte ihm von den Vorträgen, die sie in den letzten Tagen gehört hatte, von einem über Nietzsche und einem anderen über den Grecco, und sagte, daß ihr die italienische Malerei lieber sei als die spanische, denn selbst wenn bei den Italienern gemartert und gekreuzigt werde, sehe das nicht so düster wie bei den Spaniern aus. Als sie fragte, ob sie Karl Marx lesen solle, tat Faber entsetzt: Was soll aus der Firma Dönhoff werden, wenn Marx auch dort schon eindringen darf? Und in ihrem Kopf, diesem netten schmalen Kopf, dachte er, hat sie für jede Sache, mit der sie sich so gründlich beschäftigt, ein eigenes Fach. Wie die Schalter in der Bank des Papas.

In ziemlicher Entfernung von ihnen, auf einem breiten, sauber gehaltenen Kiesweg, begleitete Friedrich Dönhoff, kurz, beleibt und asthmatisch, mit einem dicken weißen Schnurrbart unter der knolligen Nase und leuchtender Glatze, die Hofdame zu dem grauen, kriegsmäßig trotzigen Auto, das wartend vor der Gartentür stand. Die Hofdame hatte sich sehr freundlich von Frau Dönhoff verabschiedet, die nach allgemeiner Ansicht den seelischen Kummer über das kriegerische Vorgehen ihrer amerikanischen Heimat wirklich sehr würdig trug. Ungemein bedauerte sie, daß es ihr nicht vergönnt sei, länger in diesem herrlichen Garten und bei diesem mit so viel Liebe und Geschmack organisierten Fest zu verweilen. Aber in Potsdam war soviel zu tun, was sich nicht aufschieben ließ. Auch der ehemalige Gesandte mit dem lockig in den Nacken herabfallenden weißen Haar und der immer noch blond beschimmerte Historiker Preußens strebten frühzeitig dem Ausgang zu. »Es ist entsetzlich«, sagte der Historiker, »sie alle haben den Sieg schon in der Tasche, und es ist doch nur ein vergeblicher Heldenkampf. Ein unerhörter, beispielloser Heldenkampf, alles, was früher einmal war, bleibt weit dahinter zurück.« – »Wahrscheinlich war es«, wendete der weißhaarige Diplomat ein, »immer so ziemlich das gleiche, seit die Menschen sich gegenseitig totschlagen, und der Unterschied liegt weniger in der Qualität als in der Quantität.« Von der Terrasse der Villa her folgten ihnen die Schmettertöne des Sängers Strahlendorf. Er sang jetzt »Winterstürme wichen dem Wonnemond«. Friedrich Dönhoff, der zurückkam, begrüßte den Diplomaten und den preußischen Geschichtsschreiber im Vorübergehen. Während er an der dichten Wand von Buchen, Birken, Flieder, Rotdorn und exotischem Gebüsch entlangschritt, die man, wie eine Kulisse, vor den dürren märkischen Kiefern aufgebaut hatte, pustete er kurzatmig und wischte sich mit dem Taschentuch Schweißperlen von der Stirn. Flüchtig blickte er mit den kleinen, zwischen den Fleischfalten eingeklemmten Augen dorthin, wo hinter dem Bierbuffet der Diener Christian Rohr grollend zu ihm hinüberschielte, und obgleich er sich keinen Vorwurf zu machen brauchte, hatte er ein peinliches Gefühl.

Vier junge Mädchen warteten mit den Sammelbüchsen in der Hand auf Dorothee. Ihre hellen und in dem Luftzug wehenden Kleider waren »fußfrei«, was in dieser Kriegszeit die Erinnerung an die schnell schreitende Siegesgöttin von Samothrake wachrief, aber jene höhere Anmut war noch verdeckt, die erst später sichtbar werden sollte, als die Verwilderung der Friedensjahre begann. »Meine Freundinnen werden schon ungeduldig«, sagte Dorothee, »sie wollen Kasse machen, hoffentlich haben sie recht viel eingenommen. Dort kommt ja auch Ihr Freund Lorenz Münch, er sucht seinen Lebensretter, also auf Wiedersehen!« Sie eilte fort, vermutlich ein wenig enttäuscht von der Unterhaltung, die hastige Bewegung ihrer Füße in den hübschen Silberschuhen drückte Abkehr und Unzufriedenheit aus.

Ein Offizier, ziemlich groß und in einer Felduniform, die seiner abgemagerten Gestalt zu weit geworden war, schritt langsam heran. Jeder, der Lorenz Münch sah, mußte sich sagen, daß er wohl eine ernste Krankheit kaum überwunden habe – noch vor kurzem war er vermutlich, zwischen den verordneten Liegestunden, so in dem Garten eines Krankenhauses oder eines Sanatoriums herumgegangen. Die länglichen Gesichtsflächen zu beiden Seiten der riffartig scharfkantigen Nase hatten Senkungen und Falten, und über den dunklen Augen trat der Stirnknochen hart hervor. Auch ohne diese Spuren der Fiebertage hätte der Leutnant Münch wenig Ähnlichkeit mit dem glatten und unbeschwerten Normaltyp des preußischen Reserveoffiziers gehabt. Schon das in gewellten Strähnen auseinanderstrebende, sehr dunkle Haar eignete sich nicht für eine gescheitelte Leutnantsfrisur. »Wann ist die Hochzeit?« fragte er zur Begrüßung in einem Ton, der spöttisch und mürrisch klang. »Welche Hochzeit? Ach so, man sagt es ... dummes Geschwätz! Aber dieses Vergnügen am Tratsch rottet kein Weltkrieg aus.«

Lorenz Münch hatte Fräulein Graff besucht. Aus einem Liebesverhältnis mit Edith Graff, einer Kunstgewerblerin, hatte Ulrich Faber einen jetzt vier Jahre alten Sohn. Seit einiger Zeit lebte Fräulein Graff zusammen mit dem Maler Steinhausen, und Lorenz Münch, der mit diesem nicht sehr bedeutenden Künstler befreundet war, sah sie ziemlich oft. Als Faber fragte, wie er den Jungen gefunden habe, antwortete Münch, er verstehe nichts von kleinen Kindern, aber da Faber seinem Sohn vieles schicken und verschaffen könne, was andere Kinder jetzt entbehren müßten, so gedeihe er sicherlich gut. Dann, mit der Hand zu dem Platz vor der Villa hindeutend, wo nun immer mehr Gäste sich dankerfüllt von dem Ehepaar Dönhoff verabschiedeten: »Das Vergnügen scheint ja zu Ende zu sein. Dieser Genuß ist mir entgangen. Ist das nicht eine Schamlosigkeit – in dem entsetzlichen Trommelfeuer da draußen sterben wieder Hunderttausende, und hier läßt man sich den Siegfried oder den Tristan vorsingen, man amüsiert sich, und man spricht von Patriotismus, wenn man ein paar Mark in die Büchse wirft.« – »Ja, die schönsten Worte müssen dazu herhalten, um die schäbigste Gesinnung zu verdecken, aber das ist, glaube ich, das gleiche überall.« – »Und diese Schmarotzer behaupten, sie seien die Elite der Intelligenz. Aber wir werden Schluß machen mit dieser ganzen Schweinerei, wir werden alles gegen sie aufrufen, was leben will, und auch die Toten, die Hingemordeten in den Gräbern.«

Er sprach mit einer nervösen Heftigkeit, aber der Klang seiner Stimme war auch in der Überreiztheit nicht brüchig und keineswegs unangenehm. Bisweilen waren die dunklen tiefliegenden Augen unter der wie ein Mauersims knochig vorstehenden Stirnplatte starr geradeaus wie auf ein fest erfaßtes Ziel gerichtet, dann wieder waren sie auf den Boden gesenkt, als sollte er durchbohrt werden, und häufig irrte der Blick, an Faber vorbei, unruhig umher. Er ist noch verdammt mit seinen Nerven herunter, dachte Faber, aber wenn er gesund wird, kann sich sein Rednertalent entwickeln, daß er reden kann, hat man ja auch schon im Schützengraben gemerkt – nur hat er damals nicht ganz so gesprochen wie jetzt.

»Eigentlich«, sagte er, »ist es merkwürdig, daß Sie ein solcher Pazifist und ein solcher Radikaler geworden sind. Sie hatten die Kriegsbegeisterung, die mir fehlte. Ich glaube nicht, daß Sie an Völkerversöhnung dachten, als Sie – ich sehe es noch vor mir – den eingedrungenen Franzosen niederstachen. Sie hatten einen fabelhaften militärischen Ehrgeiz. Und außerdem waren Sie Theosoph.«

»Es ist ganz falsch«, entgegnete Lorenz Münch, »wenn Sie zwischen den Teilen einer Gedankenwelt nur Widersprüche, unüberbrückbare Gegensätze sehen wollen. All das, der Glaube an das Überirdische, das mit unseren Sinnen nicht faßbar ist, und der unerschütterliche Wille, den Massen ein irdisches Glück zu schaffen, die Kriegsbegeisterung und die Idee der Völkerverbrüderung kommen aus der gleichen Quelle, aus dem Idealismus.«

»Ja, da kann vieles herausfließen. Aber die Quelle ist schön.«

»Wünschen Sie etwa, daß die Welt immer so bleiben soll?« – »Nein, ich wünsche das nicht. Eine Sintflut wäre gar nicht so übel. Aber in der Arche würden immer wieder dieselben Menschen mit denselben Instinkten und dieselben Leidenschaften, Gemeinheiten und Scheußlichkeiten sich auf die trockene Erde hinüberretten. Als in London und in Hamburg die alten Stadtteile niederbrannten, sagte man, das habe sein Gutes, die abscheulichen Pesthöhlen seien zerstört. Ich fürchte, der Weltkrieg hat nicht das gleiche Resultat.«

»Mich wundert nur«, begann Lorenz Münch wieder, ohne Faber anzusehen, »daß es Ihnen möglich ist, mit diesen Leuten zu arbeiten, mit ihnen und für sie. Sie stützen diese Gesellschaftsordnung, über die Sie doch genauso denken wie ich. Sie sind sehr klug, aber kalt.«

»Ich besitze nicht Ihr beneidenswertes Talent – das Talent, sich und gewiß auch ein ganzes Publikum fortzureißen. Was wollen Sie, ich bin ein Antipathetiker. Manchmal denke ich sogar, daß das pathetische Wort der schlimmste Feind der Menschheit ist.« – »Sie werden den Anschluß versäumen.« – »Kann sein. Aber muß man denn immer in den nächsten Zug steigen, der abfährt?«

Aus den ausgedehnten Dönhoffschen Zonen, die halb Garten und halb Wald waren, kam man zu dem baumlosen Gebiet, in dem nicht der ästhetische Sinn die Dinge gestaltet hatte, sondern nur der wirtschaftliche Zweck entschied. Rechts stand das Haus des Dienstpersonals, ein Stückchen weiter das lange niedrige Gebäude mit den jetzt vermutlich ausgeleerten Stallungen, Remisen und Garagen, zur Linken hatte man die Gemüsefelder und das Treibhaus, und am Ende dieses ungefähr quadratischen Hofterrains sah man die Mauer mit einem breiten Tor. Als Faber und Münch den Rand des Wirtschaftshofes erreichten, hörten sie einen Stimmenlärm. Es klang nach einem nicht sehr gefährlichen Kampfgetümmel, mit Gelächter und Gekreisch. Ein kleines Mädchen rang mit einem etwas größeren Jungen, der sich, durch die Gebote der Ritterlichkeit gehemmt, nur scherzhaft und unzulänglich verteidigte und infolge seiner galanten Bedenken in eine schwierige Situation geriet. Die Angreiferin vergalt seine schonungsvolle Taktik mit wilden Püffen, drängte ihn zurück, kämpfte ganz rabiat. Obgleich sie noch ein Kind war, lag schon sehr viel Kraft in ihrem gutgeformten Körper, ihre Glieder waren gelenkig, sie preßte sich zornig gegen den etwas verlegenen Ritter, boxte ihn mit den Fäusten, stieß ihn auf eine drollig rücksichtslose Art mit dem rechten Knie. Ein dichter blondbrauner Haarschopf pendelte auf dem Nacken hin und her, und wenn sie den Kopf zur Seite drehte, sah man ein erhitztes hübsches Gesicht. Zwei Zuschauer, beide ungefähr in dem gleichen Alter wie der bedrängte Kamerad, beobachteten aus nächster Nähe das Turnier. Der eine war lang, weißblond und blaß, mit einem von dem schlechten Ersatzbrot verursachten pickligen Ausschlag und ganz wie der Kämpfer in einem abgeschabten, geflickten und zu kurz gewordenen Anzug, während der andere eine stämmige Figur und harte Züge hatte und in unbeschädigter Kleidung – mit einem blechernen Anker, offenbar einem sportlichen Abzeichen, auf der Jacke – und soliden Stiefeln neben dieser Dürftigkeit beinahe geckenhaft erschien. Gerade in diesem Augenblick rief der Stämmige: »Halt sie mal fest, halt das kleine Biest einmal fest!« und trat mit einer bösen Lust, sich einzumischen, an die Ringenden heran. Der so Angespornte, ein wenig unentschlossen und dann doch dem Befehl gehorchend, umschlang seine Gegnerin, so daß sie die Arme nicht rühren konnte, und als sie so gefesselt war, versetzte ihr der Bursche, der den Rächer und Schiedsrichter spielte, mit der Fläche einer groben und großen Hand, als passende Zielscheibe die zurückgestreckte körperliche Rundung benutzend, einen derben, schwer klatschenden Schlag. Sie versuchte, sich umzuwenden, und schrie: »Du Schuft! Du Schuft! Du Schuft!« Er brüllte: »Du kleines Biest, da hast du deine Strafe!« und schlug, brutal und wie von der Freude des Züchtigens besessen, noch einmal zu. Der Blasse mit der pickeligen Haut rief beschwörend: »Laß sie doch los, das ist gemein!« Lorenz Münch, der jetzt dicht bei der kämpfenden Gruppe stand, packte den Bengel, der schon wieder, um über einen empfangenen Fußtritt zu quittieren, zum Hieb ausholte, an der Schulter, aber seine Hilfe wurde nicht mehr gebraucht. Denn der Kleinen gelang es bereits, sich loszustrampeln und sich der Umklammerung zu entwinden, aus der sie der braunhaarige Ritter, beschämt und voll Schuldgefühl, bereitwillig entließ. Mit einem boshaften Seitenblick ging der Raufbold, um die Fortsetzung des Vergnügens gebracht, absichtlich langsam und pfeifend zu dem Hoftor, öffnete es und verschwand. Sein Opfer, rotglühend vor Wut und von der Anstrengung, brachte mit einer schüttelnden Kopfbewegung den Haarschopf wieder in die richtige Lage und lief zu dem Brunnen beim Spargelbeet. Unterwegs sah sich die Kleine zweimal nach den beiden Herren um, die sich von dem Fest bei Dönhoffs hierher verirrt hatten, und als sie sich gewaschen, gekühlt und mit dem Taschentuch abgetrocknet hatte, und mit einem Kamm, den sie vornehm aus einer Hülse zog, durch das widerspenstige Haar strich, lugte sie, mehr neugierig als wohlwollend, zu ihnen hin. »Das war ein nichtswürdiger Bursche«, sagte Münch, während sie den Rückweg antraten, »ein gefährliches, vielversprechendes Produkt des sozialen Sumpfbodens.« – »Er hat sich«, entgegnete Faber, der während der ganzen Prügelszene keine Teilnahme gezeigt hatte, »hier einstweilen nur geübt – Training –, jedenfalls war es schön, daß Sie der Gerechtigkeit zu Hilfe gekommen sind.«

Sie durchquerten wieder den Garten und gerieten zwischen die Menge derjenigen, die ebenso wie sie zum Haupttor gingen. An einem Tisch unter den Lindenbäumen blieben nur noch der Leutnant Dönhoff und einige jüngere Damen und Herren. Eine Dame, die zwischen Erich Dönhoff und dem schwedischen Gesandtschaftsattaché saß, erhob sich, erklärte, daß es kühl geworden sei, und verabschiedete sich mit einer für alle bestimmten Handbewegung, obgleich der Leutnant lebhaft protestierte und versicherte, es sei eine tropische Hitze und jetzt sollte das Vergnügen ja erst beginnen. Von Frau Helene Martius, der Gattin des Legationssekretärs Martius, der in Brüssel beim Generalgouvernement des besetzten Gebietes arbeitete, wurde in ihren Kreisen behauptet – wie freilich auch bei Gelegenheit von anderen Damen –, daß sie die Frau sei, die sich am besten anzuziehen verstehe, und da sie wirklich dieses Talent besaß, tadellos gewachsen war und sich mit souveräner Sicherheit bewegte, wurde sie bei allen gesellschaftlichen Ereignissen, namentlich auch bei den Empfängen in den Botschaften, sehr umschwärmt. Sie sagte dem schwedischen Attaché, der ihr den Mantel nachtrug, dankbar lächelnd, daß sie nur rasch eine geschäftliche Sache, Angelegenheit ihres Bankkontos, erledigen wolle, und erwartete den herankommenden Faber, dessen Rat allen Kunden und Kundinnen der Dönhoff-Bank wertvoll war.

Münch trat zur Seite – sie dankte auch ihm mit einem liebenswürdigen Lächeln, wobei sie mit einem rasch gleitenden Blick eine Musterung seiner Person vollzog.

»Du hast mich«, sagte sie zu Faber, »hier noch kaum begrüßt. Ich weiß, du bist diskret. Warum bist du gestern nicht zum Tee gekommen? Ich habe dich erwartet. Du machst dich rar.«

»Ich bitte dich um Verzeihung, aber ich glaube, es war nichts verabredet. Obgleich die Leute schon herstarren, muß ich dir sagen, daß du fabelhaft aussiehst, und das Kleid – wirklich, nur du hast soviel Geschmack.«

»Danke. Spar dir deine Komplimente für Dina Holgers auf! Ist das dein Freund dort, dem du deinen verwundeten Arm verdankst? Stelle ihn mir vor!«

Faber winkte Lorenz Münch heran, dem Frau Martius erklärte, sie habe allerlei von seinen Kriegserlebnissen und seiner Tapferkeit gehört. Der Himmel habe ihn behütet, denn es sei doch ein großes Wunder, daß er dem Tode entronnen sei. Münch erwiderte, ohne Herrn Faber, der sich beinahe für ihn geopfert hätte, wäre er nicht entronnen. »Gewiß, aber der Himmel tut doch immer das Eigentliche, die Menschen sind für Wunder zu schwach.« Sie machte dem jungen schwedischen Diplomaten ein Zeichen, daß das Gespräch beendet sei, Faber küßte ihr die Hand, Münch verneigte sich, und nachdem sie sich in ihren Mantel gehüllt und an der Gartentür noch einmal mit einem Lächeln zurückgegrüßt hatte, schritt sie hinaus.

Lorenz Münch erklärte, er wolle in der Gegend hier einen Besuch machen und komme nicht mit in die Stadt. Faber, der allein den Heimweg antrat, stieß auf eine Schülerabteilung, die mit ihrem graubärtigen Lehrer müde trottend aus dem Grunewald nach Hause zog. Fast alle Knaben waren dünn, unterernährt, und die fleischlosen Arme mit den vortretenden Knöcheln hingen weit aus den Ärmeln heraus. In den ersten Kriegsjahren war es bei der Rückkehr von solchen Schulausflügen ein Marschieren im Takt gewesen, in soldatischer Haltung und mit hellem, allen Feinden Deutschlands trotzendem Gesang. Heute bewegte sich der Zug schleppend, trippelnd, stolpernd, ungeordnet und ohne Lieder vorwärts, und der graubärtige Klassenlehrer, ein kleiner, von Sorgen bedrückter Mann, hatte es aufgegeben, seine Schar anzufeuern, und schien nur mechanisch der Schüssel mit den aufgewärmten Kohlrüben entgegenzustreben, die auch bei ihm alltäglich der Inbegriff der Lebensfreude war. Dort, wo sich nicht mehr ein Villengarten an den anderen reihte und statt der dunklen Fichten die durchaus unpoetischen hohen Mietshäuser aufragten, wurde die Straße belebter, Portiersfrauen saßen vor den Haustüren, Spaziergänger genossen die Abendkühle, Chefs und Angestellte kamen aus den Büros, ein Häuflein Publikum verließ ein Kino, dessen buntes Plakat einen aufregenden Detektivfilm und bildliche Berichte über die Taten der U-Boote versprach. Als Ulrich Faber in der Nähe des Bahnhofes bei einem Tanzlokal, einem Tanzgarten, angekommen war, trat er ein. Der schiefschultrige Klavierspieler hämmerte wie immer auf die Tasten, aber nur wenige Tanzpaare schoben sich, dem Rhythmus dieser Töne folgend, über die splitterig gewordene Holzdiele, und auf den Geschäftsgang, der vor einigen Wochen noch blühend gewesen war, hatte der Beginn der Offensive im Westen, hatte die schleunige Abberufung fast aller »Urlauber« äußerst nachteilig gewirkt. In Abwesenheit der jüngeren Generation beherrschten zwei dickbäuchige, protzige, wie Hähne sich aufpustende Häuptlinge des verbotenen Lebensmittelhandels – Leute, die gewohnt waren, auf jede Weise vom Kriege zu profitieren – den armen Hühnerhof und benahmen sich dabei so ungeniert wie reiche Käufer auf dem Sklavenmarkt. Sie hatten sich die beiden nettesten Mädchen ausgesucht, gaben ihnen zu trinken, befühlten sie, umarmten sie und schleiften sie, schwitzend und klobig, im Tanze herum. Faber betrachtete die eine der beiden Tänzerinnen, die ein sehr angenehmes blasses Gesicht hatte und ersichtlich einen Widerwillen empfand, wohl auch an ihren fernen Freund dachte, wenn der triumphierende Schleichhändler sie fest gegen seinen feisten Bauch drückte und sie dabei mit den wulstigen Fingern kniff. Aber sie war wahrscheinlich ohne Arbeit, die zu Hause hungerten, der erfahrene Lebemann hatte mit dem Geld in der Hosentasche geklimpert und, die Verführungskunst bis zur Vollendung steigernd, mit schlauem Augenblinzeln versichert, diejenigen, die ihm gefällig seien, erhielten von ihm Schinken und Wurst. Faber versöhnte den Kellner, der ihm schon zum zweiten Male einen Tisch anbot, durch ein Markstück und ging fort. Ja, der Krieg verschlang allerhand Opfer, die keine Statistik berücksichtigen wird.

In den Bahnhof war ein Zug eingefahren, der rußige Qualm der Lokomotive quoll aus der tiefen Schlucht, auf deren Boden die Geleise lagen, zur Straßenhöhe hinauf. Männer und Frauen mit Körben, Bandtaschen, Koffern, Rucksäcken und Säcken traten aus der Halle des Stationsgebäudes ins Freie, dann teilte sich die Menschenkarawane, die bepackten Pilger wanderten nach verschiedenen Richtungen hin, und bisweilen blieben sie stehen, um einen Augenblick lang zu verschnaufen und auszuruhen. Sie waren bei Verwandten oder bei befreundeten Bauern auf dem Lande gewesen und hatten Kartoffeln, Rüben, vielleicht sogar noch ein wenig Speck geholt.

Faber kam an einer Familie vorbei – Vater, Mutter, kleiner Sohn und kleine Tochter –, die ihre Säcke und Koffer müde auf das Pflaster gesetzt hatte und hier an der Straßenecke stand wie ein viermaliger Beweis für die Wirkungen einer konsequent durchgeführten Entfettungskur. Als Faber die Gesichter der Kinder sah, fiel ihm die Schokolade ein, die ihm Dorothee gegeben hatte, und er reichte sie dem kleinen Knaben hin. Der Junge hatte einen fragenden, ungewissen, verständnislosen Blick, zeigte das flache Päckchen den Eltern und der Schwester, der Vater nickte nur, niemand sagte danke, alle vier betrachteten den fremden Herrn mißtrauisch, frohere Empfindungen regten sich anscheinend nicht. Offenbar, sagte sich Faber, haben die Eltern mich für einen Einbrecher gehalten, oder für einen Lebensmittelschieber, der sie mit der Polizei in Konflikt bringen kann.

Die Fahrstraße war, so weit man die lange, gerade Strecke überblicken konnte, verödet und leer. Wagen der Elektrischen fuhren noch, in großen Zwischenräumen, knirschend und klappernd infolge der Materialabnützung und der Überlastung, immer wahnsinnig überfüllt. Die Schaffner und Wagenführer waren durch Frauen ersetzt worden, die in dem entsetzlichen Gedränge mit einer verzweifelten Tapferkeit todmüde, zerbeult und vor Erhitzung dampfend den Dienst versahen. Jede Spur einer weiblichen Anmut mußte durch die Uniform, die man ihnen aufgehängt hatte, vernichtet werden, durch den Rock aus grauem, hartem, dickfilzigem Stoff, die barbarische dunkle Bluse und die von den Männern zurückgelassene Mütze, unter der, wie Regenwasser aus einer Dachtraufe, der Schweiß an der Gesichtsfassade herunterrann. Auch die Straßenkehrer waren auf dem Schlachtfeld, und weibliche Wesen, die früher nur die Stube und die Küche fegten, säuberten jetzt mit dem Besen den Bürgersteig und den Damm. Diesen Dienerinnen der öffentlichen Sauberkeit hatte man weite dunkle und unbestreitbar hygienische Hosen verliehen.

Die Gedanken Fabers gingen, als die Schaffnerinnen und Straßenkehrerinnen in filzig grauen Uniformen und den weiten Hosen vorüberkamen, in einer jener plötzlichen Seitenschwenkungen und Anknüpfungen, die sich im Gehirn vollziehen, zu der Frau zurück, die sich am besten anzuziehen versteht. Unter dem Eindruck des Kontrastes verstärkte sich noch das ärgerliche Unbehagen, das Faber empfand. Frau Martius hatte nichts von dem Typ, der ihn erfreuen konnte, und er begriff nicht, was ihn veranlaßt hatte, ihr jene Worte zu sagen, mit denen selbst das banalste Abenteuer beginnt. Der heimkehrende Krieger, dachte er spöttisch und sah dann, eine Ablenkung suchend, Dorothee Dönhoff vor sich, mit ihren ungleichen Augen, dem blaßgelben Kleid und den Silberschuhen und mit ihrer intellektuellen Betriebsamkeit. Die Gedanken übersprangen wieder den Raum. Wenn er daran dachte, daß er einen Jungen habe, einen Sohn – das Wort klang ihm ein bißchen komisch und geschraubt, obenein bei einem Kinde in diesem Alter –, waren seine Gefühle nicht einheitlich, und er war sich nicht klar darüber, ob da eine erfreuliche oder eine im Grunde überflüssige Tatsache geschaffen worden sei. Man lebt, heißt es, weiter in den Nachkommen, und derjenige, der niedersinkt, reicht nur ganz einfach die Fackel dem nächsten Geschlecht. Ach ja, man baut noch ein Atom weiter in das Unendliche der Zeit hinein.

Ulrich Faber liebte eigentlich solche Grübeleien nicht. Er zwang seine Gedanken, wie man ein widerspenstiges Pferd zwingt, davon abzubiegen, und ohne daß er sie gerade in diese Richtung drängte, gingen sie zu dem netten und bedauernswerten Mädchen in dem Tanzgarten, das der dicke Pascha des Schleichhandels wie eine gekaufte Sklavin prüfend umschlang. Daneben tauchte der andere Frauenbändiger auf. Der jüngere, stämmige, der mit seiner großen brutalen Hand auf die Rückseite der wütend zappelnden kleinen Ringkämpferin losschlug, ein gefährlicher Bursche, ein vielversprechendes Talent.

Dann erreichte er sein Hotel. Die Raubtiere drüben im Zoologischen Garten waren hungrig, wie die Menschen, und sie ließen es sich nicht verbieten, ihren Zorn laut hinauszubrüllen.

III.

Wenige Wochen nach der Revolution sank Herr Friedrich Dönhoff im Lehnstuhl ganz plötzlich zusammen, die Zigarre, die er eben noch geraucht hatte, glitt aus der entspannten Hand. Selbstverständlich hatten die tragischen Ereignisse auch den alten Dönhoff sehr betrübt, aber man konnte nicht behaupten, daß sein Tod durch die militärische Katastrophe und durch den Sturz des Kaiserthrones verursacht worden sei, und es war ein durchaus unpolitischer, privater Schlaganfall. Die Bestattung der sterblichen Überreste vollzog sich ganz in der Stille, denn die Zeit war voll von anderen Tragödien und anderen Sensationen, die Presse konnte in ihren Spalten soviel Weltgeschichte kaum unterbringen, und nur von wenigen beachtet, trieb in dem gewaltigen, entfesselten Strom die Mitteilung vorüber, daß Herr Friedrich Dönhoff, tiefbetrauert von den Seinigen, im Alter von 76 Jahren sanft entschlafen sei. Auf dem Waldfriedhof, wo die Dönhoffs einer früheren Periode in ihren Erbbegräbnissen lagen, stellte der Pastor in seiner Rede eine Verbindung zwischen dem Unglück Deutschlands und der für uns ebenfalls unfaßbaren Fügung her, die dem Vaterlande wiederum einen seiner besten Söhne nahm. Der Rittmeister Dönhoff war rechtzeitig eingetroffen und sah im schwarzen Gehrock – die Offiziersuniformen hingen jetzt in den Schränken – sehr elegant und stattlich aus. Dagegen fehlte der Diener Christian Rohr, denn er hatte seiner Gattin die Richtigkeit seiner Ahnungen bewiesen und sich während des Rückzuges der Armee gerade an der Stelle aufgehalten, an der eine der letzten feindlichen Fliegerbomben todbringend niederfuhr.

Anderthalb Jahre später, im Jahre 1920, heiratete Dorothee Dönhoff den ehemaligen Rittmeister Hermann Markgraf, und da man sich gerade in einer Periode der Beruhigung befand, brauchte die Hochzeit nicht in scheu gehüteter Verborgenheit, nicht wie eine christliche Hochzeit in den römischen Katakomben vor sich zu gehen. Dorothee war glücklich erregt, jeder konnte sehen, daß sie verliebt war, und es wurde eine vorzügliche und kinderreiche Ehe, die man, als ergäbe sich aus ihr ein allgemeines Tugendzeugnis, eifrig erwähnte, so oft ein sarkastisch übertreibender Moralheuchler Berlin mit der großen Hure von Babylon verglich. Manchmal, wenn Ulrich Faber diese eheliche Verbundenheit beobachtete und den Widerschein von Erinnerungen und Erwartungen in den ungleichen Augen Dorothees bemerkte, dachte er: wie man sich doch irren kann! Weil sie ihn bat und weil er nicht ungefällig sein wollte, führte er ihr einige Gelehrte, Künstler, Literaten, Politiker und Diplomaten zu. Sie wollte einen »Salon« haben, der ein Treffpunkt der Geistesgrößen aus allen Lagern sein sollte, und sagte, daß man der neuen Zeit eine neue Gesellschaft schaffen müsse, wie das nach der großen Französischen Revolution durch den vermittelnden Einfluß berühmter Frauen geschehen sei. Faber, der in einer Epoche überall fühlbarer Erschöpfung ihren Salon nicht mit allzuvielen echten Geistesgrößen schmücken konnte, brachte ihr als Vertreter der jungen Dichtung Peter Niedermaier, einen von einigen Kritikern als modernes Genie gefeierten Naturburschen, in dessen Theaterstükken und Erzählungen normale und anormale Betätigungen der menschlichen Kreatur ohne Decke und Hemd gezeigt wurden und rund um den Venusberg ein feuchter, klebriger Nebel von pessimistischer Philosophie und Psychoanalyse rann. Er hatte durchaus keine Vorliebe für diese Dichtungen, Sinnlichkeit sollte ihn wie eine Elementargewalt in kraftvoller Ursprünglichkeit berühren oder sich, wenn sie das Leben nicht so reich durchatmete, in schöner Form und umspielt von Phantasie darbieten, und die üblichen Sammlungen kostbarer »Erotika« widerten ihn an. Auch die Person Peter Niedermaiers interessierte ihn nicht, er unterstützte diesen strebsamen Sexualdichter in seinen Anfängen eigentlich nur, um den Wunsch einer liebenswürdigen Mäzenatin zu erfüllen, fühlte sich nun erst recht nicht veranlaßt, die Bücher Niedermaiers zu lesen, und zahlte Reugeld nach den Gewohnheiten eines Kavaliers, der eine angeknüpfte Bekanntschaft nicht bis zur Innigkeit steigern will. Einmal, als er frühzeitig und verstohlen, wie gewöhnlich, den Rückzug aus dem Salon Dorothees antrat, erschien Frau Helene Martius, und er erhielt seinen Anteil an dem Gruß, den sie lächelnd der ganzen Gesellschaft spendete, ganz wie jeder Bürger in der Masse etwas von dem leutseligen Gruß des einziehenden Souveräns für sich beanspruchen darf. Faber wußte, daß Frau Martius schon vor einiger Zeit Lorenz Münch als Liebhaber angenommen hatte – angenommen oder genommen. Irgendwie war diese Kunde zu ihm gekommen, und vermutlich hatte sie das gewollt.

Für Faber war Münch seit langem unsichtbar. Das wunderte ihn nicht allzusehr, denn die »Kameradschaft« war ja auch nur eines jener edel klingenden Worte gewesen, eine jener Münzen, die sich meist als falsch erwiesen, wenn man meinte, mit ihnen bezahlen zu können. In den Revolutionstagen war Lorenz Münch Mitglied eines der Soldatenräte geworden, die es übernahmen, die Truppen zu führen, zu versorgen und aufzulösen, und zugleich von der Idee durchdrungen waren, der organisatorische Unterbau, Tragpfeiler des zukünftigen proletarischen Staates zu sein. Aber seine heftigen Reden wurden dort wenig beachtet, und auch wenn er in den folgenden Wochen in den Versammlungen von Soldaten, Arbeitern und Angestellten wie ein eifernder Prophet die Lauen aufrütteln wollte, fiel er ab. Er hatte mehr Pathos als Kenntnisse, er sprach unklar von den letzten Zielen, während die Versammlung sich mit den nächsten beschäftigen mußte, und von den Menschenrechten und von den Verbrechen der Bourgeoisie, während es sich darum handelte, Brot hereinzubringen. Die Sätze kamen so rund aus seinem Munde wie Seifenblasen aus einer Tonpfeife und zerplatzten in der Luft.

Später einmal erschien bei Ulrich Faber ein Bote, der einen Auftrag von Münch übergab. Ein Arbeiter, ein Vater von vier Kindern, war im Gefängnis erkrankt. Lorenz Münch schrieb: »Obgleich Sie einer Klasse angehören, in deren Dienst diese Justiz ihre Urteile fällt, werden Sie es gewiß für Ihre Pflicht halten, einem Mann zu Hilfe zu kommen, der für seine Brüder das Kreuz trägt und seiner Ideale wegen in den Kerker gesperrt worden ist.« Einigermaßen erstaunt war Faber, als er das Gesicht des Boten sah. Das war doch der Bursche, der auf dem Wirtschaftshof der Dönhoffs das kleine Mädchen geprügelt hatte und den auch Münch damals so abstoßend brutal und so vielversprechend fand. Dieses harte, scharfe Gesicht hatte sich nicht verändert, die Gestalt des Zuchtmeisters war vielleicht noch etwas stämmiger geworden, in seinem ganzen Benehmen drückte sich eine dreiste Selbstsicherheit aus. Wahrscheinlich erzog bereits im Osten oder im Norden Berlins seine schwere, grobe Hand weibliche Wesen zu Gehorsam und Respekt. Was verband Münch mit diesem zweifelhaften Individuum? Hatte er sich im Gewühl des Straßenkrieges gerade diesen zu seinem Adjutanten erwählt? Aber alles, was mit Lorenz Münch zusammenhing, war ein wenig bizarr. Das Alltägliche wurde pittoresk, und die Zufälle auf seinen Wegen erschienen unwahrscheinlich wie die Schicksalsverknüpfungen in einem alten Theaterstück.

Als Faber an einem anderen Tage erfuhr, daß Münch in einer Sitzung der Soldatenräte sprechen werde, ging er zum Reichstagsgebäude, wo die Versammlung stattfand, stieg zur Tribüne des Publikums hinauf und suchte sich einen Platz, den eine Säule genügend verbarg. Die Diskussion betraf die Aufgaben der Demobilmachung, die Wiedereingliederung der Arbeiter in die Betriebe und die Frage, wie Weigerungen und Widerstände der Unternehmer zu verhindern und Konflikte zu schlichten seien. Die meisten Redner trugen in einer nüchternen Sprache und ohne zu weitläufige Abschweifungen vom Thema ihre Ansichten und Forderungen vor. Dann stand Münch hinter dem Rednerpult. Er ermahnte die Kameraden, aufzuräumen, auszukehren und niederzuschlagen und den Bau, den das Proletariat erträumt hatte, aufzurichten, denn noch sei es Zeit dazu. Ein erbärmlicher Wurm, der Wurm des Zweifels, zernage die aufkeimenden Hoffnungen und die seelische Kraft. Er kenne diese Zweifler, die so erhaben und dünkelhaft auf die revolutionären Idealisten heruntersähen. Ja, er kenne dieses Lächeln der klugen Besserwisser und Skeptiker, die sich faul und genußsüchtig in den

Klubsesseln des Kapitalismus räkelten, zu faul und zu genußsüchtig, um ihre Intelligenz in den Dienst der Allgemeinheit zu stellen, und immer nur pfiffig darauf bedacht, in jeder neuen Menschheitsidee den Punkt herauszufinden, von dem aus sie sich widerlegen und zerstören läßt. Etwas vom fanatischen Mönch, etwas vom hageren Ritter der Dürerschen Zeichnungen und etwas vom Schauspieler, der die Rollen des Ritters und Mönchs spielt, war in Lorenz Münch, als er dort oben stand und sprach. Und das Eigentümliche war, daß er bei seinen Anklagen gegen die Zweifler und Überklugen, gegen die Faulen und Genußsüchtigen, ein ganz bestimmtes Bild vor Augen zu haben, die Anklagen in dieser genau festgehaltenen Richtung zu schleudern schien und daß sie gerade zu der Säule gingen, hinter der Ulrich Faber saß. Auch diesmal blieb der Beifall der Versammlung aus. Die Delegierten, von denen die einen den Zivilrock, die anderen die Uniform des Unteroffiziers oder des gewöhnlichen Soldaten trugen, kümmerten sich gar nicht um diesen Redner, hatten kein Verständnis für einen Stil à la Robespierre, plauderten oder waren hinausgegangen. Bisweilen rief einer: »Zur Sache!« oder: »Schluß!« Faber konstatierte, daß er der einzige sei, der die Rede nicht langweilig fand.

Die Ereignisse folgten schnell aufeinander, das Eindrucksvollste, von dem man meinen konnte, es sei für immer in Marmor eingemeißelt, war nur in den Sand eingeritzt, und der Wind des nächsten Tages löschte es aus. Nur ein Erlebnis haftete länger im Gedächtnis: das ungeheure und groteske Schneetreiben der Inflation, in dem die Flokken des ersparten Vermögens bacchantisch in der Luft herumwirbelten und dann, in die Gosse niederfallend, gar nichts mehr waren, zu einem Nichts zerrannen. Während Großgrundbesitzer und Großindustrielle ihre Anlagen und Güter vergrößern konnten, waren das Volk der Sparer, der Bürger, der Mittelstand, der Arbeiter verarmt. Indessen, einige Zeit später sah man zufriedene Gesichter, die Not war überwunden, das Geschäft blühte, die Fabrikschornsteine rauchten, die Arbeiter erhielten höhere Löhne und die Beamten bessere Gehälter, die Industrieherren erweiterten ihre Herzogtümer zu Königreichen, denn das Ausland, das die Wirkungen der Stabilisierung sah, den deutschen Ordnungssinn lobte und den deutschen Unternehmungsgeist bewunderte, gab vertrauensvoll Kredite auf kurze und lange Frist, schickte Geld, ungeheuer viel und immer mehr Geld. Das große Wunder kam von der Prosperity in Amerika. Wenn nach peinvoller Dürre der erlösende Regen niederrauscht, schleppen die Menschen Fässer, Bütten und Wannen herbei, um die Himmelsgabe aufzufangen. Und dann können sie gar nicht genug bekommen.

Faber war seit dem Tode des alten Dönhoff, zusammen mit Hermann Markgraf und Erich Dönhoff, Chef und Teilhaber der Bank. Erich Dönhoff ließ sich an der Kasse die ihm zustehenden Beträge auszahlen und verzichtete auf eigene Betätigung, Markgraf dagegen bemühte sich redlich, wollte nur kein interessantes Spiel auf dem Golfplatz versäumen und kam oft müde ins Geschäft. Auch Faber arbeitete nicht so, wie die Dönhoffs gearbeitet hatten – nicht mit ihrer mustergültigen Regelmäßigkeit. Er hatte nicht jedesmal eine schlaflose Nacht, wenn der Kunde Herr Krause an den empfohlenen Stahlaktien einen Verlust erlitt. Glücklicherweise wurden diese Angelegenheiten von den gewissenhaften Beamten der Firma überwacht, vor allem von

Direktor Schmidt, dem in der Zentrale selbst das Kleinste nicht entging, und von dem jüngeren Direktor Albert, der über die wichtigste Filiale, die Filiale im Westen, gebot. Für die erprobten Kenner des Bankwesens blieb Ulrich Faber ein Outsider und etwa das, was für die Jäger im Norden Kanadas ein europäischer Jagdliebhaber ist, der auf einer Tour in ihre Bezirke kommt und auch – mit der Geschicklichkeit eines guten Jägers, wie zugegeben wurde – seinen Bären erlegt. Für die gelehrten Nationalökonomen, denen er gern ins Handwerk pfuschte, war er der Dilettant. Aber man sagte allgemein, Faber habe, wenn ihm auch die Tugenden des echten Bankiers fehlten, vorzügliche Eigenschaften, das Verhandlungstalent und, in einem ganz besonderen Maße, den Instinkt. Weil er sich durch Schlagworte und Gemeinplätze nicht blenden und verwirren ließ und immer kühl blieb, wenn die anderen sich erhitzten, war er weit mehr als diese anderen vor Irrtümern geschützt. Er erlag nicht der Massenpsychose und war ein ungeeignetes Objekt für Hypnose und Suggestion.

Ulrich Faber bewohnte noch immer die zwei Zimmer im Hotel, er hatte nicht viel geändert, nur noch ein paar gute Bilder an die Wände gehängt. Man fand zwar, ein Mann wie er müßte eigentlich eine eigene Wohnung oder Villa haben, aber er war anscheinend der Meinung, daß hier seine Unabhängigkeit am besten gesichert sei. Den linken Arm trug er nun nicht mehr in der Binde, aber bisweilen, bei schlechtem Wetter oder bei einer unvorsichtigen Bewegung, fühlte er die Verletzung noch. Die Börsenleute sagten, offenbar spüre er da auch immer das Börsenwetter voraus. Dina Holgers war nun in Hollywood. Sie fehlte ihm, mit ihrem graziösen Tanzschritt, ihrer besonnten Leichtigkeit. Ungefähr einmal wöchentlich besuchte er seine ehemalige Freundin Edith Graff und seinen Sohn, der hübsch und gesund war und jetzt bereits zur Schule ging. Faber war nicht einverstanden damit, daß Fräulein Graff den Jungen »Martin« genannt hatte, und er hätte einen weniger sanften, weniger veilchenblauen Namen gewünscht. Übrigens hörte Faber das wenige, was noch über das Leben seines ehemaligen Kameraden Lorenz Münch zu ihm drang, bei Fräulein Graff, denn Münch kam mitunter zu ihr und unterhielt sich mit dem Maler Steinhausen über allerlei, was den Beruf des Künstlers betraf. Dabei fragte er mehr nach den Lehrern als nach den Lehrmethoden und mehr nach den Künstlern als nach der Kunst.

In all diesen bewegten Jahren blieb die Finanzkraft des Hauses Dönhoff unvermindert, und man konnte sagen, daß die Firma jetzt erst einen internationalen Ruf gewann. Sie war die erste christliche Bankfirma Berlins gewesen, aber jetzt wurde sie in London, Paris, Amsterdam, New York und Chicago neben dem Berliner Mendelssohn und dem Hamburger Warburg genannt. Dieser Zuwachs an Bedeutung entstand nur deshalb, weil man wußte und sagte, in der Dönhoff-Bank sei Ulrich Faber der herrschende Geist. Obgleich er ein »Outsider« und »Dilettant« war, ging von seinem Namen der neue Glanz aus, der nun über dem ruhigen und vornehmen Hause lag. Das mochte begründet oder unbegründet, gerecht oder ungerecht sein, und er selber fand im Stillen, daß man, wenn man Glück habe, den Menschen mit leichter Mühe imponieren könne und daß die Kränze des Ruhmes für die einen zu hoch und für die anderen zu niedrig hingen. Er erinnerte sich mit Vergnügen an die Worte des Redners Münch »faul und genußsüchtig«

und sagte, er sei wie eine Lichtreklame, die an der Außenseite des Gebäudes, an der Fassade strahlt. Er konstatierte, das sogenannte Ansehen, der Kredit, die Beliebtheit, Popularität und Autorität einer Person vermehrten sich oft ganz durch sich selbst, wie ein Kapital, dessen Besitzer bequem dahinlebt, ganz selbständig wächst. Man wird, wenn man das Gut nicht verspielt und verschleudert, ohne eigenes Zutun immer wichtiger, und man ist der Erfinder jedes Witzwortes, das in Wahrheit von einem anderen, einem Unbekannten stammt. Faber konnte achselzuckend solche skeptischen und kritischen Betrachtungen anstellen, aber seine Mitmenschen nicht verhindern, ihn für einen Mann zu halten, der nicht nur durch seinen Instinkt, sondern auch durch Klugheit und Weltkenntnis, durch die Fähigkeit, in schwierigen Momenten den erlösenden Einfall zu haben und in der Sackgasse den Ausweg zu entdecken, und durch andere angenehme Vorzüge sich von den meisten »Spitzen der Gesellschaft« unterschied.

Er war in den geschäftlichen Erörterungen kein kleinlicher Krämer, er verlor niemals die Empfindung für die großen Gesichtspunkte und die Fernwirkungen, und am Abend nach solchen Diskussionen konnten die Fremden sich mit ihm über alles, was sie nun gerade interessierte, unterhalten, über die Politik der Gegenwart und die Geschichte der Vergangenheit, über Briand, den Fürsten Bülow, Lloyd George und Vanderbilt, über die Psychologie, die Ideen und Lebensgewohnheiten der einzelnen Völker, über Reisen, Bilder, Bücher, Theater und über die Frauen.

Er sprach Französisch, Englisch und Italienisch und bemühte sich auch, die russische Sprache zu erlernen, womit er freilich nicht recht vorwärtskam. Er vermied es, den

Eindruck zu erwecken, als hielte er den anderen einen Vortrag, verfiel, wenn er ihnen etwas erzählen oder erläutern sollte, nicht in prätentiöse oder lehrhafte Weitschweifigkeit und machte niemals, als suchte er den Applaus, durch besondere Betonung auf eine ihm entschlüpfte sarkastische Bemerkung aufmerksam. Bereits einige Jahre nach dem Kriege wurde er, wenn er in London erschien, in die Häuser und auf die Landsitze der wirklichen, nachweisbar echten Society eingeladen, und er war damals einer der sehr wenigen Deutschen, denen gegenüber man Bann und Schranken nicht aufrechterhielt. In New York war er ein gerngesehener Gast bei den Finanzmagnaten und ihren Damen, und er fuhr auf der Yacht eines Milliardärs zu den Küsten von Florida. Ebensosehr wegen dieser freundschaftlichen Sympathien, auf die er draußen in der Welt rechnen konnte, wie wegen seiner Fähigkeiten, die mancher Fachmann der deutschen Wirtschaft für überschätzt erklärte, wurde ihm im Laufe der Zeit mehrfach nahegelegt, in den Staatsdienst einzutreten, und zweimal wurde er gefragt, ob er bereit wäre, als Botschafter nach Washington zu gehen. Er war nicht dazu bereit, aber all die Auszeichnungen, mit denen Ulrich Faber im Auslande und in Deutschland bedacht wurde, nützten der Bank Dönhoff, stärkten ihren Einfluß und erhöhten ihr Prestige. Und es ist begreiflich, daß Hermann Markgraf erschrocken war, aufschrie und seinen Partner verständnislos anstarrte, als Ulrich Faber ihm im Jahre 1926 zum ersten Mal erklärte, er beabsichtige, aus der Firma auszutreten und sich vom Geschäft zurückzuziehen.

Prosperity vergoldete die Welt. In Amerika erzeugte die während des Krieges angesammelte Kraft unaufhörlich neue Reichtümer und schuf in dem weiten Lande ein Blühen mit der gleichen explosiven Schnelligkeit, mit der in den Urwäldern die tropische Vegetation den Boden und alle Stützpunkte überrankt. An jedem Tage wurden selbst im hintersten Winkel des Westens und des Ostens, in Bretterhütten und Schenken die Telegramme von Wallstreet, die Meldungen über das himmelhohe Steigen der Aktienkurse, mit Begeisterung entgegengenommen. Alles wuchs, dehnte sich aus, vervielfachte sich, die Fabrikanlagen und die Docks, die Wolkenkratzer und die Farmen, die gestifteten Universitäten und die Sportplätze, die Reihen der Autos und die Perlenkolliers. Und auch in den anderen Erdteilen, jenseits des Ozeans, befruchtete der Goldstrom dieser Prosperity immer mehr, in immer stärkerem Tempo das Leben und trieb alle Räder an. Die kleinen Leute lasen nicht ungern, daß die Zahl der Milliardäre, die auf ihren prächtigen Schiffen nach Europa fuhren, kaum noch zu berechnen sei. In London die Bondstreet, in Paris die Rue de la Paix mit ihren grandiosen Juwelierläden, ihren berühmten Schneidern und Modistinnen, auf der Rivieraküste die schnell erbauten Hotelpaläste empfingen die herbeiflutende Kundschaft aus den Vereinigten Staaten, aus Argentinien und Brasilien, und die trauernde Sehnsucht erlosch, die sich mit der Erinnerung an die russischen Großfürsten, zahlungskräftige Idealgestalten, verband.

Die Sonne der Prosperity funkelte auch tröstlich über den endlosen Friedhöfen, in denen einige Millionen Soldaten begraben waren, und huschte freundlich, denn lange konnte sie sich nicht aufhalten, vorüber an den Kriegerspitälern und Irrenhäusern, an dem Blinden, der durch die Straßen tastete, und an dem Krüppel, den sein Kind im Rollstuhl schob. In Deutschland wollte jeder Bürgermeister, sorgend und borgend, das größte Stadion und die schönsten Schulhäuser bauen, und aus dem mit Darlehen gedüngten Boden stiegen die industriellen Zaubergärten auf, in denen es nicht nach Rosen roch, sondern nach Ruß und Schwefelwasserstoff und Arbeiterschweiß. Die kühnen Anführer der Konzerne begnügten sich nicht mehr mit der Vergrößerung ihrer Industriedomäne – wenn sie Kohlengruben oder Eisenwerke hatten, mußten sie jetzt auch den gesamten Markt der Baumaterialien beherrschen, Brauereien, Ölquellen, Stiefelfabriken aufkaufen, Zeitungen, eigene Schiffahrtslinien haben, und in jeder größeren Stadt ein Hotel. Hier gab man, mit dem besonderen Hang zur Gründlichkeit, der Raffgier eine wissenschaftliche Erklärung, unterschied zwischen den verschiedenen Systemen und nannte den einen Konzern »vertikal« und den anderen »horizontal«. Gleichzeitig war man von Kopf bis Fuß amerikanisch, »rationalisierte« wie Ford und rasierte sich, wie es die Amerikaner der Neuzeit vorgemacht hatten, die Bärte ab.

Hermann Markgraf hatte Vertrauen zu allen alten Geschäftsverbindungen und hielt es beinahe für eine Ehrensache, die Wünsche dieser Kundschaft zu erfüllen. Mehrere der westfälischen Industriellen, für die er so freundschaftlich eintrat, suchten ihre Unternehmungen immer mehr auszudehnen, und gehorchten damit, wie man das nannte, dem Geist der Zeit. Faber, der die Finanzlage dieser Herren nicht mit demselben Gefühl für die Ehrenfrage und infolgedessen auch nicht so nachsichtig beurteilte, verweigerte in besonders zweifelhaften Fällen seine Unterschrift und mußte, sehr widerwillig, Markgraf kränken, dessen persönliche Autorität obenein durch solche Entscheidungen in bedauerlicher Weise angebröckelt erschien. In diesen Auseinandersetzungen stand Direktor Schmidt wakker, pflichtbewußt und mit vorgewölbter Brust an der Seite Hermann Markgrafs und widerlegte alle Argumente Fabers mit einer Bestimmtheit, die sich aus seiner schon langen Erfahrung ergab. Direktor Schmidt war vor bald 40 Jahren als Lehrling in das Bankhaus Dönhoff eingetreten, er war allmählich aufgestiegen, er hatte die Ziffern eines jeden Kontos genau im Gedächtnis, er konnte das ganze Buch auswendig hersagen, wie andere den *Faust*. Abends traf er an seinem Stammtisch Kollegen aus der Mittelschicht der Finanzwelt, die ganz wie er der Meinung waren, Faber habe zu schnell Karriere gemacht.

So stellten sich also, als die Prosperity andauerte und alles an dem wirtschaftlichen Aufschwung teilnahm, in dem Bankhaus Dönhoff gewisse Trübungen ein. Aber Faber dachte, wenn der Freiheitsdrang über ihn kam, nicht nur an die komplizierten Finanzverhältnisse der Dortmunder Metallwarenfabrik AG oder der Spinnerei Heinrichsfeld, und nicht nur an das Kontobuch, in dem Herr Direktor Schmidt sicherlich besser Bescheid wußte als er. Diese ganze Prosperity, war die nicht auch nur ein Wort? Eines von jenen Schlagworten, die vom Wind wie der Samen einer Rauschpflanze über die Völkerwiese getrieben werden und die Gehirne verwirren? Mußte man sich nicht argwöhnisch gegen jedes Wort verschließen, das allgemein als eine Offenbarung begrüßt wurde, seines glitzernden Scheines wegen die Massen blendete und entzückte und sie am Ende so verderben konnte, wie einst der von den weißen Händlern ausgebreitete falsche Juwelenkram die Urbewohner

Amerikas und Afrikas verdarb? War denn jemals ein Wort, das eine echte, lebensfähige Wahrheit enthielt, so von allen, von fast allen, begriffen und aufgegriffen worden, hatte sich nicht unzählige Male die leere Phrase als übermächtig erwiesen, wenn sie dem Bedürfnis des trägen, kritiklosen Glaubens entgegenkam? Prosperity – ebensogut konnte man eines der hundert »Systeme« für unfehlbar halten, mit denen in Monte Carlo klapprige Spielveteranen und angestrichene, durch die Morphiumspritze künstlich belebte Marionetten so lange sicher zu gewinnen meinen, bis sie, nach dem Verlust ihrer Einsätze, mit gleicher Zuversicht zu einem anderen der hundert unfehlbaren Systeme übergehen. Faber hatte auf seinen Fahrten durch Amerika die Risse in der Mauer gesehen, die Folgen der unablässigen Maschinisierung in einem zu erfindungsreichen Zeitalter, die Überproduktion, die Schwächen einer Spekulation, deren Hauptarmee ein Millionenheer ohne Waffen, ein Heer von Millionen kleiner Leute war. Er war wahrhaftig nicht der einzige Gescheite, er begegnete auch genug Amerikanern, die der »boom« beunruhigte, aber diese Vernünftigen wollten oder konnten sich einem Massenzuge, der sich in einer Richtung fortbewegte, nicht entgegenwerfen, und bisweilen hatten sie wohl auch ihre Stunde der Unvernunft. Wenn er dann wieder in Deutschland war und den stampfenden, rasselnden Betrieb der Fabriken, die endlich wiederbeschäftigten und gutgenährten Arbeiter, den überall bemerkbaren Aufschwung des Lebens erblickte, sagte er sich, daß man vorsichtig eindämmen könne, daß es aber unmöglich und wohl tödlich wäre, mitten in diesem Lauf mit einem plötzlichen Ruck die Bremse anzuziehen. »Sehen Sie«, hatte ihm in New York ein befreundeter Bankmann gesagt, »all diese Menschen, die eben die letzten Kursziffern gelesen haben und mit dem Gefühl, reich wie Vanderbilt und Rockefeller zu sein, nach Hause eilen – lauter Nachtwandler –, wenn man sie durch einen zu lauten Ruf aus ihrem Schlaf aufschrecken wollte, würden sie vom Dach des Wolkenkratzers herunterstürzen und sich das Genick brechen – kann man das tun?«

Als Ulrich Faber mit seinen Versuchen, in der Bank Dönhoff den Geist der Prosperity zu zügeln, auf Widerstand stieß, reifte sein Entschluß. Er hatte die Empfindung, daß seine Verbundenheit mit der Bank ihn nicht nur mit der Verantwortung für die Geschäfte der Firma belaste, sondern ihn in eine noch größere hineinzwinge – daß er mitverantwortlich werde für eine Wirtschaftsordnung, die eine solche Unordnung schuf. Seine Gedanken hatten nicht die leiseste Ähnlichkeit mit den hohen Flügen, die Lorenz Münch unternahm. Aber er konnte eine wirtschaftliche und soziale Satzung nicht für endgültig halten, die so widernatürliche Erscheinungen zuließ, nichts regulierte oder doch nur dies eine: Beim Schiffbruch stiegen die Passagiere der ersten Klasse in die Rettungsboote, und die Armen klammerten sich, bis ihre Kräfte versagten oder die Haifische sie verschlangen, an einer herumtreibenden Planke an. Die Loslösung von der Bank vollzog sich auch dann, als sie unwiderruflich beschlossen war, nicht ganz leicht. Faber ließ schließlich unter gewissen Bedingungen den größten Teil seines Vermögens in der Firma, auch Dorothee, von Direktor Schmidt vorgeschickt, hatte ihm nach den schon üblichen Vorwürfen über seine Treulosigkeit allerlei Zugeständnisse abgerungen. Er hatte auf viele Vorteile mit einer ritterlichen Nachlässigkeit verzichtet – und mit einer Geste, in der sich ein klein wenig Selbstverspottung zu äußern schien.

Am ersten Oktober des Jahres 1928 wurden in dem Hause der Dönhoff-Bank die letzten Formalitäten vollzogen, die den Austritt Ulrich Fabers – oder, wie man sagte, die Umwandlung des Sozietäts-Verhältnisses – bestätigten und regelten, und die Abschiedsgrüße wurden ausgetauscht. Seit dem Tode Friedrich Dönhoffs hatten im Innern des alten Gebäudes die modernen Anschauungen auch das Mobiliar beeinflußt, und die wartenden Kunden, die früher auf harten und schmalen Rohrstühlen unruhig zappelten, fühlten sich jetzt in breiten ledernen Klubsesseln geborgen und wohlverwahrt. In dem Konferenzsaal, der durch Niederlegung einer Wand noch vergrößert worden war, hingen die Portraits der Vorfahren – zwischen den Fenstern die beiden Bankahnen, ihnen gegenüber Friedrich Dönhoff, von dem berühmtesten Meister gemalt. An dem langen, natürlich mit grünem Tuch bespannten Tisch saßen an diesem Vormittag Faber, Markgraf, Erich Dönhoff, die Direktoren Schmidt und Albert und zwei erprobte Filialleiter, aus Köln und aus Leipzig, die man durch die Einladung zu der wichtigen Schlußkonferenz besonders hatte ehren wollen. Hermann Markgraf verbarg, ehe er die Sitzung eröffnete, hinter der vor den Mund gehaltenen Hand ein krampfartiges Gähnen, er hatte am Tage vorher im Golfturnier seinen englischen Gegner geschlagen und sich noch nicht ganz von dieser Anstrengung erholt. Weil das Turnier schwer gewesen war und weil ja auch nach so langwierigen Verhandlungen wenig zu sagen übrigblieb, äußerte er nur in kurzen Worten, bisweilen den Schluß eines Satzes suchend, sein Bedauern darüber, daß es ihm nicht gelungen sei, seinen Freund Ulrich Faber von dem einmal gefaßten Entschluß abzubringen.

Dann sprach bedächtig und so, wie es die Bedeutung des Geschehens und seine eigene erforderten, Direktor Schmidt. Nachdem er den Kollegen aus Köln und aus Leipzig die neuen Abmachungen erläutert hatte, berührte er mit männlicher Offenheit jene Fragen, in denen er, ein alter, unverbesserlicher Querkopf, seine Überzeugung nicht habe ändern können. »Ich habe mir erlaubt, auch einer von allen anerkannten Autorität gegenüber« – dies mit einer respektvollen Verbeugung vor Faber – »einen abweichenden Standpunkt einzunehmen, weil ich mich, wenn auch auf nicht viel anderes, so doch auf eine fast vierzigjährige Zugehörigkeit zu diesem Hause und also auf eine gewisse Erfahrung berufen darf. Diese Erfahrung kann vielleicht nicht die fehlenden Geistesgaben ersetzen« – er sprach mit einer humorvollen Bescheidenheit – »aber unser unvergeßlicher Herr Friedrich Dönhoff hatte zu meinem Urteil einiges Vertrauen. Ich möchte noch einmal hier erklären, daß meiner Meinung nach die Firma heute absolut gesund und auch gegen alle Wechselfälle gewappnet und gepanzert ist. Wir sind hier alle gewissenhaft und vorsichtig genug, um auch die Möglichkeit solcher Wechselfälle nicht aus dem Auge zu verlieren, aber im Geschäftsleben, das wird auch unser verehrter Herr Faber zugeben, gleicht der Zweifel jenen Arzneien, die in beschränkter Tropfenzahl vorbeugend wirken und den ganzen Organismus zerstören, wenn man sie übermäßig gebraucht. Ich habe alle Verbindungen unserer Firma und ihre finanziellen und wirtschaftlichen Grundlagen genau geprüft. Sie kennen das sehr günstige Resultat. Aber, meine Herren, lassen

Sie mich auch das hinzufügen: In der Zusammenarbeit mit alten Kunden, die zu Freunden geworden sind, steht über allen geschäftlichen Erwägungen etwas sehr Großes und Schönes – die Treue, und diese Treue muß, meiner Meinung nach, auch in Zukunft wie bisher der Ruhm und der Leitstern des Bankhauses Dönhoff sein!« Den Eindruck des Satzes, in dem die Arznei vorkam, steigerte Direktor Schmidt noch, indem er die Silben auseinanderzog und jede einzelne, wie Diamanten, im Tageslicht funkeln ließ. An seinem Stammtisch hatte eines Abends ein philosophischer Strumpfwarenfabrikant mit dieser hübschen Sentenz diejenigen, die nicht an die Ewigkeit der Prosperity glaubten, niedergekämpft. Ulrich Faber dankte, ganz unfeierlich, den Herren für ihre wohlwollende Gesinnung und dankte auch Herrn Direktor Schmidt, in dessen Rede er vor allem die Stelle bewundert habe, die eine zersetzende Zweifelsucht betraf. Natürlich könne niemand aus seiner Haut heraus, und er habe nun einmal eine andere Haut als der von ihm hochgeschätzte Direktor Schmidt. Ebenso falsch und gefährlich wie ein fröhlicher Optimismus sei eine griesgrämige Schwarzseherei. Aber wenn die Umstände es erforderten, scheine ihm ein fröhlicher Pessimismus nicht das Schlechteste zu sein.

Die Herren erhoben sich, es gab noch ein kräftiges Händeschütteln, Faber gratulierte dem erfolgreichen Golfspieler Hermann Markgraf, der wieder mit der Handfläche ein Gähnen verbarg. Im Vorzimmer traf er Dorothee, die auf ihren Mann wartete und gleich fragte: »War er sehr übermüdet? Er hat wundervoll gespielt gegen den englischen Champion, aber hinterher spüren es die Nerven doch.« – »Glücklicher Rittmeister, der immer siegt!« Ohne daß Faber es wollte, hatten die Worte, die von früher her in der Gedächtniskammer lagerten, sich wieder eingestellt. »Nicht wahr«, sagte sie noch, »ich kann mich auf Sie verlassen, Sie bleiben unser Freund?« Er antwortete: »Selbstverständlich«, küßte ihr die Fingerspitzen und sah noch die Verliebtheit in ihren ungleichen Augen und in ihren Bewegungen, als sie jetzt dem eintretenden Gatten entgegenschritt. Es war ein Viertel vor zwölf Uhr, die Sitzung war kurz gewesen, nur Direktor Schmidt hatte sie durch seinen Vortrag ein wenig ausgedehnt. Um ein Uhr sollte Faber, wie seit einiger Zeit häufig, bei dem englischen Botschafter frühstücken, vorher konnte er noch spazierengehen und sich bei seinem Buchhändler nach der alten Ausgabe der Fabeln von Lafontaine erkundigen, die er in einer Versteigerung hatte erwerben wollen. Als er unten am Portal war, eilte, immer eine Treppenstufe überspringend, der gewandte Herr Ahrends, der jetzt Privatsekretär Hermann Markgrafs war, ihm nach. Herr Ahrends hatte Faber noch nicht begrüßen können, er bat um Entschuldigung und setzte, da Faber gerade eine Zigarette zwischen die Lippen geklemmt hatte, schnell sein Feuerzeug in Betrieb. Ulrich Faber trat auf die Straße hinaus. Es waren beinahe zehn Jahre vergangen, seit er Mitchef der Dönhoff-Bank geworden war.

IV.

An diesem ersten Oktober war die Luft noch warm und ohne den Hauch von Feuchtigkeit, der den Gedanken an zusammenschrumpfende und zerknautschte gelbe Blätter erweckt. Herbstpoesie durfte man freilich in einer Stadtgegend nicht suchen, in der die Straßen geradlinig, kahl und so blank waren, als wären sie eben aufgeräumt worden, und nur hier und da ein Gebäude aus der altpreußischen Epoche, verschont geblieben von den ärgsten Entstellungen, sich ausnahm wie ein selbständiger Charakter zwischen Geschöpfen ohne Seele und ohne Physiognomie. Ulrich Faber erledigte seine Angelegenheiten bei dem Buchhändler und ging dann langsam zum Hotel Adlon, wo er eine Karte für einen holländischen Finanzmann niederlegte, der am Morgen eingetroffen war. Obgleich der Wagenverkehr dünner und die Zahl der Fußgänger geringer war als in anderen Millionenstädten, deutete auch hier alles die Prosperity an, in den Schaufenstern waren zahllose Dinge für reiche Käufer ausgebreitet, die Blumenläden waren exotische Wunderlauben, voll von den seltensten Orchideen, und in den Hallen der Hotels war ein Andrang von Fremden aus allen Ländern, von großen und kleinen Finanziers und Kaufleuten, von Privatsekretären mit Ledermappen und von dienstbereiten Vermittlern, die eine Gelegenheit erspähten, ganz so wie die Fische neben dem Schiff der dinierenden Millionäre schwimmen.

Es war immer noch reichlich früh, Faber bog von den »Linden« ab und kam dorthin, wo ein gutes, altertümliches, vertrautes Möbel, die Dreifaltigkeitskirche hingesetzt ist, ohne Türme, die wie spitze Lanzen sind, und ohne intolerante Eckigkeit, an der sich jeder andere Glaube stößt. Als er sich hinter diesem freundlichen Gotteshause befand, fiel ihm ein Mädchen auf, das mit drei jungen Männern bei dem Karren eines Obsthändlers stand und gerade mit dem ganzen Appetit der Siebzehnjährigen in eine große Birne biß.

Vielleicht wäre sie ihm nicht aufgefallen, wenn sie die Mahlzeit nicht plötzlich unterbrochen und die schon angebissene Birne nicht in die Tüte, die sie mit der linken Hand hielt, zurückgelegt hätte, als sie ihn herankommen sah. Sie sagte den drei jungen Männern etwas, was sich auf Faber beziehen mußte, denn die drei, ein langer, blasser und blonder Jüngling, ein etwas kleinerer mit sympathischen Zügen und ein schmächtiger, schwarzhaariger, ein bißchen im Wachstum zurückgeblieben und offenbar jüdisch, vollzogen eine gleichzeitige Kopfdrehung und blickten ihn forschend und musternd an. Im Vorübergehen bemerkte Faber nur, daß das Mädchen, in einem weißen Rock und lichtblauer Bluse, schlank und kräftig war und daß – einen Hut trug sie nicht – auf den Nacken ein prächtig voller blondbrauner Haarschopf, von keinem Band gebändigt, hinunterhing. Aber als er sich noch einmal umwandte, stellte er fest, daß sie sehr hübsch war, und die Augen, gerade auf ihn gerichtet, schienen auf eine besondere Weise dunkel, von einem belebten Dunkel zu sein. In der Art, wie sie ihm nachblickte, und in ihrer Haltung war ein kurzes Schwanken zwischen Wollen und Zögern, dann gab sie dem jüdischen Knaben, der gerade neben ihr stand, die Tüte und löste sich von der Gruppe los. Da Faber merkte, wie sie hinter ihm herkam und ihn offenbar ansprechen wollte, trat er an das Schaufenster eines Bäckerladens und erwartete sie.

»Guten Tag, Herr Faber«, sagte sie mit einer gespielten Sicherheit, hinter der sich ein wenig Furcht verbarg. »Sie haben mich nicht erkannt, ich bin Gerda Rohr, meine Eltern waren bei Dönhoffs im Grunewald angestellt.« Das war also die Lösung des Rätsels, richtig, das war das kleine Mädchen, das sich damals auf dem Wirtschaftshof mit den Burschen raufte und so grob geprügelt wurde – es war ihm noch ein paar Mal begegnet, dann immer neben einer älteren Frau, sehr sittsam und brav. Sie sagte: »Meine Eltern waren angestellt«, was vornehmer als »Diener« klang. »Sehr erfreut« – er nickte – »natürlich erinnere ich mich, aber Sie sind inzwischen so groß geworden – und Sie wußten gleich …?« – »Ich habe Sie auch bei der Hochzeit von Fräulein Dönhoff gesehen, in der Kirche und sehr oft.« – »So? Aber war Ihr Haarschopf da früher nicht noch blonder? Es kommt mir so vor.« Sie hatte eine abweisende, ungeduldige Bewegung, offenbar war sie ungeduldig, weil er sich bei solchen dummen Nichtigkeiten aufhielt und kostbare Zeit verlorenging. Diese Minuten waren so ungeheuer wichtig, alles hing von ihnen ab. »Ich habe mir immer so sehr gewünscht, mit Ihnen sprechen zu dürfen. Aber ich hatte doch keine Gelegenheit. Entschuldigen Sie, bitte, daß ich Sie hier auf der Straße angesprochen habe. Ich weiß, daß es sich nicht paßt. Ich möchte Sie etwas fragen – um etwas bitten, wenn ich darf.« – »Mich? Warum gerade mich?« – »Sie gehören doch zur Firma. Ich weiß doch, wer Sie sind. Sie können soviel tun, für Sie ist doch alles leicht.« Er entgegnete lächelnd und mit einem Kopfschütteln: »Sie werden mir sagen, was es ist. Aber nicht hier, bitte. Wir wollen den Leuten nicht im Wege stehen.« Das Gerede der anderen war ihm gleichgültig, aber ihm selber schien es ein wenig komisch, daß er hier mit einer hübschen Siebzehnjährigen – so alt war sie ja wohl – am Schaufenster des Bäckerladens plauderte, und schließlich war es auch überflüssig, daß man ihn für einen Mädchenjäger in den Dschungeln der Straße hielt. Neben dem Laden des Bäckers war man in einem breiten, offenen Portal, einem Durchgang zum Hof, nicht so unbedingt Zielpunkt der allgemeinen Aufmerksamkeit.

»Also was ist es?« fragte er ein wenig brüsk, weil er nicht zeigen wollte, wie sehr sie ihm gefiel. Er empfand das Heuchlerische seines Tones, während er sich der angenehmen Beschäftigung, sie möglichst genau zu betrachten, genießerisch überließ. Sie war wirklich schön, mit einer freien Stirn unter den Haarwellen, einer untadeligen Nase, einem sehr verlockenden Mund und diesen Augen, deren Dunkel nicht hart, keine Spur metallen, sondern wechselnd, in einem Wechsel von Licht und Schatten, war. Das Dunkel konnte noch dunkler werden, dann wieder leuchtete ein glückliches Licht hindurch, und das Farbenspiel war bewegt wie das einer Meeresfläche unter einem Himmel, an dem vor einer unbesiegten Sonne, bald finster und bald hell durchstrahlt, die Wolken vorüberziehen. Das Fräulein Gerda Rohr war ungefähr ebenso groß wie Faber, ihre Schultern waren in gleicher Höhe mit den seinigen, sie brauchte, wenn sie mit ihm sprach, nicht zu ihm emporzusehen. Die kurzen, losen Ärmel der Bluse bedeckten nur den oberen Teil ihrer kräftigen und gutgeformten Arme, und hinter den billigen Lappen der Kleidung spürte er die gesunde Frische ihres Körpers, die Frische einer Schwimmerin, die soeben aus dem Wasser herausgestiegen ist und die Mühe, ihre Glieder zu trocknen, den Winden überlassen hat.

»Also, was ist es?« hatte er gefragt. Mit einer Stimme, die fest und sicher klingen sollte, sagte sie: »Brauchen Sie nicht eine Sekretärin? Wollen Sie mich nicht engagieren? – Warum geht das nicht?« Diese letzten Worte sprach sie schon stockend, beunruhigt, weil er, amüsiert über ihren plötzlichen Vorstoß, über ihre so gerade aufs Ziel losgehende Frage, gelacht hatte und ihren Wunsch nicht ernst zu nehmen schien. »Nein«, entgegnete er, »Gott sei Dank, ich brauche keine Sekretärin. Ich bin auch nicht mehr in der Bank, in der Dönhoff-Bank, wie Sie wahrscheinlich glaubten, ich habe gerade heute, vor einer Stunde, da meinen Abschied genommen.« Aus ihrem Gesicht verschwand die Zuversicht, mit der sie ihre tapfere Offensive begonnen hatte, auf der Stirn über dem Nasenansatz bildeten sich zwei senkrechte Falten, und zuerst fand sie keine Worte, seine Absage hatte alles zerschlagen, alles zunichte gemacht. »Das ist doch unrecht«, brachte sie hervor, »warum sind Sie denn fort von der Bank, Sie sind doch noch nicht alt genug, um nichts mehr zu tun?« Ersichtlich sprach sie eigentlich nur mechanisch und ohne mit ihren Gedanken bei ihren Worten zu sein. »Ja«, er lachte wieder – »zum Arbeiten bin ich vielleicht noch jung genug.« In ihre traurige Enttäuschung vergraben, umdunkelt, wie abwesend, war sie durch seine verständnislose Heiterkeit verletzt. Sie wollte Haltung bewahren, nicht zu viel bitten, nicht als eine zudringliche Bittstellerin dastehen – so war doch das Leben, das Leben für die Armen, es war wieder etwas mißglückt, und sie war eben wieder einmal vom Himmel auf die Erde gefallen. Nur, diesmal war es besonders schlimm, denn den Plan, der jetzt gescheitert war, hatte sie seit langem vorbereitet und überlegt, hundertmal hatte sie des

Morgens und des Abends alle Möglichkeiten und Wege überdacht, immer von dem wunderbaren Zufall geträumt. Faber las von ihrem Gesicht das alles ab, das innere Drama, den Kampf ums Dasein, und als sie sich mit einer zaudernden Schulterbewegung ein wenig abwandte, unschlüssig, ob sie gehen solle, hielt er sie auf. »Wir können uns schon ein bißchen unterhalten, ich habe noch ein paar Minuten Zeit. Oder sind Sie sehr beschäftigt, müssen Sie schnell zu Ihren Freunden zurück?«

Sie horchte auf, noch unter der Wirkung des empfangenen Chocks, aber plötzlich wieder gespannt. Was wollte er sagen, vielleicht war doch noch nicht alles aus? Er fragte, ob sie jetzt eine Stellung habe, und wo und was. Sie arbeitete bei einem Photographen, dort weiter hinten in der Mauerstraße, aber sie wollte dort fort, so schnell wie möglich fort. »Macht er Geschäfte mit Schönheitsphotographien, und Sie wollen ihm dabei nicht helfen?« Natürlich verstand sie seine Frage, aber sie ging nicht darauf ein, tat, als habe sie seine Worte nicht gehört, und wiederholte nur heftig: »Ich muß von dort fort.« Die Falten waren wieder auf ihrer Stirn. Als er weiter fragte, seit wann sie bei dem Photographen arbeitete, entgegnete sie: »Seit vierzehn Tagen. Meine Tante meint immer, es liege nur an mir, es sei alles meine Schuld.« – »Ja, vielleicht liegt es auch an Ihnen, aber Ihre Schuld ist es nicht.« Sie wohnte bei ihrer Tante, seit auch die Mutter aus Gram über den Tod des unkriegerischen Christian gestorben war. »Was können Sie denn, Schreibmaschine, Stenographie? Gut, auch eine fremde Sprache, Französisch oder Englisch?« Ihr »ein bißchen Englisch« klang nicht sehr überzeugend, ersichtlich genierte sie sich, ihm ihre Unwissenheit zu gestehen. – »Also damit scheint es nicht viel zu sein. Wollen Sie etwas lernen, aber sehr gründlich und sehr ordentlich?« – »Oh ja ...« Es kam wartend heraus, wie durch Aufregung gehemmt. »Und ich bin wirklich nicht ganz dumm.« – »Sicherlich nicht. Also Sie werden Sprachunterricht erhalten, englischen und französischen, vielleicht sind noch ein paar andere Bildungslücken auszufüllen. Ich werde sehen, ob ich Ihnen eine anständige Stellung verschaffen kann – ich hoffe, es wird sich etwas finden. Abgemacht, Fräulein Gerda Rohr? Da Sie diesen Überfall offenbar so lange geplant haben und da Sie mir ein solches Vertrauen erweisen – ganz vergeblich soll es nicht gewesen sein.« Einen Moment lang schwieg sie, und sie sah, mit etwas schwimmendem Blick, an ihm vorbei, als suchte sie die Bestätigung ihres Glückes auf der schmutzig-grauen Hausflurwand.

Noch ein wenig ängstlich, zögernd: »Und Sie sagen das nicht nur, um mich loszuwerden, es ist ganz ernst?« Er wollte antworten: »Ich will Sie ja gar nicht loswerden«, aber er schluckte das hinunter, es ärgerte ihn schon, daß er bei der Geschichte mit dem Photographen ein wenig über die wohl richtige Linie hinausgegangen war. Jetzt rührte sie selber an dieses heikle Thema: »Wenn ich schon morgen nicht mehr hin müßte ... Ich will nicht mehr ... Sie können das nicht verstehen.« – »Doch, ich verstehe, ich glaube wenigstens, daß ich verstehe ... Wollen Sie, daß ich Ihnen heute abend mitteile, was ich ausgerichtet habe? Aber dann müssen Sie mir sagen, wohin ich Ihnen eine Nachricht senden soll.« Sie überlegte: »Es ist besser, daß Sie mir nicht schreiben. Tante, ich wohne bei ihr, öffnet alle meine Briefe. Ich möchte es ihr lieber selber sagen, auch wenn es etwas Gutes ist. Einen Brief würde ich vielleicht auch erst morgen bekommen. Ich würde bestimmt die ganze Nacht nicht schlafen können.« – »Ja, aber kann ich Sie irgendwo treffen und wie und wo?« Sie sann wieder nach, dann: »Wollen Sie – aber es ist unbescheiden von mir – mich um sieben, ein bißchen später, an der Ecke der Wilhelmstraße und der Krausenstraße treffen, wenn ich vom Geschäft nach Hause gehe? Ist es sehr unbescheiden von mir?« Er sagte lächelnd, es sei nicht unbescheiden, und da er ihr nicht schreiben solle, gebe es kaum eine andere Möglichkeit. Er werde also etwas nach sieben sie dort an der Ecke erwarten und ihr hoffentlich eine günstige Nachricht bringen. Sie reichte ihm die Hand, ein wenig befangen in ihren Gedanken, und ging zu den jungen Leuten, die bei dem Obstkarren so geduldig auf sie gewartet hatten wie meisterhaft gedrillte Ordonnanzen auf ihren Offizier. Wird sie ihnen sagen, dachte er, daß sie mich gehörig eingewickelt hat? – Nein, so ist sie eigentlich nicht. Dann, während er zum Hause der englischen Botschaft schritt: Ihr Vater ist im Kriege gefallen, er war Diener bei Dönhoffs, die Mutter ist auch tot, selbstverständlich muß ich etwas für sie tun. Aber diese Erklärung seiner Motive kam ihm selber nicht absolut glaubwürdig vor, und sie stellte sich ja auch erst ziemlich verspätet ein.

Der Diener der englischen Botschaft, der ihm die Tür öffnete, begrüßte ihn und meldete den erwarteten Gast nicht erst an. Faber übergab dem anderen Bedienten, der aus dem Garderobenzimmer herauskam, seinen Hut und trat in den Salon, der links vom Treppenhaus länglich und nicht sehr breit an der Front der Wilhelmstraße lag. In dem für Strousberg, den unglücklichen Eisenbahngründer, nach dem Kriege von 1870 erbauten Palais waren die

Räume in einer festlichen Harmonie so gruppiert, daß sie sich zu der großen Mittelhalle hin öffneten und, nur durch Bruchstücke von Wänden abgeteilt, in sie übergingen. Lord R., der Botschafter, der ein eifriger und geschickter Kunstsammler war, und seine Gattin hatten das Staatsmobiliar durch eigenen Besitz ersetzt oder ergänzt. Man fand bei ihnen Gemälde von Reynolds und Romney, von den Franzosen des Achtzehnten und das von Lenbach gemalte Portrait der wegen ihrer Schönheit vielgefeierten Botschafterin. Zwischen dem Torbogen, in dem Faber mit dem jungen Mädchen gesprochen hatte, und diesem Botschaftspalais lagen kaum einige Hundert Meter, aber der kurze Zwischenraum war eine Welt. Faber liebte diesen schnellen Wechsel der Situationen, der Erscheinungen, der Szenerie. Daß er, gänzlich unabhängig, durch alle Stockwerke des sozialen Gebäudes wandern, überall eintreten und nach Gefallen verweilen konnte, erschien ihm als der lohnendste Vorteil, der sich aus seinen mühelos erreichten Erfolgen ergab. Er war nicht wie der Teufel des Lesage genötigt, die Dächer von den Häusern abzuheben, denn alle Türen öffneten sich ihm. Von dieser Freiheit, überall einzutreten, machte er indessen nur einen sparsamen Gebrauch, das Gesellschaftsleben mit seinen stereotypen Formen, seinem Zwang und seinen nicht einmal täuschenden Masken war eine Marter, der er sich nur in Notfällen unterwarf. Der Verkehr mit Lord R. aber gehörte für Faber nicht zu diesen konventionellen Gebräuchen, denn der Botschafter, der durch seine Statur jede Umgebung überragte und der, ratgebend und die Richtung anzeigend, Lenkstange, Hebel und Bremse der deutschen Politik bewachte, hatte die kühle Klugheit und die phrasenlose Sprache des großen

Handelsmannes und sieben mal sieben verborgene Tiefen hinter seiner Aufrichtigkeit. Mit seiner hohen, breitschultrigen und doch keineswegs schwerfälligen Gestalt und dem muselmännischen Gemisch von Abgeklärtheit, Wohlwollen und Schlauheit hätte er als ein regierender Scheich in einem jener Korsarenstaaten thronen können, die ehemals auf der nordafrikanischen Küste blühende Unternehmungen gewesen sind. Er war nicht, wie manche behaupteten, ein Verführer der deutschen Seele, die Interessen seines Landes wiesen ihm die Aufgabe zu, das besiegte Deutschland zu kräftigen, und der erfahrene Geschäftsmann gab gern die richtigen Ratschläge, als Amateur und aus Freude am Metier.

Während Faber ein altes holländisches Hafenbild, eine Neuerwerbung, betrachtete, trat der Botschafter herein. Er grüßte heiter, sein jugendfrisches Gesicht mit dem runden weißen Bart und dem seidig liegenden Haar erschien nur väterlich gutmütig, aber bisweilen war ein maliziöses Blinken in den hellen Augen ein Warnungssignal. Das lokker sitzende dunkle Jackett, der unmodisch weite und niedrige Kragen und die lose geschwungene schwarze, in zwei Flügelenden herabhängende Halsbinde – all das hatte die saloppe, künstlerische Eleganz der majestätischen Unbekümmertheit. »Ich glaube nicht«, sagte der Botschafter, auf das Bild des Dortrechter Hafens deutend, zu Faber, »daß es ein van Goyen ist, aber ich habe auch nicht viel dafür bezahlt ... Sind Sie heute mit allem fertig geworden, ist alles glatt gegangen? Sind Sie ganz heraus aus Ihrer Bank?« Lady R. war von ihrem Vormittagsspaziergang, ihren Einkäufen noch nicht zurückgekehrt, und auch einen Gast, Lord Lothberry, Mitglied des Oberhauses, erwartete man noch. »Ich weiß, Sie lieben ihn nicht. Sie beurteilen ihn zu scharf.« In der Tat, Faber liebte den Lord Lothberry nicht, denn Lord Lothberry gehörte zu jenen Persönlichkeiten, deren Gerechtigkeit den Erdball überleuchtete und unter Umständen ausgeschaltet werden konnte wie ein gewöhnliches elektrisches Lampenlicht. Aber in der Gewißheit, daß ihm nicht geglaubt werde, sagte er, wie sehr er sich darauf freue, diesen ausgezeichneten Mann zu sehen. Noch einen anderen Besucher kündigte der Botschafter an. Nach dem Frühstück werde Ammon kommen, der nationalliberale Abgeordnete, der jetzt zweiter Vorsitzender des rheinischen Industriellenverbandes und, weil der Reichskanzler Stresemann die brüchige Treue des Paladins täglich neu befestigen mußte, einer der einflußreichsten Politiker geworden war. Herr Ammon hatte gebeten, dem Botschafter einen seiner Freunde vorstellen zu dürfen, den Kommerzienrat Werner aus Elberfeld, der geschäftliche Beziehungen nach England hin unterhielt. Als der Abgeordnete Ammon aus den Worten des Lord R. entnommen hatte, daß er in der Botschaft wahrscheinlich Herrn Faber antreffen werde, hatte er mit den Zeichen aufrichtiger Befriedigung gesagt, das wäre beinahe ein Wink des Himmels, denn er habe Herrn Faber einen sehr interessanten Vorschlag zu überbringen. »Ahnen Sie« – in den Augen des Botschafters war das maliziöse Blinken – »was für ein Wink des Himmels das ist?« – »Ich ahne es, Herr Ammon ist nicht der erste Engel, den mir der Himmel schickt.« – »Dürfen wir nach London telegraphieren lassen, daß Sie annehmen werden?« – »Dann würde der sonst so zuverlässige englische Nachrichtendienst eine falsche Meldung verbreiten ... das wäre sehr bedauerlich.« – »Warum wollen Sie ablehnen ... nicht auch einmal Minister sein? Es ist doch nicht so schlimm.« – »Nein, und es geht schnell vorüber. Wahrscheinlich bin ich zu träge, arbeitsscheu. Aus einer so hartnäckigen Trägheit reißt man sich nur heraus, wenn der Ruck von einer einleuchtenden Aufgabe ausgeht, von einem großen Zweck. Die einleuchtende Aufgabe ist nicht vorhanden, und wenn sie vorhanden wäre, wie sollte man sie verwirklichen? Ich glaube auch nicht, daß der Himmel – der wirkliche – gerade mich dazu ausersehen hat. Er ist gerecht.«

Lord R. lachte, und die beiden gingen, da die Botschafterin und das erwartete Mitglied des Oberhauses noch nicht eingetroffen waren, in dem vorderen Salon auf und ab. Faber berief sich auf den Apostel Paulus, der gesagt haben soll, wenn er nicht an die Auferstehung glauben würde, so würde er wie ein gewöhnlicher Bürger leben, sich beschäftigen und seinem Vergnügen nachgehen wie jeder simple Einwohner von Ephesus oder Korinth. »Ich glaube nicht an die Auferstehung.« – »Es hat aber doch Leute gegeben, zum Beispiel große Philosophen, die auch nicht an die Auferstehung geglaubt haben und trotzdem so etwas wie Apostel oder Propheten geworden sind.« – »Die glaubten an eine Idee, an ihre Idee, von der die Auferstehung kommen sollte. Ist von ihren großen Wahrheiten und ihrer schönen Philosophie viel in die Gehirne eingedrungen? Ich habe neulich gelesen, daß es im Mittelalter in Deutschland eine heilige Büßerin gab – den Namen weiß ich im Augenblick nicht –, sie hob das Ungeziefer, das von ihrem ungewaschenen Leib herunterfiel, wieder auf und setzte es sich wieder auf die Haut, aus lauter Bußfertigkeit und Frömmigkeit. Ebenso machen es die Menschen doch mit jeder Dummheit und mit allem Schlechten, das von ihnen abfällt – nach einer Weile heben sie es wieder auf und setzen es sich auf den Leib.«

Die Botschafterin kam von der Treppenhalle her, fast überschlank, in einem enganschließenden Spazierkleid und mit einem kleinen runden Hut, den sie nicht ablegte, und gleichzeitig erschien Lord Lothberry, ein etwas korpulenter Herr in mittleren Jahren, mit dem abgerundeten höflichen Wesen eines Mannes, der das Bewußtsein des eigenen Wertes in sich trägt. Im Speisesaal wurde nicht an der langen Tafel gefrühstückt, sondern in der Fensternische an einem kleinen runden Tisch. Lady R. sagte, sie habe sich verspätet, sie habe Einkäufe machen wollen, aber in Berlin sei alles fürchterlich teuer geworden und für die Fremden seien die Preise nachgerade unerschwinglich hoch. Die Fremden hatten während der Inflation für ein paar Pfunde, Dollars und Pesos die herrlichsten Dinge kaufen können, und das hatte nun aufgehört. Lord Lothberry sprach Worte, die so gewichtig waren, daß man zu vernehmen meinte, wie ein jedes von ihnen schwer in die Wagschale der Menschheit fiel. Faber amüsierte sich damit, die Unfehlbarkeit einiger Sätze über das Recht, das der Regulator im Völkerleben sei, und über die Logik, die den Gang der Geschichte bestimme, bescheiden anzuzweifeln, was den Redner des House of Lords zu der Bemerkung veranlaßte, leider sei auch für manche Angehörigen der oberen Klassen in England ein solcher geistreicher Anarchismus jetzt ein beliebter Sport. »Ist nicht in jedem denkenden Menschen«, fragte Faber, »ein Stück von einem verhinderten Anarchisten? Von einem Anarchisten, der keiner sein kann, weil der Mensch nun einmal seinen Käfig braucht?«

Sein Blick begegnete dem des Botschafters, einem heiter verständnisvollen, zustimmenden Blick. »Herr Faber«, sagte Lord R. erläuternd und ablenkend, »ist ein unbekehrbarer Ungläubiger, er glaubt auch nicht an die Dauer der Prosperity.« Vermutlich hatte der kluge, geschäftskundige Diplomat selber seine Steel-Aktien bereits verkauft. Die Meinung des Lord Lothberry war, ganz ähnlich wie die des Direktors Schmidt, daß man in der Prosperity die Genesung der Völker, die Überwindung der im Kriege entstandenen Weltkrankheit zu sehen habe, und daß kleine Rückfälle, die natürlich noch eintreten könnten, nichts weiter sein würden als nützliche Phasen in einem Gesundungsprozeß. »Das trifft«, bemerkte Faber, »gewiß für England, vielleicht auch noch für einige andere Länder und für Amerika zu. Aber in Deutschland ist das Volk während des Krieges und nachher so hin und her geworfen worden, immer von der Höhe in die Tiefe, wie auf den beliebten Rutschbahnen. Wenn es jetzt, wo es gerade wieder ein bißchen nach oben gelangt ist, noch einmal hinuntersausen sollte, dann wäre ein Nervenkollaps unvermeidlich – dafür reicht seine Widerstandskraft nicht mehr aus.« – »Es bleibt«, erklärte Lord Lothberry, »das Volk Goethes und Kants.«

Der Diener reichte die Schale mit den Früchten herum. Ulrich Faber nahm eine schöne großbauchige Birne, der man anmerkte, daß sie, bis zuletzt noch in Watte und Seidenpapier eingehüllt, sorgfältig gepflegt worden war. Er hielt die Birne lächelnd in der Hand und sah das hübsche Mädchen vor sich, wie es auf der Straße mit gesunden Zähnen in eine saftige, wenn auch weniger vornehme Birne biß. Der Botschafter blickte ihn fragend an: »Die Birne erinnert Sie an etwas? Und es scheint etwas Angenehmes gewesen zu sein?« – »Ja. An ein Erlebnis in Italien. Es ist schon lange her.«

Lady R. begleitete die Herren noch in den großen Saal. Als der Kaffee serviert war, verabschiedete sie sich. Auch das Mitglied des House of Lords empfahl sich und begegnete am Ausgang dem Abgeordneten Ammon und dem Kommerzienrat Werner, deren Ankunft dem Botschafter eben gemeldet worden war. Kommerzienrat Werner, den der gewandte Herr Ammon dem Botschafter präsentierte, zeigte weltmännische Sicherheit, aber da er sehr viel kleiner war als Lord R., mußte er, wie ein Sonnenanbeter, sein vom Gestirn beglänztes Gesicht nach oben wenden, und dadurch war er ein wenig im freien Gebrauch seiner gesellschaftlichen Gaben gehemmt. Er war auch nur mit der deutschen Sprache vertraut und, nachdem er die bereitgehaltenen Komplimente ausgegeben hatte, auf den vermittelnden Beistand angewiesen, den sein Freund Ammon ihm nachsichtig lieh. Aus seinen so ins Englische übersetzten Worten ging seine Freude über den liebenswürdigen Empfang hervor und außerdem sein Wunsch, nähere Erkundigungen über gewisse englische Handelsgesetze einzuziehen. Der Botschafter bat die beiden Besucher, ihn jetzt zu entschuldigen und in einer halben Stunde zu ihm in sein Arbeitszimmer hinaufzukommen, bis dahin überlasse er sie Herrn Faber – die Zigarren würden ihnen vielleicht nicht schmecken, der Diener werde noch andere bringen. Zu Faber sagte er: »Also, wenn Sie am Mittwoch frei sind, frühstücken Sie doch bei uns?«

Die Zurückbleibenden saßen dann rauchend in einer Ecke des Saales, der Kommerzienrat Werner nannte den Botschafter eine ungewöhnliche Erscheinung und im nächsten Augenblick einen geriebenen alten Fuchs. Dann sagte er, auch der Kaiser habe, das lasse sich nicht bestreiten, sehr viel Schuld an dem Unglück Deutschlands, man müsse sich auf den Boden der vollzogenen Tatsachen stellen, und es komme auch nicht so sehr, wie unbelehrbare Leute meinten, auf die Staatsform an.

Diese politischen Ausführungen begleitete der Abgeordnete Ammon mit Gesten der Billigung, während Ulrich Faber sich vorstellte, wie Gerda Rohr jetzt in fieberhafter Erwartung herumging und, in Gedanken an ihre baldige Befreiung, sich die Zudringlichkeiten des ekelhaften Photographen noch trotziger als bisher verbat. Herr Ammon, der als geschickter Taktiker ein Gespräch erst allmählich zu der eigentlichen Frage hinlenkte und den geraden Weg für den schlechtesten hielt, sprach von den Verhältnissen in seiner Partei. Faber dachte: Sie ist ein Berliner Mädchen, sie hat natürlich viel gesehen und viel erlebt, wenn auch noch nicht alles – nein, das wahrscheinlich noch nicht, obgleich ... man weiß das nie. Herr Ammon, seinem Ziel näherkommend, erklärte eine Umbildung der Regierung für unvermeidlich, besonders im Wirtschaftsministerium und im Finanzministerium könne es so wie bisher nicht weitergehen. Seine Parole sei: neue, frische Kräfte auf die Ruderbank! Faber dachte: Wie sie mich überfiel – es war keine unangenehme Dreistigkeit, es war auch nichts Raffiniertes dabei. Es war solch ein Eifer, die glückliche Gelegenheit nicht entwischen zu lassen – der Kampf ums Glück –, diese Mädchen haben es nicht so leicht wie die reichen Familientöchter – und sie glühte und wollte doch nicht zeigen, wie aufgeregt sie war.

Nunmehr bog Herr Ammon, nach all den Umwegen, in

die Hauptstraße ein und fragte, im Auftrag des Reichskanzlers, ob Herr Faber nicht bereit wäre, da er doch jetzt ein freier Mann sei, seine Kraft in den Dienst der Allgemeinheit zu stellen. Herr Faber würde »unter vorläufiger Ausschaltung seiner weitergehenden Ideen« – man könne ja nicht, wie der Herrgott, in sechs Tagen eine neue Welt schaffen – im Finanzministerium oder im Wirtschaftsministerium sicherlich viel Nützliches zustande bringen. Faber antwortete, daß ihn der überraschende Antrag sehr ehre, daß er dem Reichskanzler und Herrn Ammon aufrichtig dankbar sei, daß es ihm aber an der notwendigen Vorbereitung fehle und daß er nicht glaube, jetzt, so unvorbereitet, ein verantwortungsvolles Amt übernehmen zu sollen. Er wolle diejenigen, die an seine Berufung gedacht hatten, nicht enttäuschen und zunächst einmal die wirtschaftlichen Probleme, die in der nächsten Zeit entscheidend werden würden, genauer studieren, als ihm dies während seiner Tätigkeit in der Bank möglich gewesen sei. Herr Ammon habe seine weitergehenden Ideen erwähnt, es seien nicht gerade revolutionäre Ideen, aber sie würden doch vielleicht manchem Mitglied der Regierung und mindestens einem Teil der parlamentarischen Mehrheitsgruppen mißfallen. Herr Ammon lächelte verneinend: »Was man in der aktiven Politik braucht, sind Sozialisten mit konservativem Empfinden, liberale Reaktionäre und Vertreter des Großkapitals, die mit dem interessanten Geruch antikapitalistischer Gesinnung behaftet sind. Sehr schade, daß Sie ablehnen, aber wir geben Sie noch nicht auf.«

Zufrieden, eine lästige Sache erledigt zu haben, setzten sie die Unterhaltung noch eine kleine Weile lang in harmloser Weise fort. Der Kommerzienrat Werner erzählte, daß er am Abend vorher im Staatstheater bei einer Aufführung von *Julius Cäsar* gewesen war. Eigentlich liebe er dieses Stück nicht sehr. Aber wie der Shakespeare das wankelmütige Volk von Rom geschildert habe, das sei doch großartig, kolossal naturgetreu. Ganz so seien die Massen, sie liefen vom einen zum anderen, so sei – unter dem Einfluß des Raumes besann sich Herr Werner auf seine englischen Kenntnisse – the man in the street. Der Diener meldete, daß der Botschafter die Herren Ammon und Werner bitten lasse, zu ihm heraufzukommen.

V.

Eine der wenigen alten Villen, die es in der Potsdamer Straße hinter der Brücke noch gab, war zu einer Filiale der Dönhoff-Bank umgebaut. Man hatte das untere Stockwerk in Bankräume verwandelt und aus dem Vorgarten die Poesie der Bäume entfernt, so daß er jetzt nur noch ein fast kahler Vorplatz war. Zu dieser westlichen Filiale, die der Direktor Albert leitete, ging Ulrich Faber, in sehr guter Stimmung – die Art, wie er ausschritt, war beinahe leichtsinnig und knabenhaft. Die Abschiedszeremonie in der Bank war überstanden, den Antrag, dessen Überbringer Herr Ammon gewesen war, hatte er abgelehnt, gewiß wirkte deshalb die frische Oktoberluft so belebend auf ihn. Als er die Halle betrat, blickten hinter dem gläsernen Oberteil der Schranken, die den Publikumsraum umrahmten und vom inneren Geschäftsbetrieb trennten, die männlichen und weiblichen Angestellten neugierig und bewundernd zu ihm hin, die Schreibmaschinen klapperten einen Moment lang nicht und setzten dann nur langsam wieder ein. Er war hier sehr populär. Alle wußten auch, daß am Vormittag die Abschiedssitzung stattgefunden hatte, und diejenigen, die immer im Besitz der letzten Neuigkeiten waren, berichteten, es sei dort in der Französischen Straße sehr lebhaft und sogar sehr dramatisch zugegangen. Faber habe den greulichen Schmidt geradezu blendend niedergeboxt.

Direktor Albert, sofort benachrichtigt, kam aus seinem Büro, streckte Faber beide Hände entgegen und freute sich über den unerwarteten Besuch. Wie sein Personal hatte er für Faber eine Sympathie, die sich um so mehr befestigte, je mehr der sture, ungebildete, theatralisch biedermännische Schmidt sich in der Rolle der Opposition gefiel. Direktor Albert stammte aus einer angesehenen Bremer Kaufmannsfamilie, ein sehr gutaussehender rötlichblonder Vierziger, mit den etwas ungelockerten, steifen Gelenken dieses Patriziertums und mit jener feinen, anständigen Liebenswürdigkeit, die sich nicht überschwenglich bemerkbar macht. Man täuschte sich nicht, wenn man sehr schnell den Eindruck gewann, er sei auch in Berlin von loserer Geschäftsmoral nicht angesteckt worden und verdiene unbedingtes Vertrauen.

»Es war«, sagte er, als sie in seinem Privatbüro saßen, »sehr schön, daß Sie dem alten Esel nur so kurz und von oben herab geantwortet haben. Sie haben ihm mit einer so prachtvollen Ironie gezeigt, daß es Ihnen nicht lohnte, mehr an ihn zu verschwenden – und gerade daß Sie das mit solcher Höflichkeit taten, hat ihm das Konzept verdorben und ihn geärgert.« – »Er hat diesmal nur die Dankbarkeit vergessen, als er von der Treue sprach. Und er hat doch Gründe, der Dortmunder Metallwarenfabrik AG, für die er so eintritt, dankbar zu sein.« Direktor Albert teilte Fabers Meinung über die gefährlichen Übertreibungen der Prosperity. Ein paar Minuten lang blieb die Unterhaltung bei diesem Thema hängen. Da Faber, freilich vor schon längerer Zeit, Frau Martius zu der Bank gebracht hatte, fragte ihn Direktor Albert, ob er sich noch für die Geschäfte der Dame interessiere, und Faber antwortete, nein, er interessiere sich nicht mehr dafür und habe Frau Martius in den letzten Jahren nur selten gesehen. »Sie geht«, sagte Albert, »etwas wild ins Zeug. Manchmal könnte einem bei der Kühnheit, mit der sie spekuliert, bange werden. Ich habe ihr ein paar Mal abgeraten, aber sie hat immer recht behalten, sie hat eine unglaubliche Treffsicherheit.« Faber bestätigte das, aber mit einer Miene der Gleichgültigkeit, die Geschäfte der Frau Martius gingen ihn nichts mehr an, und er wollte die Freundlichkeit des Direktors Albert für eine andere weibliche Person erbitten, deren Spekulationen einstweilen auf ein bescheideneres Ziel gerichtet seien. Die Tochter des im Kriege gefallenen Dieners Rohr – er habe bei Dönhoffs im Grunewald gedient, und Albert erinnere sich vielleicht – habe sich an ihn gewendet, sie suche eine Anstellung, sie lebe seit dem Tode ihrer Mutter bei ihrer Tante, offenbar gehe es ihr kümmerlich. Das Mädchen sei noch sehr jung, aber, soweit er es in einem kurzen Gespräch habe erkennen können, strebsam und intelligent. Da der Vater so viele Jahre hindurch bei Dönhoffs gedient habe, sei es wohl eine Pflicht, hier etwas zu tun. Wenn Albert die kleine Rohr anstellen wolle, werde er, Faber, gern dafür sorgen, daß sie auch Sprachunterricht erhalte und so nebenbei etwas lerne, aber natürlich könne man ihr nur einen Platz und ein Gehalt geben wie jeder anderen Anfängerin. Direktor Albert freute sich, Faber einen Gefallen erweisen zu können. Das Fräulein solle gleich am nächsten Morgen antreten und sich bei ihm melden, und das Gehalt könne man, ohne daß das übrige Personal etwas davon erfahre, ja auch ein bißchen erhöhen. Von einer solchen Bevorzugung bat Faber abzusehen. Als er, von Direktor Albert begleitet, zum Ausgang schritt, grüßte er freundlich und mit einer winkenden Geste die Damen und Herren an den Pulten und Schreibmaschinen, und alle erhoben sich von ihren Stühlen, in einer stummen Ovation.

Im Hotel fand er drei Briefe vor und außerdem ein schlecht in Zeitungspapier eingepacktes Buch. An seinem Schreibtisch sitzend öffnete er zuerst den Brief, der aus Stuttgart von seiner Schwester kam. Er entnahm daraus, daß es seiner Mutter gutgehe – die Kur in Kissingen wirke vorzüglich nach, und nur der Rheumatismus ärgere sie mitunter noch. Die Schwester fragte, ob Ulrich Faber wisse, bei welcher Partei sein ehemaliger Kriegskamerad Lorenz Münch jetzt eigentlich sei. Münch sei vor kurzem in Württemberg aufgetaucht, seither aber wieder verschwunden, angeblich sei er auf einigen Gütern zur Jagd eingeladen gewesen, Kommunist sei er bestimmt nicht mehr, aber bei einer Rechtspartei eingeschrieben offenbar gleichfalls nicht. In diesem Augenblick hatte Faber keinerlei Neigung, darüber nachzusinnen, bei welcher politischen Ideologie Lorenz Münch jetzt angelangt sein könnte, und er las den zweiten Brief, in dem der Aufsichtsratsvorsitzende der Gesellschaft für Elektrische Versorgung, der Union-Elektrizität, um sein Erscheinen bei einer – hoffentlich nun abschließenden – Beratung bat. Die Gesellschaft, die einen Weltruf hatte und auch in vielen fremden Ländern Kraftwerke errichtete, Bahnbauten und andere Anlagen aufführte, litt, trotz der Prosperity, infolge fehlerhafter Finanzoperationen, und man hatte Faber ersucht, mit weitgehenden Vollmachten wieder Ordnung in die Geschäftsleitung hineinzubringen. Er war nicht abgeneigt, hatte die Entscheidung aber noch vertagt. Auch der Besuch des holländischen Finanzmannes, den er abends im Adlon treffen wollte, hing mit dieser Angelegenheit zusammen. Ihm fiel ein, daß das kleine Mädchen gesagt hatte, er sei zum Nichtstun doch noch nicht alt genug, und er lachte vergnügt, als er in der Erinnerung wieder den traurigen und vorwurfsvollen Ton ihrer Stimme vernahm. Nein, er hatte noch nicht die Absicht, auszuruhen.

Er ging in sein Schlafzimmer und blickte in den Spiegel an der Wand über dem Toilettentisch. Ein Gefühl der Verstimmung, das ihn bei dieser Betrachtung überkam, wurde durch eine etwas gezwungene Selbstironie nicht völlig verscheucht. Er hatte, auch wenn es sich verschweigen ließ und Fremde es ihm gewiß nicht ansahen, die Schwelle der Fünfzig schon seit ein paar Jahren hinter sich. Seine Haare waren nicht nur an den Schläfen grau, auch über der Stirn hatte der Vormarsch der weißen Garde Fortschritte gemacht, und im Spiegel waren die Falten neben den beiden Nasenflügeln ziemlich scharf betont. Er nahm einen Handspiegel, und die Nachprüfung fiel etwas befriedigender aus. Diesmal traten auf der gläsernen Fläche die Falten gar nicht hervor. Nicht zwei Spiegel gaben das gleiche Bild, alle logen, die einen machten aus jedem häßlichen Zug das Wesentliche, für die anderen existierten Falten nicht. Einen Augenblick lang blieb Ulrich Faber vor der Photographie seines Vaters, des Gastwirts vom »Grünen Baum«, stehen, lächelte ihr zu, mit einem zärtlichen Neid, einem leichten Kopfschütteln, und doch mit einer heiteren Empfindung, als habe ihn im Gasthof zum »Grünen Baum« der Wein des Alten frisch gestärkt.

Auf dem Schreibtisch im Salon lagen noch der ungeöffnete Brief und das schlecht verpackte Buch. Aus der schadhaften Hülle schälte sich das neue Werk Peter Niedermaiers *Die Erbsünde* heraus. Der Dichter hatte mit eigener Hand für Ulrich Faber eine Widmung auf das innere Titelblatt geschrieben:

»Worte aus schmeichelndem Mund,
Kaum gesprochen, verhallen.
Laß Du aus meines Seins urtiefem Grund
Ewige Ströme zu Dir wallen.«

Das Buch glitt auf den Fußboden, wo es, einem ungewissen Schicksal preisgegeben, liegen blieb. Die ewigen Ströme und dazu noch das unappetitliche Du. Auch der Brief mit dem Poststempel »Weimar« wurde nicht sehr respektvoll behandelt, obgleich er vom Vorstand des Goethevereins kam und die Mitteilung enthielt, man habe, als Ersatz für einen verstorbenen Kölner Bankier, Herrn Ulrich Faber in den Ehrenausschuß gewählt. Wenn ich über Goethes sämtliche Werke examiniert würde, so würde ich durchfallen, dachte Faber, aber die anderen wissen nicht mehr als ich, und es ist ein bißchen kühn, daß sie meinen, sie müßten die heilige Flamme vor dem Erlöschen bewahren und die Vestalinnen in diesem Tempel sein. Nur um ein paar Minuten auszufüllen, spielte er mit dem Wort »Vestalinnen«, an das er zufällig geraten war, so wie mancher Gast aus weichem Brot Figuren knetet, weil man noch immer nicht den nächsten Gang serviert. Um ein Viertel vor sieben fragte er bei dem Portier telephonisch an, ob sein Chauffeur mit dem Auto vor dem Hotel sei, und als die Antwort bejahend lautete, nahm er Hut und Mantel und stieg hinab.

An der Ecke der Wilhelmstraße, die ihm das Fräulein Gerda Rohr angegeben hatte, schickte er den Wagen fort. Beim ersten Umschauen bemerkte er in dem schwachen Lichtschein, der von einer Laterne herunterfloß, einen noch sehr jungen Mann, der hier zweifellos seine Braut oder Freundin erwartete, und er überließ, in einer humoristischen Kollegialität, der Konkurrenz den Platz und schritt ein Stück weiter auf dem Wege, den das kleine Fräulein kommen mußte, auf und ab. Die Abendluft war kühl, die mäßig beleuchtete Straße nicht sehr belebt. Die nüchternen Hausfassaden wurden auch in der Dunkelheit nicht zu einer romantischen Dekoration, aber wer konnte wissen, was sich hinter ihnen, hinter diesen matt erhellten Fenstern, hinter diesen Vorhängen begab? Könnte die Romantik nicht plötzlich, unvorhergesehen und abenteuerlich dort um die Straßenecke kommen, und mußte man, um von ihr erreicht zu werden, in italienischen Säulengängen sein, oder auf einer amerikanischen Ranch, oder in den weißen Gassen des Orients? Ulrich Faber sagte sich: »Gerate ich mit solchen Gedanken nicht selber in eine romantische Stimmung hinein? Nur weil ich hier, wie der Jüngling dort unten, ein Rendezvous mit einem kleinen Mädchen habe – und es ist gar kein Rendezvous, ich bringe ihr Alberts Antwort, und damit ist die Sache abgetan.« Er hielt es für ratsam, an den Holländer zu denken, mit dem er sich um halb neun treffen wollte, und an die Ziffern, über die man noch nicht völlig einig war.

Gerade als er im Geiste diesen etwas mühsamen Übergang herstellte, sah er im rinnenden Licht der übernächsten Laterne ihre schnell näherkommende Gestalt. Obgleich sie in ihrer dünnen kurzärmligen Bluse frösteln mußte, trug sie den Mantel, einen gelben Gummimantel, auf dem Arm, sicherlich weil sie ihn an diesem Abend zu alt und schäbig fand. Während sie dann fragte: »Haben Sie schon lange gewartet? Ich habe mich wirklich beeilt«, spürte er fast physisch nahe die innere Spannung, den beherrschten Aufruhr in ihr. In ihrem erhitzten Gesicht las er die Frage, die Hoffnung und die Angst. Er wollte sie aus ihrer peinvollen Ungeduld befreien, der Begegnung auch gleich die richtige Grenze ziehen, und sagte sofort: »Es ist alles so gemacht worden, wie Sie es gewünscht haben, Sie können morgen früh bei der Filiale der Bank Dönhoff in der Potsdamer Straße Ihre neue Stellung antreten, melden Sie sich zuerst bei Herrn Direktor Albert, dem Leiter der Filiale, der Ihnen alles weitere sagen und Sie einführen wird.« Er berichtete ihr das in dem sachlich farblosen Ton, in dem der Vorsitzende des Gerichtes einem armen Wesen auf der Anklagebank verkündet, es sei freigesprochen und die Haft sei für aufgehoben erklärt. Der Vorsitzende legt das Aktenheft beiseite, der Fall ist erledigt, aber die Freigesprochene muß sich erst zurechtfinden, die enervierenden und lähmenden Stunden müssen erst zurückgleiten, sie muß sich erst besinnen, während sie zu der Tür geht, die in die Freiheit führt.

Nachdem Gerda Rohr einen Augenblick lang schweigend die neue Tatsache in sich aufgenommen hatte, sagte sie, mehr vor sich hin als zu dem Überbringer der Botschaft: »Das ist phantastisch. Das ist fabelhaft.« Faber, nicht ganz mit sich einig, reichte ihr die Hand zum Abschiednehmen, seine Aufgabe war wohl beendet und das, was er ihr noch wegen des Sprachunterrichts mitzuteilen hatte, konnte er ihr schreiben, er wußte nun ja, daß sie in der Filiale zu erreichen war. »Also ich hoffe, Sie werden sich wohlfühlen und recht fleißig und tüchtig sein.« – »Müssen Sie denn schon gehen?« – sie sah ihn bittend an, mit einem Blick, der ihn zurückzuhalten versuchte – »Ich möchte Sie doch noch soviel fragen. Sie haben mir doch noch gar nichts erzählt.« – Wenigstens die Hauptsache, berichtigte er, wisse sie nun doch, aber wenn sie noch so viel zu fragen habe, wolle er sie noch ein Stück begleiten, wo sie denn wohne – habe sie von ihrem Hause bis zur Potsdamer Straße einen weiten Weg? Sie erklärte, sie wohne in der Belle-Alliance-Straße, bis zu der Dönhoff-Filiale werde sie es gar nicht weit haben, am Kanalufer hinunter, eine Viertelstunde, und wenn sie laufe, sei sie in zehn Minuten da. Sie müsse nun aber, verlangte er, den Mantel anziehen, sonst werde sie morgen mit einer gehörigen Erkältung zu Direktor Albert kommen. Er nahm ihr den Mantel vom Arm, sie ließ sich hineinhelfen und entschuldigte sich, während sie ihn zuknöpfte: »Er ist aber schon so schlecht.« An der Ecke der Krausenstraße stand noch immer der junge Mann, den seine Freundin hier etwas lange warten ließ. Er hat mich, dachte Faber, wahrhaftig ganz neidisch angeblickt. – »Was soll ich Ihnen berichten? Was wollen Sie wissen?« – »Sagen Sie mir doch – sind in der Bank sehr viele Angestellte, was werde ich zu tun haben – und wie haben Sie mit Direktor Albert gesprochen – was haben Sie ihm über mich erzählt?«

»Du lieber Gott, viel konnte ich ihm nicht erzählen, ich kenne Sie ja kaum. Ein bißchen auf gut Glück habe ich versichert, daß Sie anscheinend nicht gerade auf den Kopf gefallen sind und daß Sie sich Mühe geben wollen. Alles andere müssen Sie nun selbst besorgen, hoffentlich werden Sie auf Direktor Albert einen guten Eindruck machen, er erwartet Sie, und jedenfalls wird er Sie sehr freundlich empfangen.«

»Die Tante wird sich freuen ... Sie sind überzeugt, er wird nicht erst sehen wollen, was ich kann? Oder mich durch einen seiner Buchhalter prüfen lassen, der dann finden wird, ich sei noch nicht genug ausgebildet oder tauge überhaupt zu nichts?« – »Man wird Sie nehmen, wie Sie sind.« – »Ich glaube nicht, daß für mich die Arbeit zu schwierig sein wird. Vielleicht die Buchführung im Anfang, aber das lerne ich sicher schnell.«

Sie ging mit energischen Schritten neben ihm her. Ersichtlich mit erhöhtem Selbstbewußtsein, ihr Wille hatte nun ein Ziel. »Meinen Sie, daß ich dort nur immer Stenotypistin bleiben werde – oder daß ich vorwärtskommen werde? Das können Sie mir doch sagen.« Wahrhaftig, dachte er belustigt, sie weiß seit fünf Minuten, daß sie eine Anstellung hat, und sie sieht sich bereits als wichtigste Stütze der Dönhoff-Bank. »Ich kann nur wiederholen, daß das alles ganz von Ihnen abhängt. Wenn ich Ihnen raten soll – seien Sie nicht gleich zu ehrgeizig, zeigen Sie es vor allem den anderen nicht! Aber nun erzählen Sie mir auch etwas. Wer waren denn die drei jungen Leute, mit denen Sie heute vormittag an dem Obstkarren standen – war einer davon Ihr Bruder? Es geht mich ja eigentlich nichts an. Sie brauchen mir nicht zu antworten oder mir nicht die Wahrheit zu sagen, wenn Sie nicht wollen.«

»Warum soll ich nicht die Wahrheit sagen? Das sind meine drei Musketiere, ich nenne sie so. Freunde von mir. Die halten zu mir, man kann sich auf sie verlassen.« Sie hätten mit ihr Wanderungen gemacht, sogar bis zum Harz. Er könne das nicht begreifen, wie schön es sei, so mit dem Rucksack wandern, in einer Herberge oder im Heuschober übernachten und, wenn man an einen See komme, hineinspringen und schwimmen.

»Und Ihre Tante erlaubt es ...?« Er ertappte sich auf einer ärgerlichen Regung und machte gewissermaßen die Tante verantwortlich. »Das erlaubt sie, selbstverständlich, sie kennt meine Musketiere. Die lassen sich für mich totschlagen, wenn's nötig ist.« – »Totschlagen, und das würden Sie dulden?« – »Ich? Nein, nur wenn ich es nicht verhindern kann.« Sie lächelte, nicht selbstgefällig, aber befriedigt und mit einem offenen und hübschen Stolz. »Mir scheint, Sie beherrschen Ihre Untergebenen wie die jungfräuliche Elisabeth.« – »Ich bin nicht so herrschsüchtig. Wer ist die Elisabeth?« – Er erklärte ihr, daß das eine Königin von England war, und sie versicherte, das habe sie natürlich gewußt. Als sie eine Weile lang schweigend nebeneinanderher gegangen waren, sagte sie plötzlich: »Das ist ein herrlicher Tag!«

Dann fiel ihr etwas ein. »Ich habe mich noch gar nicht bei Ihnen bedankt. Aber muß man denn immer ›danke‹ sagen?« – »Nein, immer nicht. Wenn es gefühlt wird, braucht man nicht die Bestätigung, und im anderen Falle ist sie erst recht überflüssig.«

Sie waren nun beim Belle-Alliance-Platz angelangt. Hier war es, da aus den einmündenden Straßen die Autos und Fußgänger kamen, nicht so abseitig still. Als sie den Platz überschritten und vor sich den Kanal hatten, deutete Faber auf eine der Bänke an der Uferstraße und fragte, ob das Fräulein noch ein paar Minuten Zeit habe, dann könne man die Unterhaltung noch ein bißchen fortsetzen, und frieren werde sie ja in ihrem Mantel nicht. Frieren, nein, aber nicht wahr, nur ein paar Minuten, er solle es nicht übelnehmen, sie wolle doch ihrer Tante erzählen, und wenn sie zu spät nach Hause komme, sei die Tante ohnehin immer aufgeregt und schelte sie aus. Sie saß rechts neben ihm und sagte: »Berlin ist doch eine schöne Stadt.« Dabei war sie offenbar mehr mit ihren Gedanken beschäftigt als mit einer bewundernden Betrachtung des Bildes, auf das ihre Augen gerichtet waren und das jetzt am Abend keineswegs ganz reizlos war. Vor ihnen, über dem Kanalufer, glitten, hoch oben, die erleuchteten Züge der Hochbahn in die Bahnhofshalle und man sah hinter den Fenstern die Fahrgäste, die hinausblickten oder die Abendzeitung lasen oder sich von den Sitzen erhoben, hier am Endpunkt ihrer Fahrt. Schräg zur Linken rollten über die breite Kanalbrücke die Autos, es war eine ununterbrochene Bewegung, und drüben am Eingang der Belle-Alliance-Straße war das große Kaufhaus noch von oben bis unten erhellt, und auch die mächtigen rot und gelb funkelnden Lichtreklamen kündeten noch den Ausverkauf zu nie dagewesenen billigen Preisen an.

Ganz unvermittelt – ihre Äußerungen kamen manchmal so herausgerissen aus einem inneren Zusammenhang, der sich nur vermuten ließ, wie aus der Tiefe Halme und Blätter einer verborgenen Pflanzenwelt emportreiben: »Eigentlich ist es merkwürdig, daß ich nun doch bei der Dönhoff-Bank gelandet bin. Ich habe die Dönhoffs immer gehaßt.« Faber fragte überrascht, warum sie denn die Dönhoffs hasse, sie habe doch gar keinen Grund dazu. »Meines Vaters wegen. Er ist doch im Kriege gefallen, die Dönhoffs hätten es verhindern können.« – »Daß Sie Ihren Vater im Kriege verloren haben, ist ein Unglück, aber die anderen waren doch auch draußen, der Sohn und Herr Markgraf, sie sind auch nicht zu Hause geblieben.« – »Es ist keinem etwas geschehen. Die waren doch gar nicht an der Front.«

Durch ihre Freude, in der sie eben noch Berlin schön gefunden hatte, strich ein Schatten, ein Schatten aus den Regionen der Not und des Elends, und nach einer Pause: »Sie glauben, ich bin Kommunistin ... Wenn ich es wäre, würde ich es sagen, ich verstecke mich nicht.« Sie hob tapfer und beinahe herausfordernd den Kopf. »Meine Freunde sind bei der Partei, sie wollen, daß ich mitmache – ich tue es nicht, ich weiß nicht, ob Kommunismus wirklich das Richtige ist, jeder hat eine andere Meinung darüber.« – »Und Sie sind ja auch erst siebzehn Jahre alt, siebzehn, schätze ich, oder so ungefähr.« – »Ja. Alle Parteien und die ewige Zankerei – hilft das den armen Leuten? Nur, wenn es den Menschen so furchtbar schlecht geht, dann brauchen sie etwas ... Sie können das nicht verstehen.« – »Das ist das dritte oder das vierte Mal, daß Sie mir freundlich vorhalten, ich verstände nichts.« – »Sie können es auch nicht verstehen.«

Gleich darauf wandte sie ihr Gesicht, das sich wieder aufhellte, zu ihm hin: »Ich muß mich noch bei Ihnen entschuldigen – nicht deswegen –, aber vorhin habe ich etwas Dummes gesagt.« – »Dann habe ich es gewiß überhört.« – »Sie waren doch auch im Krieg, und Sie sind verwundet worden. Fühlen Sie das noch in Ihrem Arm?« – »Das ist nicht sehr wichtig. Es ist auch nur der linke, der rechte ist heil.« Er schob seinen rechten Arm hinter ihre Schultern, versuchte, mit der Hand ihren Kopf heranzuziehen und sie zu küssen, aber ihr Hals bog sich steif zurück, und sie wehrte sich: »Nein, bitte, das nicht!« Eine Sekunde lang sah er, in dem dünnen Laternenlicht, auf ihrer Stirn zwei Falten, dann verschwanden diese Zeichen des Ärgers wieder, sie war vermutlich gewöhnt an solche Attacken, und sie hielt ihm gutmütig, nachgiebig ihre Wange hin: »Hier!« Die Berührung seiner Lippen nahm sie so unbeteiligt entgegen, daß ihm war, als hätte er in die Luft geküßt. »Nun muß ich aber wirklich nach Hause, zu der Tante«, sagte sie und stand auf. »Sie weiß ja noch gar nichts, Gott, sie wird nicht schlecht erstaunt sein, wenn sie es hören wird.«

Er begleitete sie noch über die Brücke und durch die Belle-Alliance-Straße, es war ein so netter Abendspaziergang, und er versäumte nichts. Als sie leicht und fröhlich neben ihm schritt, dachte er: Jetzt ist sie ein ausgelassenes Schulmädchen, und er selber kam sich, wohl noch unter dem Eindruck ihrer Weigerung, sich küssen zu lassen, ziemlich alt und überflüssig vor. Die Gedanken, von denen sie erfüllt war, äußerten sich wieder in einem »es ist phantastisch!«, und während sie an der dunklen Steinmauer des Jerusalemer Kirchhofes entlanggingen, begann sie zu singen: »Das gibts nur einmal, das kommt nicht wieder« – einen Schlager, den alle Tanzkapellen spielten, den alle Grammophone herunterschnurrten und der die Herzen gefangen nahm. »Darf man«, ermahnte er pflichtgemäß, »die Toten stören?« – »Die Toten nehmen es nicht übel, daß ich vergnügt bin ...«

Ein Stück hinter dem Friedhof machte sie halt und erklärte, sie sei nun schon nahe bei ihrem Hause, die Tante sei bestimmt am Fenster, und wenn er weiter mitgehen würde, würde sie Vorwürfe bekommen. »Aber nicht wahr, ich darf Sie doch bald wiedersehen – und Sie sprechen auch noch mit Direktor Albert und fragen ihn, was er von mir hält. Sie werden sich noch ein bißchen um mich kümmern – wenn es Ihnen nicht zu lästig ist?«

Er versprach das, wünschte aber, sie solle Herrn Albert nicht sagen, daß er sie noch einmal getroffen habe – es sei richtiger, wenn Herr Albert annehme, sie habe die Mitteilung in einem Brief empfangen. Sie begriff sofort, dann sagte sie mit einem lächelnden Bedauern: »Schade ist es doch, für mich wäre es doch nützlich, wenn Direktor Albert sehen würde, daß ein so großer Mann sich soviel Mühe meinetwegen macht.« Als sie ihm die Hand zum Abschied hinreichte: »Helfen Sie mir doch vorwärtszukommen! Ich muß vorwärtskommen, es ist notwendig. Auf Wiedersehen – bitte, wenn Sie wollen?«

Auf dem Rückweg dachte Ulrich Faber: Sie ist in dem einen Moment ein Schulmädchen und im nächsten eine ganz gescheite, aufs Ziel gehende und sogar, bewußt oder instinktiv, berechnende junge Person. Mit anständigen, guten Empfindungen, und daneben mit einem natürlichen, naiven Egoismus, der für sie in ihrem Lebenskampf das Selbstverständliche ist. Die Schönheit ihrer Jugend übersonnt das alles so verführerisch, und man könnte auch finden: rührend – obwohl ein häßliches Mädchen in der gleichen Lage eigentlich noch rührender ist, auf eine andere Art. An der Kirchhofsmauer sang sie ausgelassen: »Das kommt nicht wieder« ... Armes Ding! Er empfand den schmerzlichen Zauber der Vergänglichkeit.

Vor einem Bierlokal standen bei einem Taxi zwei Herren, anscheinend in sehr lebhaftem Streit mit dem Chauffeur, der am Steuer saß. Da die beiden nicht einstiegen, trat Faber hinzu und fragte, ob der Wagen frei oder schon von den Herren genommen sei. Der graubärtige Chauffeur nickte ihm zu: »Ich fahre Sie, Herr Doktor, man nur noch einen Augenblick!« Dann von seinem Sitz herab zu dem Älteren der beiden, den man für einen pensionierten Major halten konnte und der auf seinen Füßen leicht schwankte: »Wir wissen doch, was dahinter ist, werter Herr – bei Ihrem ewigen Gequatsche kriegen wir das Kotzen – das Kotzen, verstehen Sie mich –, Sie möchten doch auch nur an die Krippe kommen, dann wäre das Vaterland gerettet – und Sie, werter Herr.« Das schon stark gerötete Gesicht des Schwankenden wurde so zornglühend, daß man Befürchtungen hegen konnte, aber es geschah nichts besonders Dramatisches und nur die Entgegnung kam: »Dafür werden Sie bezahlen. Ungebildeter Kerl!« – »So gebildet wie Sie vielleicht auch noch. Ich soll mir die Bildung wohl aus Ihren Zeitungen holen – mit denen wischt sich unsereiner – verzeihen Sie, Herr Doktor, und steigen Sie, bitte, ein!« Inzwischen schrieb der jüngere Herr in sein Notizbuch die Nummer des Autos und den auf dem Schild im Innern des Wagens angegebenen Namen des Eigentümers: Karl Kaluweit. Er war vermutlich nicht viel über zwanzig Jahre alt, aber seinem Gesicht und seiner Haltung war eine so eisige Strenge aufgeprägt, als müsse er mit rücksichtslosem Zugriff Ordnung machen und als wäre er nicht Student, sondern bereits Staatsanwalt.

Faber gab dem rüstigen Redner an der Lenkstange die Weisung, ihn zum Adlon zu fahren, und der Graubärtige formulierte, sich zu ihm umdrehend, noch einmal seine politische Meinung: »Die heute sind ja auch nur Schuster, aber die da wollen uns doch nur wieder in den Dreck bringen und sich die Taschen füllen. Entschuldigen Sie, Herr Doktor Faber, also zum Adlon – schön!« Auf Fabers Frage: »Woher kennen Sie mich denn?« erwiderte er, daß sein gewöhnlicher Standplatz bei dem Hotel, gegenüber dem Zoologischen Garten sei. Er fahre den Herrn Doktor ja auch nicht zum ersten Mal.

Diese törichte Straßenszene hatte ungefähr die Wirkung, die der Hustenanfall eines Zuschauers im Theater auf das übrige Publikum ausübt – die Stimmung wurde unterbrochen, von der Faber umsponnen war. Er bemühte sich, sein Erlebnis mit dem Mädchen sehr nüchtern anzusehen und entschiedene Entschlüsse zu fassen, indem er sich sagte: Nein, das wäre eine Dummheit, und Schlimmeres – in der Sprachschule muß ich sie ja noch anmelden, im übrigen Schluß! Das Schöne an ihr ist doch, daß sie so in ihrer Klasse, im Volk wurzelt, ein »Kind des Volkes« ist – es klingt pathetisch und nach alten Melodramen –, daher kommt diese frische, volle, gesunde Lebenskraft. Wenn man sie da herausnehmen, verpflanzen wollte – es wäre sündhaft, es wäre auch geschmacklos, denn das, was an ihr gefällt, würde verlorengehen. Es würde auch bald sehr langweilig sein. Ganz abgesehen davon, daß sie wirklich nicht die geringsten Anstalten gemacht hat, sich in mich zu verlieben – wenn ich ehrlich sein will, war es in dieser Beziehung doch ein glatter Mißerfolg. Kann sein, daß es nicht so bleiben würde, aber der Himmel weiß, was für Scherereien und Unannehmlichkeiten da wieder entstehen würden – darum, mein kleines Fräulein, leben Sie wohl und, wenn möglich, nichts von Wiedersehen mehr!

Als er gegen Mitternacht, nach dem Souper und der langen Unterredung mit dem holländischen Finanzmann, in sein Hotel zurückkehrte, hatte sich die hübsche Gestalt schon ziemlich weit aus seinen Gedanken entfernt. Auf seinem Schreibtisch lag ein im Auftrag einer Juwelierfirma abgegebenes Paket. Im ersten Augenblick erinnerte er sich nicht ... Dann fand er im seidengepolsterten Innern eines Etuis eine Halskette aus runden blauen Steinen und nun kam ihm die Erleuchtung, daß dies sein Geschenk für die verlobte Tochter eines ihm befreundeten Professors, eines berühmten Orientalisten, war. Er hielt die Kette in der

Hand und dachte: Zu den dunklen Augen würde sie gut passen – die Augen der Professorstochter waren, wenn er nicht irrte, braun. Diese Steine hier waren nicht besonders kostbar, er hatte der Braut zuerst ein anderes Schmuckstück senden wollen, dann aber darauf verzichtet, da der Preis ihm zu hoch erschien. Nachdem er die Kette noch ein paar Sekunden lang betrachtet hatte, legte er sie wieder auf ihr Seidenpolster und schloß das Etui in der Schublade des Schreibtisches ein.

VI.

Die Union für elektrische Kraftanlagen, kürzer genannt Union-Elektrizität, hatte Niederlassungen, Unternehmungen und Aufträge in zahlreichen Ländern jenseits der Ozeane, besonders auch in China und in den Staaten Zentralamerikas. Ihre Ingenieure bauten dort die Kraftzentralen, aus denen der elektrische Strom hervorging, und die Hochspannungsleitungen, durch die er mit ungeminderter Gewalt hindurchschoß, bis er, gezähmt und dem Verbrauch dienstbar gemacht, heraustrat, als Licht das Dunkel durchbrach und hundert Sorten von Rädern trieb. Es bestanden Verbindungen und Interessengemeinschaften mit vielen anderen Werken und Kompanien und Beteiligungen an Schnellbahnen, an der Versorgung mit Heizung und Beleuchtung, an Telephonfabriken und Radio-Industrie. Man hatte, um den Konsum zu steigern, manche Neugründung vielleicht etwas zu hastig unterstützt. Im allgemeinen, als ein Ganzes betrachtet, waren die wirtschaftlichen Grundlagen der Union durchaus tragfähig, und Ulrich Faber brauchte nur in den durch allerhand Finanzkünste verwirrten Verhältnissen Klarheit zu schaffen, ungünstige Verträge abzulösen und durch Heranziehung ausländischen Kapitals bei den einzelnen Unternehmungen zu einer Verminderung des Risikos zu gelangen. An dieser Sicherung gegen alle möglichen Gefahren lag ihm auch hier wieder besonders, denn das Mißtrauen, mit dem er die Prosperity beurteilte, hatte sich nicht abgeschwächt, und auf politische Überraschungen, Unruhen und Umwälzungen in den fremden Ländern mußte man immer vorbereitet sein. Die Lage in China war mehr als wirr. Die kommunistische Bewegung unter den chinesischen Arbeitern und Bauern wurde blutig niedergeschlagen und suchte dann wieder in neuen Aufständen das verlorene Terrain zurückzugewinnen. Eifersüchtige, herrschsüchtige und habsüchtige Generale preßten mit ihren Banden, die lieber plündern als kämpfen wollten, das Land aus, überall war der nie endende Bürgerkrieg. An jedem Tag lernte er Neues, er studierte die ökonomischen, politischen und sozialen Lebensbedingungen der Völker, in deren Mitte die Kraftstationen den Strom hervortrieben und spendeten, und er begnügte sich nicht damit, die Gesetzesparagraphen zu lesen, sondern wollte immer erfahren, wie es mit der Gesetzlichkeit stand. Als er auch in die Verfassungsbestimmungen verschiedener Länder hineinblickte und, neugierig geworden, diese Forschung fortsetzte und ausdehnte, fand er, daß überall den Bewohnern die Freiheit und die Gleichheit garantiert waren, das Recht unantastbar thronte, für Aufklärung und Bildung gesorgt wurde – er bewunderte die Weisheit der Staatsgrundsätze in Liberia und die gesicherte »individuelle Freiheit«, den Schutz der Person und des Eigentums, die Unabhängigkeit des Gedankens und der Presse in Afghanistan.

Aber er hatte nicht nur Freude an der Tätigkeit des Ordnens, Aufbauens und Entdeckens, sondern er liebte auch diese Naturkraft selber, Mittelpunkt, Daseinsgrund, Sinn und Zweck des ganzen von der Technik konstruierten Apparates, der weithingreifenden Organisation. Sie hatte ihren Ursprung in der Produktion der geheimnisvoll erzeugenden Erde, sie sprang und sprühte in die Welt der Menschen hinein und verlor erst ihre reine, edle Wildheit, wenn sie unter den Zwang dieser klugen Ausbeuter geriet.

Dann mußte sie in den Fabriken bei der Herstellung von Vernichtungswaffen und im Rundfunk bei der Verbreitung der Lüge Sklavendienste tun. Eine Sklavin von königlicher Geburt.

Das Haus der Union-Elektrizität, das nicht weit vom nördlichen Rande des Tiergartens lag, war ein großes Gebäude mit einer breiten Sandsteinfront. In langen Korridoren folgten die Türen zahlloser Zimmer aufeinander, und wenn die Türen besonders hoch und ihre Klinken besonders fein modelliert waren, lagen hinter ihnen die Konferenzsäle oder die Räume der Direktion. In dem sehr umfangreichen Arbeitszimmer Ulrich Fabers hatten die Wände rotbraun polierte Holzbekleidung, der dazu passende Bürotisch war enorm. Alle Möbel, in dem modernen glatten Stil, waren bestes Fabrikat. Ebenso war es in den Empfangszimmern, in denen das Leder der Sofas und Sessel so blank und straff war, als würde es an jedem Tage neu angeschafft. Auf großen Landkarten waren die überseeischen Niederlassungen der Gesellschaft durch rote Kreise kenntlich gemacht.

Gerda Rohr kam niemals in dieses Haus. Sie ließ sich von Faber erzählen, wie er dort eingerichtet sei, aber sie äußerte nicht einmal mit einer leisen Andeutung den Wunsch, sich seine Arbeitsstätte anzusehen. »Willst du mich nicht in deiner Union-Elektrizität haben?« hatte sie gefragt, als er ihr gesagt hatte, er trete dort als »Oberaufseher« ein. »Ich hasse doch die Dönhoffs, und bei der Elektrizität könnte ich bestimmt viel mehr leisten – vielleicht würde ich da auch etwas vom Ausland zu sehen bekommen. Eines Tages könntest du mich doch draußen in einer von euren vielen Unternehmungen unterbringen.« Faber hatte diese Bitte mit einem entschiedenen Nein beantwortet und ihr erklärt, sie solle in der Bank bleiben, wo man ja auch sehr zufrieden mit ihr sei.

Bisweilen besuchte Direktor Albert seinen ehemaligen Chef. Einmal, als er Faber gegenüber saß, sagte er: »Es ist anders als in der Bank. Sie bauen auf, Sie sehen, wie Ihre Schöpfungen entstehen, Sie sind in unmittelbarer Berührung mit ihnen, es ist ein wärmeres Gefühl.« Ulrich Faber nickte und erwiderte lachend, manchmal vergleiche er sich mit Faust, der dem Schriftkram entronnen ist und den Schöpfer spielt. Die schwerste Aufgabe sei es, in all diesen Ländern das Geschaffene zu sichern, denn überall sei Krieg, Bürgerkrieg, Revolution. In jedem Lande unter irgendeinem Schlagwort, irgendeiner Parole, für irgendein offenbar dringend notwendiges Ziel. Und manchmal ahnten diese Menschen gar nicht, warum sie töteten und sich töten ließen, sie seien der ewige Spielball in der Hand von ein paar Mächtigen, sie würden wie die Griechen vor Troja von eifersüchtigen Göttern in die Schlacht geschickt.

Direktor Albert zog aus der Tasche ein Zeitungsblatt und breitete es aus. Auf einer Seite war das Bild eines Mannes in mittleren Jahren mit einem kurzen, schräggeschnittenen Kinnbart zu sehen. Ob Faber das Interview mit Magnano Scott, dem großen Waffenlieferanten, gelesen habe? – Faber kannte es nicht und fragte, was so interessant daran sei. Magnano Scott hatte dem Interviewer einen Satz gesagt, der in der Zeitung mit fettem Druck mitgeteilt war. »Ich gebe den Leuten Ideale, ich zeige ihnen ideale Ziele.« Die Zeitung hatte spöttisch hinzugefügt: »Dann kaufen sie mir meine Gewehre ab, um diese Ideale zu verwirklichen.«

»So ist es«, sagte Direktor Albert, »er hat in allen Ländern seine Presse und seine Redner, die sprechen von Gerechtigkeit und Befreiung, von Ehre und Prestige. Und dann kaufen die Völker ihm seine Gewehre ab.« – »Ja, lieber Freund, das gehört zum Fortschritt, früher hat man das alles nicht so sehr gebraucht. Man brauchte nicht so viele Entschuldigungsgründe, höchstens hatte man die bessere Religion, wenn man ganz ehrlich die anderen prügelte oder auf Raub ausging. Heute muß das im Namen des besten Rechts und der besten Kultur geschehen. Fortschritt, was wollen Sie. Es ist überall das gleiche, die Politik einer humanen, aufgeklärten Zeit. Magnano Scott ist ein großer Geschäftsmann und ein Staatsmann – leider sind uns bei unseren Unternehmungen seine Gewehre und seine Ideale ein bißchen hinderlich.«

Ganz nebenbei, scheinbar nur halb interessiert, warf Faber die Frage hin, ob Direktor Albert mit der kleinen Rohr zufrieden sei. Er, Faber, könnte dem Mädchen ja etwas mehr helfen, als er das tue, aber er wolle sie nicht der Umgebung entfremden, zu der sie gehöre, damit würde man ein Unrecht begehen. Direktor Albert entgegnete, sie sei eine sehr reizvolle, fast zu reizvolle junge Person. Ungemein intelligent, sehr ehrgeizig, mit vielleicht etwas viel Phantasie, immer schon über das nächste Ziel, die nächste Aufgabe hinaus. Dabei habe sie für ein Mädchen aus ihren Kreisen in ihrem Benehmen einen erstaunlich sicheren Takt. Als Direktor Albert empfand, daß seine Schilderung etwas ausführlich wurde, brach er ab.

Ulrich Faber wußte, daß das Bild, das Albert entworfen hatte, der Ergänzung bedurfte, daß es hinter dem halb echten und halb gespielten Selbstbewußtsein oftmals Unsicherheiten, Hemmungen und Niederbrüche, und ganz wie in ihren Augen hinter dem Hellen das Dunkle und hinter dem Dunklen das Helle gab. Obwohl er Gerda Rohr in ihren wechselnden Stimmungen studierte, sie lebensfroh herumschwebend und schwerblütig grübelnd, eigenwillig egoistisch bis zur Härte und weichherzig bis zu einem hohen Maß von selbstquälerischem Mitleid sah, war er sich klar darüber, daß auch ihm, vorläufig noch, in den Hintergründen ihrer Natur mancherlei verborgen blieb.

Es war noch nicht ein Jahr vergangen, seit Gerda Rohr in der Filiale der Dönhoff-Bank angestellt war und dort in der Buchhalterei arbeitete, und sie hatte sich schon in dieser kurzen Zeit, die doch nur eine Lehrzeit sein sollte, erstaunlich entwickelt und den Platz, den sie durch einen glücklichen Handstreich erobert hatte, tatsächlich mit ehrgeizigem Eifer befestigt und ausgebaut. Die Kunst der Buchhaltung und all das Mechanische des Bankbetriebes erlernte sie, ebenso wie das Französisch und Englisch in der »Sprachakademie«, mit großer Leichtigkeit. Wenn Direktor Albert oder der Prokurist ihr einen Brief diktierten, erkannten sie aus ihren Fragen und Bemerkungen, daß sie dem Diktat nicht wie andere nur mit maschineller Fingerfertigkeit folgte, daß ihr Verstand mittätig war, wissen und erfahren wollte und sehr schnell sogar manches erfaßte, was eigentlich als Geschäftsgeheimnis galt. In der Buchhalterei und auch außerhalb des ihr zugewiesenen Arbeitsraumes ersann sie allerlei kleine Verbesserungen, in der Führung eines Registers oder in der Aufbewahrung der Korrespondenz. Für den alten Oberbuchhalter sorgte sie, ohne sich durch Unterwürfigkeit einzuschmeicheln, mit einer praktischen Sachlichkeit, indem sie seinen Tisch, seine Mappen und sein Schreibmaterial in Ordnung hielt. Zu dem Personal der Bankfiliale war sie wie ein frei durch die Lüfte segelnder Vogel gekommen, der auf den Hühnerhof Wind und Sonne mitzubringen scheint. Während die männlichen Angestellten, junge und alte, sie bewunderten, sofort verliebt waren und ihre Gefühle entweder durch zaghafte Blicke oder durch kräftige Feststellungen – »welche prachtvollen Beine! Endlich mal was für unsereinen!« – äußerten, waren die Kolleginnen in den ersten Tagen spitzig und kühl. Sehr schnell wurde bekannt, daß Ulrich Faber die Neue empfohlen habe, und diese Tatsache erregte bei seinen Verehrerinnen begreiflicherweise Ärger und Neid. Dem Protektionskind – in einem ordentlichen Betrieb dürfte es eine solche Bevorzugung nicht geben – wurde nichts von der Sympathie gewährt, die man für den Protektor empfand. Aber das war nur in den ersten Tagen so. Die meisten Damen fanden Gerda Rohr bald sehr nett und kameradschaftlich, und außerdem erfuhr man, daß sie – dies war ein wichtiger Punkt – nur mit dem üblichen kleinen Anfangsgehalt engagiert worden war. Sie war immer sehr bescheiden gekleidet, und wenn die Herren ihre Eleganz priesen, so war diese Eleganz jedenfalls in ihr und nicht in dem, was sie auf sich trug. Genugtuung erregte es beim weiblichen Personal auch, daß sie die zarten und unzarten Bewerbungen der Kollegen übersah, gewissermaßen gleichgültig an ihnen vorübersah. In Folge der Aussichtslosigkeit all solcher männlicher Bemühungen regelte sich der Verkehr schon nach kurzer Zeit. Immerhin blieben Zwischenfälle, Wortplänkeleien und Sticheleien nicht völlig aus. Fast alle Beamtinnen der Bank waren gutmütige Wesen, gewöhnlich übermüdet und von Geldsorgen gequält, aber einige waren boshafter, hatten schiefe Seitenblicke und einen klatschsüchtigen Mund. Das blasse Fräulein Schubring – bisher war sie hier die Jüngste gewesen – besaß eigentlich nur gute Charaktereigenschaften, war aber unter dem Druck einer unglücklichen Liebe und eines Magenleidens oft vergrämt und reizbar und konnte in solchem Zustand Bemerkungen über Neulinge hinwerfen, die es darauf anlegten, sich vor den anderen hervorzutun. Wenn aber auch Gerda Rohr ihre dunkle Laune hatte, antwortete sie: »Jeder, wie es ihm gefällt, nicht wahr? Finden Sie es schön, ewig in der Buchhalterei festzukleben?« – »Ewig? Bei Ihnen ist es noch nicht einmal ein Jahr.« – »Ich weiß. Es wird sich eben zeigen, ob ich was Besseres kann.« Hinterher sagten dann die Boshaften, nun habe man doch wohl genügend gesehen, was für ein hochmütiges, eingebildetes Ding sie sei. Sie sei entschieden größenwahnsinnig, weil sie sich die Protektion Fabers ergattert habe, man könne sich ja denken, wie und wodurch. Indessen, diese unangenehmen Episoden wurden allmählich sehr selten, und den wenigen Damen, die in einer eisigen Gegnerschaft beharrten, wurde entgegengehalten, daß Gerda Rohr, der man die »Protektion« so sehr verüble, stets bereit sei, für andere bittend und vermittelnd zu Direktor Albert zu gehen. Eines Tages wollte das blasse Fräulein Schubring, ein unverbesserlicher Pechvogel, auf den Schreibtisch des gerade abwesenden Direktor Albert eine Mappe legen und warf dabei seinen kleinen Porzellan-Buddha um, der infolge der harten Berührung mit der Tischplatte zerbrach. Herr Albert liebte diesen Buddha, einen echten Buddha aus einer älteren Königsepoche, ungemein, er hatte ihn früher einmal von einer Asienreise mitgebracht. Die kränkliche

Schubring war verzweifelt, das ganze Personal war entsetzt, aber Gerda Rohr erklärte, sie werde die Schuld auf sich nehmen und Herrn Albert sagen, daß sie das Malheur angerichtet habe, und übrigens müsse man ja erst einmal sehen, ob der Schaden nicht zu reparieren sei. Sie nahm die zerbrochene Figur, lief damit zu mehreren Geschäften und Werkstätten und erreichte die Heilung des verletzten Buddhas, bevor noch, am Spätnachmittag, Direktor Albert wieder im Büro erschien. »Was geht es euch an, ob sie mit Faber im Bett liegt oder nicht«, sagte zu den zwei oder drei Unbekehrbaren Fräulein Müllensiefen, die Älteste in der Westfiliale der Dönhoff-Bank. »Sie ist ein feiner Kerl.«

Die Frage, wie Gerda Rohrs Beziehungen zu Faber wohl sein mochten, beschäftigte das Personal der Westfiliale sehr. Die zwei oder drei spotteten: »Ihr glaubt wohl, daß er sich von ihr an der Nase herumführen läßt? Der kennt sich doch aus und weiß, wie man es macht.« Wenn sie hier im Geschäft nur ihre billigen alten Fetzen trage, sei das Komödie, und manchmal sei sie auch schon ganz anders, mit teureren Sachen gekommen. Worauf erwidert wurde, das beweise doch wirklich nichts, ein Mann wie Faber könne Geschenke machen, ohne dafür nun gleich die bewußten Gegengeschenke zu erhalten oder zu verlangen. Als die bösartigste Vertreterin der gegnerischen Partei andeutete, Gerda Rohr sei imstande, auch Faber zu betrügen, und wahrscheinlich habe sie nebenbei noch ein Verhältnis mit einem der Jünglinge, die während ihres Weihnachtsurlaubes mit ihr fortgefahren waren, wurde diese Anklagethese so ziemlich von allen als völlig unglaubwürdig bezeichnet und abgelehnt. Ebenso wurde freilich auch der Frauenkenner vom Wechselschalter ausgelacht, der behauptete, aus gewissen Einzelheiten des Gesichts und der Gestalt, aus Formen und Bewegungen erkenne er mit Bestimmtheit, daß dieses Mädchen noch gar nicht »geweckt« worden sei. »Mensch, wenn du nicht genauer untersuchen kannst, ob das Geld echt ist, das du einwechselst, ist Dönhoff bankrott.« Im allgemeinen waren in den Debatten über dieses Problem die Herren nicht der Ansicht, Ulrich Faber habe bei Gerda Rohr viel, oder alles, erreichen wollen und erreicht. Sie bekannten sich zu derjenigen Auffassung, die ihnen die angenehmste und tröstlichste war. Auch Direktor Albert empfand bei dem Gedanken, daß seine junge Angestellte die Geliebte Ulrich Fabers sein könnte, ein peinigendes Unbehagen und wehrte sich gegen diese Vorstellung, die bisweilen die Hartnäckigkeit eines Insektes besaß. Er mußte sich auch gegen den Eindruck wehren, den die körperliche Nähe Gerda Rohrs auf ihn ausübte, und wenn sie ihm Briefe zur Unterschrift auf den Tisch legte, blieb er wie Odysseus am Mast angebunden, mit Wachs in den Ohren, und las viermal hintereinander die Mitteilung, die Bank habe, dem Auftrag gemäß, 150 Harpener gekauft.

Man konnte sich kaum auf Symptome, höchstens auf Ahnungen berufen, ungefähr wie ein Bewohner nördlicher Grenzgebiete aus Lüften, die zu ihm herüberwehen, Italien ahnt. Denn kein Mitglied des Personals, und auch Direktor Albert nicht, hatte noch Gerda Rohr zusammen mit Faber gesehen. Faber erwartete sie niemals nach Geschäftsschluß draußen auf der Straße und nicht an Orten, zu denen neugierige Blicke drangen. Meistens erwartete er sie in einem Auto neben dem Bahnbogen, der den Kanal überspannt, an einer besonders schlecht beleuchteten Stelle, und sie kam jedesmal auf Umwegen und mit vielen Vorsichtsmaßregeln dorthin. Wenn sie nicht schnell zu ihrer Tante heimkehren mußte, wurde die Fahrt etwas länger ausgedehnt. Die westlichen Vororte wurden im allgemeinen vermieden, in den fernen Orten, südöstlich von der Stadt, konnte man einigermaßen vor Überraschungen sicher sein. Faber benutzte, wenn er mit Gerda fuhr, nicht seinen eigenen Wagen, sondern irgendein Taxi, erstens, weil er seinen Chauffeur lieber nicht dabeihatte – er selber konnte seines verletzten Armes wegen nicht lenken –, und sodann in der Erwägung, daß man nicht die Neugierde von Leuten erwecken solle, die sein Auto kannten und die ein Zufall gerade vorüberkommen ließ. Jedesmal wählte er das Taxi an einem Halteplatz, der nicht der Platz des Chauffeurs Kaluweit war. Noch mehr als sonst war ihm bei diesen Fahrten eine Belästigung mit politischen Vorträgen unerwünscht. Einige Wochen nach jenem Oktobertage, an dem sich so vieles und auch der Streit vor dem Bierlokal ereignet hatte, war Faber durch eine gerichtliche Vorladung beglückt, mäßig beglückt worden, als Zeuge in der Beleidigungssache Rotholz contra Kaluweit. Der Termin wurde dann immer wieder abgesagt, der Anwalt des Klägers hatte Vertagung beantragt, die lächerliche Geschichte war offenbar begraben, aber in jedem Falle ließ man den braven Kaluweit mit seinen vortrefflichen Reden bei Ausflügen, die kein politisches Ziel hatten, besser aus dem Spiel.

In dem weit draußen liegenden Ort am Fluß gab es, abseits von den großen Restaurationsgärten, in denen die Segler verkehrten und am Sonntag mächtiger Trubel war, eine Konditorei, in der man, wenn man es wünschte, auch warme Speisen erhielt. Dorthin fuhr Ulrich Faber oft und gern mit Gerda Rohr, und sie hatte nichts dagegen einzuwenden, da sie dort kein Zusammentreffen mit Freunden ihrer Tante oder mit Kolleginnen aus der Bank zu befürchten brauchte und das Lokal jene altertümliche Vertrautheit hatte, die man sonst nur in den Konditoreien weltferner Kleinstädte finden kann. Wenn das Auto die uninteressanten Straßen im Berliner Osten durchquert hatte, kam es durch die ersten Vororte und rollte dann weiter zwischen den Baumreihen der breiten Allee, an den Wiesen entlang, auf denen in den frühen Abendstunden des Sommers noch Fußballspieler herumjagten und übereinander herfielen, Familien von Proletariern und Kleinbürgern rund um die mitgebrachten Eßkörbe lagerten, Schuljungen ein von ihnen selbst verfertigtes Flugzeug steigen ließen und Liebespaare bedauerten, daß die Dunkelheit jetzt erst so spät begann. Ein Ende weiter lagen, links am Ufer, die bekannten, populären Restaurants mit Gärten und Tanzsälen, abgerissene Töne der Musik verhallten, zurückbleibend, sofort wieder, vor den Eingängen war ein quirlendes Getriebe, und in den Jahreszeiten der langen Helligkeit sah man im Vorüberfahren auch den Fluß, der hier ein wirklicher Fluß war, sich schon zum See erweiterte, von den silbernen Schleiern des zitternden Zwielichts übersponnen, und auf dem die Boote langsam, mit kaum die Fläche berührenden Ruderschlägen in die Dämmerung hineinglitten und die Herzen in eine verfängliche Magie. Nur die Mitglieder der Sportvereine zogen ihre Rennboote schon auf das Ufer hinauf, und die Segel, schräg liegend in der Abendbrise, eilten zu ihren Klubhäusern heim. Jenseits des Flusses, auf dem Ufer dort drüben, wechselten bewaldete Hügelstriche und massige Fabrikanlagen, aber sogar noch die Riesenschornsteine, die wie ein Pfahlgitter vor dem Himmel aufstiegen, hatten eine poetische Feinheit in dem weichen Mantel der Abendluft. »Sieh lieber«, sagte Gerda, um ihn von zu zärtlichen Bemühungen abzulenken, »wie stimmungsvoll das alles ist.« – »Ja«, bestätigte er, ohne hinauszublicken, scherzhaft zustimmend, »ich finde es auch sehr hübsch.« Dann saß sie in der Konditorei, in einer Nische auf dem Plüschsofa ihm gegenüber, und jedesmal behauptete sie zuerst, gar keinen Hunger zu haben und nichts essen zu können. »Nur wenn du auch« – und nachdem er den etwas verschlafenen Kellner gerufen und für beide bestellt hatte, verzehrte sie ihren Kuchen oder ihr Schnitzel, aber sehr gelassen, ohne einen starken Appetit zu zeigen, anscheinend nur, weil er darauf bestand.

Wenn sie so zusammen waren, wollte sie immer vieles erfahren, von ihm hören, und wenn er mit seinen Worten zu einem anderen Gebiet zurückkehrte, war sie ein bißchen ärgerlich: »Laß das doch ... warum erzählst du mir nichts? Du sagst mir gar nichts über das, was in der Welt vorgeht, du nimmst mich nicht ernst.« Er nahm sie durchaus ernst, es machte ihm Vergnügen, sie zu unterrichten, zu belehren und zu erziehen, als wäre sie seine Schülerin oder sein Geschöpf. Aber er war auch, und vielleicht mehr denn je, der Sohn seines Vaters, des Gastwirts vom »Grünen Baum«. – »Sag mir doch, was in China ist. Du mußt es doch wissen, also sag!« Er setzte ihr, so gut er konnte, auseinander, was sich dort im Fernen Osten begab. Aus ihren Fragen sah er, daß sie die Tatsachen kannte, die in den Zeitungen berichtet wurden, und daß er ihr nicht viel mehr erklären konnte als die Ursachen der Ereignisse und ihren Zusammenhang. Sie wußte von Sunyatsen und dem Kuo Ming Tang, von dem Hafenstreik in Hongkong, von der Niederwerfung der

»roten« Herrschaft in Kanton durch Tschiang Kaischek, von den Untaten der Söldnerbanden im Lande, dem Gemetzel unter den aufständischen Arbeitern und Bauern, der Käuflichkeit und den ewigen Verrätereien der Generale, und einiges hatte sie auch über die vor kurzem gebildete »Nationalregierung« in Nanking gelesen, die vergeblich versuchte, etwas »Ordnung« in das Chaos zu bringen. Wie das ganze Zeitungspublikum in Europa – die meisten ließen längst schon gelangweilt China unbeachtet – blickte sie ratlos auf all diese schwer auseinanderzuhaltenden Namen, auf all diese Wang und Wu, Tang und Tschang. »Was gedenkst du denn mit all dem anzufangen, mit China und den übrigen Weltereignissen, wenn ich fragen darf?« – »Ich werde wohl nie etwas damit anfangen können. Ich werde wohl nie hier herauskommen, du schickst mich ja doch nicht hinaus.« Sie waren in der Konditorei allein, die alten Damen, die an anderen Tischen Kaffee getrunken hatten, waren fortgegangen. Gerda stand auf, schob zwei Stühle so zurecht, daß sie einander die Rücken zuwandten, trat zwischen sie, umfaßte mit den Händen die Lehnen, hob sich hoch und turnte wie am Barren. Sie warf schaukelnd die Beine nach vorn und zurück, ihre Arme waren feste Stützen, ihr Oberkörper blieb gerade aufgerichtet, ein paar Mal versuchte sie, mit den Fußspitzen Faber zu erreichen, was ihr aber nicht gelang. Sie blickte ihn von ihrer Höhe aus übermütig an und strahlte in dieser herausfordernden Lustigkeit.

Damals, als er sie nicht wiedersehen wollte, hatte Faber sich gepredigt, daß man sie nicht dem Boden entfremden dürfe, aus dem die Kraft ihrer Schönheit stammte, und wenigstens an dieser Idee, an diesem einen Vorsatz hielt er auch jetzt so gut wie möglich fest. Er hätte sie reich ausstatten, sie mit Luxus umgeben können, aber er vermied das, hatte die Empfindung, daß er den Zauber der Natur vernichten würde, und lächelte vergnügt in sich hinein, wenn sie ihm ein Kleid vorführte, das eine Freundin, eine kleine Schneiderin, aus dem von ihm geschenkten Stoff angefertigt hatte, und ihn stolz und siegessicher fragte: »Findest du, ich sehe gut darin aus?« Ja, sie sah gut darin aus, mit ihrer blühenden Jugend, ihrer prachtvoll geformten Gestalt, ihrem braunblonden welligen Haarschopf, ihren sonderbar durchlichteten dunklen Augen – schöner als alle Modedamen, gerade in diesem, in einem solchen Kleid. Und sie benahm sich, wenn sie nicht das lustige Schulmädchen war oder in besonderen Momenten in eine Ausgelassenheit, die dann mitunter keine Grenzen hatte, hineingeriet, völlig damenhaft, hatte den Instinkt der guten Manieren, ihre Sprache und Ausdrucksweise waren – dies war ihm schon am ersten Tage aufgefallen – rein und ohne den geringsten Mißklang, in der Art ihres Gehens lag ein ungezwungener Rhythmus, und sie schien, seit Faber mit ihr verkehrte, noch gewachsen zu sein. Sie war gar nicht Genre »kleines Mädchen«, auch nicht in Augenblicken und Situationen, in denen das Temperament die Barrieren über den Haufen warf. Aber nichts an ihr und in ihr ähnelte auch nur entfernt den Kunstprodukten der »Gesellschaft« und ihrer Schönheitssalons. Faber schenkte ihr allerlei Nützliches und Hübsches für ihre Kleidung, für ihren Sport, eine behagliche Einrichtung ihres Zimmers, auch eine illustrierte Weltgeschichte, eine ganze kleine Bibliothek und ein Grammophon. Er schickte ihr ihre Lieblingspflanzen, ließ dann und wann eine Gans oder einen Hasen abliefern und fügte unter verschiedenen Vorwänden zu ihrem geringen Gehalt das Notwendige hinzu. Er kämpfte gegen die Freude an, die es ihm bereitete, sie zu beschenken und für sie auszuwählen, und dabei merkte er doch, daß sie sich sehr gern herausputzte, gern und leicht Geld für hübsche Sachen ausgab. Sie bat sehr selten um etwas – selten für sich, öfter für Arme –, und ihre Bedürfnisse und Wünsche konnte er meistens nur erraten, was freilich, da soviel Bedürfnisse und Wünsche vorhanden sein mußten, nicht übermäßig schwierig war. Nur die Besorgung von Grammophonplatten, die ihr gerade fehlten, trug sie ihm auf, und manchmal mußte das Auto, in dem sie fuhren, vor dem Laden eines Fruchthändlers halten, und er holte für sie, sehr amüsiert über diesen Ritterdienst, getrocknete Feigen heraus. Ihr Dank für solche Kleinigkeiten war oft hörbarer und fühlbarer als die Dankbarkeit, die sie auch sonst ganz gewiß in sich trug, aber nicht gern wortreich äußerte und bisweilen so zurückhielt, daß er hätte meinen können, sie betrachte in ihrem harmlosen Egoismus alles als den selbstverständlichen Tribut einer ihrer Meinung nach bereits besiegelten Zusammengehörigkeit. Sie nahm ebenso natürlich und unbefangen seine Geschenke an, wie sie anderen gab. Manchmal dachte er belustigt: Warum gibt es kein Femininum, als sinngleiches Gegenstück zu dem Wort »Grandseigneur«? Daß sie neben ihm ein warmes Gefühl des Geborgenseins hatte, spürte er, wenn sie, wie mit einem Seufzer der Erleichterung, sich an ihn schmiegte, sich mit ihm verkettete: »Hier ist mein Zuhause«, oder aus der Stille eines Nachsinnens die Worte kamen: »So rück doch näher. Es ist doch, als wären wir schon seit vielen Jahren zusammen.« Einmal, als sie auch so auf der Fahrt waren, sagte sie, wieder ganz unvermittelt und aus dem Innersten heraus: »Es ist doch gut, daß ich dich habe ...« – »Und ich?« – »Schweig! ...« Sie küßte ihn.

Er war dann immer wieder heimlich entzückt, und er war nicht zufrieden, und es war bei ihm wie bei allen Männern, die mit den gleichen Eigenschaften geboren sind wie er und denen vieles, die erhoffte volle Erfüllung, verweigert wird.

Manchmal verließen sie den Wagen, gingen in den Wald oder in einem Park spazieren und setzten sich nieder, verdeckt von einem Hügel oder einem Gebüsch. Er alberte mit ihr, balgte sich mit ihr herum. Jawohl, die nüchterne Haute Finance, die Herren der Weltmärkte, hätten ihn, wenn sie ihn so gesehen hätten, nicht mehr ernst genommen. Immer blieben, durch ihren Willen, sein Recht und seine Macht begrenzt. War er für sie zu alt, war er nicht der, der ihre Empfänglichkeit hervorrufen konnte und den sie brauchte, und kamen ihre Hemmungen daher? Er hatte Gründe, diese naheliegende Erklärung für nicht unbedingt richtig oder doch für nicht erschöpfend zu halten, und glaubte nicht, durch die selbstverständliche männliche Eitelkeit geblendet zu sein. Wenn sie nicht bei ihm war und er über sie nachdachte, hatte er Bilder vor Augen, die ihn weit eher in der Meinung bestärken konnten, daß in ihr Beziehungen zu ihm gingen, etwas komplizierte Beziehungen, die nur in besonderen Augenblicken empordrangen, wie manchem Blumenkelch nur unter klimatischer Gunst der volle Duft entströmt. Er gewann diese Überzeugung nicht deshalb, weil sie diese kleinen Raffinements der Zärtlichkeit hatte, ihn in der richtigen Laune so unterhielt. Er konnte ja auch nicht von dem Gedanken verschont bleiben, daß Erfahrungen vorangegangen sein müßten, mit halber Neugierde gewonnene Erkenntnisse, und es war ja klar, daß den Kindern in der großen Stadt dieser Lernstoff wie Windpocken und Masern zuflog, auf den Schulhöfen und bei Ausflügen, in den Lagern auf dem Badestrand und beim Sport. Mit soviel Frauen hatte er all das erlebt. Er wußte, daß diese Künste die ersten waren, die erfunden wurden, lange vor der Verfertigung des Steinmessers und lange bevor die Entdekkung des Feuers gelang. Er kannte auch, in vielen Variationen, den beobachtenden Blick und das gespannte Lächeln der Überlegenheit. Aber bei ihr war das Eigene und Überraschende der Triumph, in dem sie, nicht häufig, nur unter dem günstigen Sternbild, diese Überlegenheit genoß. Ein triumphierender Beherrschungsinstinkt, über dessen Natur er sich weniger im unklaren war als sie selbst, konnte aus ihr hervorbrechen, alles niederstürmen, wie ein plötzlich entfesselter Urtrieb, der rücksichtslos, gewalttätig ins Freie tobt. Manchmal, wenn er sie sich in diesen elementaren Ausbrüchen vorstellte, fragte Ulrich Faber sich in ironischer Selbstprüfung, ob seine Vorliebe für den Strom, der in den Turbinenhäusern erzeugt wird und hinausrast, nicht vielleicht durch die Empfindung verursacht werde, daß diese noch ungebändigte Energie verwandt mit jener anderen Naturkraft sei. Es konnte vorkommen, daß in dem entfesselten Sturm sogar sein zu Boden geschleuderter Hut so frohlockend behandelt wurde wie ein besiegter Feind.

Dieses Geheimnis hatte sich ihm offenbart, und bisher wohl nur ihm allein. Er konnte ahnen oder empfinden, daß jene Eruptionen von einer verborgenen, gehemmten Erotik herrührten, aber hier endete sein Wissen, und vielleicht hatte er deshalb mitunter den Eindruck, es bleibe eine schwer zu durchdringende Luftschicht um sie herum. Wenn sie sich von ihm verabschiedet hatte, verschwand sie für ihn, in ihre eigene Zone, in eine Umgebung, die ihm fremd und unzugänglich war. Er freute sich, wenn er sah, wie stark sie mit ihrem Fühlen und Denken dort wurzelte, sogar mit proletarischem Hochmut das Bürgertum oder die »Gesellschaft« verachtete und nur ihn – mit kritischen Einschränkungen, die sie sehr offenherzig äußerte – ausnahmsweise gelten ließ, aber manchmal war er doch verstimmt darüber, daß sie so untertauchte und daß sich ihm ein Teil ihres Lebens entzog. Als er ihr die Einrichtung des Büros der Union-Elektrizität geschildert hatte, zeichnete sie ihm ihr eigenes Zimmer auf, mit den Blumenkübeln, dem Tisch und der Bibliothek und der Couch, auf der sie schlief. Sie erzählte auch, wenn am nächsten Tage großer Kaffeebesuch kommen sollte oder wenn am Abend vorher die Musketiere und eine Freundin bei ihr getanzt hatten, und über diese ganze Kameradschaft war er informiert. Ernst, der Blasse, Lange, Hellblonde, der während des Krieges infolge der schlechten Nahrung an Pickeln gelitten hatte, arbeitete in einer Werkstatt für Feinmechanik, Walter, der hübsche, frische Bursche, der damals auf dem Hof sich nur scherzhaft gegen sie verteidigen wollte, war ein hervorragend tüchtiger Gehilfe bei einem Baumeister, und Rosenbaum – ihn nannte sie immer nur mit seinem Vatersnamen – war bei einem Anwalt untergekommen. Alle drei waren geistig strebsam, Ernst und alle gehörten zu der politisch radikalen Jugend und hätten gern auch den weiblichen Kameraden, dem sie bei allen anderen Gelegenheiten folgten und gehorchten, für ihre Sache gewinnen wollen. Auf die Frage, wer denn der Raufbold gewesen sei, der sie geschlagen habe und was er jetzt treibe, antwortete sie, er heiße Plokowski, er treibe sich irgendwo herum und ihre Freunde hätten nichts mit ihm zu tun. Ihr Gesicht verfinsterte sich, wie unter dem Schatten einer unliebsamen Erinnerung.

Gegen den Verkehr mit den drei Musketieren hatte Faber nichts einzuwenden – Einwendungen wären auch mit Festigkeit zurückgewiesen worden –, weit eher begünstigte er ihn aus der Ferne, und er kaufte mit Gerda zusammen die Wollsachen, bevor sie in den Weihnachtstagen mit ihren Kameraden die geplante Tour nach Freienwalde unternahm. Er begleitete sie im Auto bis zum Bahnhof, und unterwegs sang sie, während sie ihn dazwischen küßte, in sonniger Lebenslust und wieder ganz schulmädchenhaft. Aber war das alles, gab es in der ihm verschlossenen Zone nicht andere Männer, nicht noch andere Vorgänge – er bemerkte ja, welche Wirkung sie auf beinahe jeden ausübte, der in ihre Nähe kam? Er konnte auch nicht daran zweifeln, daß es ihr gefiel, ihr schmeichelte, diese Wirkung auszuüben, obgleich sie, wie unberührt und gleichgültig, ohne eine Spur von Koketterie daran vorüberging.

Eines Tages, gegen Mittag, war er verblüfft, als er, zufällig dort vorbeifahrend, sie aus dem Laden des anrüchigen Photographen herauskommen und, unverkennbar aufgewühlt und erhitzt, davoneilen sah. Was tat sie dort noch, es gab also noch eine heimliche Verbindung zwischen ihr und dem Menschen, dem sie hatte entrinnen wollen? Er ließ das Auto halten, wartete ein wenig, trat dann in den Laden, wo in diesem Augenblick, bei seinem Erscheinen, der Photograph, ein kaum mittelgroßer Mann mit einem gelblichen Levantinergesicht, unangenehmen Augen und einer Eleganz aus dem Abzahlungsgeschäft, einen Haufen Bilder auf der Tischplatte beiseite schob. Faber erkundigte sich, ob er hier Schönheitsphotos, Nacktaufnahmen, finden könne, er sei Sammler, es müßte aber etwas Besonderes sein. Der gelbliche Elegant, der die offen liegende Ware nicht mehr verstecken konnte, antwortete langsam und argwöhnisch, einiges habe er, und deutete auf das Paket. Obenauf lag eine Photographie von Gerda Rohr, oder vielmehr ein Bild mit ihrem Kopf, denn Faber begriff sofort, daß der völlig nackte Körper nicht der ihrige war. Es war eine Tric-Photographie, nicht einmal sehr geschickt fabriziert. Er erklärte, die Dame, die das Bild darstellen solle, kenne er, das Bild sei eine Fälschung, eine Nichtswürdigkeit. Er drohte dem sich windenden, mit jeder Miene giftspeienden Photographen mit der Polizei. In seiner Gegenwart mußte der Mensch alle Abzüge der Fälschung und die Platten vernichten und in Sätzen, die Faber ihm diktierte, schriftlich bestätigen, daß er Fräulein Rohr niemals auf diese oder ähnliche Weise habe aufnehmen können, daß er sie um Verzeihung bitte und daß nun keines der gefälschten Bilder mehr vorhanden sei. Als Gerda am Abend zu dem Platz an der Bahnbrücke kam, war sie schweigsam und verstimmt. Faber sagte ihr, er wisse die Ursache ihres Ärgers, aber sie könne jetzt ganz ruhig sein, er habe sich mit diesem Schönheitskünstler in der geeigneten Manier unterhalten und all die Photos seien zerstört. Sie antwortete, zaudernd: »Ich danke dir.« Dann nach einer Pause: »Aber das sind doch meine Angelegenheiten, warum spionierst du mir nach?« Er wollte, vorsichtig und schonend, ihr noch eine Aufklärung entlocken und erhielt nur die Auskunft, der Photograph sei ein Erpresser, er habe etwas zu erpressen versucht. Ob Geld oder anderes, wurde nicht klar.

Ein anderes Mal – er hatte ihr angekündigt, daß er leider am nächsten Tage nicht mit ihr zusammen sein könne, da er zu einer unaufschiebbaren Besprechung im Westen müsse – richtete sie an ihn, nach längerem Überlegen, die Frage: »Kann ich dann ein Stück mit dir fahren? Ich habe dort in der Nähe eine Verabredung.« – »Ein Rendezvous?« – »Ich treffe dort jemand. Aber wenn du mich nicht mitnehmen willst ...« Natürlich ließ er sie mitfahren, ohne noch mehr Neugierde zu zeigen, und bald darauf konnte er sich davon überzeugen, daß sie dort in einem Café mit einem alten weißbärtigen Lehrer aus der Sprachakademie zusammentraf, der in seinen Mußestunden ein eifriger Astronom war und ihr seine Verehrung bewies, indem er ihr das Planetensystem erläuterte und ihr schwer lesbare Bücher lieh. Darum war sie seit einiger Zeit so erstaunlich über die großen und kleinen Planeten, über Mond und Meteore informiert. Deshalb hatte sie Faber gefragt, wie groß der Saturn sei, und als er nicht antworten konnte: »Neunundeinhalbmal so groß wie die Erde«, ihn fröhlich ausgelacht. Er hatte sich mit der Frage revanchieren wollen, wer denn in der Mythologie der Saturn gewesen sei, aber sie hatte kühl erklärt: »Das interessiert mich nicht. Du bist doch ein richtiger Pedant.« Sie war sehr stolz und vergnügt, wenn sie eine Lücke in seiner Bildung entdeckte und mehr wußte als er. Und es hob sie in ihrem Selbstgefühl, daß sie an Tagen, an denen er verhindert war, Unterhaltungen mit ernsten, kenntnisreichen Männern hatte, die Wert darauf legten, sich mit ihr auszusprechen, ohne gleich mehr zu verlangen.

Es bereitete ihm soviel Vergnügen, diesen in jugendlichem Stolz aufrecht getragenen Kopf, diese in kecker Kampfherausforderung auf ihn gerichteten Augen zu sehen, daß er es ohne Gewissensbisse hinnahm, wenn durch die Freiheit, die er ihr gewährte, seine Erzieherrolle litt. Selbstverständlich steigerte er, indem er sie neben sich als eine Macht, geradezu schon als eine Großmacht anerkannte, in ihr den Glauben an ihre Persönlichkeit, und sie konnte über ihre Grenzen hinauswollen wie ein zu nachgiebig umworbener Staat. War es denn seine Absicht, sie zu erziehen? Dieser widerstandsfesten Natur – widerstandsfest wie ihr sich zurückbäumender Körper – konnte man in ihrer Entwicklung vorwärtshelfen, die Richtung ließ sich nicht abbiegen, die Entwicklung geschah nach ihrem eigenen Gesetz. Übrigens wußte er ja auch, daß in der Verborgenheit, im Alleinsein, in ihrem verriegelten Zimmer, das Selbstbewußtsein gar nicht so unerschütterlich war. Aber bisweilen kam es zwischen ihnen doch zu kurzen, nur selten zu lange dauernden Auseinandersetzungen – gewöhnlich aus einem ganz nichtigen Grunde, wie ein sonst sicher fahrender Wagen sich eines Sperlings wegen gegen die Mauer wirft. Er fand zum Beispiel, daß sie sich über einen Menschen oder über eine Sache, die sie nicht kannte, zu respektlos geäußert habe, und warf ihr Überheblichkeit vor. Sie versteifte sich, in einer kalten Verstocktheit, gab nichts von ihrer fragwürdigen Überzeugung her und ließ spüren, daß die Mysterien, die sie verstehe, ihm ein für allemal verschlossen seien. Ihre Herkunft schien sie zu der einzig richtigen Meinung zu befähigen, und das erinnerte ein bißchen an den Dünkel einer exklusiven Aristokratie. Aber offenbar spielte sie auch – schweigend – das Recht der besserwissenden, zukunftssicheren Jugend gegen ihn aus. Die Versöhnung trieb sehr bald alle Wolken wieder fort. Er nahm sie bei den Schultern, schüttelte sie, wandelte die Atmosphäre durch einen Witz, und sie bewegte, glücklich den entbehrten Platz wiederfindend, ihren Kopf an seiner Brust hin und her und sagte dann, ihn hell anblikkend: »Nicht wahr, nun ist alles wieder gut?« Nur fiel es ihr schwer, sich zu entschuldigen, und wenn er es verlangte, behauptete sie, das habe sie doch schon getan. Für die Erfüllung solcher Friedensbedingungen suchte sie gern die unscheinbarste Form. Bei jedem Streit, der zwischen ihnen entstand, beobachtete Ulrich Faber mit einem Gemisch von Entzücken, Eitelkeit und Rührung – sein Verdruß wurde dadurch beinahe verdrängt – die Veränderung, die sich in ihr, in ihrem Gesicht, in ihrem ganzen Organismus vollzog. Solange er ihr zürnte und ein Bruch möglich schien, war gleichsam das Licht in ihr ausgelöscht. Sie war entfärbt, schlaff, ein Segel ohne Wind. In dem Augenblick, wo er sie bei den Schultern faßte und schüttelte, um mit dieser zärtlichen Strafe den Hader zu beenden, schien in ihr das Blut wieder kräftig zu strömen, sie reckte sich, wie erlöst von einem Traum, sie war wieder ganz erfüllt von Lebensfreudigkeit, sie hätte am liebsten gleich gesungen.

Vorschlägen und Einladungen Fabers, die zu einem Zusammenkommen in späten Abendstunden führen sollten, wich sie gewöhnlich aus. An einem Abend allerdings ließ sie sich bewegen, mit ihm in einem vereinsamten Weinrestaurant in der Gegend des Schlosses zu soupieren, nachdem sie ihn sehr genau und mit einem Zweifel im Blick ausgefragt hatte, was für ein Lokal das sei. Er hatte ihr, was er öfters tat, zwei Theaterbillets geschenkt. Diesmal für *Traviata* in der Staatsoper, und sie hatte nach der Vorstellung Rosenbaum, der neben ihr hatte sitzen dürfen, fortgeschickt. Sie kam in einem Kleid aus schwarzem Crêpe de

Chine, mit losen kurzen Ärmeln, und dieses Kostüm gefiel Faber auch deshalb so sehr, weil es, von ihr in langen Beratungen ersonnen, zwar absolut geschmackvoll war und ihre Schönheit tadellos schmückte, aber doch dem kundigen Blick die Herkunft aus einer kleinen Schneiderstube verriet. Sie trank Champagner und aß Austern und ein Tournedos. Keine Dame der »großen Gesellschaft« hätte das selbstverständlicher tun und sich mit mehr natürlicher Feinheit benehmen können. Eine Zigarette, die er ihr anbot, nahm sie zuerst, reichte sie ihm aber dann zurück. Dieses Beisammensein prägte sich ihm in das Gedächtnis ein, weil dann zum ersten Mal der rücksichtslose Sturm ihres Triumphes über ihn erging. Sonst hatte sie fast immer ein nicht zu überwindendes unausgesprochenes Mißtrauen gegen ein nächtliches Beisammensein mit ihm, ein scheues Mißtrauen gegen die Stunden um und nach Mitternacht.

VII.

Dieses mißtrauische Zögern war auch in ihren Mienen und dem Ton ihrer Stimme, als er ihr im Oktober sagte, ihre Bekanntschaft sei jetzt ein Jahr alt und dieser Tag müsse auf besondere Weise gefeiert werden, das gehöre sich doch so. »Auf welche besondere Weise denn …? Wie denkst du dir das …?« Er hatte sich in der Tat etwas Besonderes ausgedacht und war nur noch unschlüssig, überlegte noch hin und her. Er wollte ihr gern ein kleines Auto schenken, natürlich ein ganz einfaches, wahrhaftig keinen Mercedes und keinen Hispano-Suiza, und er malte sich ihre Begeisterung aus und stellte sich vor, wie sie dann ihren Wagen lenken und wie er mit ihr hinausfahren würde, ohne daß vor ihnen ein immer lästiger Chauffeur lauschend am Steuer saß. Aber war das nicht gegen seine Grundsätze, würde er sie nicht doch an ein Leben gewöhnen, das sie aus ihrer Umgebung loslösen und etwas Fremdes in ihr Wesen bringen könnte, und würde er nicht, weil er in ihrer Freude seine eigene suchte, ein Unrecht oder eine Dummheit begehen? Direktor Albert und das Bankpersonal brauchten ja allerdings nicht zu merken, daß sie ein Auto besaß, das würde man vermeiden können. Ebenso wie sein Entschluß wurde die Feierlichkeit vertagt. Er mußte nach Amsterdam und London reisen und blieb bis zum Ende des Oktober fort. Nach seiner Rückkehr lud er sie nur ein, am nächsten Sonnabend mit ihm in dem Dachrestaurant seines Hotels zu Mittag zu essen, dort oben sei es sehr hübsch, sie könne sogar die Käfige im Zoologischen Garten sehen, und man sei jetzt mittags dort fast ganz allein. Es beruhigte sie, daß das Festmahl bei hellem Tageslicht vor sich gehen sollte, und sie stimmte zu – sie sei sehr neugierig, sie habe schon oft, wenn sie abends dort vorbeigegangen sei, zu den erleuchteten Fenstern hinaufgesehen.

Da sie gefragt hatte: »Was soll ich anziehen, was willst du?«, hatte er für sie eine unauffällig elegante Bluse, in einem jugendlich zarten Schnitt, ausgesucht. Von der matten Cremefarbe des feingewebten Stoffes hob sich die blaue Halskette ab, die er ursprünglich der Professorstochter hatte geben wollen. Am Sonnabend war die Bank nur am Vormittag geöffnet, dann waren die Angestellten vom Dienst befreit. Als Gerda Rohr den kleinen schwarzen Hut mit der kurzen weißen Feder aufsetzte, der an den Schläfen eng anlag wie eine Kappe und unter seinen Rändern das wellige blondbraune Haar voll hervorquellen ließ, sagte ihr Fräulein Schubring in ehrlicher Bewunderung: »Wie eine Prinzessin!« und gleich darauf sich korrigierend: »Aber nein, Prinzessinnen sind meist nicht so schön.« Über den Fahrdamm rollten, oft dicht hintereinander, die schweren Wagen der Trambahn und Autobusse, und die Fußgänger beeilten sich, um zum Mittagessen zurecht zu kommen. Auch dieses Oktoberende war noch mild, mit den letzten hinterlassenen Grüßen des Sommers, der Abschied genommen hatte, und nur die Bäume waren schon sehr entblättert und abgerupft. Das Sonnenlicht glitzerte verdünnt durch einen milchigen Schleier, der wie der Mullbaldachin eines jungfräulichen Bettes unter der Himmelswölbung hing. Gerda Rohr wandte sich nach rechts, zu einer Haltestelle der Straßenbahn, eigentlich nur, um durch ein gewohntes taktisches Manöver die Kolleginnen, die ihr vielleicht nachblickten, von der richtigen Spur abzubringen.

Plötzlich traten die drei Musketiere, die hinter einer

Anschlagsäule verborgen gewesen waren, auf sie zu. Sie verlangsamte ihre Schritte, überrascht und mit einer unangenehmen Empfindung, und fragte, als die drei vor ihr standen: »Habt ihr mich hier erwartet? Was wollt ihr denn?« – »Wir müssen einmal mit dir reden«, sagte Walter, der Gehilfe des Architekten, der hier offenbar der Wortführer war, während der lange blonde Ernst durch ein Kopfnicken oder durch ein ziemlich leises »Ja« die enge Gemeinsamkeit der Ideen unterstrich. – »Muß das gerade jetzt sein? Ich habe eine Verabredung. Ja, entschuldigt! Also, was ist's?« – »Wir begreifen, das ist jetzt für dich wichtiger, deine Verabredungen, aber dein Herr Faber, mit dem du wahrscheinlich verabredet bist, wird doch ein paar Minuten warten können.« – »Wird das ein Verhör?« fragte sie scharf, jede Einmischung kalt zurückweisend – »Bin ich euch Rechenschaft darüber schuldig, mit wem ich verkehre?« – »Nein, das vielleicht nicht, und wir glauben auch gar nichts Schlechtes, keiner von uns, wir glauben nicht, daß du mit Faber etwas – du weißt schon, was ich meine – etwas hast. Wir kennen dich ja. Wir wissen, wie du bist.« – »Ach, ihr kennt mich so genau. Das freut mich. Aber da ihr doch überzeugt seid, daß ich nichts ›Schlechtes‹ tue« – das Wort kam ein wenig ironisch heraus –, »was wollt ihr noch?«

»Wir wollen wissen, ob dir jetzt nur noch daran liegt, eine feine Dame zu sein, oder ob du noch zu uns gehörst.« – »Habe ich euch Ursache gegeben, daran zu zweifeln? Nur weil ich manchmal ein besseres Kleid anhabe und, das entsetzt euch doch am meisten – mit Herrn Faber bekannt bin? Ihr sagt doch, daß ihr mich so genau kennt. Dann müßt ihr doch wissen, wie ich denke und daß ich nicht abtrünnig bin. Muß ich das erst feierlich beschwören? Ich hasse diese großartigen Worte.« – »Wir verlangen keine Schwüre. Aber dann weigere dich wenigstens nicht länger, in den Verband einzutreten, in die Arbeiterhilfe. Alle Mädchen sind dabei. Können wir dich einschreiben lassen?« – »Nein. Ich trete nicht ein. Nicht in diesen Verband und in keinen. Ich habe es euch gesagt. Wahrscheinlich habt ihr recht, aber mit achtzehn Jahren brauche ich mir noch nicht einzubilden, daß ich in allen Dingen ein politisches Urteil habe und schon so völlig sicher weiß, was das Richtige ist.« – »Die anderen in deinem Alter haben ein Urteil.« – »Lieber Walter, sprich doch nicht solchen Unsinn! Warum streitet ihr eigentlich mit mir? ... Ich finde das sehr häßlich von euch. Ich bin, denke ich, immer ein guter Kamerad gewesen, und soll das nicht so bleiben? Ich helfe auch, das wißt ihr, wo ich kann, und dazu brauche ich nicht in einem Verband zu sein. Es ist abscheulich, davon zu sprechen. Aber da ihr mir meinen Verkehr mit Herrn Faber verübelt – es ist euch klar, daß ich meistens nur helfen kann, und auch dort, wo ihr es wünscht, weil er mir Geld für arme Menschen gibt, wenn ich ihn darum bitte.« – »Ja, die Wohltätigkeit.« – »Gewiß. Aber immer noch besser als Redensarten. Jetzt laßt mich! Ich muß wirklich fort. Kommt morgen abend zu mir zum Abendbrot! Und seid vernünftig, ich bin nicht abtrünnig und habe euch gern.« Abgeblitzt, aber auch erschüttert in ihrer Prinzipienstrenge, überwunden und nicht mehr gekränkt, ließen die drei sie gehen. Rosenbaum hatte sie während der ganzen Unterhaltung nur unterwürfig angestarrt.

Ulrich Faber erwartete sie in der Hotelhalle, vor dem Lift. Während sie mit dem Liftboy hinauffuhren, blinzelte er ihr zu, bemerkte aber sofort an ihr eine Umwölkung und auf der Stirn die sich gerade erst glättende Faltenspur. Oben nahm er ihr den Mantel ab, und der Oberkellner ging vor ihnen her zu dem bereitgehaltenen und durch einen roten Rosenstrauß besonders kenntlich gemachten Tisch. In der langen Halle waren nur sehr wenige Gäste anwesend, und auch diese waren schon beim Kaffee und bei der Zigarre angelangt. Aber ganz am anderen Ende des großen Raumes saß Frau Martius mit ihrem Mann und mit einem schlanken Journalisten, der eine Hornbrille trug. Faber grüßte, sie erwiderte den Gruß mit einer kurzen Neigung des Kopfes, nur einen Moment lang war um ihre Mundwinkel ein spöttisches Lächeln, und da ihr Mann gerade im Begriff war, die Rechnung zu bezahlen, erhob sie sich sehr bald und verließ, ohne zu dem Tisch, auf dem der Rosenstrauß stand, hinüberzublicken, mit ihren Begleitern den Saal. »Du kennst sie? Frau Martius? Du hast sie gegrüßt.« – »Sie besucht viele Gesellschaften – ich begegne ihr manchmal. Und du? Wo hast du ihre Bekanntschaft gemacht?« – »Sie kommt oft zu uns in die Bank. Zu Direktor Albert. Sie ist bei uns nicht sehr beliebt. Jetzt wird sie dem Direktor natürlich erzählen, daß sie mich mit dir gesehen hat.« – »Schadet das etwas? Erinnerst du dich – als wir uns zum ersten Mal trafen – damals wäre es dir doch ganz lieb gewesen, wenn Herr Albert etwas mehr erfahren hätte. Ich werde ihm erzählen, daß ich dich heute eingeladen hatte, weil du seit einem Jahr die Ehre hast, seine Mitarbeiterin zu sein. Das ist eine ganz natürliche Sache, ich habe ja dieses Geschäft vermittelt. Nur meine Vermittlungsgebühr habe ich nicht erhalten. Aber ich habe dir schon im Lift angemerkt, daß du nicht so recht in Jubiläumsstimmung bist.

Hast du Ärger gehabt? Hoffentlich nichts, was dir den Appetit verdirbt.«

Sie nahm von der Platte mit den Hors d'œuvres nur eine Sardine und ein bißchen Tomatensalat. »Ich kann es dir sagen, wenn du es wissen willst.« Nachdem er ihr noch von dem Chablis eingeschenkt hatte, erzählte sie, wie sie den drei Musketieren begegnet war. »Glaubst du nicht auch, daß ich recht habe und daß ich nicht in ihren Verband eintreten soll? Warum muß ich mich denn jetzt schon verpflichten, und ich finde es überhaupt lästig, sich zu binden.« – »So ...?« – »Ach, du weißt doch, was ich meine.« Sie trank einen kleinen Schluck.

»Du hast ihnen ganz verständig geantwortet. Auf meine Mitgliedschaft haben sie gar keinen Wert gelegt?« – »Mach doch damit keine Scherze! Für uns andere ist das alles ernst.« Nach einer Weile: »Meinst du, daß ich Karl Marx lesen soll – daß ich es verstehen würde?« In seiner Erinnerung stand, durch diese Worte heraufzitiert, Dorothee Dönhoff da, auf dem Gartenweg – sie hatte ihn genau so über Marx gefragt. Jetzt hatte sie einen snobistischen Salon. »Warte damit lieber noch! Es ist nicht gerade eine leichte Lektüre. Aber wenn dir sehr daran liegt, kannst du es ja versuchen.« – »Vielleicht werde ich es tun. Es ist ja keine Schande, wenn ich noch nicht alles gleich begreife. Du bist sehr klug, und du verstehst ja auch manches nicht.« – »Das sagst du mir ziemlich oft.« – »Weil es die Wahrheit ist.«

Der Kellner hatte die Hors-d'œuvres-Platte fortgeräumt und die Tassen mit der Schildkrötensuppe hingesetzt. »Es kränkt dich doch nicht, wenn ich dir so etwas sage? – Es soll dich nicht kränken, du mußt mir deswegen nicht böse sein. Ihr alle könnt doch nicht so denken und nicht so fühlen wie arme Menschen ... Du bist auch gut, auf deine Art, du möchtest gern helfen. Unter allen, die ich kennengelernt habe, bist du noch der Beste. Aber du kannst nicht wissen, wie es einem zumute ist, der aus seiner Stellung oder aus der Fabrik herausfliegt, nur weil der Unternehmer ihn nicht mehr haben will, und der dann nach Hause kommt ... dein ganzes Leben ist so verschieden davon.«

»Ja, ganz unrecht hast du nicht, du schöner Phantasiekopf. Es wäre ideal, wenn alle Menschen die gleichen Lebensbedingungen haben könnten, wenigstens ungefähr die gleichen, man muß nicht zuviel verlangen. Aber die Gleichheit ist beinahe so unmöglich wie in dieser scheußlichen Welt die Gerechtigkeit. Auch von der spricht man komischerweise wie von einem guten Bekannten, obgleich sie noch niemand gesehen hat.« Er sagte ihr, daß die unteren Klassen in ihren Revolutionen, wenn sie nach Freiheit und Gleichheit riefen, eigentlich immer zunächst die Gleichheit gemeint hatten – die Freiheit sei für sie ein Luxusgegenstand gewesen und mehr das Ziel oder das Wunschbild einer dünnen Oberschicht. Allenfalls in England war es anders, England sei ein besonderer Fall. Ein paar Schranken zwischen den Klassen seien ja niedergerissen worden, in manchen Ländern sei es auch leichter, ein Stück Ungleichheit zu beseitigen als den Geist oder die Gewohnheit der Unfreiheit, aber selbst dort, wo man einen hinderlichen Teil der Menschheit unterdrückt oder vertrieben oder ausgerottet habe und Freiheit und Selbständigkeit des Menschen nicht mehr existierten, gebe es doch eine wirkliche Gleichheit nicht. Auch nicht in Moskau, nein, keineswegs. Sie hörte aufmerksam zu. Aber sie schien gerüstet, an ihm

Kritik zu üben – hatte durchaus nicht die Miene einer Schülerin, die »auf des Meisters Wort schwört«.

Um ihr zu beweisen, daß die Idee der Gleichheit sich schwerlich in voller Reinheit verwirklichen lasse, zog er allerlei Argumente heran. Wenn man auf der großen Wiese alle Menschen hinter einer Schnur aufstellen könnte, alle in einer Linie, alle gleichmäßig trainiert, keiner unterernährt, und ihnen beim Signal sagen könnte: »Nun lauft!«, dann wäre es auch nur eine Gleichheit beim Start, die mit den flinkeren Beinen würden im ganzen weiteren Leben obenan und die anderen doch nur wieder »die Masse« sein. Er sprach auch von der Ungerechtigkeit der Natur, die eine furchtbare Ungleichheit zwischen den Starken und den Schwachen, den Gesunden und den Kranken schafft. Nein, es würden nur Brocken der Gleichheit, es würde nur der Schein einer Gleichheit bleiben, und dafür werde dann den Völkern alles, was sie an Freiheit besaßen, fortgenommen. Das, was er vorbrachte, um sie zu überzeugen, erschien ihm eigentlich fürchterlich platt. Dozierte er nicht lächerlich wie ein Magister, dem der Weisheitsspeichel in den Vollbart rinnt? Ob sie es auch so beurteilte, war nicht zu erkennen. Andauernd lag in der Art, wie sie ihn betrachtete, keine übermäßig bereitwillige Gläubigkeit. Vorläufig fragte sie nur: »Findest du nicht, die Republik hätte auch mehr tun können?« – »Ich finde es auch.« – »Sie haben auch soviel pompöse Worte gemacht, wie du sagst. Du hast recht, wenn du solche Worte nicht leiden kannst, weil doch nichts dahinter ist. Ich hasse dieses Geschwätz.« Anscheinend empfand sie darin ganz wie er. Auch wenn sie nur mit einiger Selbstüberwindung ein »Danke« aussprach, war das eine Scheu vor dem Wort. Allerdings – zweifelhaft war es doch – sie meinte, gegen die großen Worte gefeit zu sein, aber sie war nicht gegen diejenigen gefeit, die mit dem Gefühl, das in ihr lebte, zusammenklangen.

Dann sagte sie, zum Angriff übergehend: »Und du ...« Er sah sie lächelnd an. »Und ich ...?« – »Du hättest sie antreiben sollen. Du hättest es doch gekonnt. Aber du hast dich von allem gedrückt. Man muß tun, was man kann, sagst du. Aber was tust du denn?« – »Das ist ja eine Strafpredigt.« Wahrscheinlich wirkte die Begegnung mit ihren drei Musketieren in ihr nach.

»Ja, warum soll ich dir nicht auch einmal etwas sagen dürfen? Wenn ich auch nicht so klug bin wie du – es schadet gar nichts. Du kannst die großen Worte nicht leiden, mit denen die anderen ihre Gemeinheiten verdecken, und du sprichst ja auch nicht so wie sie. Aber du machst dir immer so schöne Ausreden zurecht, du erklärst immer so genau, warum etwas nicht möglich ist oder sich nicht lohnt. Nur um dich von allem drücken zu können. Du bist der richtige Liberale.«

Er lachte – nicht völlig überzeugt, daß ihre mit dieser jugendlichen Überlegenheit vorgebrachte Kritik nur ungerecht sei. Jedenfalls konnte oder mußte sie es so sehen. »Der richtige Liberale – was ist denn das?« – »Einer, der so viel schöne Ideen hat und immer weiß, warum es nicht geht.«

Er hatte oft, zuerst mit Verwunderung und jedesmal wieder wie ein genießender Kunstliebhaber, diese Leichtigkeit und Treffsicherheit des Formulierens, des Ausdruckbildens in ihr bemerkt. Mitunter brachte sie, ohne auch nur zu suchen und zu überlegen, einen Gedanken mit so epigrammatischem Instinkt und in so geschliffener Fassung hervor, daß man ihn in eine achtbare literarische Maximensammlung hätte einreihen können. Eigentümlich war, daß diese Begabung meistens versagte, wenn der Gedanke schief, unwahr, angelernt, ein falscher Edelstein war. Aber wenn ihr natürliches, grades, gesundes Empfinden aus ihr sprach, entstand der bisweilen erstaunlich glückliche Ausdruck blitzhaft, gänzlich mühelos.

»Ganz erschöpfend ist diese Erklärung nicht. Nein, wahrhaftig nicht.« Sie hatte natürlich keine erschöpfende Definition eines schwankenden, rinnenden Begriffes geben können, aber sie hatte an einem Zweifel gerührt, den er kannte und den er nicht ganz hinweg zu disputieren vermochte, nicht vor ihr und auch nicht vor sich selbst. Und doch, der Vorwurf, daß sich hinter seinen »schönen Ausreden« nur Trägheit verstecke, war falsch. Da er jetzt nicht nur mit dem leichtherzigen Genuß des Augenblicks beschäftigt schien – er dachte an ihre noch unverdorbene Kraft, die über Gründe und Gegengründe so leicht hinweggehen konnte –, lenkte sie ein: »Du bist mir doch nicht böse, nicht wahr?« – »Das weißt du doch.«

»Zu Hause spintisiere ich soviel. Ich sitze oft so da und spintisiere über alles mögliche und häkele daran herum. Am ärgsten ist das des Morgens, wenn ich aufgewacht bin und noch nicht aufzustehen brauche.« – »Worüber spintisierst du denn?« – »Über manches. Darüber, was einmal aus mir werden wird.«

In ihren Augen sah er Licht und Schatten ihrer Träume vorüberziehen. Er streckte ihr seine Hand hin, quer über die Tischplatte, und sie schob zwei Finger, ihren Zeigefinger und ihren Mittelfinger, unter die Manschette seines Hemdärmels und strich und zupfte die Haut am Handgelenk. Sie hatten beide ihre kleinen zärtlichen Angewohnheiten: Er legte ihr gern das wellige Haar hinter die Ohren zurück, wodurch sie noch »schulmädchenhafter« erschien, und sie suchte unter dem Ärmel den warmen schützenden Platz. »Du bist doch mein Allerbester« – ihre Finger drangen vor wie Kätzchen, die sich ankuscheln wollen. »Ich habe noch eine Idee für dich«, sagte er. »Du siehst mich so neugierig an, aber es ist vorläufig nur eine Frage. Du hast Sprachunterricht – möchtest du nicht auch Autofahren, chauffieren lernen?« Sie sah ihn jetzt nicht nur neugierig an, sondern schon eher verdutzt. »Was soll ich denn damit?« – »Hör mal ruhig zu! Ich habe dir zur Feier des heutigen Tages noch nichts geschenkt.« – »Du schenkst mir genug. Viel zu viel. Mir wird manchmal ganz schummrig, wenn ich denke, daß ich das alles annehme.« – »Du sollst ein Auto bekommen – bitte, selbstverständlich kein prachtvolles Luxusauto, einen kleinen Wagen, in dem wir dann zusammen spazierenfahren können. Wohin es uns paßt. Ich habe mir ausgerechnet, daß das auf die Dauer billiger ist. Das Fahrgeld für die Taxis kann man sparen. In deiner Bank braucht man nichts davon zu wissen, das werden wir so einrichten. Du bist ja in jedem Sport, den du treibst, Nummer eins, und ebenso vorzüglich, wie du schwimmst und turnst, wirst du auch Auto fahren. Bist du einverstanden?« Sie hatte, während er sprach, die beiden Finger von seinem Arm zurückgezogen und ihn, ohne sich regen zu können, angesehen. Halb ungläubig, während ihre Phantasie ihr, in undeutlichen Umrissen, das Auto hinmalte, in dem sie am Steuer saß. Dann aber besann sie sich. Sie sah die Wohnung ihrer Tante, ihr Zimmer, und ohne daß es ihr ganz klar zum Bewußtsein kam, waren die drei Musketiere da. »Nein – das ist ganz unmöglich, es geht doch wirklich nicht. Ein Auto und ich – das würde sich nicht passen – ich glaube, du siehst es doch selber ein.« Ein wenig enttäuscht, aber dabei auch erfreut darüber, daß sie so sprach, brachte er, um sie zu überreden, noch allerhand Gründe vor. Ihr »Nein« wurde noch entschiedener, und sie ließ mit keiner Miene merken, ob ihr das Verzichten schwerfiel und ob sie nicht doch ein Bedauern empfand. »Gut«, sagte er, »wenn du nicht willst ... Aber ich habe eine Kombine, die du vielleicht annehmbar finden wirst.« – »Eine Kombine? Was ist denn das schon wieder für ein Wort?« – »Eine glückliche Lösung ... ich schenke dir kein Auto, nicht einmal das allerkleinste, aber ich darf mir doch eines anschaffen, oder nicht? Es gehört dann nicht dir, aber du fährst, du chauffierst, wir sind dann allein im Wagen, und ich habe so einen zweiten Chauffeur.« – »Eine schöne Kombine ... heißt es so? Aber ich kann mir nicht denken – ich glaube, es wäre auch nicht richtig, wir wollen es lieber lassen.« – »Du brauchst dich ja heute nicht zu verpflichten, wir können es uns überlegen, vorläufig bleibt der Chauffeurposten unbesetzt. Das Geschenk jedenfalls ist erledigt, das hast du refüsiert ... wahrscheinlich hast du recht.« – Sie sah ihn an mit einem warmen Blick: »Gib mir wieder deine Hand!« und sie hielt ihm erwartend die ihrige hin. Und indem sie ihn wieder streichelte: »Du bist nicht nur mein Allerbester ... Du bist der Einzige.«

Den Wein trank sie noch aus. Da sie in dem Saal schon seit langem die letzten noch übriggebliebenen Gäste waren und die Kellner am anderen Ende bereits die Tische für den Abend deckten, sagte Faber, es sei nun Zeit, zu gehen. Er legte das Trinkgeld hin, winkte dem Oberkellner: »Auf meine Wochenrechnung!« und ließ sie auf der Treppe voranschreiten – ihren Mantel, den sie unten anziehen könne, trug er hinter ihr her. Als sie in einem tieferen Stockwerk waren, öffnete er eine Zimmertür, gerade gegenüber der Treppe, und sagte: »Hier residiere ich, willst du nicht sehen, wie ich wohne, komm noch einen Augenblick herein!« Sie zauderte, aber sie wollte Mut zeigen, oder sie war von ihren Gedanken so eingesponnen, daß ihr Wille nachgiebiger war.

In seinem Salon trat sie an den Schreibtisch, und um ihre Befangenheit zu überwinden, stellte sie sich dreist und erklärte, es sei bei ihm fürchterlich unordentlich. Die Zeitungen und Broschüren lägen ja in einem wüsten Haufen durcheinander, und die Briefe zu beantworten, falle ihm vermutlich nicht ein. Auf dem Kaminsims stand eine große gerahmte Photographie, Dina Holgers, in Amerika aufgenommen. Gerda Rohr schien das Bild nicht zu bemerken, sie ging daran vorbei. War sie nicht eifersüchtig, oder wollte sie nur aus Stolz zeigen, seine Beziehungen zu Frauen interessierten sie nicht? Sie schlenderte langsam zum Fenster hin und blickte hinaus. Drüben zogen sich um die fast entlaubten Bäume und die Häuser des Zoologischen Gartens die ersten Abendnebel zusammen. Der matte Sonnenschein des Herbsttages war erloschen, ein graues Spinngewebe sank auf alle Dinge herab. Er nahm, hinter ihr stehend, ihr den Hut ab, strich ihr Haar vom Ohr zurück und küßte ihren Hals. »Laß«, wehrte sie, ohne sich umzuwenden, »nicht hier!« Dann: »Es wird schon dunkel, aber die Käfige sieht man noch.« – »Von dem Fenster nebenan kannst du sie noch besser sehen.« Er schob sie durch die offene Tür, neben der sie schon standen, und sofort

– er konnte sich nicht mehr beherrschen – versuchte er, sie zum Bett hinzudrängen. Sie stemmte sich vergeblich gegen den Boden, wand sich in seinen Armen hin und her, wich unter seinem Druck und fürchtete, zu stolpern und zu unterliegen, und in ihrer Angst bettelte sie: »Bitte! Wenn ich dich doch bitte! Tu mir doch nichts!« In der nächsten Sekunde aber sammelte sich ihre Kraft, er fühlte den festen Widerstand ihres sich bäumenden Körpers, und mit all seiner erhitzten Anstrengung vermochte er nicht, sie weiter zum Ziel hinzuzwingen. Ihre Fäuste pufften seine Brust, sie stieß mit den Füßen und dann, wie sie es schon als Kind auf dem Hof bei Dönhoffs gemacht hatte, mit dem Knie. Den Kopf hatte sie weit zurückgebeugt, die Nasenflügel bewegten sich in kämpferischer Lust, und in ihren Augen, auf ihrem Gesicht, erschien das aufgeregte Lächeln, mit dem sie ihren Sieg genoß. In diesem Augenblick erst spürte Faber den Schmerz und das Erlahmen in seinem linken Arm, er konnte sie nicht mehr halten und ließ sie los. Sie näherte sich, rückwärts schreitend, der Tür und fragte: »Dein Arm? Tut er dir weh?« Aber es war in ihrer Frage, wie in ihrem Lächeln, weniger eine gutmütige Teilnahme als eine fast boshafte Befriedigung.

Als er ihr in den Salon gefolgt war, stand sie hinter dem Schreibtisch, und als er etwas näher herankam, nahm sie eines der Bücher und warf es ihm entgegen, ohne ihn zu treffen, da er zur Seite wich. Sie machte aus allem, was auf dem Schreibtisch lag, Wurfgeschosse, bombardierte ihn mit Broschüren, Mappen und Zeitungen, die sie zusammenknautschte, und hatte eine wilde Freude, wenn eines dieser Geschosse gut gezielt war oder wenn er in zorniger Abwehr die Hand erhob. Diesmal empfand er ihre ungebärdige Ausgelassenheit nicht als so hinreißend schön. Der Verdruß, der in ihm bohrte, verhinderte ihn, sie so zu sehen wie sonst. »Du wirst das alles aufheben, sofort!« – Mit einem trotzigen Kopfschütteln: »Nein ...!« Das Kopfschütteln war noch trotzig, aber das »Nein« hatte gleichsam einen unbestimmten Nachhall, ganz sicher fühlte sie sich nicht. »Ich rate dir, alles aufzuheben, was du hingeworfen hast. Was fällt dir denn ein?« – »Es macht mir Spaß ...« Er kannte dieses Wort, an anderen Tagen hatte er es sehr gern gehört. »Gut, wir haben beide nur Spaß gemacht.« Sie bückte sich, raffte die papierenen Bomben auf, trug alles zum Schreibtisch und legte es dort ordentlich hin. »Warum bist du so zu mir?« Er wußte, daß er unrecht hatte, aber er konnte nur sagen: »Nun geh!«, reichte ihr den Hut und half ihr in den Mantel hinein. – »Werde ich dich morgen sehen?« – es klang schüchtern und bedrückt. – »Ich werde morgen sehr viel zu tun haben, es wird wohl nicht möglich sein.« – »Warum schickst du mich so fort? Schick mich doch nicht so fort ...!« Er gab ihr, in etwas lauer Berührung, die Hand: »Also gut, ich werde kommen.« Sie ging traurig, sehr beklommen, hinaus.

Unten nahm sie einen Wagen und fuhr heim. Als sie vor dem Hause in der Belle-Alliance-Straße angelangt war und bezahlt hatte, schritt sie auf die Haustür zu. Aus dem Dunkel der Torwölbung trat ihr ein Mensch mit breiten Schultern entgegen und versperrte ihr den Weg. Über ihre Lippen kam ein Laut, der ihr Erschrecken verriet. »Es scheint dich gar nicht zu freuen, daß ich da bin«, sagte Plokowski höhnisch und scharf zudringlich und umklammerte mit seiner großen schweren Hand ihren Arm. »Loslassen!« – ihr schwacher Befehlston machte auf ihn gar keinen Eindruck, er ließ nicht los. »Ist denn heute alles verrückt?« – »Das ist eine Überraschung, was? Sag mal, war es so schön da, wo du herkommst ... Du kommst doch von dort?« Er benannte das, was zwischen ihr und Faber geschehen sei, mit einem ordinären Wort. Und das wolle er auch. Sie war außer sich. »Ihr seid alle Tiere – ihr seid alle gemein!« Er zerrte sie an sich heran, und als sie schreien wollte, drückte er ihr die linke Hand vor den Mund. – »Schrei nur, ich werde dich schon kirre machen, du wirst tanzen, mein Püppchen!« – Aber er mußte sie freigeben, weil jetzt der Schuhmachermeister, der auf demselben Flur wie Gerda Rohr und ihre Tante wohnte, nach Hause kam. Plokowski winkte ihr noch zu: »Auf bald!« und verzog sich, gemächlich und pfeifend, ganz wie damals auf dem Hof. »Das war ja ein verbotener Kerl«, sagte der Schuhmacher, während sie die Treppen hinaufstiegen, »ich bin wohl gerade im richtigen Augenblick gekommen?« – »Es war sehr freundlich von Ihnen. Ich fürchte mich nicht.« – »Ja, ich habe auch schon zu meiner Frau gesagt: Der kleinen Rohr passiert nicht so leicht etwas, was sie nicht will. Aber besser ist besser, und in acht nehmen muß sich ein so hübsches Mädchen doch.«

Ulrich Faber war wütend, weniger über Gerda Rohr – denn allmählich drang in ihm der Gedanke durch, daß er gar kein Recht habe, ihr zu zürnen – als über sich selbst. Alles hatte er verdorben, ihre Freude, und nun konnte sie glauben, er habe sie durch das angebotene Geschenk in eine gefügige Stimmung bringen wollen. Das hatte ihm ganz ferngelegen, und überhaupt hatte er, als er sie einlud, gar keine hinterhältige, versteckte Absicht gehabt. Er hatte nicht geplant, sie zu überrumpeln, und erst als sie nach ihrer Gewohnheit sein Handgelenk gestreichelt hatte, waren solche Ideen in ihm erwacht. Er fühlte sie noch, so wie sich gewehrt hatte, und die Räume, in denen das geschehen war, und die Gegenstände in den Räumen gafften ihn unerträglich an. Grob, als hätte er sich gar nichts vorzuwerfen, hatte er sie gezwungen, auf dem Boden herumzukriechen und den elenden Kram aufzuheben, der dort auf dem Schreibtisch lag.

In der Hotelhalle begegnete ihm der Bankier Jordan, der seinen Kaiserbart zeitgemäß hatte verkleinern lassen und hier irgend jemand zu suchen schien. Herr Jordan begrüßte Faber respektvoll und fragte, ob er nicht Herrn Markgraf gesehen habe, der, wie in der Wohnung gesagt werde, wahrscheinlich hier in einem der Speisesäle sei. »Wissen Sie schon, daß New York Kurssturz meldet, alles ist stark gefallen.« Faber hatte noch nichts davon gehört. »Sie haben ja der Prosperity nicht getraut. Aber Sie legen der Sache keine besondere Bedeutung bei?« – »In diesem Augenblick nicht.«

VIII.

Als am dritten Oktober in der wenig komfortablen Villa im Garten des Auswärtigen Amtes Gustav Stresemann gestorben war, hatte die Todesnachricht bei allen, die ein gerades Fühlen und Denken besaßen, ein schmerzliches Bedauern und trübe Befürchtungen erregt. Die menschliche Teilnahme und die Rührung waren aber besonders bemerkbar auch bei jenen kleinen Leuten des Mittelstandes, die im allgemeinen nicht für geschulte und zuverlässige Politiker galten, zwischen der aus adligem und bürgerlichem Besitz gebildeten Oberschicht und der Arbeiterklasse ewig unzufrieden und nörgelnd hin und her suchten und nun empfanden, daß dieser Mann, der bis zur letzten Stunde, von dem weißen Gesicht den Schweiß trocknend, nur für das Land gearbeitet hatte, einer der Ihrigen gewesen sei. Man hatte den Sarg mit feierlichem Pomp im Sitzungssaal des Reichstages aufgebahrt, umgeben von Blumen, schwarzem Trauerschmuck und der republikanischen Fahne, die, umhüllt mit dem dunklen Flor, schon für ihren eigenen Tod eingekleidet war. Dann geleitete man ihn in einem endlosen Zug zu dem sehr entfernten Friedhof im Südosten Berlins. Die Republik bot an ihren Festtagen dem Volk keine sehenswerten Ausstattungsstücke und hatte wenig Sinn und Verständnis für dekorative Wirkungen und für das seelische Bedürfnis nach effektvollem Glanz. Aber es war jedesmal ein schönes Schauspiel, wenn sie einen ihrer hervorragenden Männer begrub.

Der Trauerzug rann langsam durch das schwarzbehängte Brandenburger Tor, bewegte sich dann durch die Wilhelmstraße bis zum Belle-Alliance-Platz und von dort ab, nachdem er den Kanal überschritten hatte, über eine lange Strecke durch ein dicht bevölkertes Stadtviertel bis zum Friedhofstor. Mit dieser Gegend, in die er früher nur selten geriet, war Faber jetzt ganz vertraut, er kannte jedes Gebäude und jede Stelle, an der ein Verkehrspolizist Halt gebot. Aber wenn er Gerda Rohr gesagt hätte, daß er sich hier schon heimisch fühle, hätte sie ihn ausgelacht. Die Menschenmassen zu beiden Seiten des Dammes hier waren fast noch dichter und fast noch betrübter in ihrem tiefen Schweigen als die Menge in den feineren Vierteln, von allen Fenstern, den Balkons und den Mauervorsprüngen blickten die Arbeiter und die Familien der Kleinbürger in dieser andächtigen Stille auf den Sarg, die Männer nahmen die Hüte und die Mützen ab, und man sah viele weinende Frauen. Als Faber, der in dem Zug schritt, an einer vollbusigen Wurstverkäuferin vorüberkam, die, auf einem Stuhl vor ihrer Ladentür aufgebaut, sehr heftig schluchzte, erinnerte er sich an das Volk in Rom, von dem der Kommerzienrat Werner gesprochen hatte und das den toten Caesar abwechselnd verwünschte und mit den Tränen seines Schmerzes begoß. Vermutlich erinnerte sich Faber an die vortreffliche Äußerung des Kommerzienrates jetzt nur, weil nicht weit vor ihm zwei Zylinderhüte sich zueinanderneigten, deren einer das Haupt des Herrn Werner krönte, während unter dem anderen, höher ragenden, der Abgeordnete Ammon in ernster Gefaßtheit dem toten Freunde und Parteigenossen das letzte Geleite gab.

Da trotz der Absperrung mehrere tausend Personen, die nicht zum Trauergefolge gehörten, in den Friedhof eingedrungen waren und die Umgegend des offenen Grabes besetzt hielten, vernahm Faber von seinem entfernten Platz aus nur dann und wann einen einzelnen Satz, den ein Redner mit anschwellender Stimme sprach. Ein Studentenchor sang, wie Stresemann es in Jugendromantik gewünscht hatte, Schuberts Lied »Am Brunnen vor dem Tore, da steht ein Lindenbaum«. Der Kommerzienrat Werner, der sich in Fabers Nähe befand, wurde ein wenig sentimental und versicherte, auch er habe unter Lindenbäumen gar manchen schönen Traum geträumt. Das Leben vergehe doch schauderhaft schnell. Ein Redner rief über das Grab hinweg die bekannten Worte: »Sie haben einen guten Mann begraben, uns war er mehr.« – »Jawohl«, sagte der Abgeordnete Ammon, »uns war er mehr, aber niemand ist unersetzlich, es ist viel frische Bewegung in unserer Partei.« Dann: »Was halten Sie von der Wirtschaftslage?« – »Ich beurteile sie weiter günstig, unsere Werke sind voll beschäftigt, und so lange das Geld uns so zufließt wie bisher ...«

Faber fuhr vom Kirchhof zu Fräulein Graff. Er wollte seinen Sohn zu einer Spazierfahrt abholen, ihm in Potsdam das Schloß Sanssouci zeigen und ihm dabei klarmachen, wie pflichttreu Stresemann gewesen war. Schon seit längerer Zeit gefiel sein Sohn ihm nicht. Der Knabe war in die Höhe geschossen wie ein Weizenhalm, das Gesicht hatte einige Ähnlichkeit mit dem der Mutter, aber es hatte einen Ausdruck von unfroher Verbissenheit und das, was der übrigens mittelmäßige Schüler des Gymnasiums an Ansichten hinausschleuderte, erschien seinem Vater schief und verkrampft. Faber sagte, daß er von dem Begräbnis komme, worauf der Sohn stirnrunzelnd erklärte, daß Stresemann ein Verräter gewesen sei. Die Zurechtweisung, die er erhielt, änderte an seiner Überzeugung nichts, aber jetzt erobere »die Jugend« sich die Macht. An diesem Tage fuhr man nicht nach Sanssouci. Fräulein Graff sagte etwas verlegen, der Junge bringe solche Ideen aus dem Gymnasium nach Hause, er sei sehr sensibel und immer von dem, was er dort gehört habe, gleich ganz erfüllt. Auch Steinhausen – der Maler, mit dem sie zusammenlebte und der sie heiraten wollte – habe ihn schon ermahnt, vorsichtiger zu sein.

Dies alles, Drama und Epilog, geschah ungefähr einen Monat vor dem letzten Oktobertage, an dem Ulrich Faber in der Hotelhalle zerstreut und mit halbem Interesse die Mitteilungen über den New Yorker Kurssturz entgegennahm. Am nächsten Morgen las er die Telegramme mit mehr Aufmerksamkeit und telephonierte dann den Herren in der Dönhoff-Bank, dies sei ein erstes Warnungsläuten und der Zusammenbruch werde nicht aufzuhalten sein. Direktor Schmidt war im Gegenteil der Meinung, an solchen Tagen der Baisse müsse man kaufen, und es handle sich nur um einen ganz gewöhnlichen Zwischenfall. Wenn dabei einige Leute Harakiri machen müßten, so sei das eine sehr zu begrüßende Reinigung. Wie auf dem Markusplatz in Venedig die Tauben erschreckt aufflattern, wenn der Böllerschuß die Mittagsstunde anzeigt, so hatte es eine emporfahrende Bestürzung gegeben, als der Lärm des Kraches in Wallstreet über den Ozean hinüberdrang. Und wie die Tauben gleich wieder in der Erkenntnis der Gefahrlosigkeit sich niederlassen und das Futter aufpicken, hielten die Optimisten auch den ersten Donnerschlag von Wallstreet nur für einen Böllerschuß und pickten bereits wieder die Körner auf. Aber es blieb nicht bei dem einem »schwarzen Tag«. Es wurde eine schwarze Zeit. Ebenso wie Amerika der europäischen Industrie, der deutschen besonders, Geld geliehen hatte, war sehr viel europäisches Geld nach Amerika, zu dem Lande der riesigen Verdienstmöglichkeiten, geflossen, und als zuerst die Bank von England einen Damm gegen diesen Abfluß der Kapitalien aufrichtete, waren die amerikanischen Borger ihrer Stützen beraubt. Die Papiere mußten zu jedem Preis auf den Markt geworfen werden, der höllische Bankrott konnte beginnen. Am Eingang des Welttheaters wurde das Reklameschild heruntergenommen, auf dem die beispiellos zauberhafte Feerie *Prosperity*, mit tausend Milliardären und ebensoviel Tanzgirls, angepriesen worden war. An seiner Stelle erschien ein Plakat, auf dem der Titel des neuen Stückes, *Die Krise*, stand.

»Die Krise« hier, »the Crisis« bei den Anglosaxonen, »la Crise« in Paris. In allen Ländern mit durchschlagender Wirkung aufgeführt. Es war wieder einmal ein neues Modewort. Aber zuerst schien, so erschreckend auch bereits die Folgen waren, dieses Wort einen Trost in sich zu tragen, denn es war in ihm doch etwas Fließendes, Vorüberrinnendes, und eine Krise konnte nichts Endgültiges, kein dauernder Zustand sein. Man erinnerte an die Finanzkrisen, die im Verlauf der letzten Jahrhunderte Verwüstung angerichtet hatten –schließlich hatte sich alles wieder eingerenkt. Diesmal renkte sich nichts ein. Der Schauplatz der Katastrophe war nicht wie sonst ein einzelnes Land, der Schauplatz war die Welt. Die Wirtschaft der ganzen Welt war jetzt dank einer wunderbaren Organisation ineinander verknüpft und verwoben, der eine hing am anderen, der eine zog den anderen in den Strudel, keiner konnte sich retten, jeder stürzte hinab. Der Geldwert wurde ein unsicherer Faktor, vielerlei Operationen wurden mit ihm vorgenommen, das Pfund war kein Pfund, der Dollar kein Dollar, der Franc kein Franc mehr, niemals hatte es eine ähnliche Verwirrung gegeben, den Bewohnern mancher Staaten wurde verboten, ins Ausland zu reisen oder ihr Geld ins Ausland zu bringen. Weil man das eigene Haus schützen wollte, breitete der Brand sich immer weiter aus. In allen Ländern, in denen die Industrie einen erheblichen Teil der Bevölkerung beschäftigt hatte, stiegen nun, wo die Fabriken keine Kredite und Aufträge mehr erhielten, rasend schnell die Ziffern der Arbeitslosigkeit. Schon im Jahre 1930 näherte man sich in Deutschland der vierten Million, und auch das war nur ein Vortrupp, neue Hunderttausende, neue Millionen schlossen sich diesem unglücklichen Heere an. Die Zeitungen sagten: »So schlimm wie in Amerika ist es noch nicht.« Aber es war hier viel schlimmer, es war hier am schlimmsten, denn in den anderen Ländern war beim Beginn der Prosperity ein solider Reichtum, ein mit Geld gedüngter Boden vorhanden gewesen, und der deutsche Boden war ausgedörrt, das Volksvermögen zerronnen, und nur zwei unbesiegbare Mächte, die Schwerindustrie mit ihren Anhängseln und der Großgrundbesitzer, waren durch Krieg und Inflation widerstandsfest hindurchgegangen.

Die Menschen, die aus ihrer Arbeitsstätte vertrieben waren, irrten herum, auf der immer vergeblichen Suche nach anderem Verdienst. Man schickte sie überall mit einem Achselzucken fort, oder sie konnten schon draußen, auf einem Plakat, das an den geschlossenen Türen klebte, die Mitteilung lesen, Arbeiter würden hier nicht eingestellt. An jedem Morgen verließen sie ihre Frau und die Kinder, deren Gesichter immer schmaler wurden, und gingen zu einem Amtsgebäude, in dem sich ein »Arbeitsnachweis« befand. In den Zimmern und Gängen des Hauses saßen, standen und lagerten schon viele Hundert, die meisten hatten nichts im Magen, einige zerkauten noch ein Stück Brot, alle warteten stundenlang in der muffigen, von schlechten Gerüchen verdickten Luft, obgleich es klar war, daß man auch hier keine Arbeit fand. Wo sollten sie hin? Wenn sie dann wieder, ziellos und hoffnungslos, durch die Straßen trotteten, hätten sie – aber sie waren zu müde und zu stumpf und was gingen die anderen sie an? – sehen können, wie die ganze Stadt allmählich verelendete und wie die Not, nachdem sie die Massen unten gewürgt, ihnen das Blut ausgesogen hatte, jetzt nach oben, zu den Etagen der Wohlhabenden kroch. In fast jedem Haus waren die besseren Wohnungen leer, alles war zu vermieten, die Besitzenden, die ihren Besitz verloren hatten, waren ausgezogen, hatten jetzt statt der zwölf Zimmer nur noch drei. Die Möbel, die Lichtkronen, Spiegel, Bilder und Bronzen wurden in der Versteigerung für einen Spottpreis verkauft. In den Sälen, Hallen und Höfen der Universitäten verlegten sich sehr viele Studenten statt auf ein ruhiges Studieren, das bei der Überfüllung aller Berufe doch keine Früchte tragen würde, auf ein erbittertes Debattieren, das infolge der allgemeinen Nervenüberreizung sehr oft in Prügelszenen überging. Hier kam zu dem Hunger nach Brot und Anstellung der Wunsch nach neuen Idealen, oder doch nach neuen Parolen und Symbolen, nach praktischen Zielen des Hasses, allgemein verständlichen, handfesten, dreinschlagenden Kampflosungen, hinter denen man etwas sah und mit denen sich etwas anfangen ließ. Studenten und auch viele jugendliche Arbeitslose, die anfangs vom Sozialismus die Beendigung ihrer Leiden erhofft hatten, fluteten jetzt dem gegnerischen Lager zu. Gleichzeitig stieg von Monat zu Monat die Zahl der Selbstmörder, wobei es wenig Unterschied machte, daß die einen noch einen Revolver besessen hatten, während die anderen sich damit begnügen mußten, den Gashahn aufzudrehen.

Das kleine Auto hatte Faber gekauft – für sich, nicht für Gerda Rohr. Es war nicht sehr weit von dem Platz ihrer bisherigen Begegnungen in einem Schuppen untergebracht worden, der jetzt »die Garage« hieß. Gerda Rohr war, wie er es vorhergesehen hatte, auf ihre Chauffeurleistungen ungeheuer stolz. Sie reinigte und putzte den Wagen und besserte an ihm herum. Natürlich war sie bereits eine vorzügliche, in den schwierigsten Kurven mit Bravour und Sicherheit lenkende Fahrerin. Wenn Faber in die Garage trat, um sie abzuholen, erklärte sie ihm zunächst, warum der Wagen jetzt noch besser laufen werde, und hatte immer noch einen Wischlappen oder ein Werkzeug in der Hand. Das kleine Auto war das einzige Neue, sonst hatte sich nichts geändert, Faber hatte auch keine Änderung ihrer Beziehungen mehr versucht. Es blieb ihm nichts übrig, als nur das für wertvoll zu halten, was sie freiwillig gäbe, und sich zu bescheiden, da sie es nicht freiwillig gab. Wirklich hatte er niemals, wie viele andere Männer, im Verkehr mit Frauen sich damit begnügen wollen, Freuden, die nicht mitempfunden wurden, zu empfangen. Er war erfahren genug, um die physische Enttäuschung zu scheuen. Obgleich er so gar nichts von einem Asketen hatte, ging er nicht mit dem undelikaten, aufdringlichen Besitzwillen derjenigen vor, die sich um das Widerstreben des weiblichen Körpers nicht kümmerten und nicht verstehen, daß es auch eine Kultur der Liebe geben muß. Seit er glaubte, die Natur Gerdas erprobt zu haben und zu kennen, forderte er nichts mehr. Ihre Zärtlichkeiten wirkten auf ihn immer mit dem gleichen Zauber und blieben ihm unentbehrlich, aber vor allem als Beweise ihrer Gefühlsverbundenheit – »les signes extérieurs de la richesse«, wie es in der französischen Steuersprache heißt.

Auch wenn sie zusammen waren, konnten sie sich nicht abschließen gegen das, was sie täglich vor sich sahen und was in der Umwelt geschah. Dieser Atmosphäre konnte man sich nicht entziehen. Die Eindrücke hingen fest, wie an einem Rock die runden Kletten, wenn man an ihnen vorüberstreift. Gerda Rohr berichtete, daß auch in der letzten Nacht wieder auf der Treppe ihres Hauses Obdachlose gelegen hätten, die vor der Kälte dorthin geflüchtet waren, und so war es immer und in allen Häusern dieser Stadtviertel – hier war man an all das schon gewöhnt und jagte die Frierenden nicht fort. Wenn sie voll von diesen Erlebnissen war, peinigte sie sich mit der vorwurfsvollen Frage, ob sie selber es nicht zu gut habe und ob das nicht eine Schande sei. Um sie ein wenig zu beruhigen, gab er ihr in jedem Monat eine Summe für ihre Armen, und sie verwaltete und verteilte das Geld nützlicher – allerdings auch schneller und freigebiger, wie das in ihrer Art lag – als irgendein Wohltätigkeitsverein. Man kam, auch wenn man das Tempo noch so sehr steigerte, nicht aus der Zeit heraus.

An Sommertagen fuhr sie, so oft die Arbeit in der Bank es zuließ, zu einem der entfernten Flußbäder außerhalb der Stadt, um dort zu schwimmen. Manchmal gegen Abend, wenn dort draußen eine schon kühle Luft das Wasser kräuselte, und manchmal in ganz früher Morgenstunde, wenn die Sonne den ersten Schimmer über die Flutfläche perlen ließ. Sie war eine vorzügliche Schwimmerin. Wie in allem, was sie tat, erpicht darauf, besonderes zu leisten – um das Gefühl ihres Könnens zu haben, und nicht eigentlich, um sich vor anderen zur Schau zu stellen. Einmal begleitete Faber sie zu dem Badestrand. Er sah zu, wie sie von dem hohen Sprunggestell mit parallel vorgestreckten Armen kerzengrade in den Fluß hinunterschoß, dann prustend und sich schüttelnd aus dem Wasser auftauchte, begeistert ihm mit der Hand einen Gruß sandte und, mit gleichmäßigen Schwimmbewegungen forteilend, die vom Wind getriebene Flut durchschnitt. Immer weiter und weiter, bis sie ihm ganz entschwand. Kühn in die Ferne hinausdringend, als wollte sie ihm übermütig entfliehen. Er mußte lange warten, bis sie genug hatte und mit einem »wundervoll« zu ihm kam. Sie stand in ihrer leuchtenden Jugendkraft vor ihm, in dem nassen, prall anliegenden blauen Badeanzug, mit ihren tadellos geformten Beinen, die wie der ganze schlanke und feste Körper eine glatte Härte hatten, und von der leicht gebräunten Haut, auf der die Wassertropfen glitzerten, ging der Duft der Frische zu ihm hin. Dann riß sie sich die Kappe ab, so daß das blondbraune Haar befreit auf den von einem helleren Flaum überhauchten Nacken fiel. Während er ihr den Mantel umhing und sie sich mit einem Zipfel das Gesicht trocknete, bemerkte er in ihren dunklen Augen die strahlende Helligkeit – all ihre ernsten und schweren Gedanken waren entwichen vor einem glücklichen Lebensgenuß. Aber gleich darauf hatte der Blick, mit dem sie ihn ansah, etwas begütigend Teilnahmvolles, und es war deutlich, daß sie an die Schwäche seines Armes dachte, die ihn verhinderte, sich im Wasser mit ihr zu messen. Es war beinahe wie eine Bitte um Entschuldigung. Als sie den Strand verließen, wurden sie auch wieder an das Massenelend erinnert, denn hier, wie überall, breitete es seine bleichen Knochen und seine fadenscheinigen Gewänder aus. Auf den Ufern lagen viele Arbeitslose, als hätte, gleich Schiffbrüchigen, der Strom sie dort hingespült.

An einem anderen Tage, als sie in der Konditorei am Fluß saßen, erzählte sie, daß Walter, der Gehilfe des Architekten, nun auch in dem Lager des Gegners, in einem der exerzierenden Rechtsverbände sei. »Was willst du – er ist doch ein anständiger Bursche, für mich bleibt er trotzdem ein Freund. Die Republik tut ja nichts, sie verschafft den Arbeitslosen keine Arbeit. Er glaubt, daß es mit den anderen besser werden wird – das glauben ja viele, und auch sehr anständige Menschen, es sind nicht alle nur Rowdies und Betrüger.« – »Und sind deine beiden anderen Musketiere einverstanden damit?« – »Sie haben sich natürlich mit ihm gezankt, wir haben uns alle mit ihm gezankt. Aber wir sind wieder versöhnt. Weil wir ihn kennen.« Sie waren ganz allein in der Konditorei. Das Lokal hatte noch mehr als früher die kleinstädtische Abgeschiedenheit. Die Plüschsitze der Sofas waren noch mehr verblaßt, die Kuchen hatten offenbar schon seit mehreren Tagen auf der Schüssel gelegen, der Kellner, tatsächlich überflüssig geworden, wartete jetzt vermutlich auch im »Arbeitsnachweis« auf eine niemals kommende Beschäftigung. Um seinen beiden einzigen Gästen eine Liebenswürdigkeit zu erweisen, sorgte der Wirt, zu dessen melancholischer Erscheinung eine gestickte Hausmütze gut paßte, für muntere Grammophonmusik.

»Wenn nur«, sagte sie, »der Walter nicht hineinrutscht und nicht in diese Schießereien mit hineingerät! Es ist doch entsetzlich, wie sie sich gegenseitig umbringen. Was wollen sie denn überhaupt? Das Leben ist so kurz, eigentlich hat es gar keinen Sinn, und da könnte doch einer den anderen in Ruhe lassen, findest du nicht auch? Jeder zerstört dem anderen noch das bißchen Leben, rein wie besessen – jeder bildet sich ein, er sei Gott weiß was, und trampelt auf den anderen herum.« – »Ja, das ist es eben, jeder bildet sich ein ...«

Ihre Besorgnis der Schießereien wegen war sehr begründet, denn bereits wurden die Barrieren der Ordnung und Sicherheit durchbrochen, und seit einiger Zeit waren des Nachts die Truppen der beiden gerüsteten Parteiheere auf der Suche nach dem Feind. Sie stießen in den halbdunkeln Straßen aufeinander, kämpften mit Messern und Revolvern, und am nächsten Tage behauptete jede Partei in Berichten, Aufrufen und Leitartikeln, die Gegner hätten das Verbrechen verübt. Schließlich mußte wohl derjenige Sieger bleiben, der die meisten Kampfmittel und die härteste Faust besaß. Wir anderen, sagte sich Faber, sind Schwächlinge und offenbar dekadent. In Taines *Origines de la France contemporaine* hatte er neulich gelesen: »Tatsache ist, daß die Girondisten, wie früher die Konstitutionellen, für ihre Gegner zu zivilisiert sind und die Gewalt erleiden, weil sie sich nicht entschließen können, sie anzuwenden.« Er teilte davon Gerda nichts mit, denn sie hätte über das »zu zivilisiert« gespottet und in diesem Selbstlob nichts anderes als einen eitlen Trost der Ohnmacht sehen wollen.

»Ich begreife manchmal nicht, daß die Menschen sich nicht schämen«, begann sie wieder – »was noch alles kommen wird! Was, meinst du, wird daraus?« – »Wir beide wollen bleiben, wie wir sind, was auch kommt – du und ich, Gentlemen.« – »Ja.« Sie nahm seine hingereichte Hand und streichelte unter dem Ärmel das Handgelenk. »Aber der Walter ist doch ein anständiger Mensch.« Noch eine Weile lang setzten sie dieses ernste Gespräch fort, dann schlug Faber vor, diesmal für die Rückfahrt einen anderen, längeren Weg zu wählen, und winkte dem Wirt, der über die Straßen, die man nehmen mußte, Auskunft gab. In der Idee, daß Gerda auf einer Fahrt, die verschärfte Aufmerksamkeit erforderte, bald wieder fröhlich sein würde, hatte sich Faber nicht geirrt. Neben ihm glühte ihr Gesicht in der Freude an dem schnellen Dahinfliegen, sie war bereits wieder übermütig, zum Übermut gesteigert durch die Empfindung ihrer Kraft und Geschicklichkeit. Als er ihr Ohr küßte, sagte sie, ihn abschüttelnd: »Na warte nur!« Ein paar Minuten lang folgte dieser Drohung nichts. In einer Allee, in der nur in ganz weiten Abständen Laternenlichter flimmerten, ließ sie plötzlich den Wagen zur Seite gleiten, so daß er in den Chausseegraben zu stürzen schien. Erst unmittelbar am Rande des Grabens zog sie mit einem Ruck die Bremse an und lenkte an der Gefahrenlinie vorbei. »Ausgezeichnet! Gefällt dir das?« – Ihr Gesicht hatte beinahe den Ausdruck des lächelnden Triumphes, den es bei anderen Gelegenheiten, in den Augenblicken gespannter Beobachtungen annahm, und sie sagte, geradeaus auf den Weg blickend: »Es macht mir Spaß.«

In diesem Sommer des Jahres 1930 reiste er nach Zürich, in Geschäften und mit der Absicht, noch für ein paar Tage zur Erholung auf die Berge zu gehen. Als er ihr das ankündigte, sagte sie: »Oh Gott, auf die Berge! Willst du mich nicht mitnehmen? Ich könnte doch Ferienurlaub bekommen.« – »Nein, besser nicht. So ist es nicht möglich, und anders ist es auch nicht möglich. Also muß es unterbleiben. Schade – es wäre sehr schön.« Dieses Jahr 1930 verging, und das Jahr 1931 kam. Die Krise dauerte an, zerfraß immer mehr das Lebensmark der Menschen, erschöpft und mutlos schleppten sich die endlosen Pilgerzüge des Elends durch die Wüste, jede Hoffnung war eine Luftspiegelung, die sofort wieder zerrann. An den Backenknochen der müde herumschleichenden Arbeitslosen hing die Haut gelblich und faltig, und der fleischliche Rest erschien schwammig und hatte einen Verwesungsgeruch. Den Herren der Fabriken, der Banken und der großen Kaufläden hatte Amerika schon früher ein prachtvolles Wort geschenkt. Es hieß »Rationalisieren«, und darunter wurde verstanden, daß man die Betriebe ertragfähig erhalten könnte, indem man noch mehr menschliche Hilfskraft durch maschinelle Einrichtungen ersetzte und noch mehr Angestellte, Arbeiter und Arbeiterinnen auf die Straße warf. Man fühlte sich amerikanisch, wenn man unter dem Vorwand der Rationalisierung das Unglück vermehrte und sich nach einer neuen Abwürgung der Schuldlosen die Hände wusch. Gerda Rohr flammte vor Entrüstung, als sie erzählte, daß in der Zentrale der Dönhoff-Bank wieder eine größere Anzahl der nur noch schlechtbezahlten Buchhalter und Stenotypistinnen entlassen worden sei. Direktor Albert hatte sich geweigert, sein Personal weiter zu vermindern, er hatte sich tadellos benommen, und offenbar hatte sie, obgleich sie das nicht aussprach, dabei auch einen gewissen Einfluß ausgeübt.

Die Erregung nahm besonders in den großen Städten stetig zu. Der tief beunruhigte friedliebende Bürger und die Masse der Notleidenden krochen unter das Schutzdach des Staates, und allmählich gaben sie ihm ein Stück nach dem anderen, ihr Recht auf Selbstbestimmung, auf die eigene Persönlichkeit hin. Eigentlich gaben sie das alles nicht, irgend jemand, irgendeine Macht nahm es ihnen, ohne viel zu fragen, einer, der von sich sagte: »Der Staat bin ich«, oder eine ihnen ganz unbekannte Regierung, oder eine anonyme Bürokratie. Aber sie ließen es geschehen. Der Staat, der offenbar aus ein paar Individuen oder aus einem einzelnen bestand, zog sie so fest in seine Arme, daß in ihnen jede Selbständigkeit erstickt wurde und keine Bewegungsmöglichkeit mehr blieb. Mit der Begründung, daß er sie retten und ihnen die Sorgen abnehmen wolle, nahm er ihnen zwar nicht die Sorgen, aber die Freiheit ab. Sie sahen ihn kontrollieren, strangulieren, konfiszieren, und das alles geschah für das allgemeine Wohl. Die Zeit, in der sie sich frei bewegen, Handel treiben, reisen, über ihren Besitz, ihre Arbeitskraft verfügen konnten, war vorbei, die neue Generation hatte diesen Zustand nicht mehr erlebt. Bald würden sie auch nicht mehr über ihren Geist und über ihren Körper, über ihre Gedanken und Gefühle, über die Wahl ihrer Unterhaltungslektüre und ihrer Bildungsmittel, über die Verwendung ihrer Stunden, über die Hingabe ihrer Freundschaft und über ihre Liebesneigungen frei verfügen können. Nach der in langen, kampfreichen Jahrhunderten errungenen Emanzipation, der Mündigwerdung, die Rückkehr unter die strenge Vormundschaft, die totale Entmündigung. Gerda konnte mit ihrem jugendlichen Spott den »richtigen Liberalen« treffen, dachte Faber, da hat sie nicht ganz unrecht, aber wie sollte und könnte sie wissen, daß der Liberalismus einst das Licht von der Finsternis geschieden hat und der erste Schöpfungstag der Menschheit gewesen ist?

Niemand konnte der Jugend näher sein als er, den die Haute Finance nicht ernst genommen hätte, wenn sie ihn außerhalb ihrer Sitzungszimmer und Salons hätte sehen können. Seine Liebe zur Jugend – und die Jugend hatte die Augen Gerdas – war von dem melancholischen Wissen eines Älteren umschlichen, der gelernt hat, daß eines noch schneller ist als alle Flugzeuge, nämlich die enteilende Zeit. Sonderbar, daß noch niemals ein Mensch in einem Tobsuchtsanfall alle erreichbaren Zeiger der Uhren zertrümmert hat! Auch das stolze Überlegenheitsgefühl der Jugend – und natürlich stand vorn im Licht immer Gerda Rohr – war, solange es sich nicht impertinent gebärdete, schön wie die Schönheit der verwöhnten Lieblingskönigin, hinter deren Thron schon der Scharfrichter steht. Arme Eintagsfliegen, die nicht ahnen, wie kurz der übermütige Tanz in der Sonne ist! Aber ärgerlich war es, daß die junge Generation, die jetzt, seit dem Weltkrieg, so herumwirbelte, alles, was vor ihr da war, als gleichgültig und überlebt verachtete, ein paar aufgeschnappte Gegenwartsbegriffe für ein ausreichendes Rüstzeug und ihre Oberflächlichkeit, ihre Unwissenheit, ihren Mangel an kritischer Gewissenhaftigkeit für fabelhafte Vorzüge hielt. Faber war auch nicht ganz zufrieden mit Gerda Rohr, die aus den Büchern meistens nur das herauspflückte, was sich ohne viel systematische Gründlichkeit nehmen ließ. Neben ihrem rastlosen Willen zum Vorwärtskommen hatte sie einen beinahe ebenso unruhigen intellektuellen Ehrgeiz, aber gewöhnlich eilte sie über das, was einen längeren Aufenthalt nötig gemacht hätte, zu ungeduldig hinweg. Wenigstens eignete sie sich doch, wenn auch ohne einen Überblick zu gewinnen, einzelne Kenntnisse an – für künstlerische Dinge entwickelte sich in ihr, obgleich sie wenig von Kunstgeschichte wußte, ein feinfühliger Geschmack –, und sie prahlte auch nie mit einer Ablehnung aller früheren Bildung wie andere ihrer Generation. Einmal hatte ein junger Mann, den Faber gefragt hatte, ob er Flauberts *Éducation sentimentale* gelesen habe, die hübsche Antwort gegeben: »Flaubert? Wer ist das? Wir Jungen haben tabula rasa gemacht.«

Im September des Jahres 1931 wurde Gerda Rohr zwanzig Jahre alt. Sie war gerade erst siebzehn geworden, als ihr Ulrich Faber damals bei der Dreifaltigkeitskirche begegnet war. In der Bankfiliale saß sie nicht mehr in der Buchhalterei. Sie hatte ihren Platz an dem breiten Schreibtisch, an dem ihr gegenüber der erfahrenste und wichtigste Beamte der Filiale arbeitete, und sie trat, genau Bescheid wissend, an das Schalterfenster, gab den Kunden Auskunft und zeigte den Unbeholfenen, welche Formalitäten zu erfüllen seien. Der Gedanke »schon zwanzig« bedrückte sie. Eigentlich sei sie doch noch gar nichts, sie habe viel zu wenig erreicht. Gewiß, der erste Anlauf war ganz gut gewesen, aber dann war sie steckengeblieben, und welche Aussichten habe man denn heute bei der Bank? In Deutschland gebe es doch heute überhaupt keine Aussichten, und sie würde auch niemanden aus seiner Stellung verdrängen wollen.

An diesem Geburtstag war ohnehin die Stimmung verdorben – an allen Festtagen, dachte Faber –, denn am Morgen hatte Gerda Rohr auf dem Wege zur Bankfiliale einen Zusammenstoß zwischen streikenden städtischen Bahnbeamten und der Polizei gesehen. Die Polizei war sehr brutal vorgegangen, hatte mit Säbeln und Gummiknütteln auf schwächliche Männer und kreischende Frauen eingeschlagen und mehrere der unbewaffneten Demonstranten verletzt. Das Schauspiel dieses Kampfes, der gar kein Kampf, sondern nur ein Angriff auf Wehrlose war, hatte Gerda fieberhaft aufgeregt. Sie war im Begriff gewesen, dem Polizeioffizier, der die strategische Unternehmung leitete, mit geballter Faust entgegenzutreten, aber glücklicherweise hatte ein älterer, gutgekleideter Herr sie am Arm festgehalten und ihr gesagt: »Mein Fräulein, keine Dummheiten, hübsch vernünftig bleiben, wenn man Sie einsperrt, helfen Sie den Leuten damit gar nichts, und es wäre doch nicht sehr nett.« Am Abend raste sie noch: »Eine solche Schande! Es ist infam, arme Menschen so zu behandeln. Das nächste Mal hält mich keiner zurück. Mit eurer Vernunft.« – »Vernunft allein ist gewiß eine dürftige Sache. Du weißt doch, ich finde es schön, daß du so bist. Aber eigentlich muß ich dem Herrn doch dankbar sein. Wenn er dich nicht festgehalten hätte, würdest du jetzt auf der Polizeiwache oder sonst wo sitzen.« – »Das wäre mir sehr gleichgültig. Es sind so viele dort.« – »Immerhin. Der ältere Herr – gleichfalls ein älterer Herr – hat ganz richtig gesagt, daß du damit niemandem helfen würdest. Wahrscheinlich hätte der ritterliche ältere Herr die Bekanntschaft gern fortgesetzt.« – »Möglich. Ich habe mich nicht darum gekümmert.« Es widerstrebte ihm, sie mit der Miene kühler Überlegenheit zu warnen – welch eine undankbar Aufgabe! –, und viel lieber hätte er sie umarmt. Gerade so mußte sie doch sein, gerade so liebte er sie doch. Ihre zornige Erregung ließ nur langsam nach, wie die leidenschaftliche Schwingung eines heftig angestoßenen Pendels nur allmählich ruhiger wird. Seit sie eines Tages von Faber erfahren hatte, daß sein Vater ein Gastwirt gewesen sei und er selber ebensowenig wie sie aus »guter Familie« stamme, hielt sie ihm bei solchen Anlässen nicht mehr ganz so entschieden vor: »Du kannst das nicht verstehen.« Zuerst hatte sie die Geschichte nicht recht glauben wollen und ihn zweifelnd angeblickt. Als er ihr geantwortet hatte, was man ihr erzählt habe, sei Unsinn: »Du hast es dann doch riesig weit gebracht. Wunderbar. Da kann ich ja auch noch etwas hoffen. Soviel Erfolg wie du will ich gar nicht haben. Nur ein ganz klein bißchen, das könnt ihr mir doch eigentlich gönnen.«

Es wurde allgemein festgestellt, daß dank der Voraussicht Ulrich Fabers die Union-Elektrizität in der Krise weit weniger als andere große Gesellschaften verlor. Rechtzeitig hatte Faber an allen schwachen Punkten die tragenden Pfeiler eingebaut. Viele große, mittlere und kleine Finanzfirmen brachen zusammen. Im November lief an der Börse das Gerücht um, daß das Bankhaus Dönhoff in Schwierigkeiten geraten sei. Eine bedeutende Metallfirma im Rheinland, mit der die Dönhoff-Bank seit langem in intimer Verbindung stand, hatte gleich so vielen anderen in den Blütetagen der Prosperity ganz verschiedenartige Fabriken erworben und sich, wie manche Frauen, durch eine Vorliebe für günstige Gelegenheitskäufe ruiniert. Es war ein weithin hallender Bankrott, mit zahlreichen Verzweigungen, und vielleicht waren sogar kleinere Verstöße gegen einige Paragraphen des Strafrechtes vorgekommen. Ulrich Faber studierte in seinem Arbeitszimmer einen Geschäftsbericht aus einem Lande Zentralamerikas – dazwischen dachte er an ein Paar Schuhe, die er für Gerda Rohr besorgen wollte –, als man ihn von der Börse telephonisch anrief und ihm von den Gerüchten über die Dönhoff-Bank Kenntnis gab. Er ließ sich mit der Filiale in der Potsdamer Straße verbinden, aber die Telephonistin dort sagte ihm, Direktor Albert sei nur ein paar Minuten lang in seinem Büro gewesen und dann fortgegangen. Eigentlich hatte ihm niemals daran gelegen, Geld anzuhäufen, und während er die ihm anvertrauten fremden geschäftlichen Interessen mit so außerordentlichem Scharfsinn, so vorausschauend und tatkräftig verwaltete, behandelte er die eigenen mit einer lebemännischen Philosophie, beinahe mit einer fatalistischen Gleichgültigkeit. Immerhin mußte er sich jetzt doch mit der Tatsache beschäftigen, daß ein so erheblicher Teil seines Vermögens in der Dönhoff-Bank verblieben war.

Aus dem Telephonapparat kam wieder das Anrufzeichen, diesmal hörte er: »Hier ist Dorothee Markgraf, wie geht es Ihnen, störe ich Sie sehr?« Die Stimme war affektiert fröhlich und konnte für den, der nicht zu unterscheiden wußte, so harmlos klingen, als ob die Dame am Telephon nur fragen wollte: »Haben Sie gut geschlafen? Haben Sie sich gestern im Theater amüsiert?« Aber Dorothee fragte, immer heiter, ob ihr Faber eine Unterredung gewähren wolle und wann. Da er antwortete, daß er jetzt gerade frei sei, fand sie, daß sich das sehr gut treffe, auch sie habe jetzt nichts zu tun, hinterher müsse sie Besorgungen machen, und sie erbitte von seiner Gunst nur ein paar Plauderminuten, länger wolle sie ihm nicht lästig fallen. Er nahm wieder den Bericht aus Zentralamerika vor – es war kein sehr erfreulicher Bericht. Der Chef der Niederlassung dort meldete, daß eine Revolution ausgebrochen sei. Die gerade in den Kampfgegenden liegenden Kraftwerke, Fabriken und Bahnen der Union-Elektrizität seien sehr bedroht. Während Faber noch las, kündigte der Bürodiener an: »Frau Markgraf«, und sie trat schnell herein, in einem einfachen Straßenkleid, das unbedingt sehr teuer gewesen war, und mit der unbefangenen Frage: »Also ich störe Sie wirklich nicht?« Sie war etwas voller geworden, ihr Gesicht aber war noch schmal, nur mit einem gelblichen Puder überhaucht. Über ihren ungleichen Augen war der dunkle Strich der Brauen verlängert, so daß sich ungefähr, nicht ganz, eine Erinnerung an die Japanerinnen des Malers Utamaro ergab. »Ich muß zu Ihnen kommen, wenn ich Sie sehen will. Ihre Besuche werden immer seltener, und Sie wissen doch, daß Sie mir fehlen. Aber es ist nun einmal eine greuliche Zeit, niemand lebt mehr, wie er leben möchte, und die Männer sind durch ihre Sorgen in Anspruch genommen. Hermann hat auch seine Sorgen, wenn auch nicht gerade übermäßig schlimme – Sie haben wahrscheinlich schon gehört?« Er kannte nur das Gerücht, über die Situation der Firma war er noch nicht informiert, aber er hatte ein tröstliches Lächeln: das alles sei hoffentlich nicht tragisch und nur eine kleine, vorübergehende Unannehmlichkeit. Die Stützungsaktion, die, wie Dorothee ihm mitteilte, am Nachmittag in einer Sitzung beschlossen werden sollte, werde ja wohl gelingen. »Nicht wahr, wir können auf Ihre Freundschaft rechnen?« fragte Dorothee. Ihm schien, indem er bejahte, daß der Blick aus ihren ungleichen Augen ihn etwas zu hingebungsvoll umschmeichelte und daß beim Dank ihre Hand die seinige etwas zu innig umschlossen hielt.

An der Sitzung, in der über die Stützungsaktion verhandelt wurde, nahmen hervorragende Vertreter der Finanzkreise teil. Es stellte sich heraus, daß die Situation der Dönhoff-Bank weit unerfreulicher war, als die meisten geglaubt hatten, und einer flüsterte dem anderen zu, man blicke da in einen Abgrund, es sei ein »Faß ohne Boden«, das Erbe des alten Friedrich Dönhoff sei in geradezu verbrecherischer Weise verwirtschaftet worden, und es würde um jeden Pfennig, den man für die Stützung hinauswürfe, schade sein. Einige der Herren fragten ziemlich scharf, ob die Dönhoff-Bank nicht wenigstens beabsichtige, sich von dem Direktor Schmidt zu trennen. Hermann Markgraf verneinte das und erklärte, eine solche Maßregel wäre unvereinbar mit der Ehre seiner Firma, und Direktor Schmidt habe nach wie vor sein volles Vertrauen. Man wollte an diesem Tage das angesehenste christliche Bankhaus nicht sofort fallenlassen und beschloß, die Sachlage weiter zu prüfen und dann wieder zusammenzukommen. Diejenigen Teilnehmer der Sitzung, die nicht zu den christlichen Finanzkreisen gehörten, äußerten ihre Hoffnung, daß man doch noch zu einer günstigen Einigung gelangen werde, mit besonderer Herzlichkeit. Als Faber am Abend in die Garage trat, rief ihm Gerda Rohr, die mit einer Ölflasche und mit einem Wischlappen neben dem Wagen stand, sofort entgegen: »Warum wollt ihr diesen Dönhoffs heraushelfen, laßt sie doch kaputtgehen, sie verdienen es doch!« In der Filiale kannte man die Vorgänge des Tages in allen Einzelheiten, einer der Kollegen hatte sogar gesagt, die Frau des Chefs, die viel klüger als der hohlköpfige Golfspieler Markgraf sei, habe die Rettungskomödie arrangiert. »Willst du lieber, daß die Bank geschlossen wird und daß alle bei euch ihre Stellungen verlieren?« – »Nein.« Sie senkte den Kopf und putzte an dem Wagen herum. »Du hast recht, du bist schon der Allerbeste, und ich war blöd.«

An einem der nächsten Tage war Faber, als er zu der schon wartenden Gerda Rohr kam, unangenehm überrascht. Sie hatte sich in einen modernen, warm gefütterten braunen Automantel eingeschnallt, dessen Existenz und Herkunft ihm unbekannt waren, und hatte eine Kappe von der gleichen Farbe aufgesetzt. Der Mantel und die Kappe kleideten sie, aber sie hatte ihn nicht gefragt, und diese ohne ihn erworbene Modepracht verdeckte ihm die Natur ihrer Persönlichkeit, die er in ihrer Ursprünglichkeit hatte erhalten wollen. »Gefalle ich dir nicht? Bist du ärgerlich?« – »Etwas erstaunt. Wo hast du das her?« Sie beichtete, daß sie die Dinge in einem Warenhaus am Spittelmarkt auf Abzahlung gekauft habe ... sie habe den Mantel im Schaufenster gesehen, zehnmal habe sie davorgestanden, dann erst habe sie sich nach dem Preis erkundigt, sie zahle in jedem Monat etwas und wirklich nicht viel. »Verzeih mir, daß ich es dir nicht gesagt habe. Wenn du willst, bringe ich den Mantel zurück.« Er ließ sich von ihr die Adresse des Kaufhauses geben und sagte, daß er die Angelegenheit dort erledigen werde, aber sie müsse ihm versprechen, nichts mehr auf diese Weise zu kaufen und so zu bleiben, wie er sie gern habe und wie sie bisher gewesen sei. Sie versprach das: sie wolle doch wirklich keine Modedame werden, nur der Mantel habe ihr so gut gefallen, und ihm gefalle er doch auch? Nachdem die Versöhnung geschlossen und durch einen Kuß bestätigt war, fuhren sie durch eine von trockenen Schneeresten weiß gesprenkelte Gegend zum Potsdamer Forst. Während sie die Lenkstange festhielt, blickte sie ihn lächelnd an: »Du bist zwar ein furchtbarer Pedant, aber du hast recht, und ich werde so etwas bestimmt nicht wieder tun.«

Die Dunkelheit war schon gekommen, als sie in die Umgegend hinausfuhren, und zu beiden Seiten der nur an weit auseinander liegenden Stellen erleuchteten Straße stand wie schwarze Mauern der Tannenwald. Es begann zu schneien, der Schnee glitt zaghaft, als fürchtete er sich vor der Berührung mit dem Schmutz der Erde, aus unsichtbarer Höhe herab. Aber nachdem die vorausgeschickten Flokken, zum Beginn des Angriffs geopferte Truppen, verendet waren, folgten die anderen, in dichten Scharen, mit unsinniger Überstürzung, unsinnig todesbereit. Ein Wind blies in sie hinein, sie wirbelten durcheinander, in der Verwirrung gab es einen letzten Aufenthalt, dann eilten sie mit verdoppelter Schnelligkeit der Auflösung entgegen, zwischen den schwarzen Mauern, willenlos, bleich und leichenhaft. Eine Minute lang mußte das Auto am Rande der Chaussee halten, denn auf einem Querweg marschierte eine Kolonne irgendeiner Parteigarde vorbei. Man hörte die stramm und regelmäßig stampfenden Tritte auf dem harten Pflaster, aber man konnte nicht unterscheiden, zu welcher der Armeen diese Marschierenden gehörten, man sah nur einen Zug von Schatten, der hinter dem Schneetreiben durch die Finsternis wallte und verschwand. »Gespenstisch«, sagte Gerda, »findest du nicht?«

»Für morgen vormittag habe ich eine Vorladung, in einem Prozeß«, erinnerte sich Faber, »stell dir vor, die Geschichte, über die verhandelt werden soll, hat gerade an dem Abend begonnen, an dem ich dich zum ersten Mal nach Hause begleitet habe. Das ist auch das einzig Interessante daran.« – »Was für eine Geschichte? Und was ist das für ein Prozeß?« Er erzählte ihr die Affäre Kaluweit. Der Herr, der angeblich von dem Chauffeur Kaluweit beleidigt wurde, sei Kaufmann und nicht, wie er geglaubt habe, ein ehemaliger Major. Sie sah nachdenklich auf das breite Band der Chaussee. »Ich möchte mit dabei sein, Direktor Albert gibt mir Urlaub, er schlägt mir das nicht ab.« – »Das fehlte gerade noch! Du wirst gefälligst in deiner Bank bleiben. Außerdem ist der Prozeß läppisch, schade um die verlorene Zeit!« – »Erlaube mir doch, hinzukommen! Es geschieht wirklich nicht aus Neugierde. Ich bitte dich sehr darum.« Er sagte, kopfschüttelnd, daß er ihr das nicht erlaube, und drohte ihr scherzhaft, sie werde doch nicht schon wieder etwas ohne seine Einwilligung tun. »Da du es mir verbietest, werde ich nicht kommen.« Sie schwieg, und er zog ihr die blondbraunen Haare, die sich unter dem Seitenrand der modernen Kappe herausdrängten, rückwärts zum Nacken: »Du bist ein sehr lieber Narr!«

Von seinem Hotelzimmer aus rief er den Justizrat Köhler, seinen Rechtsberater, an. Ob das Gericht auf sein Erscheinen zu der morgigen Verhandlung verzichtet habe und ob nicht eine schriftliche Aussage gestattet sei. Der Justizrat mußte zu seinem Bedauern mitteilen, das Gericht habe das abgelehnt. Faber sei der einzige Entlastungszeuge, und der Anwalt des Beklagten fordere sein persönliches Erscheinen im Interesse der Verteidigung. »Es ist schließlich auch nur«, sagte Justizrat Köhler, »eine kleine Belästigung ... solche geringen Opfer bringt man ja gern, man hat dafür die Gewißheit, daß man in einem Rechtsstaat lebt.« Ulrich Faber fing mit Vergnügen den »Rechtsstaat« für seine Sammlung edler und bedeutender Worte auf und überlegte, daß seit der ersten gemeinsamen Ansiedlung jeder Staat nach Ansicht derjenigen, die im Besitz der Macht das Recht verkörperten, ein Rechtsstaat gewesen war.

IX.

In der Vorladung war die Verhandlung in der Beleidigungssache Rotholz kontra Kaluweit auf zehn Uhr vormittags festgesetzt. Im Gerichtsgebäude Moabit, Eingang Turmstraße, unterschrieben hatte Amtsgerichtsrat Köplin. Einige Minuten vor zehn sagte Ulrich Faber vor dem ihm bezeichneten Portal des Justizhauses seinem Chauffeur, er solle ihn auf der gegenüberliegenden Seite der Straße erwarten und sich in dem Schanklokal dort einen warmen Kaffee bestellen. Denn nachdem man noch gestern bei der Spazierfahrt ein schönes, trockenes Winterwetter gehabt hatte, rieselte jetzt von einem grauen Himmel ein unerfreuliches Gemisch von Regen und Schnee herab, und die kalte Nässe drang durch die Kleidung hindurch. Dieses Wetter hatte einige Gruppen von meist jüngeren Leuten nicht vertrieben, die auf dem Platz vor der breiten Freitreppe an der Hauptfront und in der Turmstraße aller Unbill und zum mindesten der Gefahr eines Heldenschnupfens trotzten – vermutlich warteten sie auf einen ihrer Parteifreunde oder auf die Verkündung eines Urteils, das einen der Ihrigen betraf? In dem steinernen Treppenhaus flutete dem Eintretenden, der die Feuchtigkeit des Regens und der Schneeflocken mitbrachte, die aus den Röhren der Zentralheizung ausströmende dampfige Hitze ins Gesicht. Vom zweiten Stockwerk her, zu dem er hinaufstieg, kam ein starkes Summen von vielen Stimmen, dort schien eine größere Ansammlung zu sein. Er war einigermaßen überrascht, als er dann sah, daß diese Menge sich in dem langen Korridor drängte, den er selber jetzt betrat, und besonders dicht die Tür des Zimmers, in dem der Prozeß Kaluweit stattfinden sollte, umlagert hielt. Obgleich zwei Polizisten fortwährend aufforderten: »Bitte, den Gang frei zu halten«, hatte er einige Mühe, vorwärts zu gelangen. Im ersten Augenblick sah er nur Menschen, die ihm unbekannt waren, er selbst wurde von ihnen auch nicht beachtet, und er war hier so fremd, als befände er sich in einer ganz anderen Stadt. Gegen einen interessanten Raubmörder wurde in diesem Teil des Justizpalastes, der für geringere Feinde der Menschheit reserviert war, nicht verhandelt, also galt dieser Andrang wirklich dem braven Kaluweit. Du lieber Himmel, war Kaluweit eine Sensation?

Als Faber bis in die Nähe der Tür vorgedrungen war, reichte er, über eine Anzahl Schultern hinweg, dem Gerichtsdiener, der dort gleichmütig seinen Posten behauptete, die Vorladung. Einige Wißbegierige suchten den Namen auf dem Papier zu erhaschen, konnten ihn aber in der Eile nicht lesen oder wußten, wenn sie alle Buchstaben zusammenbrachten, nichts damit anzufangen. Indem er zurücktrat, sah Faber, etwas weiter unten in dem Korridor, im Kreise mehrerer Herren, einen prachtvollen Zobelmantel, und gleich darauf wurde ihm offenbar, daß dieser Zobel bis zu den Fußknöcheln hinunter die schlanke Figur der Frau Helene Martius umschloß. Frau Martius hatte ihn sofort bemerkt und hatte auch die Herren, die bei ihr standen, auf ihn aufmerksam gemacht, denn alle blickten zu ihm hin. Seinen Gruß erwiderte sie nur mit einer Kopfbewegung, die dem menschlichen Auge nicht viel sichtbarer als etwa der Vorgang beim Wachstum der Pflanze war. Ihr Blick hatte ihn ungefähr so gleichgültig gestreift, wie in einem Laden der Blick einer verwöhnten Kundin über die ganz nutzlos ausgebreitete Ware hinübergeht. Einige der Herren betrachteten ihn nicht ganz so flüchtig, der in seiner schwarzen Robe sehr stattliche Rechtsanwalt von Hagen hatte den Römerkopf – zu beiden Seiten des Kinns störten leider schon einige Falten die Schönheit der Medaille – zu ihm hingewendet, der sportlich trainierte, ersichtlich gutgelaunte Journalist musterte ihn durch die Hornbrille mit jener schnellen Neugierde, die der Beruf verlangt. Diesen beiden war Faber bei offiziellen Veranstaltungen begegnet, und bedauerlicherweise war er auch eines Abends in seinem Hotel gerade in dem Augenblick an einem Zimmer vorbeigegangen, als Rechtsanwalt von Hagen es gemeinsam mit der Frau eines Börsenmaklers vorsichtig verließ. Der junge Mann, der damals die Adresse Kaluweits notiert hatte und jetzt nicht mehr Student war, sah mit eiserner Strenge herüber und zeigte eine kalte Feindseligkeit. Er schien weniger ein Zeuge beim Landgericht II zu sein als ein Engel der Verdammung beim Jüngsten Gericht.

In der Gesellschaft der Frau Martius befanden sich auch noch der Kaufmann Rotholz, mit eckigen Schultern, in einem langen engen Mantel, den ein Militärschneider angefertigt haben mußte, und mit unruhigem, gerötetem Gesicht, und der Gatte, der gänzlich unerhebliche, strohblonde Legationssekretär. Diese Hauptpersonen konnten ein wenig abgesondert von der Menge stehen, die mit Takt und Sinn für das Schickliche den Raum um sie herum frei ließ und lästiges Herandrängen vermied. Wer, dachte Faber, hat nun wieder den Zobel bezahlt? Allerdings, sie spekuliert ja mit sehr viel Glück. Aus diesem Nachdenken riß ihn ein ziemlich kleiner und sehr beleibter Anwalt heraus, der sich mit Mühe einen Weg zu ihm gebahnt hatte: »Gestatten Sie, Herr Faber, daß ich mich vorstelle – ich verteidige den Angeklagten Kaluweit, Rechtsanwalt Stern.« Faber versicherte, es sei ihm sehr angenehm. Er fand, daß der Verteidiger unterhalb seines fleischigen Gesichtes, das infolge der heißen Dampfluft in einer sehr sympathischen Erregung schwitzte, in der schwarzen Anwaltsrobe an eine runde Lampenglocke erinnerte, über der als Schirm ein dünner, dunkler Stoff weichfaltig hängt. Der Bauch zeichnete sich ab, wie die Rundung der Glocke, und tiefer unten hing die schwarze Robe, der stützenden Hinterwand beraubt, flatterig herab.

Rechtsanwalt Stern bat um Entschuldigung: er sei leider gezwungen gewesen, Herrn Faber herzubemühen. Er habe auf seinen einzigen Entlastungszeugen nicht verzichten können, und es sei ein sehr schwerer Fall. Faber sagte, daß er einen solchen Andrang zu diesem Prozeß wahrhaftig nicht erwartet habe – was eigentlich all diese Leute hier wollten und welchen Genuß sie sich davon versprächen, Kaluweit als Angeklagten zu sehen? »Sie sind natürlich herkommandiert worden, so wird es doch gemacht. Der Zuschauerraum war schon um neun Uhr überfüllt. Jetzt wird drinnen über eine ganz langweilige Sache verhandelt, wieder über einen Zank zwischen Mietern, aber dann sind ja wir an der Reihe. Von denen hier im Gang kommt keiner mehr hinein.« Der Rechtsanwalt gab durch ein Achselzukken seine Meinung über die Entwicklung des öffentlichen Geistes zu erkennen und wischte sich mit dem Taschentuch die Stirn. »Sie benutzen eben alles, sie machen aus jedem kleinsten Vorfall, aus einem Nichts, eine große politische Angelegenheit. Sie sind sehr geschickt. Auch die Geschichte mit Kaluweit haben sie sich bis zum richtigen Augenblick aufgespart. Vor zwei Jahren noch wäre Kaluweit bestimmt freigesprochen worden, oder wir wären mit einer kleinen Geldstrafe davongekommen. Heute – ich bin mir nicht sicher, ich brauche Ihnen doch gewiß nicht zu sagen, daß heute der Wind für uns nicht günstig ist. Wenn Sie uns nicht heraushelfen ...« – »Ich kann nur die Wahrheit sagen, mehr kann ich nicht tun.« – »Selbstverständlich. Aber in einer solchen Verhandlung weiß man nie, wieviel schließlich von der Wahrheit übrigbleibt. Ich habe in meiner Praxis Fälle erlebt, wo durch die Aussagen die Wahrheit so klar festgestellt wurde, daß gar kein Zweifel möglich schien, und zwei Stunden später war sie durch all das, was dann um sie herumgeredet wurde, so verdeckt, daß sie überhaupt nicht mehr vorhanden war.« – »Wie ist der Richter? Er heißt Köplin?« – »Ja, Amtsgerichtsrat Köplin. Er gilt für anständig. Er war Demokrat, ist es vielleicht sogar noch.« – »Schlimm.« – »Ja, das ist auch meine Ansicht. Richter wie er fühlen sich heute ganz unsicher, sie wissen nicht, woran sie sich halten sollen, sie sind mutlos geworden. Ein nicht allzu verbohrter Konservativer wäre mir für diese Verhandlung lieber. Wir können ja alle nicht voraussagen, was morgen sein wird ... Ich würde gern hören, was ein so kluger Mann wie Sie darüber denkt.« Faber bedauerte, er könne auch nicht prophezeien, er habe immer die Gewohnheit gehabt, die Dinge mit einem heiteren Pessimismus zu betrachten, und so betrachte er sie auch jetzt. Aber es sei in diesem Gerichtsgebäude fürchterlich heiß, und er würde gern seinen dicken Mantel – er trug einen weiten dunkelgrauen Havelock – ablegen, wo das hier möglich sei? Rechtsanwalt Stern, erfreut, sich gefällig erweisen zu können, holte den Gerichtsdiener, der in Hoffnung auf eine Belohnung die Bewachung des Mantels übernahm.

Frau Martius, zu der Faber zufällig hinsah, zündete sich eine Zigarette an. Sie zeigte dem sportlich trainierten Journalisten ihr vermutlich ganz neuartig konstruiertes Feuerzeug. »Die Verhandlung über den Mieterzank«, sagte Rechtsanwalt Stern, »wird gleich zu Ende sein.« Es war ihm, bei seinem Körperumfang, nicht ganz leicht gewesen, die Menschenmauer zu spalten und den Gerichtsdiener herzubringen. »Hat denn die andere Partei Zeugen geladen – nicht nur den jungen Mann dort, der bei dem Streit mit dem beleidigten Herrn Rotholz zusammen war?« – »Eigentlich müßte sich der ja auch beleidigt fühlen und Kläger sein, aber man hat ihn, von ihrem Standpunkt aus sehr richtig, als Zeugen zitiert. Außer ihm sind der Wirt und ein Kellner aus dem Bierlokal geladen, aus dem der Rotholz und der junge Mann herauskamen – sie sollen bezeugen, daß von Betrunkenheit oder auch nur von leichter Benebelung nicht die Rede sein könne. Und dann ein Herr, den Sie, glaube ich, kennen, Herr Lorenz Münch. Er gehört zu keiner Partei, er ist ein Outsider, er spielt seine eigene Rolle, ein Wirrkopf, aber in den Versammlungen, die er abhält, hat er Erfolg.« Faber hatte alles eher erwartet als dies. Was zum Teufel hatte Münch mit dem Prozeß Kaluweit zu tun? »Er wird«, meinte Rechtsanwalt Stern, »wohl nur eine Rede halten wollen. Stimmt es, daß Sie ihn im Kriege gerettet haben – Sie haben ihn herausgezogen und aus dem Kugelregen herausgetragen, als er verschüttet war?« – »So ungefähr. Aber davon machen Sie, bitte, keinen Gebrauch!« – »Das wird gar nicht nötig sein. Ich werde natürlich gegen die Vernehmung dieses Zeugen protestieren. Das Gericht wird zweifellos auf ihn verzichten.« – »Wo ist eigentlich der brave Kaluweit?« – »Dort hinten steht er, an der Wand. Er hat schon immer zu Ihnen hingesehen.« Sie gingen zu Kaluweit, und Faber drückte ihm die Hand. Der alte Chauffeur war dankbar für diesen Trost in seiner Verlassenheit. »Solch eine Bande! Ist das nicht ein Skandal?« – »Nur Mut«, sagte Rechtsanwalt Stern, »die Hauptsache ist, ruhig bleiben, nicht die Courage verlieren. Wir gehen mutig ins Gefecht.«

Die Tür des Gerichtssaales wurde von innen geöffnet, ein paar Männer und Frauen, die entzweiten Mieter und ihre Zeugen, traten heraus, die Polizisten bahnten ihnen den Weg. Nur Frau Martius, unter dem Schutz des Rechtsanwalts von Hagen, der Legationssekretär, der Journalist, der Kläger Rotholz, Kaluweit und sein Verteidiger durften in den Saal hinein. Zu Herrn von Hagen sagte der Gerichtsdiener: »Der Zeuge Münch ist noch nicht da.« – »Er wird noch kommen.« Eine kleine Nebenpforte, die zum Zuhörerraum führte, tat sich erst gar nicht auf. Die ausgesperrte Menge teilte sich, keiner verließ das Gebäude, alle promenierten durch die Gänge, um sich die voraussichtlich lange Wartezeit zu vertreiben, und sie schritten so über den Steinboden, als hätten sie bereits Besitz ergriffen und als wären sie hier schon die Herrschenden, im Hause der Justiz. Faber, dem auch nichts anderes übrigblieb, als so durch den öden Korridor zu spazieren, war ärgerlich über alles, was er gesehen und gehört hatte, und über den ihm auferlegten Zwang. In seinem Büro brauchte man ihn dringend, gerade heute war viel zu erledigen, in der Nähe von Kanton war eine Kraftanlage zerstört oder doch beschädigt worden, nun handelte es sich um die Feststellung der Verantwortung und um den Schadenersatz. Es war ein wahres Glück, daß er Gerda verboten hatte, herzukommen. Bei dem Gedanken, daß sie jetzt eingequetscht und erregt auf einer der Publikumsbänke sitzen könnte, empfand er fast etwas wie Übelkeit. Drei Zeugen warteten wie er: der aufgedunsene Wirt und der in einem abgetragenen Anzug schlotternde Kellner und, abseits von ihnen, der Begleiter des Herrn Rotholz, der zukünftige Staatsanwalt. Mit dieser Miene der Unerbittlichkeit sieht er aus wie Saint-Just, der Freund Robespierres, dachte Faber – wahrscheinlich war Saint-Just nicht eine schönere Statue, die Phantasie fügt nachträglich immer einiges hinzu. Nach einer halben Stunde wurde der Saint-Just in den Saal gerufen, und abermals nach einer Weile wurde erst nach dem Wirt und dann nach dem Kellner verlangt. Endlich öffnete sich wieder die Tür, man rief von drinnen: »Der Zeuge Faber!«, und Faber wollte schnell eintreten, war aber genötigt, sich durch eine dichte Gruppe von zuhörenden Anwälten hindurchzuzwängen.

Wie er bei diesem Durchbruchsmanöver bemerkte, prangte im Zobelpelz, auf der vordersten Reihe der Stühle, die vor der hölzernen Brüstung des Hörerraumes eigentlich den Zeugen vorbehalten waren, Frau Martius und hielt dem Journalisten mit der Hornbrille eine Schachtel mit Pralinés hin. Sie schien sich von der neuen Episode abzuwenden, wie das Publikum im Theater, wenn es schon weiß, daß jetzt die einzige langweilige Szene des Stükkes beginnt. Auch der Richter widmete dem Zeugen Faber zunächst wenig Aufmerksamkeit. Er war ein kleiner Herr, anscheinend über die Sechzig, mit einem grauen Bart und ganz so, wie man sich einen noch zur älteren Generation gehörenden, gewissenhaften, fleißigen, schlechtbesoldeten preußischen Richter denkt. Amtsgerichtsrat Köplin blätterte in den Akten und hob erst den Kopf, als Faber schon eine halbe Minute lang vor ihm stand. Als er sprach, klang es, als hätte im Verlauf der Jahre die ewige Wiederholung der gleichen Fragen und Formeln seine Stimme abgenutzt.

»Ihr Name ist Ulrich Faber. Sie sind geboren« – das Nähere entnahm er den Aufzeichnungen aus einem Aktenblatt – »Religion katholisch – Sie sind mit dem Beklagten nicht verwandt? Wollen Sie den Eid in der religiösen Form oder in der anderen leisten? – In der religiösen – bitte, heben Sie die rechte Hand hoch und sprechen Sie mir nach!« Faber hob die rechte Hand und wiederholte die ihm vorgesprochenen Worte – jeder Satz war vorschriftsmäßig, offenbar um auch Schwachsinnigen den Schwur zu erleichtern, in mehrere Teile zerlegt. »Sie sind zufällig hinzugekommen, als der Kläger, Herr Rotholz, mit dem Chauffeur Kaluweit – er ist auch Eigentümer des Taxiautos – in Streit geraten war. Das war in der Belle-Alliance-Straße, am 1. Oktober 1928, abends gegen acht. Herr Rotholz und einer seiner Freunde, der sich bei ihm befand, hatten das Auto nehmen wollen, für eine etwas weite Strecke, da sie in einem Vorort wohnen, und als sie fragten, was das ungefähr kosten würde, entstand der Streit, in dessen Verlauf dann der Chauffeur Kaluweit die beleidigenden Äußerungen getan haben soll. Wollen Sie nun sagen, was Sie gehört haben, als Sie hinzutraten, und wie die Sache sich dann weiter abgespielt hat. Ich möchte noch bemerken, daß Herr Rotholz eine Anzeige bei der Staatsanwaltschaft erstattet hatte, die Anklagebehörde hat aber eine Verfolgung des Kaluweit abgelehnt.« – »Wir werden darauf zurückkommen«, rief Rechtsanwalt von Hagen dazwischen, »wir behalten uns alles vor.« Der Richter nickte resigniert oder beschwichtigend, und Faber begann seine Aussage, gab eine möglichst knappe Darstellung des Vorfalles und fügte nur hinzu, das alles habe sich in nichts von den zahllosen politischen Diskussionen unterschieden, durch die in dieser aufgeregten Zeit die Gemüter sich zu befreien versuchten, und ganz Ähnliches könne man in Berlin beinahe an jeder Straßenecke sehen. »Immerhin hat auch nach Ihrer Bekundung Kaluweit zu dem Kläger gesagt: ›Sie wollen auch nur an die Krippe kommen ...‹« – »Soviel ich weiß, hatte Herr Kaluweit früher, ehe er Chauffeur wurde, eine Pferdedroschke. Unwillkürlich nimmt man ja oft Vergleiche und Bilder aus dem eigenen Berufskreise – aus dem, was gerade am nächsten liegt.« – »Erschwerend ist zweifellos das ›Nur‹. Indem Kaluweit sagte, der Kläger wolle auch nur an die Krippe kommen, wurde die Krippe doch als das einzige vom Kläger erstrebte Ziel hingestellt.« – »Es kommt wohl auf die Betonung an. Der Ton lag auf dem ›Auch‹. Dadurch erhielt das ›Nur‹ einen weniger scharfen Sinn. Herr Kaluweit hatte offenbar einfach sagen wollen, sein Widersacher sei auch so, also nicht besser und nicht schlechter wie die Politiker aller anderen Parteien.« Während dieser Auseinandersetzung über das »Nur« und das »Auch« kam es Faber vor, als fände hier eine mönchische Disputation statt, als befände er sich auf einem mittelalterlichen Konzil. Aber wenn die anderen das Haar dreimal spalten wollten, war er bereit, es viermal zu spalten und auf diese Gesellschaftsspiele der Justiz einzugehen. »Hat der Herr Anwalt des Klägers noch eine Frage an den Zeugen?« – »Eine Reihe von Fragen ...« Rechtsanwalt von Hagen stand auf und schüttelte mit der üblichen beruflichen Geste die Ärmel der Robe zurück.

»Ich bitte«, begann er, »den Herrn Zeugen, zu beachten: Wir unterscheiden zwischen den Worten des Kaluweit« – Rechtsanwalt Stern rief dazwischen: »Des Herrn Kaluweit!« – »Zwischen den Worten des Herrn Kaluweit, die eine unerhörte Schmähung der nationalen Idee darstellen, und denjenigen Worten, mit denen Herr Kaluweit meinen Mandanten persönlich beleidigt hat und die ja gleichfalls nur durch eine unglaublich pöbelhafte Gesinnung zu erklären sind. Daß Herr Kaluweit diese beleidigenden Äußerungen getan hat, ist bewiesen, auch der Herr Zeuge, der zur Entlastung geladen ist, hat zwar ihre Bedeutung etwas abschwächen wollen, hat aber die Existenz der Worte selbst nicht bestreiten können. Wir behaupten aber auch, daß Herr Kaluweit das Vaterland und den vaterländischen Gedanken als ›Quatsch‹ bezeichnet hat, während der Herr Zeuge, im Widerspruch zu den klaren und bestimmten Aussagen meines Mandanten und seines Freundes, nicht das Wort ›Quatsch‹, sondern das Wort ›Gequatsche‹, mit dem angeblich nur die Sprache meines Mandanten getroffen werden sollte, gehört haben will.« – »Verzeihung – nicht gehört haben will. Ich habe es so gehört, wie ich es gesagt habe. Mein Wille hat hier nichts zu tun.« – »Und nach der Auffassung des Herrn Zeugen, die in einem absoluten Gegensatz zu den anderen Bekundungen steht, hat Kaluweit ... ich bitte um Entschuldigung: Herr Kaluweit ... auch nicht geäußert, daß er – es ist nicht angenehm, seine Ausdrücke hier wiederholen zu müssen – auf alles Nationale kotze?« – »Nein, er hat nur geäußert, daß eine solche Magenverstimmung bei ihm entstehe, wenn man von den schönen und großen Worten einen falschen Gebrauch macht.« Amtsgerichtsrat Köplin gab durch eine Handbewegung zu verstehen, daß er diese Diskussion gern beendet sähe, und sagte: »Aber Herr Rechtsanwalt, die Anklagebehörde hat ein Verfahren nicht eingeleitet, und hier scheiden diese Punkte doch gänzlich aus.« – »Für uns jedenfalls nicht endgültig. Aber wir beugen uns dem Wunsch des hohen Gerichtshofes und lassen diesen Teil unserer Behauptungen hier unberührt.« – »Noch weitere Fragen?« – »Nur noch zwei oder drei ...«

»Ist es nicht auffällig oder doch seltsam, daß der Herr Zeuge sich heute noch so genau an jedes Wort erinnert, das an jenem Abend, als er zufällig hinzutrat, geäußert worden ist? Der Vorfall hat sich am 1. Oktober 1928 begeben, das ist also mehr als drei Jahre her. Ich weiß, die Intelligenz des Herrn Zeugen ist eine außergewöhnliche, aber heute finde ich auch sein Gedächtnis bewundernswert.« Er sprach mit einer Höflichkeit, deren Unaufrichtigkeit jeder empfinden sollte und empfand. – »Ich bin mit meinem Gedächtnis in der Tat ganz zufrieden. Trotzdem habe ich mich nicht allein darauf verlassen. Als ich die erste Vorladung erhielt, habe ich mir einige Notizen gemacht. Damals war, wie man zugeben wird, mein Erinnerungsvermögen noch einwandfrei.«

Der Verteidiger des Kaluweit, Rechtsanwalt Stern, hatte schon durch ungeduldige Gesten seine Absicht, einzugreifen, erkennen lassen, jetzt erhob er sich und warf der Gegenpartei vor, sie habe seit Ende 1928 das Verfahren verschleppt. Drei Jahre lang habe man durch Schriftsätze und Anträge immer wieder eine Vertagung herbeigeführt. Rechtsanwalt von Hagen erwiderte, er verbitte sich derartige Unterstellungen, und erklärte, daß sein Mandant und er nur nicht den Beschlüssen der Staatsanwaltschaft hätten vorgreifen wollen. Die Kenntnisse des Herrn Verteidigers in dieser Materie seien doch wohl ein wenig lückenhaft. Es war nicht günstig für die Sache Kaluweits, daß der kurzgebaute Rechtsanwalt Stern, indem er sich gegen die Kante des niedrigen Tisches lehnte, seinen Bauch vor sich hin über die Tischplatte schob. Man konnte den Eindruck haben, dort wölbe sich, gefüllt und startbereit, ein mit schwarzem Seidenstoff bespannter Ballon. Im Zuhörerraum wurde gelacht. Der alte Richter blickte mißbilligend dorthin, sagte aber nichts.

Auch Faber betrachtete, während beide Advokaten siegreich kämpften, das Publikum hinter der hölzernen Schranke, die diesen Raum von dem Parkett mit den Stuhlreihen und von dem Schauplatz der Gerichtsverhandlung schied. Es saßen dort fast nur junge Männer, alle mit vorgestreckten Köpfen, und alle Köpfe glichen einander, trotz verschiedener Haarfarbe und anderen kleinen Abweichungen, und waren nach einem Modell und aus dem gleichen Holz geschnitzt. Zwischen ihnen, gerade in der Mitte, saß Plokowski, nicht vorgebeugt wie sie, in lauernder Regungslosigkeit, und stierte Faber herausfordernd an. Faber empfand wieder eine Befriedigung bei dem Gedanken, daß er Gerda die gewünschte Erlaubnis verweigert hatte, aber er mußte sich zum Tribunal zurückwenden, denn Herr von Hagen wollte wissen: »Hat der Herr Zeuge das Papier bei sich, auf dem er damals die Worte des Herrn Kaluweit aufgezeichnet hat?« Faber hatte das Papier nicht bei sich, wahrscheinlich war es noch vorhanden, er hatte es vor kurzem noch einmal vorgeholt und seine Erinnerung aufgefrischt. Der Anwalt bedauerte, daß diese Aufzeichnungen nicht zur Stelle seien, ein Irrtum sei immerhin möglich, besonders wenn es, wie hier, auf Nuancen, zum Beispiel auf die Reihenfolge der Worte ankomme, und aus den Notizen, die der Herr Zeuge in kluger Voraussicht angefertigt habe, hätte man vielleicht am besten den Tatbestand ersehen können. »Obgleich wir selbstverständlich betonen müssen«, sagte Rechtsanwalt Stern, »daß die hier abgegebenen Erklärungen des Herrn Zeugen voll genügen, wollen wir die Zweifel des Herrn Prozeßgegners gern zerstreuen. Wir sind bereit, dem hohen Gerichtshof die Aufzeichnungen vorzulegen – natürlich wird dazu eine Vertagung der Verhandlung erforderlich sein.« Dieses Anerbieten entrüstete Rechtsanwalt von Hagen: der Herr Verteidiger des Beklagten habe eben erst von Verschleppung gesprochen, jetzt sehe man, wer verschleppen wolle, und aus alledem gehe, jedem deutlich, die Furcht vor der gerechten Strafe hervor. Der Richter konstatierte, es sei überflüssig, die Notizen holen zu lassen, worauf Rechtsanwalt von Hagen, jetzt in ganz ruhigem Ton, von dem Zeugen Faber noch eine Erklärung erbat.

»Es ist vielleicht eine indiskrete Frage, aber der Herr Zeuge wird gleich sehen, warum ich mich für berechtigt halte, sie zu stellen. Es ist nicht unwesentlich, in welcher Stimmung, in welcher Gemütsverfassung wir uns befinden, wenn wir zufällig irgendwelche Äußerungen mit anhören – unsere Aufnahmefähigkeit, die Art, wie wir solche Äußerungen aufnehmen, könnte – der Herr Zeuge als ein scharfsinniger Psychologe wird mir das gewiß zugeben – sehr davon abhängen. Der Herr Zeuge, der, wie ich glaube, am Zoologischen Garten wohnt, ging an jenem Abend durch die Belle-Alliance-Straße, er war in einer Gegend Berlins, in die er wohl nicht häufig, nur ausnahmsweise, kam. Einzig und allein aus dem Grunde, den ich genannt habe – aus dem psychologischen Grunde, um mir die damalige Stimmung des Herrn Zeugen klar zu machen –, möchte ich ihn fragen, ob er nicht unter irgendwelchen Eindrücken stand, die ihn noch in Anspruch nahmen oder ihm auch gewissermaßen die Dinge harmlos erscheinen ließen, und wie er gerade in dieses Stadtviertel geraten war.« Faber horchte auf. Dann erwiderte er lächelnd und achselzuckend, er sei von keiner Geheimsitzung und von keiner Verschwörung gegen den Staat gekommen. – »Davon bin ich überzeugt. Gegen diesen Staat ...« – »Gehört das alles hierher?« fragte mit leisem Vorwurf der Richter – »Gehen Ihre Fragen, Herr Rechtsanwalt, nicht etwas weit?« Als wünschte er, zu beruhigen und zu vermitteln, erkannte Faber an, daß der Herr Anwalt nur aus psychologischem Forschungsdrang Fragen gestellt habe, die ja vielleicht, wenn man diese Gründe außer acht lasse, etwas ungewöhnlich klängen. »Er will mir sicherlich nicht vorschreiben, wo ich spazierengehen dürfe, und läßt mir die Freiheit, meine Abende nach meinem eigenen Gutdünken zu verbringen. Mich haben die abendlichen Spaziergänge des Herrn Rechtsanwalt niemals interessiert.«

Wie ein Flüstern in den Stuhlreihen ahnen ließ, fand man dort diese Bemerkung impertinent. Es folgte jene Windstille, die bisweilen vor dem ersten Donner eintritt, als hielte die Natur erwartungsvoll den Atem an. Etwas würde geschehen. Aber nichts geschah. Der Anwalt und der Zeuge lächelten liebenswürdig, Herr von Hagen machte eine kleine Verbeugung und nahm sein Fragespiel an einem anderen Ende wieder auf. Diesmal wünschte er zu wissen, weshalb und woher Kaluweit den Zeugen und den Namen des Zeugen gekannt habe, und als er auch das erfahren hatte, fragte er: »Hat der Chauffeur, Herr Kaluweit, auch schon bei früheren Fahrten mit dem Herrn Zeugen seine politischen Weisheiten zum besten gegeben?« Faber erwiderte, er pflege sich auf der Straße oder in einem Taxi nicht auf politische Diskussionen einzulassen und Herr Kaluweit habe niemals ein Gespräch dieser Art einzufädeln versucht.

Amtsgerichtsrat Köplin war nervös. Zu Herrn von Hagen: »Immer noch eine Frage, Herr Rechtsanwalt?« – »Die letzte. Nicht wahr, der Herr Zeuge ist mit dem sozialdemokratischen Regierungsrat Hoffmann in Stuttgart verwandt? Der Schwager, wenn ich nicht irre? Und die persönlichen Beziehungen sind nicht abgebrochen, sie sind weit eher sehr freundschaftliche?« – »Sehr freundschaftlich.« – »Das genügt mir.« Herr von Hagen setzte sich und schien sich nur noch mit der Ordnung seiner Aktenblätter, die ein wenig auseinandergerutscht waren, beschäftigen zu wollen. Die von vielen Advokaten gern verwendete Schlußformel »Das genügt mir« glich dem Te Deum, mit dem der Ausgang eines Krieges gefeiert wird. Zwar hat man kein Terrain und auch sonst nichts gewonnen und auch niemanden in die Flucht geschlagen, aber die Glocken läuten, also hat man gesiegt.

Rechtsanwalt Stern wünschte, noch einen Punkt erwähnen zu dürfen, der allerdings schon vor der Vernehmung des Herrn Zeugen erörtert worden sei. Es erscheine ihm notwendig angesichts der außerordentlichen Beharrlichkeit, mit welcher der Prozeßgegner versucht habe, das Erinnerungsvermögen dieses Zeugen in Zweifel zu ziehen. Wenn man hier das Erinnerungsvermögen des Zeugen derart anzweifle, so müsse doch noch einmal gefragt werden, wie es denn an jenem Abend um das Auffassungsvermögen des Klägers stand. Habe es nicht doch auf etwas unsicheren Füßen gestanden, und vielleicht ... Weiter kam der Verteidiger nicht. Von den Publikumsbänken her wurde ihm ein »Pfui!« zugerufen, und dann folgte, wie aus einem Maschinengewehr, eine ganze Salve von »Pfui, Pfui, Pfui!« Rechtsanwalt Stern drehte tapfer und bemüht, eine ironische Gleichgültigkeit zu zeigen, die runde Panzerung dem Feinde zu. Herr von Hagen und sein Mandant waren aufgesprungen und hatten, emporgereckt, eine zornige Kampfstellung eingenommen, und der kleine graubärtige Richter bat mit väterlicher Besorgnis um Ruhe, wobei ein tadelnder Blick die Gestalt des Verteidigers traf. Umschau haltend sah Faber, daß der sportlich trainierte Journalist etwas Scherzhaftes in das Ohr der Frau Martius flüsterte und der Legationssekretär träumerisch oder ganz einfach geistesabwesend sich die Spitzen seiner Schuhe besah. Die Köpfe hinter der hölzernen Schranke waren so weit vorgestreckt, wie das eigentlich nur eine besondere Halsmechanik möglich machen konnte, während Plokowski keine Miene verzog und unbeweglich blieb, wie eine Steinfigur.

»Wir protestieren«, sagte Rechtsanwalt von Hagen, »gegen diese erneute Beleidigung. Ein Mann wie mein Mandant ist über solche Anwürfe erhaben, und ich kann nur mein Bedauern darüber äußern, daß der Verteidiger des Beklagten das nicht selber fühlt und immer wieder zu solchen – ich erspare mir naheliegende Bezeichnungen – zu solchen Mitteln greift. Jawohl, immer wieder, denn es ist hier bereits durch die Aussagen des Wirtes und des Kellners, zweier hochachtbarer Männer, einwandfrei festgestellt worden, daß mein Mandant die Mäßigkeit, die er stets bewahrt, auch an diesem Abend beobachtet und nur zwei Glas Bier und einen Kognak getrunken hat. Ich wende mich an den Zeugen der Verteidigung und möchte seine Meinung darüber hören, ob der Genuß von zwei Glas Bier und einem Kognak die geistige Fassungsgabe beeinträchtigen kann.« – »Ich bin«, entgegnete Faber, »zwar nicht Sachverständiger. Aber der Fall liegt wohl individuell, es dürfte ja auch darauf ankommen, woran der einzelne gewöhnt ist, und der Herr Kläger ist sicherlich ein Mann, der zwei Glas Bier und einen Kognak ohne eine Einbuße an geistiger Fassungskraft verträgt.«

Nach dieser Erledigung des Alkoholproblems wollte Faber, den der Richter mit einer leichten Handbewegung verabschiedete, eben fragen, ob er das Gerichtsgebäude verlassen könne, als Herr von Hagen den hohen Gerichtshof daran mahnte, daß noch ein Zeuge, der Zeuge Lorenz Münch, zu vernehmen sei. »Ist das wirklich nötig? Was soll er denn aussagen? Wir müssen doch einmal mit der Beweiserhebung zum Schluß kommen« – aber die verdrießliche Bitte des Amtsgerichtsrat Köplin erschütterte den Anwalt nicht, der mit einer beinahe herrischen Festigkeit auf der Vernehmung bestand. Daß Rechtsanwalt Stern Ablehnung des Zeugen beantragte, wurde wenig beachtet, dagegen klammerte sich der Richter noch an eine andere Hoffnung: »Der Zeuge ist mir ja gar nicht gemeldet worden. Ist er denn überhaupt da?« Es wurde aber sogleich mitgeteilt, daß Herr Münch sich draußen auf dem Korridor befinde, und es gab also kein Entrinnen. Faber beschloß, noch zu bleiben, denn diese Zeugenladung versprach ja allerlei und er hatte Münch seit langem nicht gesehen. Er fand einen unbesetzten Stuhl nahe der Tür und hörte hinter seinem

Platz und um sich herum das Hüsteln, Rascheln, Summen, all die Geräusche der Erwartung, mit denen ein Publikum sich zurechtrückt, bevor der große Kapellmeister den Taktstock hebt.

Als jetzt dicht vor ihm Lorenz Münch vorüberschritt, fand er, daß sich der ehemalige Kamerad sehr verändert, sehr zu seinem Vorteil verändert habe, sogar kaum wiederzuerkennen sei. Münch machte in der Tat einen vorzüglichen Eindruck, er war sehr sorgfältig gekleidet, in einem tadellos geschnittenen dunkelblauen Anzug, seine Schlankheit war nicht mehr die knochige Abgezehrtheit des Rekonvaleszenten aus dem Sanatorium, er hatte nicht mehr die fahrigen, schlenkernden, unsicheren Bewegungen des Neurasthenikers, sondern hielt sich gerade und straff. Sein dunkles Haar strebte über der hohen Stirn nicht mehr in bohemehafter Unordnung auseinander, es hatte jetzt, wie eine künstlerisch angelegte Kaskade, einen geregelten Bogenschwung. Das Gesicht mit der scharf hervorspringenden Nase hatte eine gesunde Farbe, die Haut hing nicht mehr faltig über krankhaften Backenhöhlen, und wie die Glieder, so irrten die Augen nicht mehr unruhig umher. Wenn diese Frau da, dachte Faber, auch nur den Anfang der Verwandlung bewirkt hat – alle Achtung vor ihrem Talent! Nur ging Münch vielleicht ein wenig zu federnd, zu sehr mit dem Bewußtsein, daß er an einer Zuschauermenge vorbeischreite, und zu sehr als »jugendlicher Held«.

Auf die Frage nach seinem Beruf antwortete Lorenz Münch: »Ich stehe im politischen Kampf.« Und als Amtsgerichtsrat Köplin ihn erstaunt anblickte und offenbar nicht begriff, daß das ein Beruf sei, erklärte der Zeuge Münch, es gebe heute keine höhere und heiligere Aufgabe, keine wichtigere Tätigkeit. Er übe diese Tätigkeit nicht im Dienste einer Partei aus, mit manchen Gedanken der neuen Bewegung sei er einverstanden, mit anderen aber nicht, und: »Wer in sich die Kraft fühlt, ist seine eigene Partei.« – »Wir möchten«, erläuterte Rechtsanwalt von Hagen, »daß der Herr Zeuge uns sagt, wie er über die Person, den Charakter und auch die Urteilsfähigkeit meines Mandanten denkt. Ist der Herr Kläger, der hier neben mir sitzt, anderer Empfindungen und Aufwallungen fähig als der edelsten und vornehmsten, und wenn mein Mandant mit der ganzen Kraft seiner Seele die Wiedergeburt unseres Volkes ersehnt – glaubt der Herr Zeuge, daß dabei, wie der Chauffeur Kaluweit es behauptet hatte, unreine, egoistische Motive in ihm ausschlaggebend sind?«

Lorenz Münch hielt derartige Behauptungen für schändlich und geradezu verbrecherisch. In einer Vortragsweise, die durch ihre Einfachheit und ihre Wärme gefallen mußte, begann er zu erzählen, wie er Herrn Rotholz kennengelernt habe, und die Schilderung der Eigenschaften, die er an dem Kläger schätzte, ergab, besonders weil Übertreibungen vermieden wurden, ein sehr günstig wirkendes Bild. Die politischen Anschauungen gingen eigentlich auseinander, er selbst rechne sich, wie er schon gesagt habe, zu keiner Partei, und der Kläger gehöre der deutsch-nationalen an, er sei Vorsitzender eines deutsch-nationalen, konservativen Bezirkskomitees und strenger Monarchist, aber es beständen nur Meinungsverschiedenheiten über die Taktik, nicht über das Ziel. »Ich achte jeden, der wie Herr Rotholz noch an einer ruhmreichen Vergangenheit hängt, und ich fühle mich mit diesem kernfesten Mann durch eine Schicksalsgemeinschaft verbunden, auch wenn ich glaube, daß das Gefühl einer pietätvollen Verehrung durch ein neues Lebensgefühl ersetzt werden muß.« Herr Rotholz stehe in dem Kampf um die Wiedererweckung, in dem Ringen um die Volksseele, nur auf einem bescheidenen Platz. Aber er kämpfe dort mit den fleckenlosen Waffen des Geistes und eines vorbildlichen Charakters, niemals etwas für sich selbst begehrend, ganz hingegeben an sein hohes Ideal. Die Stimme des Zeugen, immer voll Wohllaut, schwoll nach einem sanften Präludieren an, als er sagte, er liebe, trotz trennenden Ideen, in Herrn Rotholz einen gefühlsmäßig Gleichstrebenden, denn auch Herr Rotholz glaube an die Sendung des heroischen Menschen und an seine erlösende Kraft. »Der heroische Mensch ist zur Herrschaft berufen, er wird uns aus der Schande erlösen ... aus dem Unglück«, korrigierte er sich, weil vor ihm der kleine kummervolle Mann auf dem Richterstuhl mit einer beschwörenden Geste aufgefahren war.

Rechtsanwalt von Hagen benutzte eine Atempause hinter diesem Satz: »Der Zeuge Faber hat hier vorhin zweierlei erklärt, worüber ich die Ansicht des jetzt vor uns stehenden Herrn Zeugen hören möchte. Er hat es so dargestellt, als könnte mein Mandant wenigstens einen Teil der beschimpfenden Redensarten, deren sich der Beklagte schuldig gemacht hat, mißverstanden haben, und er hat ferner gemeint, der ganze Vorfall, bei dem die Ehre meines Mandanten und der patriotische Gedanke in den Schmutz gezogen wurden, sei im Grunde bedeutungslos und nur einer der zahllosen Zwischenfälle gewesen, die man heute an jeder Straßenecke beobachten kann.« Lorenz Münch entgegnete, bei Herrn Rotholz sei ihm immer gerade die ruhige Klarheit des Geistes aufgefallen, und dieser Mann sei gewiß nicht fähig, auch nur versehentlich und auch nur um Haaresbreite von der Wahrheit abzuirren. Wenn man aber gesagt habe, ein solcher Vorfall sei ohne Bedeutung, so zeige das die ganze gefühlskalte, spöttische Glaubenslosigkeit, durch die das Volk zugrunde gerichtet worden sei. Wer das, was der Beklagte gegen sein Land, gegen einen Ehrenmann und Vaterlandsfreund verübt habe, mit einem kühlen Achselzucken abtue, und wer nicht mithelfe, diese Schädlinge auszurotten und zu zertreten, sondern sich noch schützend vor sie stelle, der möge ein kluger Kopf sein, aber er lebe noch in jener armseligen, geistesdürren Zeit der sogenannten Aufklärung und sei erdgebundenem Wesen fremd.

Ganz die Rede aus dem Reichstagssaal, vor soviel Jahren, dachte Faber, mit neuen Worten, mit Bruchstücken einer neuen Ideologie, aber mit dem gleichen freundlichen Blick auf das gleiche Objekt. Wirksamer als damals, mit besserer Disposition und Steigerung, nicht mehr mit wirrer Überhastung, er ist inzwischen durch eine gute Rednerschule gegangen. Sehr interessant, diese fortwährende sprachliche Neuformung und Veränderung. Früher, im Felde, beim Beginn ihrer Bekanntschaft, hatte Münch aus dem Lexikon der Theosophen geschöpft, dann hatte er, in seiner kommunistischen Periode, von der Bourgeoisie, dem internationalen Proletariat, den kapitalistischen Ausbeutern und der Räteherrschaft gesprochen, und jetzt macht er einen großen Gebrauch von dem Ringen um die deutsche Seele und der Erdgebundenheit. Aber, sagte sich Faber, er ist heute, ganz wie damals, ehrlich und überzeugt, er ist von jedem dieser mystischen Worte ergriffen, er betet in ihnen eine geheimnisvolle Weisheit an. Es ist der große Zauber aller rituellen Sprüche – die Priester in allen Ländern und Religionen haben diese Kunst geübt. Lorenz Münch schloß: jetzt werde eine glückliche Zukunft geschmiedet, aber für ein härteres Geschlecht. Ein leise einsetzendes Beifallsgemurmel wagte sich, da die Empfindlichkeit des Richters geschont werden mußte, nicht recht heraus.

Amtsgerichtsrat Köplin war ohnehin sehr mißmutig und hatte, als jetzt auch noch Rechtsanwalt Stern etwas sagen wollte, die Miene eines Mannes, dem der Himmel kein Unglück erspart. Rechtsanwalt Stern wollte aber doch gewisse Äußerungen nicht ganz widerspruchslos hinnehmen, die mancher, vielleicht irrtümlich, für eine Kritik an der Persönlichkeit des Zeugen Faber habe halten können. Die beiden Herren seien im Kriege Offiziere gewesen, Kameraden in demselben Regiment, beide hätten sich durch hervorragende Tapferkeit vor dem Feinde ausgezeichnet, der Zeuge Faber sei im Granatenhagel verletzt worden, diese Verletzung sei auch heute noch nicht völlig verheilt. Sicherlich erinnere der Zeuge Münch sich an das gewaltige, gemeinsame Erlebnis, ja, sicherlich habe er nicht vergessen, wie er, verschüttet unter der Erdmasse, von seinem Kameraden gerettet worden sei. Schon während der ersten Sätze war Ulrich Faber vorgetreten, jetzt bat er, ihm eine kurze Randbemerkung zu gestatten, eine ganz kurze nur. Das Kriegserlebnis, von dem der Herr Verteidiger gesprochen habe, sei etwas unendlich Alltägliches gewesen – noch alltäglicher als etwa die Sache, über die hier verhandelt werde –, auch etwas ganz Selbstverständliches und darum wahrhaftig keiner Erwähnung wert. Es sei im Kriege selbstverständlich gewesen, daß man einander half, das sei ohne Besinnen geschehen, man habe darin niemals eine große Tat gesehen, und wenn er verschüttet worden wäre, so hätte ihn ganz ebenso Herr Münch aus seiner mißlichen Lage befreit. Es sei auch durchaus nicht soviel Gefahr dabei gewesen, wie mancher glaube, die Phantasie stelle sich das alles zu dramatisch vor.

»Nein«, sagte Lorenz Münch mit einer Entschiedenheit, die jede weitere Erörterung abschnitt – er sah nicht Faber an, sondern blieb zum Richtertisch hingewendet – »das, was der Herr Zeuge getan hat, war nicht so gefahrlos, wie er es hier darstellt. Es geschah mit äußerster Gefahr. Er hat mir das Leben gerettet, und er hat dabei das seinige aufs Spiel gesetzt. Ich verdanke es ihm, wenn ich heute hier stehe. Der Herr Verteidiger brauchte mich nicht daran zu erinnern. Aber wenn ich nicht vergesse und niemals vergessen werde, was ich demjenigen schulde, der mich so vor dem Tode bewahrt hat – und ich will noch hinzufügen: Er selber ist verwundet worden, als er mich aus diesem Grab befreite –, so vergesse ich auch nicht, was ich meinem Land, meinem Volke und der Menschheit schuldig bin. Land und Volk sind schlimmer verschüttet. Was liegt daran, ob ein einzelner im Granatenhagel und unter der herunterstürzenden Erde zugrunde geht? Aber die Menschheit ist verschüttet, überall, unter der Schmach und der Erbärmlichkeit.«

Diesmal verhinderten die mahnenden Blicke des Richters den Beifall, das Händeklatschen und die Bravorufe nicht. Eine starke Begeisterung wehte durch den Saal und wurde auch durch die Drohung, daß bei einer neuen Kundgebung der Zuhörerraum geräumt würde, nicht sofort unterdrückt. Amtsgerichtsrat Köplin wollte jetzt die Verhandlung unterbrechen, die Anwälte sollten ihre Plädoyers nach der Mittagspause beginnen. »Darf ich bitten«, fragte Faber, »mich zu entlassen, oder ist meine Anwesenheit dann noch erforderlich?« – »Unter diesen Umständen, da der Herr Zeuge nach der Pause nicht mehr hier sein wird, möchte ich doch noch eine Frage an ihn richten.« Vermutlich hatte Rechtsanwalt von Hagen die Empfindung, daß der Eindruck des letzten Zwiegespräches auch für den Zeugen der Gegenpartei nicht ganz ungünstig gewesen sei. »Bitte, aber nun wirklich kurz.« Seufzend wich der bejahrte Beamte einer Demokratie, die sich schon aufgegeben hatte, vor dem kräftigeren Willen zurück. »Hat der Herr Zeuge Faber nicht seinem Schwager, dem bekannten sozialdemokratischen Regierungsrat Hoffmann in Stuttgart, gelegentlich geldliche Zuwendungen gemacht?« – »Allerdings. Öfters. Für die Ferienkolonien, für ähnliche Einrichtungen, für ein Forschungsinstitut, für eine Volksbibliothek.« – »Auch für eine Volksbibliothek. Auch für einen Lesezirkel und für Jugendheime, wenn ich nicht irre.« Herr von Hagen verbeugte sich und schloß sein Aktenheft. Im Hinausgehen nickte Faber dem anscheinend betäubten Kaluweit zu. Vom Zuhörerraum kam ein einzelner Pfiff – ein zweiter, der Pfiff eines ungeschickten Amateurs, verunglückte, da er zwischen den Lippen in zuviel Wind geriet.

X.

Der junge, fleißige und immer pünktliche Sekretär, der einen winzigen blonden Bart auf der Oberlippe und sonst in seinem Äußern keine besonderen Kennzeichen hatte – Hilfskräfte ohne besondere Kennzeichen werden gewöhnlich vorgezogen –, erschien sofort, als Ulrich Faber sich in seinem Arbeitszimmer in der Union-Elektrizität befand. Er überreichte Telegramme, die am Vormittag eingetroffen waren, und blickte, die Weisungen erwartend, die Faber erteilen würde, zu der großen Wandkarte hin, auf der die Zahl der roten Kreise die weitverzweigte Macht der Union-Elektrizität bewies. Ulrich Faber legte die Telegramme, die er gelesen hatte, vor sich hin auf den Schreibtisch und fragte: »Wie ist der Kurs?« Der junge Sekretär las von einem Papierblatt eine Reihe von Zahlen ab, aus der sich ergab, daß in den Aktien der Union-Elektrizität im Verlauf der Börse ein starker Rückgang eingetreten war. »Also kennt man diese Nachrichten schon?« Man wußte an der Börse, wie der Sekretär bestätigte, daß nunmehr in zwei Staaten Zentral-Amerikas die revolutionären Kämpfe sich ausbreiteten, und es hieß, mehrere Anlagen der Union seien vernichtet, der Schaden lasse sich noch nicht übersehen, sei aber jedenfalls sehr groß. »Gut, bitte notieren Sie!« Faber diktierte dem jungen Sekretär eine kurze Mitteilung an die Zeitungen, in der er keine der Tatsachen verschwieg, aber auch die Versicherungsverträge erwähnte und ebenso die selbstverständlichen Ansprüche auf Schadenersatz. Dann ließ er den Vorsteher der Rechtsabteilung ersuchen, zu ihm zu kommen. Der ein wenig verwachsene, schiefschultrige Abteilungsvorsteher, eine Autorität auf dem Gebiet der internationalen Rechtsverhältnisse, brachte schon die Bücher und Akten mit, die in der Unterhaltung nützlich sein konnten, und eine Stunde lang erörterten Faber und er die juristischen Fragen, die Möglichkeiten und die Schwierigkeiten, denen man gegenüberstand.

Nach dieser Unterredung spürte Faber, daß ein hungriger Magen sich auch um die wichtigsten Ereignisse nicht kümmert und sich nicht – etwa wie ein diskreter Hotelgast, der im Nebenzimmer bedeutungsvolle Geräusche hört – zurückhaltend und rücksichtsvoll benimmt. In dem nahen Restaurant, in dem Faber zu frühstücken pflegte, blieb immer ein Tisch für ihn reserviert. Die gewöhnliche Essenszeit war schon vorüber, aber in einer Ecke des Restaurants rauchten noch der Abgeordnete Ammon und der Kommerzienrat Werner ihre Zigarren. Sie beugten sich, Schulter an Schulter, über die eben vom Groom gebrachte Nachmittagszeitung und das, was sie lasen, schien die Freuden der Verdauung noch zu erhöhen. Bevor sie Faber, der zu seinem Tisch ging, bemerkten, nahmen sie diese Lektüre mit einem schmatzenden Wohlbehagen in sich auf. Dann, als sie ihn sahen, preßten sie die Lippen zusammen, blinzelten einander zu und erwiderten seinen Gruß wie Leute, die ihr zu enger Kragen geniert. Ulrich Faber schenkte einem Mienenspiel keine Beachtung, das ihm gleichgültig war und sich auf der Fläche gleichgültiger Gesichter begab. Er überlegte: Den Aufsichtsrat der Union wollte er über die Situation informieren, den Vorsitzenden wollte er anrufen, für fünf Uhr hatte er eine Direktionssitzung anberaumt. Mit Gerda würde er heute nicht lange zusammenbleiben können. Als er sein Frühstück beendet hatte, kaufte er bei einem Zeitungshändler das Nachmittagsblatt. Auf der ersten

Seite stand, mit vielem Fettdruck, ein ausführlicher Bericht über den Prozeß Kaluweit. Der Angeklagte Kaluweit war zu einem Jahr Gefängnis verurteilt worden, und das Publikum hatte die Aussage des von der Verteidigung geladenen Finanziers und Großindustriellen Faber mit Protestkundgebungen aufgenommen. Dem Kläger Rotholz, seinem Anwalt und dem Zeugen Lorenz Münch hatte man, als sie das Gerichtsgebäude verließen, Ovationen dargebracht. Faber las nur das Fettgedruckte und nicht das, was dazwischen durch die Spalten floß. Kaluweit tat ihm leid. Dann ging er mit schnellen Schritten durch den kalten Regen, der nach einer kurzen Pause jetzt wieder eingesetzt hatte und klatschend auf das Straßenpflaster herunterschlug.

Auf den Stühlen und den Ledersofas in den Vorzimmern warteten zahlreiche Besucher, zwei von ihnen mußte Faber empfangen. Als er den zweiten zur Tür begleitet hatte, wurde ihm Direktor Albert gemeldet, den er, wie gewöhnlich, sogleich zu sich führen ließ. Direktor Albert brachte die nicht mehr überraschende Mitteilung, daß die Bemühungen, die Dönhoff-Bank zu stützen, nun endgültig gescheitert seien. Unter dem Einfluß des Herrn Schmidt, der nicht allein, sondern lieber in einem allgemeinen Zusammenbruch verschwinden wollte, hatte Herrmann Markgraf den Bedingungen der Stützungsgruppe gegenüber in einer stolzen Unnachgiebigkeit beharrt. Es war noch viel von der Ehre der Firma die Rede gewesen und von Treue und Dankbarkeit. Immer die gleichen großartigen Redensarten und die gleiche Blindheit, sogar heute noch. Er, Albert, werde nun leider auch sein Personal nicht halten können, zunächst werde er einen Teil entlassen, er werde allmählich und so schonend wie möglich kündigen. Bisher habe ihn Fräulein Rohr immer verhindert, Entlassungen vorzunehmen, sie habe sich für jeden einzelnen leidenschaftlich ereifert, sie werde jetzt sehr böse und sicherlich sehr traurig sein, aber das helfe nun nichts mehr. Warum habe eigentlich Faber, der so klug die fremden Interessen verwalte, einen großen Teil seines Vermögens in der Bank gelassen und sich nicht rechtzeitig geschützt? Ihn habe Schmidt doch niemals täuschen können. »Der König Salomo«, entgegnete Faber mit einem Achselzucken, das nicht nach trüber Resignation aussah, »hat in seinen Schatzkammern grandiose Reichtümer angehäuft, er hat über das Gold, Silber und Elfenbein, das er in einem Jahr bekam, genau Buch geführt, er war sehr viel vorsichtiger als ich. Und schließlich hat er doch nur gefunden, daß alles eitel ist.«

Er reichte dem Direktor Albert die Telegramme über die Verwüstungen in China und in Zentral-Amerika. Natürlich hatte Herr Albert von diesen Vorgängen gehört und auch den Sturz der Union-Kurse nicht übersehen, aber er wußte bei weitem nicht alles und erhielt von dem Umfang der Verluste jetzt erst ein richtiges Bild. »Und gleichzeitig in zwei Weltteilen, und auch dort an verschiedenen Stellen. China, das ist ja nichts Neues, aber der Krieg und der Aufruhr in den anderen Staaten, was wollen die Leute dort?« – »Ja, nicht wahr, viel auf einmal. Die berühmte Duplizität der Ereignisse. Was die Leute dort wollen? Die einen fühlen sich genötigt, einer völlig unbewohnten Steinwüste – es wohnen nur wilde Schweine, Geier, Klapperschlangen und Moskitos dort – ihre Zivilisation zu bringen. In dem anderen Land haben die Anhänger der einen Partei entdeckt, daß sie von Tajaka, einem sagenhaften Ureinwohner, abstammen. Sie wollen alle ausrotten, die nicht Urenkel Tajakas sind.«

Auf einem Tisch lag zwischen Zeitschriften ein zusammengeknifftes großes Plakat. Faber entfaltete es, in schreiend buntem Druck rief es, in einer fremden Sprache, die Patrioten zu ruhmvollen Taten auf. »Eine ihrer Proklamationen. Für Tajaka und die Seinigen.« – »Und Magnano Scott oder sonst ein großer Waffenhändler verkauft seine Gewehre.« – »Wahrscheinlich«, sagte Ulrich Faber, indem er das Plakat wieder zusammenlegte, »hat er die Druckkosten bezahlt.«

Sie sprachen über die Entschädigungsforderungen. Faber hatte auch in der Erwägung, daß man eines Tages solche Ansprüche werde durchsetzen müssen, sehr umsichtig, mit Benutzung seiner persönlichen Beziehungen und so gut wie irgend möglich vorgesorgt. An den Zweiggesellschaften, zu denen die Niederlassungen gehörten, war jetzt auch das ausländische Kapital stark beteiligt, vor allem englisches und amerikanisches Kapital. Zweifellos konnte das die Regierungen der Staaten, in denen die Werke der Union zerstört waren, zu höflicher Nachgiebigkeit bewegen, man würde ihnen sogar die Daumschrauben anlegen können, aber auch im günstigsten Falle würde es ein sehr langwieriges Verhandeln und Feilschen sein. Als das Gespräch ein wenig stockte, deutete Direktor Albert auf die Nachmittagszeitung, die über den blanken Mahagonirand des modernen Papierkorbes hinaushing: »Ich habe den Prozeßbericht gelesen. Glauben Sie nicht, daß diese Berichte auf manche Menschen Eindruck machen werden – und daß einige sich darüber freuen?« – »Ja, sie werden mir den Rücken zudrehen, dann brauche ich ihre Gesichter nicht mehr zu sehen.«

Ulrich Faber schob dem Direktor Albert die Zigarettenbüchse hin, nahm selber eine neue Zigarette, beide standen auf. Draußen rieselte in grauer Luft der Regen, den ganzen Tag über kam von dort so wenig Helligkeit, daß man schon am Morgen genötigt gewesen war, die elektrische Beleuchtung anzudrehen. »In China und überall werden wir«, sagte Faber, »unsere Werke wieder aufbauen, auch die zerstörten Bahnlinien werden wiederhergestellt werden, eines Tages kommt alles wieder in Gang. Die Dönhoff-Bank ist bankrott, aber vielleicht ist das auch nur, wie Herr Schmidt in solchen Fällen versichert, ein Genesungssymptom. Hermann Markgraf wird weiter Golf spielen und Herr Schmidt die Treue und Dankbarkeit feiern. Das alles ist nicht so schlimm.« Er wandte sich vom Fenster fort, durch das er hinausgesehen hatte, und in einem Ton, dessen Ironie oder Selbstironie wieder einmal nicht nachweisbar war: »Wir sind die Besiegten, wir werden besiegt werden und sind schon erledigt, aber nicht deshalb, weil in ein paar Staaten da drüben die bewaffneten Banden blödsinnig gehaust haben und weil die Dönhoff-Bank ihre Schalter schließen muß.«

Direktor Albert richtete einen fragenden Blick auf ihn, obwohl er zum mindesten ahnte, wohin die Gedanken Fabers gingen. Nach ein paar Zügen aus der Zigarette fragte Faber: »Sie haben in Ihrer Familiengeschichte doch eine Tradition, die im vorigen Jahrhundert, glaube ich, sich ohne Unterbrechung vererbt hat. Ihr Großvater oder Ihr Urgroßvater war doch 1848 in Bremen ein führender Mann in der Oppostion gegen die verkalkte Senatorenherrschaft und wurde als Abgeordneter in das Frankfurter Parlament, in die Paulskirche, geschickt. Ihr Herr Vater war auch ein großer Liberaler, und einer Ihrer Onkel hat ein Buch über Washington geschrieben, war es nicht so? Meine Ahnen waren nicht ganz so vornehm, aber man dachte in unseren schwäbischen Stuben ganz ähnlich wie in Ihren schönen Bürgerhäusern. Als die Revolution von 1848 zusammenkartätscht war, wanderten einige Mitglieder unserer Familie nach Amerika aus, nach dem Staate Illinois, ich habe sie dort einmal besucht. Bei meinen Großeltern in Württemberg hingen über dem Kanapee im Wohnzimmer noch die Bilder der berühmten Freiheitsmänner – heute sind sogar ihre Namen vergessen – und die etwas sonderbare Kopfbedeckung der Bürgerwehr und daneben ein langes schwarz-rot-goldenes Band. Als kleiner Junge habe ich diese Andenken sehr bewundert, dann habe ich die schwarz-rot-goldene Sentimentalität einigermaßen verlernt. Bismarck und seine Preußen haben sie uns ja abgewöhnt, auch in Süddeutschland und in der Freien Stadt Bremen, nicht wahr? Die Bürgerwehrhelme und die Bänder waren komische Erinnerungen, für manchen vielleicht rührend komische, wir hatten nun die Großindustrie, die Wirtschaftskapitäne, den Assessor und den Reserveoffizier. Man hat ja die alten Symbole wieder hervorholen wollen –

In Finsternis und Dunkelheit,
Da mußten wir sie bergen,
Nun haben wir sie doch befreit,
Befreit aus ihren Särgen –

es war von Anfang an ziemlich hoffnungslos, es war zu brav und bieder, es wirkte jetzt altmodisch, obgleich auch Herr Ammon und Herr Kommerzienrat Werner gewiß bereit waren, ihr Geschäft daraufhin umzustellen, bis zur nächsten Konjunkturänderung. Man konnte wohl ebenso skeptisch über die Beständigkeit dieses Glückes denken, wie im Krieg über den vollen Sieg. Ich für mein Teil zweifle auch ein bißchen an der anderen Poesie:

Alle Räder stehen still,
Wenn dein starker Arm es will!

oder halten Sie etwas davon? Was sich so schön reimt, ist gefährlich wie Glatteis.«

Ungefähr war das auch die Meinung des Direktor Albert, der allerdings den Proletarierspruch von den Rädern und dem starken Arm doch nicht nur für eine Aufschneiderei und nicht für so ganz harmlos hielt. Im Stillen wunderte er sich darüber, daß Faber der Unterhaltung diese Wendung gegeben hatte, und er sagte sich, da wirke wohl der Eindruck der Gerichtsverhandlung nach. Ulrich Faber warf den Stummel der ausgerauchten Zigarette in den Aschenbecher und knüpfte den Gesprächsfaden wieder zusammen: »Das ist ja klar, die Romantik der Bänder und der Hüte mit der revolutionären Hahnenfeder war nichts für uns. Stellen Sie sich« – er lachte – »das hier vor, im Haus der Union-Elektrizität! Aber von damals her, nein, eigentlich von viel weiter her, schon aus weit früheren Zeiten, hatten wir doch eine Erbschaft in uns – wir haben uns das nicht fortwährend überlegt, eben weil es so selbstverständlich war. Gesetze, die ungeschrieben sein konnten, die man nicht erst in Formeln zu bringen brauchte, weil sie wie Naturgesetze waren, und Ideen, Gefühle, die kein Chirurg mehr aus uns herausschneiden konnte und ohne die uns das Leben gar nicht denkbar schien.« Er brach plötzlich ab, weil er die Empfindung hatte, er doziere, und fügte, mit einem humoristischen Kopfnicken, nur noch hinzu: »Damit ist es vorbei, ja, lieber Freund, unsere Uhr ist abgelaufen, wir sind die Besiegten.« Und nach einer Weile: »Der alte Gedankenplunder kommt nun auf den Müllhaufen, aber ein paar von den schönen Worten kann man vielleicht noch als Etikette benutzen, die werden dann auf Flaschen mit ganz anderem Inhalt geklebt.«

Der junge Sekretär teilte mit, in dem Konferenzzimmer warteten die Herren bereits. Faber entschuldigte sich bei Direktor Albert und fragte noch, was Albert tun wolle, falls die Dönhoff-Bank auch nicht durch eine Umbildung zu retten sei. Direktor Albert wollte dann nach Bremen zurückkehren und die Leitung der Exportfirma übernehmen, die ebenso wie eine Reederei Familienbesitz war. »Ja«, stimmte Faber zu, »wir werden eben weiter arbeiten.« Und da er die Gedanken Alberts erriet: »Sie müssen nicht glauben, daß ich vorhin so gesprochen habe, weil da in dem Gerichtssaal mein ehemaliger Kamerad Lorenz Münch wie ein zorniger Prophet gedonnert hat. Lorenz Münch und der große Magnano Scott« – er beendete den Satz nicht und sagte lächelnd: »Die Überlebenden aus dem Schiffbruch müssen zusammenhalten – also auf bald!«

Nach der Direktionssitzung verließ Faber das Bürohaus, eine halbe Stunde lang konnte er noch mit Gerda zusammen sein, sicherlich hatten all die Vorgänge, und nicht zuletzt die Katastrophe der Dönhoff-Bank, sie erregt und deprimiert. An einem Zeitungskiosk ließ er sich die »Glocke« geben, ein Blatt, für das der Journalist mit der Hornbrille Glossen zu den Tagesneuigkeiten schrieb. Es waren die einzigen journalistischen Erzeugnisse dieser Art, die er als Zeitvertreib genießbar fand. Der Freund der Frau Martius hatte oft witzige Einfälle und besaß Talent. Da nur noch wenig Zeit blieb und außerdem das Wetter schauderhaft war, fuhren Faber und Gerda Rohr zu einer Teestube im Westen, wo man ebenso unbeobachtet sitzen konnte wie in dem Restaurant am Fluß. Gerda schien die Ereignisse mit einer kühlen Energie hinzunehmen, oder sie wollte nicht zeigen, was in ihr durcheinander flutete, und zwang sich eine äußerliche Ruhe auf. Aber die drei Falten standen, wie Runen, auf ihrer Stirn. In der Filiale war natürlich allgemeines Lamentieren, niemand hoffte mehr, daß die Bank weiter existieren werde, und die meisten hatten ja auch Ursache, verzweifelt zu sein. »Nicht wahr, der Grete Schubring wirst du eine andere Stellung verschaffen, ich darf ihr das sagen?« – von sich selber sprach sie nicht. Er entgegnete: »Selbstverständlich werde ich für euch beide etwas finden – und du wirst schon sehen, etwas, womit du zufrieden sein wirst. Du sollst bei dem Tausch nichts verlieren. Im Gegenteil, nun wirst du erst recht aufsteigen, immer ein Stück höher. Wir beide lassen uns nicht so schnell ducken, man irrt sich, wenn man das glaubt.« Sie nickte ihm zu, die Falten verschwanden allmählich, dann erzählte sie, einige der Kolleginnen hätten sich heute scheußlich benommen. Am Nachmittag hätten sie ihr, weil sie meinten, das werde sie ärgern, die Zeitungen mit den Prozeßberichten auf den Tisch gelegt. Die Berichte seien ja wirklich infam. Aber er mache sich hoffentlich nichts daraus. Sei es denn wahr, daß man ihn ausgepfiffen habe – diesen Leuten habe Lorenz Münch, bei dem die Worte wie aus einer Wasserleitung herausflössen, natürlich besser gefallen. »Ein netter Kamerad, dein Lorenz Münch – oder verteidigst du ihn immer noch?« Er scherzte ironisch: »Liebet eure Feinde!« – »Ja, ihr liebt sie mehr als euch selbst. Man wird euch sehr dankbar sein.« Dies war die einzige ärgerlich kritische Bemerkung, die sie sich an diesem Abend gestattete, es war ihm schon genug aufgelastet, und sie wollte zeigen, daß er sie nicht für schwach zu halten brauchte und daß sie in einem Moment, wo so vieles hereinbrach, sich wahrhaftig nicht ducken ließ. Er lobte sie: wenn er auch allerlei, sie wisse schon, an ihr auszusetzen habe, ein tüchtiger Mensch sei sie doch, und den Kopf solle sie sich jetzt nicht zerbrechen, es komme oft ganz anders, als man meint.

Von der Garage aus, wo sie den Wagen versorgte, brachte er sie in einem Taxi nach Hause, und als er auf der Rückfahrt nicht mehr weit von seinem Hotel war, hatte er Lust, nun zu Fuß zu gehen. Es regnete nicht mehr, aber man mußte bisweilen durch Seen waten, denn all das Wasser konnte nicht so schnell in die Abflußkanäle hinuntergurgeln, und die Straße war an manchen Stellen überschwemmt. Kurz vor dem Ziel sah er den Dichter Peter Niedermaier herankommen, diesen etwas schwerfälligen Naturburschen mit dem runden, schwammigen Gesicht, der seit einiger Zeit in Romanen, Theaterstücken und schlechten Aufsätzen nicht mehr die Sexualgeheimnisse und die Psychoanalyse verabreichte, sondern die Gesundheit des bodenständigen Lebens pries. Ganz bestimmt hatte Peter Niedermaier auch Faber erkannt, aber er wandelte so träumerisch versonnen durch die Pfützen, daß ihm körperliche Erscheinungen nicht klar bewußt wurden, und er blickte jetzt abwärts auf den schmutzigen nassen Bürgersteig, als schwämmen dort die Gedankenperlen herum. »Guten Abend, Herr Niedermaier« – mit einer rücksichtslosen Absichtlichkeit rüttelte Faber den träumenden Dichter wach. – »Verzeihen Sie, ich habe Sie nicht gesehen. Ich war so versunken ...« – »Ja, Sie suchten etwas, auf dem Straßenpflaster, hoffentlich mit Erfolg!« Er nahm, andauernd mit ironischem Behagen, die mit ungeschicktem Zögern dargereichte Dichterhand. Die Hand war glibberig und schlaff und glitt zurück, peinvoll berührt vom harten Druck der Materie, zum reinen Äther hinverlangend und geisterhaft.

Im Hotel fiel ihm ein, daß er die Nummer der »Glocke« noch in der Tasche trug. Er las in dem Artikel, den der witzige Journalist über den Prozeß Kaluweit geschrieben hatte: »Immer, wenn eine Gesellschaft faulig abstirbt, vor der französischen Revolution zum Beispiel, haben die ›Löwen der Salons‹ ihre übersättigten Sinne und ihr träge gewordenes Blut in der Berührung mit der gemeinen Plebs auffrischen wollen. Ganz ähnlich wie ein alternder Lebemann sein Vergnügen in jugendlichen Exzessen, oder in Exzessen mit Jugendlichen, sucht.« Sie ist allgegenwärtig, Helene Martius, dachte Faber – der »alternde Lebemann« ist ihr Geschoß. Diese Ausdrucksweise hat *sie* sich zurechtgelegt. Ein bißchen gewaltsam, denn sie hat zu solchen Vorwürfen doch eigentlich keinen Grund.

XI.

An einem grauen Januarmorgen, wenige Tage nach dem Neujahrsfest, standen auf dem Alexanderplatz, dicht bei der Treppe der Untergrundbahn, Plokowski und Walter, der jetzt zur neuen Fahne haltende Musketier. Walter gehörte dem »Sturm« an, der hier ganz in der Nähe sein Wachtlokal und seine Unterkunftsräume hatte, und war jetzt, außerhalb der Dienstzeit, in »Zivil«.

Die republikanischen Baumeister hatten den Alexanderplatz, diesen den westlichen Bürgern immer etwas verdächtigen vieleckigen großen Platz im volkreichen Zentrum Berlins, nach einem kunstvollen Plan verändert, hatten einige der Ecken abgeschleift, ganze Häuserreihen am Rande niedergerissen und im modernen Betonstil Büropaläste mit breiten Fenstern gebaut. Sie hatten die Zufahrtsstraßen verbreitert, hatten die alte Gerümpelkammer gelüftet und hatten geradlinige Rasenflächen angelegt. Aber die düstere Festung des Polizeipräsidiums, um die an allen Aufstandstagen der Revolutionszeit mit Maschinengewehren, Handgranaten und schweren Geschützen gekämpft worden war, beherrschte nach wie vor den südlichen Teil des Platzes, und dahinter lag das Gefängnis und befand sich auch das Tor, durch das die ausgestoßenen, degradierten Venuspriesterinnen »zur Kontrolle« gingen. An diesen heiligen Institutionen hatten die Baumeister nicht rütteln können. Sie hatten auch nicht die Menschen verändern können, die über den verwandelten Platz eilten oder torkelten, und hatten ihnen weder eine neue Fassade gegeben noch ein neues Knochengerüst eingesetzt. Sie konnten diesem Gewimmel auch nicht eine neue Farbe verleihen, und es war grau, wie der Januartag.

Plokowski sprach spöttisch über den Sturmbannführer, der ihn hinausgeworfen hatte, und fragte dann Walter: »Hast du das schöne Mädchen gesehen?« – »Gerda? Nur noch selten, seit einer Woche nicht mehr.« – »Ich werde sie mir heute auch mal ansehen. Und ganz nahe. Und ganz genau.« Er sprach mit einer boshaften Zufriedenheit und stierte noch boshafter, als er merkte, wie Walter erschrak. »Was meinst du damit – du wirst ihr doch nichts tun?« – »Ich werde ihr wohl ein bißchen was tun. Sie wird sich wundern ... Sie hat nicht mit den Roten marschieren wollen und nicht mit euch. Mit mir wird sie marschieren müssen. Sie wird ganz zahm werden, verlaß dich drauf. Ihr Faber kann sie heute abend umsonst erwarten – heute und immer. Der wird übrigens nicht lange nach ihr suchen können, er wird auch bald seinen Denkzettel bekommen.« Er sagte das alles in dem gleichen höhnischen Ton, aber man merkte dahinter die Gier, mit der er in Gedanken das Opfermahl genoß. Dann besann er sich, vielleicht hatte er sich der angenehmen Vorstellung zu sehr hingegeben und nicht genügend auf seine Worte aufgepaßt. »Du wirst sie doch nicht etwa vor mir warnen wollen, mein Junge – wenn ich so etwas merke, du weißt, was dir dann geschieht. Nimm dich in acht!« Er fixierte Walter mit einem Blick, der sich in den anderen einzubohren schien. »Bilde dir nur nicht ein, daß du ihr etwas ersparen kannst! Um zehn, in einer Stunde, hast du ja anzutreten, sei lieber schon etwas früher da, die Leute da lieben die Pünktlichkeit!« Er ging langsam fort und in die Königstraße hinein. Er sah nicht nach Walter zurück. Dieser dumme Junge hätte meinen können, er werde wichtig genommen.

Als Plokowski verschwunden war, stieg Walter eilig zur Untergrundbahn hinab. Es war neun Uhr, viel Zeit blieb ihm nicht. Glücklicherweise brauchte er nicht weit zu fahren, der Bahnhof Friedrichstraße war die zweite Station. Unterwegs dachte er immer nur: diese Bestie, ein grauenhafter Fleischerhund! Vom Bahnhof kam er in kaum zwei Minuten zu der Werkstatt, in der Ernst, als einziger Gehilfe des Mechanikers, tätig war. Eine Klingel meldete, daß die Tür geöffnet wurde, und Ernst trat, im Arbeitskittel, aus der hinten liegenden Werkstatt in den schmalen Laden – ein Instrument aus dem Besitz eines Zahnarztes, das er eben repariert hatte, hielt er noch in der Hand. Er war größer, auch schmaler als Walter, aber der Ton des blassen Gesichtes unter dem hellblonden Haar stimmte mit der Farbe des Kittels überein. Man konnte meinen, die Pickel säßen jetzt unter der Haut. Walter erzählte schnell, dann schwiegen sie beide und überlegten einen Augenblick lang. »Zunächst einmal«, sagte Ernst, »muß ich sie benachrichtigen – damit sie aufpaßt.« – »Ja. Aber das ist nicht genug. Wir wissen ja, wie kühn sie immer sein will.« – »Nein, es ist nicht genug.« Ernst holte gewöhnlich die Worte so aus sich heraus, als müßte er sich jedes erst zurechtlegen, und Gerda hatte gerügt, daß er »mundfaul« sei. Wenn in den Gesprächen der anderen große und allgemeine Ideen erörtert worden waren, hatte er sich fast nie beteiligt, entweder weil er nichts zu sagen wußte, oder weil er den passenden Ausdruck nicht fand. »Nein, das ist nicht genug. Du bist sicher, daß er schon für heute etwas plant?« – »Sicher. Es war ganz klar ...« – »Glaubst du, daß er Rosenbaum kennt – er würde ihn wiedererkennen?« – »Er hat ihn wohl nur einmal oder zweimal mit uns gesehen. Soll Rosenbaum ihn beobachten? Aber mit seinem jüdischen Gesicht – und wenn Plokowski merkt, daß er herumschnüffelt …?« – »Ich werde ihm sagen, wie er es machen soll. Ich weiß auch, wo Plokowski sich aufhält. Mich würde Plokowski sofort sehen. Ich muß bei Gerda bleiben, in ihrer Nähe.«

Nach einer Viertelstunde kehrte der Mechaniker zurück, der auf einem Geschäftsgang gewesen war, und Ernst sagte ihm, er gehe zu dem Zahnarzt, um dort die Instrumente nachzusehen.

Das Personal in der Dönhoff-Filiale war in den letzten Wochen schon sehr zusammengeschmolzen, an Tischen, an denen früher sechs oder sieben Angestellte arbeiteten, saßen nur noch zwei oder drei. Die Überlebenden wußten, daß auch sie bald hier würden hinauswandern müssen, in eine furchtbar ungewisse Zukunft hinaus. Alle sahen jetzt noch blasser aus und sprachen, als fürchteten sie, eine laute Stimme könnte das Unheil sofort herbeilocken, miteinander nur im Flüsterton. Sie gerieten schon in eine gereizte Stimmung, wenn der eine versehentlich den Bleistift des anderen nahm. Gerda Rohr hatte, seit sie die Entlassungen nicht mehr verhindern konnte, für die meisten ihren Glanz verloren, oder, wie die Boshaften sagten, ihren angemaßten Flimmerglanz. Dieser Glanz oder dieser Flimmer war ja nur von dem Stern, der Ulrich Faber hieß, auf sie herübergestrahlt, und der Stern war nun auch, wie jeder sehen konnte, äußerst mickrig geworden, über die Verluste Fabers und das Mißgeschick der Union-Elektrizität hatte man genaue Informationen, der Prozeß Kaluweit war katastrophal gewesen, es war, nach dem beispiellosen Aufstieg, ein unleugbarer Niedergang. »Das hat sie nun davon«, sagte eine angesäuerte Kollegin, »Hochmut kommt vor dem Fall.« Worauf eine andere bemerkte, nach dem Fall komme der verdiente Lohn. An all dem feindseligen Gerede ging Gerda Rohr sehr hochmütig vorbei. Der alte Oberbuchhalter und die kleine Schubring hielten noch zu ihr, und Direktor Albert, schuldbewußt, weil er sein Scharfrichteramt ausüben mußte, behandelte sie mit einer zarten Güte, die beinahe um Vergebung warb. »Er ist total verblödet«, erklärte die Angesäuerte, »wenn sie bei ihm ist, hat er Gefühle, sie hat ihn ganz verdreht gemacht. Es ist ekelhaft.« Auch heute wollte er, als sie ihm Briefe zur Unterschrift vorlegte, sie freundschaftlich beraten, und da ihm nichts anderes einfiel und da er ja herausfühlte, was um sie herum vorging, sagte er: »Ich hoffe, Kind, Sie sind in diesen Tagen noch ganz besonders klug. Es ist am besten, sich nicht zuviel mit den Menschen abzugeben, dann bleiben einem wenigstens Enttäuschungen und unangenehme Überraschungen erspart.«

Als sie aus dem Zimmer des Direktors kam, machte ihr der alte Oberbuchhalter ein Zeichen – am Schalterfenster warte eine Kundin, die zu bedienen sei. Gerda sah mit Unbehagen, daß Frau Martius dort stand. Sie trat zu dem Schalter, und Frau Martius sagte liebenswürdig: »Wie geht es Ihnen, Fräulein Rohr, hoffentlich gut?« Frau Martius entnahm von ihrem Bankkonto etwas Geld. Dann, während sie die Scheine in ihre kleine Handtasche steckte, sagte sie leise: »Ich möchte Sie gern sprechen, aber hier geht das nicht. Herr Faber ist in sehr großer Gefahr, Sie müssen ihn retten, nur Sie können das.« – »In was für einer Gefahr?« –

»Hier kann ich Ihnen das nicht erzählen, kommen Sie doch heute gegen Abend zu mir, dann werden Sie alles erfahren, aber sonst ist er verloren, Sie müssen es tun.« – »Warum können Sie es nicht selbst?« – »Ich stehe nicht so gut mit ihm, zu mir würde er kein Vertrauen haben, Sie sind die einzige, die Einfluß auf ihn hat. Ich wohne ja nicht weit von hier, in der Kurfürstenstraße« – sie nannte die Nummer – »wir haben dort ein kleines Haus. Sie brauchen nur ein paar Minuten zu bleiben – aber Sie müssen kommen. Die Bank schließt doch um sechs? Also ich erwarte Sie heute nach sechs.« Sie zog den Handschuh über, den sie abgestreift hatte: »Ich würde Sie nicht bitten, wenn ich ein anderes Mittel sehen würde, um ihn zu benachrichtigen. Nicht wahr, Sie kommen bestimmt?« Gerda zögerte noch, dann sagte sie: »Ja.«

Gegen Mittag wurde ihr ein Rohrpostbrief von Ernst gebracht. Ernst schrieb: »Sei auf der Hut vor Plokowski, er plant etwas. Wir bewachen Dich so gut wir können. Zerreiß diesen Brief!« Da die Kolleginnen sie beobachteten, tat sie gleichgültig, als habe sie nur eine ganz unwichtige Mitteilung empfangen. Eine Weile darauf ging sie hinaus, zerriß den Rohrpostbrief und vertilgte jede Spur. Hinter dieser äußerlichen Ruhe verbarg sie eine drückende Beklommenheit. Sie fühlte, daß ihr Herz klopfte, und dabei war es wie eingeschnürt. Alle kamen mit Warnungen zu ihr, der Direktor, Frau Martius und nun auch noch Ernst. Und nichts war unmöglich, es lastete eine drohende Gewalttätigkeit in der Luft. So oft sie Frau Martius gesehen hatte, war sie unwillkürlich zurückgewichen, wie man zurückweicht, wenn eine Kreuzotter auf dem Wege liegt. Konnte man sich vorstellen, daß es hinter dem glatten, falschen Lächeln dieser

Frau eine anständige Regung gab – sollte sie wirklich zu ihr gehen? »Aber wenn ich nicht hingehe und man tut Faber etwas an, es passiert etwas – etwas Schlimmes –, dann ist es doch passiert, weil ich feige gewesen bin.« Hing nicht vielleicht das, was ihr Ernst über Plokowski geschrieben hatte, mit dem, was ihr Frau Martius sagen wollte, zusammen? Plokowski haßte Faber – er war wütend eifersüchtig und zu allem fähig –, Frau Martius konnte etwas gehört haben – wahrscheinlich war es so.

Um vier, nach Schluß der Bankarbeit, setzte sie den kleinen Hut auf und zog die Krimmerjacke an. Sie tat es gleichsam mechanisch, und draußen auf der Straße ging sie zaudernd, manchmal bei irgendeinem nicht gerade zwingenden Anlaß stehenbleibend, und nicht leicht und elastisch wie sonst. Dieser ganze Januartag war so grau geblieben, wie es der Morgen gewesen war. Jetzt, um Viertel nach sechs, brannten die Laternen müde durch den Abend, wahrscheinlich wurde wieder einmal mit der Straßenbeleuchtung gespart. Gerda Rohr empfand etwas wie Neid, als die Menschen so anscheinend harmlos und ohne quälende Gedanken an ihr vorübereilten – die hatten vielleicht auch ihre Sorgen, aber doch nur die üblichen, um ihre Stellung und um das tägliche Brot. Sie konnten sogar über ein Kind lachen, das am Rinnstein eine Puppe ein Bedürfnis verrichten ließ. An der nächsten Querstraße konnte sie den Damm nicht gleich überschreiten, denn dort marschierte gerade wieder ein Sturmbataillon. Als fast alle vorüber waren, erkannte sie, trotz der halben Finsternis, Walter, der in der vorletzten Reihe schritt. Er hatte sie auch erkannt. Aber er schien noch etwas, einen anderen zu suchen, blickte sich um und ging dann schneller und in fester Haltung weiter, als habe er das Gesuchte gefunden, während sein Hintermann ihm anspornend auf die Hacken trat.

In der Kurfürstenstraße las sie langsam jede Hausnummer, aber sie war bald bei der Nummer, die ihr Frau Martius genannt hatte, angelangt. Es war ein kleines zweistökkiges Haus, das sehr friedlich in einem ringsherum nur schmalen Garten lag. Im unteren Stockwerk war hinter den beiden einzigen Fenstern rechts von der Haustür Licht. Man sah das, obgleich die Jalousien heruntergelassen waren und hinter den Fenstern wohl auch zugezogene Gardinen hingen. Sie stand vor dem Gitter, als wäre sie noch nicht entschlossen, blickte auf das niedrige, friedlich aussehende Haus, nur um noch Grund zu einem letzten Aufenthalt zu haben, und konstatierte, daß nur das Zimmer hinter den beiden Fenstern erleuchtet war. Dann öffnete sie die Gitterpforte, ging automatisch zwei Stufen hinauf zur Tür und drückte auf den Klingelknopf. Frau Martius öffnete selbst. Sie war zum Ausgehen angekleidet, in ihrem langen Zobelpelz. Offenbar war sie erfreut: »Ich hatte schon befürchtet, Sie würden nicht mehr kommen. Hat die Bank so spät geschlossen? Es ist gut, daß Sie da sind – Fabers wegen. Kommen Sie, bitte, da zu mir hinein.«

Sie ging voran, durch einen Korridor, an dem rechts zwei Türen waren – hinter der zweiten Tür führte eine Treppe in das obere Stockwerk hinauf – und auf der linken Seite drei. An den Wänden standen zwischen den Türen alte breite Schränke, der Boden war mit dicken Teppichen belegt. Gerda hatte auf die begrüßenden Worte der Frau Martius nichts erwidert und folgte stumm. Sie traten durch die zweite Tür zur Rechten in einen Raum, der an der Seitenfront des Hauses liegen mußte und Boudoir oder

Damensalon war, mit Möbeln in dem Stil des achtzehnten Jahrhunderts, bunten Lampenschirmen, vielen Kissen auf dem Divan und den Fauteuils und unmäßig überheizt. »Ich freue mich, Sie hier zu haben«, sagte Frau Martius mit einem Lächeln, das als Einleitung zu einem ernsten Gespräch doppelt sonderbar erscheinen konnte, »ziehen Sie Ihre Pelzjacke aus, man kann ohnmächtig werden in der Hitze hier.« – »Nein, danke« – sie wollte nur den Krimmerkragen öffnen, aber Frau Martius zog ihr das Jackett ab und berührte dabei mit den Fingern ihre Schultern und die Brust. »Wie prachtvoll Sie gewachsen sind!« Sie musterte mit ungeniertem Blick Gerdas Gestalt. »Sie wollten mir sagen, warum Herr Faber in Gefahr ist und wie man ihm helfen kann.« Es klang zornig und gereizt. »Ich begreife, daß Sie ungeduldig sind« – Frau Martius lächelte wieder – »aber Sie werden sehen, es hat sich gelohnt, daß Sie gekommen sind. Sie werden sehr viel erfahren – wenn auch leider nicht von mir. Ich bin nicht ganz genau informiert, aber ich habe Ihnen jemand herbestellt, der Sie eingehend unterrichten wird.« Sie wählte ihre Worte mit einer gewissen zweideutigen Absichtlichkeit. »Es ist eigentlich schade ...« – »Was ist schade?« – »Daß wir nicht länger zusammenbleiben können. Der Herr, den ich Ihnen vorstellen will und der Ihnen berichten soll, wartet dort drinnen. Nehmen Sie Ihre Pelzjacke mit!«

Sie öffnete die Tür zum Nebenzimmer und drängte, selber zurückbleibend, Gerda schnell hinein. Das große Zimmer lag ringsherum in Dunkelheit, aber in der Mitte beleuchteten zwei Stehlampen hell die weiße Fläche eines breiten Bettes, das von der einen Wand hereinragte und über dessen Lehne am Fußende eine zusammengeraffte blauseidene Decke hing. Gerda fuhr zurück und rüttelte an der Tür, die verschlossen war. Sie schrie auf, Plokowski trat aus dem Dunkel an sie heran, umschlang und packte sie – um den heiseren Schrei, den sie bei seinem Anblick entsetzt ausgestoßen hatte, kümmerte er sich nicht. Er schleppte und schleifte sie über den Fußboden, dann hob er sie hoch, auf beiden Armen, und warf sie quer über das Bett. Die schwere Masse seines Körpers ließ ihr keine Möglichkeit einer Bewegung, ihr rechtes Handgelenk hielt er umklammert, sie wälzte nur den Kopf hin und her, der Hut war auf dem Weg durch das Zimmer heruntergefallen, das blondbraune Haar zerteilte sich wirr auf der weißen Leinewand. Er öffnete die Haken ihrer Bluse, und als das getan war, wölbte er, während er ihre entblößten Schultern niederpreßte und sein linkes Knie sie festbohrte, über ihr seinen Oberkörper, um besser den Rand ihres Rockes fassen zu können. Er handelte ohne Überstürzung, mit kalter Sicherheit, geübt in diesen Dingen. Aber in dem Augenblick, wo er gerade den letzten schwächlichen Versuch einer Revolte bestraft hatte, sank er plötzlich zusammen, griff, als wollte er einen unsichtbaren Angreifer abwehren, mit der rechten Hand, die ihre Beute freiließ, nach rückwärts, rutschte und rollte neben Gerda nach links herunter auf die Ebene des Bettes und schlug nur noch mit ein paar zuckenden, versagenden Hieben durch die Luft. Sie fühlte, wie er von ihr abließ, ein wimmerndes Stöhnen, das noch zwischen ihren Lippen war, brach ab, in dem Tumult ihrer durcheinandergehetzten Sinne suchte sie nach Klarheit, und sie richtete sich auf, auf ihre nicht mehr gefesselten Hände gestützt. Vor ihr stand Ernst, er hatte den Hut auf dem Kopf und rieb mit der linken Hand seinen rechten

Arm. Sie strich ihr Kleid herab, aber als sie aufstehen und von dem Bett fort wollte, merkte sie, daß die herumschlagende Hand Plokowskis ihr Bein umkrallt hatte, und Ernst mußte erst jeden der harten Finger, die in dem zerrenden Kampf den Seidenstrumpf zerrissen hatten, zurückbiegen, um sie aus dieser Klammer zu befreien.

Sie sagte nur: »Toll!« Jetzt sah sie, daß auch Rosenbaum da war, im dunklen Hintergrund des Zimmers, und obgleich sie sich erst allmählich zurechtfand, dachte sie doch daran, daß er sie nicht in der Nähe gesehen hatte, und das war ihr ein beruhigendes Gefühl. Während sie ihre Bluse zuhakte, kam er nach vorn und hob ihren Hut vom Teppich auf. »Wir müssen fort, und schnell, ich werde euch fortbringen, über die Grenze.« Aber sie merkte, indem sie sprach, daß auch ihr Strumpfhalter zerrissen war, und sie stellte den Fuß auf einen Polstersessel und befestigte das Band mit einer Nadel, die Ernst ihr gab. Daß nun auch Rosenbaum zusah und keinen Blick von ihr abwandte, war nicht so schlimm. »Du mußt auch fort«, erklärte Ernst. Während der Beschäftigung mit dem Strumpfhalter hatte sie ganz die Fähigkeit zu klarer Überlegung zurückgewonnen. Sie war jetzt wie ein Feldherr, der im Nachhall der Schlacht neue Befehle erteilt. »Wieviel Uhr ist es?« – Ernst meinte: »Zwanzig Minuten nach sieben«, und Rosenbaum: »Halb acht.« – »Hoffentlich werde ich den Wagen gleich in Gang bringen können. Gestern lief er nicht gut. Rosenbaum, du sei um elf – ich muß erst das Auto zurechtmachen – vor dem Eingang der Untergrundbahn Hermannstraße in Neukölln. Ich komme mit dem Auto, und wenn ich nicht ganz pünktlich sein kann, mußt du warten. Wirst du bis dahin vorsichtig sein und keinen Verdacht erregen, so daß man dich nicht erwischt?« – »Gewiß ...« Bei dem Gedanken, daß sie ihn mitnehmen wollte, war er beglückt. – »Und was wirst du machen, Ernst? Ich hole dich morgen nachmittag. Du mußt irgendwo sein, wo ich dich treffen kann – sag mir, wo?« – »Fährst du nach der tschechischen Grenze?« – »Ja, es ist das Nächste.« – »Ich habe einen Freund in Dresden, bei dem ich bleiben kann. Ich werde mit dem Nachtzug fahren, um elf, glaube ich. Morgen von zwölf Uhr ab werde ich am Alten Markt sein, oder in der Nähe, ich sehe dich schon, wenn du kommst, du brauchst dich nicht zu übereilen.« Er hielt ihr die Krimmerjacke hin, und Rosenbaum reichte ihr den Hut. Indem sie den Hut aufsetzte, sagte Rosenbaum: »Du blutest« und deutete auf eine Stelle an ihrem Hals. Aufgewühlt durch alles, was mit ihr geschah, hatte sie diese Kratzwunde nicht gespürt. Rosenbaum zog sein Taschentuch hervor und drückte es ein paar Mal so weich und sorgfältig, als müsse er eine schmerzhafte Verletzung behandeln, auf den blutigen Riß. Sie sah zur Seite – dort lag auf dem weißen Bett der Frau Martius der zusammengekrampfte Körper, und unter dem blanken Griff des spitzen Instrumentes, mit dem Ernst zugestochen hatte, rieselte ein schmaler roter Bach auf den Boden hinab. Als sie gingen, zeigte Ernst auf die Tür des Boudoirs, an der Gerda vergeblich gerüttelt hatte: »Die Tür ist ja offen, nur angelehnt.« Er blickte hinein, das Zimmer war dunkel und niemand war dort.

Die neblig feuchte Luft draußen kam ihnen erfrischend vor. In einer gemeinsamen Regung blickten sie auf die beiden Fenster, hinter deren Jalousien das Licht der Stehlampen, ruhig wie ein bürgerlicher Abendfriede, sichtbar war. »Kommt doch!« sagte Gerda unwillig, beinahe schroff. Eine

Portiersfrau, die vor dem Nebenhaus stand, sah ihnen nach, alle drei merkten es, äußerten aber nichts. In der Kurfürstenstraße fragte Gerda Rohr noch: »Wie seid ihr denn hineingekommen?« Ernst antwortete, er habe etwas bei sich gehabt, um die Haustür öffnen zu können, es sei aber ganz leicht gewesen, zum Glück habe von innen kein Schlüssel im Schloß gesteckt. Wenn sie hätten klingeln müssen, so hätten sie sich nicht abweisen lassen und wären mit Gewalt eingedrungen. Das Zimmer konnte nur vorn, hinter den erleuchteten Fenstern liegen, außerdem hätten sie, bevor sie eintraten, an der Tür gehorcht. Sie wandte sich mit einer nervösen Bewegung seitwärts und unterbrach ihn in der Befürchtung, er werde etwas über das, was sie gehört hatten, sagen wollen. An der Ecke der Potsdamer Straße trennten sie sich. Gerda Rohr ging zu dem nahen Postamt, um an Faber zu telephonieren, wie sie es gestern mit ihm verabredet hatte – er wollte um diese Stunde in seiner Hotelwohnung sein. Er war nicht im Hotel, und der Hotelportier teilte mit, Herr Faber lasse bitten, ihn in seinem Büro anzuläuten, er habe dort noch zu tun. Als sie die Verbindung mit dem Büro erhalten und er sich gemeldet hatte, sagte sie sofort: »Ich muß dich sprechen. Dringend. Darf ich zu dir kommen?« – »Hierher? Sehr gern. Was hast du denn? Ist etwas geschehen?« – »Ja. Ich erzähle es dir nachher. Ich will erst den Wagen nachsehen. Ich komme, sobald ich kann, aber, nicht wahr, du gehst nicht fort?« – »Selbstverständlich nicht. Ich erwarte dich.«

Es war ihr einen Moment lang zweifelhaft, ob es klug sei, ein Taxiauto anzurufen, aber das war eigentlich ungefährlich, und sie ließ sich nur bis zu einer Straßenkreuzung fahren, die noch etwas entfernt von der Garage war. Als sie in dem Auto saß, fühlte sie erst – jetzt, nachdem sie die nötigsten Anordnungen getroffen hatte –, daß ihr alle Glieder weh taten, und sie streckte sich aus, in einer schlaffen Schwere und Mattigkeit. Nur ihre Gedanken waren nicht mehr verwirrt. Es war wie nach einem kurz tobenden exotischen Gewitter, das eine zugleich lähmende und drängende Unruhe hinterläßt. Aber in der Garage mußte sie sich sammeln und anspannen, denn mit dem Wagen war etwas nicht in Ordnung, und es dauerte ziemlich lange, bis sie die Ursache der Stockung fand. Die Angst, daß gerade jetzt der Wagen versagen würde, war qualvoll, und ihr kamen Tränen in die Augen, während sie wie einer, der mit dem Schicksal ringt, immer wieder versuchte, den Motor in Gang zu bringen. Endlich, es war schon ein Viertel nach neun oder sogar etwas später, war sie soweit. Sie sagte »Gott sei Dank!«, als das Auto langsam hinaus auf den Straßendamm glitt.

In der Gegend der Union-Elektrizität waren merkwürdig viel Menschen unterwegs. Sie eilten alle in der gleichen Richtung, eifrig und hastig, und junge Burschen legten den Weg im Laufschritt und in Sporthaltung zurück. Gerda Rohr erkannte, daß es nicht möglich sein würde, mit dem Wagen weiterzukommen. »Was ist denn los?« fragte sie, sich hinausbiegend, einen jungen Mann, der sie, trotz der treibenden Flut, mit Wohlgefallen zu betrachten schien. »Das Ausstellungsgebäude brennt.« Ein irrsinniger Tag! Wie konnten diese Hallen, die ganz aus Glas und Eisen waren, denn brennen? Sie ließ das Auto stehen, versprach dem Wächter einer Juwelierfirma ein gutes Trinkgeld für die Bewachung und kämpfte sich durch.

Ulrich Faber wartete oben im ersten Stockwerk an der

offenen Tür des Büros, er hatte alle anderen fortgeschickt und war allein. Er war in Sorge um Gerda, wegen dieses Gedränges auf der Straße, und als sie nun kam – »zum ersten Mal« warf er ihr lächelnd vor – und bei ihm in seinem Vorzimmer stand, umarmte er sie zärtlich und als müßte er ihr dankbar sein. Sofort spürte er, mehr noch an einem unbestimmbaren Ausdruck ihres Körpers, den er an sich gedrückt hatte als an dem Ausdruck ihres Gesichtes, daß etwas mit ihr vorgegangen war. Hatte der Brand sie so aufgeregt? – »Nein, es ist etwas ganz anderes ...«, sie trat ein wenig von ihm zurück ... »Ich will es dir sagen«, und sie erzählte ihm. Das, was in dem Zimmer der Frau Martius mit ihr geschehen war, bevor sie befreit wurde, sagte sie ihm natürlich nur abkürzend, er dachte sich das Fehlende hinzu. »Wir müssen alle fort, gleich, auch du.« Er nahm ihren Kopf in seine Hände und küßte ihr nicht mehr vom Hut verdecktes Haar. »Armer Liebling, was hast du durchgemacht! Dieses verdammte Weib – vor ihr hätte ich dich warnen sollen.« – »Das ist jetzt vorbei. Wir fahren, jawohl, du auch!« – »Ich? Ich habe mein Geschäft, und ich habe ihn doch nicht totgestochen, was soll man mir denn tun?« – »Du hast auch genug Feinde, man wird sagen, daß du alles gewußt und uns zur Flucht verholfen hast. Du kommst mit mir, nicht wahr? Du mußt.« Unten trabten über das Straßenpflaster die Füße, es war ein unablässiges, allmählich fern oder unwirklich erscheinendes Geräusch. Er nahm sie wieder zu sich heran, spürte wieder das Unbestimmbare in ihrem Körper, ein leises Beben: »Ich wollte immer gern mit dir verreisen. Aber du weißt ...« Sie lehnte ihren Kopf an seine Schulter, in das Schwarz ihrer Augen trat das schwimmende Zwielicht des aufsteigenden Wunsches, und als sie seine forschende Frage sah, sagte sie: »Wenn du willst!« Er empfand die erdbebenhafte Erschütterung ihres tiefsten Wesens, und er erlebte, wie er es niemals erlebt hatte, das Ineinanderrasen von hemmungsloser Hingabe und Vernichtungstrieb.

Dann hielt sie die Augen geschlossen, dicht bei seinem Gesicht, und flüsterte ausruhend: »Wir haben doch noch Zeit!« Er strich ihr das Haar hinter das Ohr und betrachtete sie wie ein Naturwunder – einmal, als sie blinzelnd die Lider öffnete und in seinem Gesicht den Ausdruck des Staunens sah, lächelte sie.

Ein paar Minuten später, als er in seinem Arbeitszimmer vor dem Schreibtisch stand, trat sie herein, mit einem zögernden Mut. »Du bist« – er wollte fortfahren: »eine wundervolle Entdeckung«, aber sie unterbrach ihn: »Du sollst nicht davon sprechen.« Da sie sich ein wenig fern von ihm hielt, sah er sie fragend, aber ohne zu fragen an. Sie verstand seinen Blick und sagte: »Nein. Ich habe es ja selber gewollt.« Dann ging sie zu ihm, hielt ihm die Lippen zum Kuß hin und streichelte, wohl weil ihr seine Verletzung einfiel, seinen Arm. Er hatte gar keinen Schmerz gefühlt.

»Du bist«, begann er wieder, aber sie legte ihm ihre Hand auf den Mund. Es blieb unausgesprochen, aber ganz beherrschend in ihm: »Welch ein herrliches Geschöpf!« Er wollte jetzt nicht in die Zukunft hinein und nicht zurückdenken, er wollte nicht überlegen, seine vielgelobte Klugheit war ihm lästig, er sah nur diese Reise vor sich, alles, was in diesen Monaten noch auf ihm gelastet hatte, existierte jetzt nicht. Mit halbwacher Vernunft beschwichtigte er sich: ein paar Tage lang, vielleicht zwei Wochen, würde diese Abwesenheit dauern, dann würde alles aufgeklärt, auch die Schuldlosigkeit Gerdas bewiesen sein. Er war abenteuerfroh und verjüngt.

»Wir dürfen«, mahnte sie, »uns nicht mehr aufhalten, es ist schon spät.« – »Was ist denn dein Reiseplan?« – »Die tschechische Grenze ist am nächsten, fünf oder sechs Stunden, glaube ich.« – »Ungefähr. Hast du deinen Paß?« – »Nein, es muß auch so gehen.« – »Mit dir ... Wir werden dich schon hinüberschwindeln. Ich will nur noch ein Wort an meinen Sekretär schreiben – daß ich verreisen muß.« Er setzte sich an den Schreibtisch und schrieb schnell den Brief, in dem er mitteilte, er fahre in einer wichtigen Angelegenheit nach dem Rheinland und sei in einigen Tagen wieder zurück. Dann öffnete er den Stahlschrank, nahm seinen Paß und ein Paket Tausendmarkscheine, auch einen kleinen Handkoffer mit dem Reisenécessaire und suchte aus einem Schubfach im Schreibtisch eine Landkarte mit den Automobilstraßen hervor. »Du Armes hast nur deine kurze Krimmerjacke – in der Nacht ist es kalt. Ich habe noch einen zweiten Mantel hier, in den wirst du eingewikkelt, damit du nicht erfrierst.« Sie nickte nur dankbar, offenbar war sie ganz damit beschäftigt, alle Vorsichtsmaßregeln zu überdenken, aber sie merkte, daß im Vorzimmer sein Blick den Platz streifte, wo das Große, Unerwartete geschehen war, und sie schüttelte oder bewegte doch schnell weiterschreitend den Kopf.

Bevor sie hinausgingen, sagte sie: »Wir müssen zuerst zum Bahnhof Hermannstraße in Neukölln fahren, dort ist Rosenbaum, den nehmen wir mit.« Faber hatte ein ruckhaftes Gefühl der Enttäuschung – sie blieben also nicht allein. Er empfand aber sofort, daß das eine häßliche, schlechte, unritterliche Regung sei. »Selbstverständlich. Den kleinen Mann bringen wir unter, es ist Platz für Drei. Der Sitz ist breit genug.« Sie bahnte sich, indem sie mit den Ellbogen arbeitete, den Weg durch die wallende Menge, und er hielt sich, den Mantel tragend, in den er sie einwickeln wollte, dicht hinter ihr. Den Wagen fanden sie dort, wo sie ihn zurückgelassen hatte, wohlbehütet und unversehrt. Der Wachmann der Juwelierfirma versicherte, ein paar Mal wäre das feine Auto beinahe gestohlen worden, denn es sei heute allerlei Volk unterwegs.

XII.

Um nach Neukölln und zur Hermannstraße zu gelangen, mußten sie wieder den Belle-Alliance-Platz und die Brücke überqueren – der Platz und die Brücke sahen ganz wie an anderen Abenden aus. Faber und Gerda bemerkten das, als wäre es nicht etwas ganz Selbstverständliches, denn obgleich es klar ist, daß Häuserwände und Brückenpfeiler keine Empfindungen haben, ist man doch in gewissen Fällen von ihrer Verständnislosigkeit und Teilnahmslosigkeit sonderbar berührt. Als das Auto dicht vor dem Untergrundbahnhof war, spähte Gerda zu dem Eingang des Treppentunnels, aber Rosenbaum war nicht dort. »Es ist erst zehn Minuten vor elf«, sagte sie, auf eine beleuchtete Uhr am Straßenrand blickend, »Gott sei Dank, wir sind pünktlich – und dabei hat uns das Gewühl doch aufgehalten – wenn er nur auch bald hier sein möchte!« Faber wußte, daß sie sich im Geheimen schon gequält hatte: Sie sprach jetzt nur vom Gewühl, aber hatte sie sich nicht zu lange bei ihm versäumt? Das konnte sie sich nun nicht mehr vorwerfen, dieser Schatten lag nicht auf dem, was zwischen ihnen geschehen war. »Du wirst auf der langen Fahrt hungrig werden, doch, ich übrigens auch und der kleine Rosenbaum auch. Ich gehe zu dem Restaurant drüben und besorge den Proviant. Was ißt Rosenbaum denn gern?« – »Er hat immer am liebsten Kuchen gegessen, wenn er zu uns kam.« – »Schön, er soll allen Kuchen haben, den es da drüben gibt.« – »Sei nicht närrisch! Ich wollte, er wäre schon da!«

Während ihm in dem Restaurant ein Kellner Schinken, harte Eier, eine Düte mit Salz, Apfel und vier Stück Apfeltorte, die es noch gab, einpackte, blickte Faber mit der angestrengten Beharrlichkeit eines Kundschafters durch die Glasscheibe zu dem Auto und beobachtete den Platz. Keiner der Fußgänger, die aus der Finsternis auftauchten, hatte in den Umrissen seiner Figur eine Ähnlichkeit mit Rosenbaum, alle schritten vorbei und verschwanden wieder in der jenseitigen Finsternis. Aber ein paar unerfreuliche Burschen waren an das Auto herangetreten und hatten sich, neugierig hineinschauend und miteinander flüsternd, daneben aufgepflanzt. Er beeilte sich auf dem Rückweg, stieg zu Gerda in den Wagen und legte das Paket unter den Sitz. Der Ton ihrer Stimme verriet ihre Gedanken, als sie sagte: »Es ist bald ein Viertel nach elf.« Auch die Stirnfalten und die Regungslosigkeit, mit der sie dasaß, ließen das, was in ihr vorging, erkennen.

»Er hat vielleicht auf Umwegen herkommen wollen, er hat sich dabei in der Zeit verrechnet. Du brauchst noch nicht an etwas Schlimmes zu glauben.« Sie antwortete nicht, und wieder eine Viertelstunde verging. Als es zwanzig Minuten vor zwölf war, sagte sie mit erzwungener Ruhe und indem sie ihren Worten die Festigkeit einer wissenschaftlichen Entscheidung gab: »Er kommt nicht mehr.« Da sie fröstelte, nahm Faber den Mantel, den er mitgebracht hatte, und hüllte sie darin ein. Seit einer Weile schon peinigte ihn die Idee, daß er, der nichts für sie getan hatte und dem alles zufiel, mit ihr fahren sollte, während der arme Junge, der bei ihrer Rettung geholfen hatte, vielleicht schon tot war oder, wenn er noch lebte, mit dem Entsetzen der Angst im Gefängnis lag. Es war eine furchtbare Ungerechtigkeit. Das dachte gewiß auch Gerda, und in den langen Stunden der Fahrt würde dieser Gedanke sich immer wieder in den Vordergrund ihres Spintisierens drängen.

Er hatte Lust, auszusteigen und ihr zu erklären, er bleibe in Berlin. »Können wir nicht irgend etwas unternehmen? Wohnt er bei seinen Eltern? Es ist doch möglich, daß er zu ihnen gegangen ist, oder daß sie wissen ...« – »Er war mit seinen Eltern auseinander, er ist bestimmt nicht zu ihnen gegangen.« – »Hör mal ... ich möchte hierbleiben. Wenn er verhaftet sein sollte, könnte ich vielleicht doch herausbekommen, wohin man ihn gebracht hat. Und einen Anwalt beauftragen, einen, der für solche Dinge der Richtige ist.« – »Den Anwalt kannst du auch von draußen beauftragen, dazu brauchst du nicht hier zu sein. Man würde dich fragen, wer den Mord begangen hat und wo der Täter ist, auch, ob Rosenbaum dabei war.« Er sagte achselzuckend, er würde sich schon herauswinden, er fürchte sich nicht und sehe auch keine Veranlassung dazu. »Ich habe auch keine Furcht. Meinst du, ich würde nicht alles tun, wenn es nur die geringste Aussicht hat? Ich habe mir auch alles überlegt ... aber ich kann ihn heute nacht nicht suchen und nicht finden. Das ist unmöglich. Und wenn er in irgendeinem Versteck festgehalten wird, kann ich ihn nicht rausholen.« – »Und dein Freund, der bei einem Sturm ist, der Walter? Wir könnten ihn nicht erreichen?« – »Nein. Und dann würde es auch den noch mit hineinbringen.«

Beide schwiegen, und Gerda Rohr blickte, obgleich sie nichts mehr erhoffte, vor sich hin, über den dunklen Platz hinweg. Sie schien ihre ganze Willenskraft auf das Ziel zu konzentrieren, zu dem sie hinsah und das nur eine Leere war. Sie führte den Kampf gegen ihre Gedanken, wollte sie fernhalten und trieb sie, wenn sie herandrängten, wieder zurück. »Hast du«, fragte sie, »die Karte? Ich kenne den Weg nicht, du mußt mir sagen, wie ich fahren soll.« Faber erwiderte, er sei schon ein paar Mal im Auto durch die Gegend gekommen, ein wenig wisse er Bescheid. »Wir haben nicht genug Benzin. Und es wird überall geschlossen sein.« – »In Dresden ist eine Tankstelle auch nachts geöffnet, aber in Luckau ist ein Benzinmensch, der mir schon ausgeholfen hat. Wenn dein Vorrat bis dahin reicht?« – »Ja, bis Luckau wird es gehen.« Etwa zehn Minuten darauf: »Ich werde die Autonummer verändern müssen.« – »Das wäre sicherlich gut. Vor der Grenze wird es irgend jemand machen.« Um halb eins sagte sie: »Ich darf morgen nicht zu spät nach Dresden kommen. Sonst verfehle ich den Ernst.« Sie kurbelte an, und der Wagen fuhr in der Richtung, die Faber angab, aus Berlin hinaus und an der steifen Trauerparade der schwarzen Baumstämme entlang, durch die Kirchhofstille der Nacht.

Als auch die Außenstraßen von Berlin hinter ihnen lagen, überlegte Faber, daß er Unrecht täte, sich von ihr bis zur Grenze fahren zu lassen, noch ungefähr anderthalb Stunden über Dresden hinaus. Den armen Rosenbaum hätte man dort heimlich hinüberbringen müssen, aber er selber konnte morgen von Dresden aus irgendeinen Zug nehmen, und ihr blieb dann wenigstens diese unnötige Anstrengung erspart. Er sagte ihr das, aber sie wendete ein, daß sie Ernst erst um ein Uhr treffen könne und also den ganzen Vormittag über mit dem Auto in Dresden bleiben müßte und daß das gefährlich sei. »Anderthalb Stunden, das ist ja nicht viel. Wo, meinst du, können wir an der Grenze haltmachen?« Er sprach von einem hübschen Gasthof, in dem man ihn kenne, und erwähnte nicht, daß er auf Weekend-Fahrten mit Dina Holgers und auch mit anderen Frauen dort ein paar Mal abgestiegen war. »Es ist dort niemals sehr besucht. Zwei Zimmer finden wir ganz bestimmt. Ist es dir recht?« – Sie antwortete, ein wenig zu ihm hingedreht, mit einem Kopfnicken, das einen Dank ausdrücken sollte, und blickte dann wieder auf den vom Scheinwerfer bestrichenen Weg. »Glaubst du nicht, daß man schon überall die Polizei alarmiert hat und daß in allen Hotels schon nachgefragt wird?« Nein, so schnell arbeite der Apparat nicht, und allerhöchstens habe man schon die Grenzstationen informiert.

Sie saßen während der Fahrt fast immer still nebeneinander, sie spannen beide an demselben Gedankenfaden, aber jeder abseits, denn Gerda schloß sich wieder in eine geistige Verborgenheit ein. Am Baldachin des Himmels wollte sich hier und da ein Stern bemerkbar machen, aber man sah nur ein dünnes Splitterchen seiner goldenen Pracht. Der Mond blickte durch seltene Wolkenrisse, wie ein Schauspieler durch das Guckloch im Vorhang auf das Parkett hinunterblickt. Bisweilen rollte das Auto durch eine kleine, schlafende Stadt, und bei der Tankstelle in Luckau stieg Faber aus, der Händler kam schnell herbei und war sehr gefällig, und sie erhielten das gewünschte Benzin. In dem langen Schweigen, das dann wieder folgte, auf den endlosen Chausseen, suchte Faber, als wäre er der Untersuchungsrichter, ein klares Bild von der Intrige und dem Drama im Hause der Frau Martius zu gewinnen. Ein wenig plötzlich fragte er: »Du hast gesagt, als ihr dort fortgingt, war die Tür zum Nebenzimmer offen?« – »Ja, ich weiß nicht, warum ich gerade das gesagt habe. Aber laß das doch! Es ist doch egal.« – »Sie hat gehört, wie deine Freunde kamen und daß etwas Unerwartetes vorging ... sie hat hineingeblickt und ist dann fortgelaufen – sie wollte nicht dabeigewesen sein, sie hat sich ein Alibi schaffen wollen. Hinterher konnte sie dann erzählen, sie sei nach Hause gekommen, sie hat die Polizei benachrichtigt – auf diese Weise hat sie Zeit gehabt, sich eine Erklärung zurechtzulegen, so wie es ihr am besten schien.« Er äußerte nicht, was er sonst noch dachte: Natürlich hatte Helene Martius die Tür nicht erst geöffnet, als die zwei eingedrungen waren, sondern schon vorher. Sie hatte sich an ihm rächen wollen, aber daneben ... es war ihm gar nicht zweifelhaft. Die beiden hätten dieses Mädchen zugrunde gerichtet, dieses Prachtgeschöpf. Und sie hatte sich seinetwegen in diese Spelunke hineingewagt.

»Jetzt spintisierst du. Ich habe keine Zeit dazu, ich muß auf den Weg achten.« – »Willst du mir nicht erlauben, daran zu denken, daß du meinetwegen dort gewesen bist?« – »Es ließ sich nicht anders machen. Jetzt hör davon auf! Oder fährst du nicht gern mit mir?« – »Das ist ungeheuerlich, was du sagst.« – »Du willst durchaus Gewissensbisse haben. Weil du hier im Wagen bist, und nicht Rosenbaum.« – »Hätten wir nicht doch noch länger warten sollen?« – »Es hätte keinen Zweck gehabt. Wir wären nur verdächtig geworden, und ich hätte morgen auch den Ernst nicht holen können. Wenn ich weiß, daß du mit solchen Gedanken neben mir sitzt, stört mich das beim Fahren.« – Nach einer Pause fragte er: »Fühlst du nun erst recht, wo dein ›Zuhause‹ ist?« – »Wie sollte ich das nicht fühlen? Ich habe doch nur das.« Sie zog die linke Hand vom Steuer fort und reichte sie ihm für einen Augenblick. »Du bist mir zugehörig? Ganz?« – »Frag doch nicht soviel. Weißt du es noch immer nicht? Jetzt solltest du es doch wissen. Aber nun laß ...!« Sie schob mit einem leichten Druck des Ellbogens seine Annäherung zurück. »Ich muß in der Dunkelheit auf den Weg achten, stör mich nicht!«

Nach vier Uhr fuhren sie durch Dresden, unten lag die Elbe breit und schwarz zu beiden Seiten der Brücke, die Lichter der Laternen stachen zerteilt und zitterig durch die feuchte Nebelluft. Das Schloß, die Hofkirche und das Theater standen mit dunkler Massigkeit in den körperlos rinnenden Schatten der Nacht, und die Umrisse waren weich und wattig, zertupft und verwischt. Südlich der Stadt kamen sie – Faber studierte die Karte und zeigte die Fahrtrichtung – auf eine vorzüglich gehaltene Straße, die allmählich und in ganz sanfter Steigung ins Gebirge hinaufführte, und durch einen Wald gelangten sie zu einem schlafenden Gebirgsdorf, mit Logierhäusern für Ausflügler und Sommergäste und zahlreichen kleinen Villen. Kein menschliches Wesen war zu sehen. Seit Dresden waren ihnen nur ein paar Wagen begegnet, ländlich bescheidene Lieferwagen, beladen mit Eierkisten, Säcken, oder einem festgebundenen Hammel, der den traurigen Zweck der Reise zu ahnen schien. »Gleich sind wir da«, sagte Faber, »die Straße steigt noch, der Gasthof liegt ganz oben auf dem Plateau.« Das Auto jagte glatt und mühelos zur Anhöhe hinauf. Der Gasthof mit seinem Ziegeldach glich dem kleinen Herrenhaus eines soliden und prunklos lebenden Gutsbesitzers, zwei uralte Bäume, jetzt entlaubt, aber mit mächtigen rissigen Stämmen, standen auf dem Vorplatz, und die breite hölzerne Tür war von Efeu umrankt. Der Hausdiener erkannte sofort Faber – »So lange ist der Herr Doktor nicht hier gewesen« – und war keineswegs verwundert, als er in Begleitung des Gastes auch eine junge Dame sah. Faber erklärte, sie hätten eine Panne gehabt und wünschten, vor der Weiterfahrt, ein paar Stunden lang auszuruhen. Sie erhielten zwei Zimmer im oberen Stock. Der Hausdiener drehte die Zentralheizung auf und entfernte sich, nachdem Faber auf die Frage, wann er geweckt werden wolle, geantwortet hatte: »Um acht. Aber bitte nur bei mir anklopfen, nicht nebenan!« Die Zimmer waren groß wie in alten Patrizierhäusern, in denen nicht auf Raumersparnis geachtet werden mußte, und alle Möbel waren umfangreich und bequem. Das alles erinnerte an die Zeit der Urgroßeltern, die sich in solchen Lehnstühlen über die Schnelligkeit des Verkehrs wunderten, während draußen die Postkutsche vorüberfuhr. Auf den Tapeten in Gerdas Zimmer verbeugten sich Rokokoherren zierlich vor anmutigen Watteaudamen, die Bezüge der Fauteuils und Polstersessel waren mit blaßlila Rankenmustern bedruckt. An beiden Fenstern hingen weiße Mullgardinen, und hinter den Scheiben schlossen grüne hölzerne Fensterläden das Leben in diesem Raum von der Außenwelt ab. »Gefällt es dir?« – »Ja, gewiß. Es ist alles viel zu schön.« Dabei war sie kaum noch fähig, sich umzublicken, und Faber sah, daß sie sich nur noch mit Anstrengung aufrechterhielt. »Nicht wahr, du bist mir nicht böse – daß ich so müde bin?« – »Armer Liebling, nun schlaf dich nur aus.« Er küßte sie. »Du kannst ganz gut bis zehn Uhr schlafen. Darf ich dich wekken?« – »Ja, wecken darfst du mich. Aber gib mir noch einen Kuß!« Und nachdem er diesen Wunsch in mehrfacher Wiederholung erfüllt hatte: »Ich möchte nur schlafen und an nichts denken, hoffentlich träume ich auch nicht.«

Am Morgen um acht stieß er in seinem Zimmer die Fensterläden auf, vor ihm lag das hüglig-wellige Plateau, hinter dem der Tannenwald, schwarz mit weißen Schneeflecken, eine Schutzmauer bildete, und der Himmel war blau und wolkenlos. Er kleidete sich an, ging hinunter, begrüßte die Wirtin, trank im Speisesaal eine Tasse Kaffee und bestellte für zehn Uhr ein reichliches Frühstück, für dessen Zusammensetzung er genaue Anweisungen gab. Die Luft, die ihm draußen entgegenwehte, war eine richtige Gebirgsluft, wunderbar frisch. Wenn man aus dem Dunst des aufgeregten Berlin kam, schritt man hier wie in die Genesung hinein. Er fand, auf der Hügelfläche stehend, die Landschaft wieder, die er schon manchmal betrachtet hatte: Man war hier auf einer Aussichtshöhe zwischen den beiden Ländern, zwischen Deutschland und der Tschechoslowakei, und man sah auf der deutschen Seite hinter Tälern und niedrigen Vorpostenketten die Berge des Riesengebirges mit Hauben und Decken aus Schnee und überblickte, sich umwendend, die tschechische Ebene, die der schmale Streifen eines Flusses durchschnitt. Weißgraue Nebel lösten sich langsam über dem Erdboden oder hockten noch, widerspenstig wie faule Spätaufsteher, zwischen den Wänden einer Schlucht. Ulrich Faber schritt durch den Tannenwald und lächelte ein wenig über seine erwachte Neigung zur Naturpoesie, während er frei atmend den Hauch und die Stille dieser Umgebung genoß. Als er sich gerade sagte, jetzt fehle nur noch das unvermeidliche Eichhörnchen, huschte dieses schlanke Tier im rotbraunen Pelz an ihm vorbei, und er amüsierte sich über die listige Neugierde, mit der es von einem Ast zu ihm hinuntersah. Dicht vor einem Kreuzweg hörte er Stimmen, deutlich vernehmbare Männerstimmen. Jemand sagte: »Nun hier immer geradeaus, in einer halben Stunde seid ihr drüben.« Zwei Männer, Arbeiter oder Handwerker, mit Bündeln in den Händen, trennten sich von einem dritten, einem alten und bärtigen, dessen rechtes Auge tot und ausgelaufen in der Höhlung unter den Brauen lag, und setzten schnell ihre Wanderung fort. Der alte Arbeiter blickte ihnen mit seinem einen Auge noch nach, bis sie an einer Wegbiegung verschwanden, und war unangenehm überrascht und verdrießlich, als plötzlich Faber vor ihm stand. »Guten Morgen«, sagte Faber freundlich, »das ist der Weg zur Grenze, nicht wahr?« Er erhielt nur die mißtrauisch ausweichende Antwort: »Die Grenzstation ist dort rechts hinüber, Sie hätten auf der Chaussee bleiben müssen, hier gehen Sie falsch.« – »Vielleicht könnten Sie auch mir und einer Dame ein wenig helfen, wir brauchen jemand, der uns hilft.« – »Sie?« Das eine Auge musterte den gutgekleideten Fremden – »Was wollen Sie denn?« – »Unser Auto hat eine Panne gehabt, wir wären beinahe nicht mehr ganz lebendig, und die Dame ist überzeugt, wir hätten eine Unglücksnummer und die sei schuld daran. Könnte man die Nummer nicht ändern oder austauschen?« – Der Alte begriff. Das tote Auge starrte unveränderlich finster aus seiner Höhle hervor, aber er war nicht mehr argwöhnisch, nur noch brummig und, wegen des Standesunterschiedes, borstig und stachelig. »Bringen Sie Ihren Wagen dorthin, zu dem Haus dort an der Straße hinter dem Gasthof, das blau gestrichene Haus. Es wird sich wohl machen lassen. Aber Sie müssen bezahlen, was es kostet, das geschieht nicht umsonst.«

Ulrich Faber blickte durch die leise geöffnete Tür in Gerdas Zimmer hinein und trat vorsichtig an das Bett. Sie schlief noch, halb entkleidet unter der Decke, die Bluse und der Rock lagen daneben auf einem Stuhl. Den bloßen rechten Arm hatte sie unter den Kopf geschoben, eine Welle des blondbraunen Haares hatte unterhalb der Schulter an dem schmalen Spitzeneinsatz des Hemdes haltgemacht. Als er sie küßte, öffnete sie die Augen und nickte ihm blinzelnd zu. Sie wollte sich noch einmal in die warme Betthülle eingraben, aber als er ihr erklärte, es sei schon zehn, fuhr sie erschrocken auf: »Oh Gott!« Er sagte: »Die Arme! Beide!«, und sie legte ihre Arme um seinen Hals, aber ein wenig furchtsam und zweifelnd, weil sein Blick zu zärtlich auf dem, was nicht verhüllt war, verweilte und zu sehr seine Wünsche verriet. Daß er diesen Wünschen jetzt nicht Erfüllung verschaffen könne und dürfe, war ihm klar. Die Gestalt des kleinen Rosenbaum würde ihr nahen und vor ihr stehen. Und alles war herabgemindert, wenn sie nicht so wie gestern nahm und gab. Er fand über seinen Wunsch hinweg, indem er ihr von dem einäugigen Helfer erzählte, dem er im Walde begegnet war. Dann entriegelte er die Fensterläden, und die Sonne flutete blendend herein. Aus seinem Zimmer holte er den kleinen Handkoffer, den sie auch im Auto für ihre Weiterreise mitnehmen solle und in dem alles, was sie brauche, enthalten sei.

Als sie ihn wieder hereinrief, stand sie am Fenster und sah schweigend hinaus. Ihre Gedanken waren auf einer traurigen Wanderung. Von dem Frühstück nahm sie nur wenig, obgleich er ihr zuredete: sie werde bis zum Abend, bis Prag, die Anstrengungen nicht aushalten können. Sie hatten schon verabredet, daß er sie und den Ernst am Abend in Prag erwarten werde, und er hatte ihr sein Hotel genannt. Indem sie den Teller zurückschob, sagte sie: »Wie schön es hier ist! So ruhig, so weit fort von den Menschen! Daß es das noch gibt! Wenn man hier immer sein könnte ...« – »Ich habe mir gedacht, daß es dir hier gefallen würde.

Dein Zimmer mit den Mullgardinen und die hübschen Damen und Herren auf der Tapete – und draußen, das wirst du noch sehen, ist man hoch über zwei Ländern, und eine wundervolle Luft. Aber weißt du, es gibt noch viele, viele ebenso schöne Gegenden und Plätze, sogar schönere, die du noch nicht kennst und die du kennenlernen sollst. Mit mir, wenn du erlaubst. Von Prag fahren wir nach Wien. Und wenn du den Stephansdom und die Hofburg und alles andere genügend genossen hast, suchen wir uns oben in den Bergen, mitten im Schnee, einen ganz einsamen Ort – dort, wo du am liebsten bleiben möchtest –, und ich bewundere dich, wenn du auf deinen Skiern so grandios und natürlich sehr höhnisch an mir vorübersaust.«

Sie lächelte, zum ersten Mal an diesem Tage und auch nur mit einem halben Lächeln, und ihr Zeigefinger und der Mittelfinger liebkosten so langsam sein Handgelenk unter der Manschette, als wären auch sie sinnende Wesen und ganz von Gedanken umsponnen. »Du malst dir das alles so prachtvoll aus – aber es ist doch zu schön für mich.« – »Warum für dich?« – »So kann man doch nicht immer leben. Ich würde doch so nicht immer leben können. Werde nicht gleich empört – ich habe nur gesagt: nicht immer.« – »›Immer‹ ist ein Begriff, bei dem man ganz überflüssig Kopfschmerzen bekommt. Heute abend bist du in Prag, morgen fahren wir nach Wien und dann in die Berge, und wenn du nun einmal auf dem Immer bestehst: Du sollst es immer gut haben, solange du willst, daß ich dein Zuhause bin.« – »Das werde ich wohl auch ›immer‹ wollen. Aber ich muß doch auch wieder arbeiten, ich will doch versuchen, es noch zu etwas zu bringen. Mit dir, gewiß, aber doch auch ein bißchen durch mich selbst. Und sieh mal« – ihre streichelnden Finger wollten ihn überzeugen – »ich kann nicht im Paradies leben, nicht auf die Dauer, meine ich, während soviel Menschen, meine Menschen, leiden müssen. Ich bin dir zugehörig, und so nur dir, das weißt du, aber ich kann doch auch die anderen nicht ganz vergessen.« – »Du sollst sie nicht vergessen, mein Liebling, aber du wirst ja wohl nichts Unvernünftiges tun wollen, da keiner von uns die Dinge ändern kann.« – »Nein, ich werde sehr vernünftig sein. Ich habe nicht einmal Rosenbaum retten können, vielleicht gelingt es mir mit Ernst. Aber es ist zu wenig Glück in der Welt.«

Nach dem Frühstück wollte er sie, da man ja auch mit unerwarteten Ausgaben rechnen müsse, reichlich mit Reisegeld versehen. Sie weigerte sich, soviel anzunehmen, und gab ihm die Hälfte des Geldes zurück. Dann wußten sie, daß sie hier, in ihrem Zimmer, Abschied nehmen müßten, denn draußen würden sie den fremden Zuschauern nicht entgehen können. Er legte seinen rechten Arm um sie, blickte sie schweigend an und fand, daß in dem beglänzten Dunkel ihrer Augen, ganz hinten, zurückgedrängt und niedergekämpft, um nicht als Perle herabzurollen, ein feuchter Schimmer sich verriet. Sie drückte sich eng an ihn, ihr Kopf suchte an seiner Brust einen warmen Schutz. »Laß mich noch einen Augenblick so bei dir stehen!« Es war eine ungewohnte Weichheit in ihrer Zärtlichkeit. Zum ersten Mal sagte sie, während ihr sonst diese Beteuerungen nicht recht über die Lippen wollten: »Ich hab dich doch lieb.«

Unten bezahlte er die Rechnung und erklärte, die Dame wolle nach dem Riesengebirge – denn es konnte vielleicht auffallen, daß sie ohne ihn weiterfuhr. Bei dem blauen Haus war ein kleiner Laden, in dessen Schaufenster nebeneinander Eßwaren, Seife, Schreibpapier, Unterwäsche und Schulbücher lagerten, und Gerda dachte – der zusammengeflickte Strumpfhalter würde wohl die Fahrt noch überdauern – an ihren aufgeplatzten Seidenstrumpf. Sie fanden im Laden einen etwas derben Ersatz, und Faber sagte scherzend: »Wenn ich dir die gebracht hätte – dein Gesicht hätte ich sehen wollen.« Der Einäugige, zu dem sie das Auto hinführten, hatte bereits eine Tafel mit einer neuen Nummer, einer tschechischen Nummer, die von einem verlassenen Wagen stammte, herbeigeschafft. Er war jetzt ein wenig freundlicher und erwähnte auch, daß ihm das eine Auge im Kriege ausgeschossen sei. Gerda Rohr stieg ein, sie war nun wieder ruhiger und fester, sie wollte nicht wieder in eine Rührung hineingleiten, vor ihr war eine Aufgabe, die sie ganz in Anspruch nahm. »Sei um Himmels willen vorsichtig und vernünftig«, sagte er, »versprich es mir!« – »Ich verspreche es dir. Aber du auch. Damit dir nichts geschieht.« – »Heute abend in Prag! Und für den Ernst wird auch gesorgt.« Sie reichte ihm die Hand. Als das Auto schon eine kleine Strecke gefahren war, streckte sich diese Hand noch einmal grüßend durch das Fenster heraus.

XIII.

Vom Hotel konnte man in wenigen Minuten bis zur Paßkontrolle an der Grenze kommen. Aber Ulrich Faber hatte keine Lust, so schnell zwischen die Menschen dort zu geraten und sich gleich in den Eisenbahnzug zu setzen, mit dem man schon am Mittag in Prag war, und er ging lieber auf dem etwas weiteren Weg durch den Wald. Unannehmlichkeiten hatte er auch dort nicht zu befürchen, da er seinen Paß in der Tasche bei sich trug. Er schritt, ohne zu eilen, auf dem Waldpfad allmählich aufwärts, zwischen den schwarzen Tannen, die hier viel dichter nebeneinanderstanden und auf denen jetzt die silberkörnigen Schneepakete und die spitzen Eiszapfen in der Sonne aufzutauen begannen. Helle Sonnenstreifen reckten sich auch über den von vielen Baumwurzeln überspannten Weg und über das dunkelgrüne Moos. Ulrich Faber bemerkte von alledem beinahe nichts. Er sah nur Gerda Rohr. Er sah sie, wie er sie heute aus dem Schlaf geweckt hatte und wie sie, Abschied nehmend, sich an ihn gepreßt hatte, und dann sah er sie in dem großen Erlebnis des gestrigen Abends, in dieser umschlingenden und verschlingenden, losgelösten Gewalt, diesem Gefühl beglückenden Genusses, dieser frei und grausam schaltenden Entfesselung. Er verweilte bei dieser Erinnerung, um nicht zu sehr daran denken zu müssen, daß vor einer Stunde ihre Augen einen fast schmerzlichen Ausdruck hatten und daß ein nicht ganz verheimlichter feuchter Schimmer in ihnen war.

Ihre Worte kamen ihm in den Sinn: »Es ist zu wenig Glück in der Welt.« Da war wieder ihre eigentümliche Fähigkeit, Gedanken und Empfindungen in einem kurzen

Satz auszusprechen, der echter war als manche mühsam geschliffene literarische Sentenz. Jetzt fuhr sie über die Chaussee nach Dresden, tapfer, umsichtig, mit ihrer zähen Willenskraft, als wollte sie dem Schicksal die Stirn bieten, diese schöne Stirn.

Gerda Rohr. Die Rohr waren eigentlich ein altes Geschlecht in der Mark Brandenburg, und Theodor Fontane hatte sie in seinem *Adlig Begräbnis* besungen. In ihr war ein adliges Erbteil von Volksgeschlechtern, die wohl wie die Tiere der ersten Zeit ausgestorben sind. Sie hatte die anschmiegsame Zartheit des Empfindens, das leidenschaftliche Mitgefühl mit den Armen und Geschundenen, dieses Gefühl der Gemeinsamkeit, und sie hatte auch die Härte, den harten Willen, der, wenn es sein muß, störende Sentimentalitäten rücksichtslos beiseite schiebt. Am ersten Tag ihrer Bekanntschaft hatte sie gesagt, ihre Musketiere würden sich für sie totschlagen lassen. Wenn dem kleinen Rosenbaum etwas Schreckliches zugestoßen war – er hatte sich für sie geopfert, und vielleicht hatte er das Martyrium seliger erduldet als irgendein mittelalterlicher Ritter der Christenheit. Ihr Ehrgeiz war im Grunde eine niemals rastende Sehnsucht – eine Sehnsucht wonach? Sie mußte ihre Persönlichkeit betätigen und vor sich selbst bestätigen, und das war ein Gebot ihrer Natur, wie es für den Baum dort ein Gebot war, sich zwischen den Steinen ins Licht und in die Freiheit hindurchzuzwängen. Anfangs hatte er gemeint, sie formen, bilden, zu seinem Geschöpf machen zu können. Aber ihre Persönlichkeit war ganz ihr Eigentum, sie hatte sich selbständig, widerstandsfest neben ihm und ohne ihn geformt – nein, sie war nicht sein Geschöpf. Während Ulrich Faber auf dem geraden Weg vorwärts schritt, gingen seine Gedanken über Gerda so kreuz und quer. Vielleicht wirbelten sie so durcheinander, weil eine unklare und nicht eingestandene Sorge – es war wohl die Sorge um das glückliche Gelingen ihrer Fahrt – all diese Gedanken vor sich hertrieb und zwanzigmal den Ordnungsfaden der Logik zerriß.

Er kam, ohne angehalten zu werden, auf die tschechische Seite hinüber, die Grenzlinie war nur durch ein paar Tafeln kenntlich gemacht, deren Inschriften besagten, daß es nicht gestattet sei, hier weiterzugehen. Mit einem Autoomnibus, der vor einem Wirtshaus ein paar bäuerische Fahrgäste aufnahm, erreichte er in einer halben Stunde die nächste Stadt und den Zug nach Prag. In dem Hotel in Prag ließ er sich die Zeitungen bringen. Sie hatten lange Berichte über den Brand des Ausstellungsgebäudes in Berlin, kein Wort über ein Morddrama, das sich in einer Villa der Kurfürstenstraße abgespielt hatte – die größere Sensation hatte alle Aufmerksamkeit in Anspruch genommen. Obgleich Gerda und Ernst erst am Abend eintreffen konnten, wollte Ulrich Faber sich nicht von dem Hotel entfernen, und er ging vor dem Hause auf und ab wie ein Wachtposten, der das Palais des Staatschefs bewacht. Aber auch am Abend und auch um Mitternacht spähte er vergeblich aus. Er beauftragte den Portier, ihn sofort zu wecken, wenn die erwartete Dame mit dem Auto eintreffen würde, aber diese Anordnung war in zweifacher Hinsicht unnötig, da das Auto nicht eintraf und er in dieser Nacht nicht schlief. So oft er zu hören glaubte, daß unten ein Wagen vorfahre, trat er an das Fenster, aber es war immer eine Enttäuschung, und dem einzigen Auto, das wirklich vor dem Hotel anhielt, entstieg ein dicker, hustender Herr mit einer

Pelzmütze und einem lang über die Brust herunterbaumelnden wollenen Schal.

Für das Morgenblatt der »Prager Presse« hatte der Berliner Korrespondent eine kurze Polizeimeldung über die Ermordung Plokowskis geschickt. Es hieß, man habe den Plokowski mit Hilfe eines Mädchens in einen Hinterhalt gelockt. Einen der Mörder, einen jüdischen Burschen, habe man bald nach der Tat gefaßt. Seine Mitschuld sei klar bewiesen, sein Taschentuch sei noch durchnäßt von frischem Blut gewesen, und auch an seinen Fingern habe das Blut geklebt. Er sei erschossen worden, als er die Leute, die ihn festnahmen, tätlich bedrohte und einen Fluchtversuch unternahm. Die anderen Mitglieder der Bande würden gesucht, man habe bereits ihre Spuren, die zur tschechischen Grenze hinführten, und da die nötigen Maßregeln getroffen seien, würden die Verbrecher nicht entkommen. Nachdem Faber diese Nachricht gelesen hatte, brachte man ihm ein Telegramm. Es kam aus Innsbruck und lautete: »Hier gut angekommen, Brief abgesandt, Kuß.« Alles klärte sich auf. Die beiden hatten gewußt, daß die tschechische Grenze schon beobachtet würde, und waren von Dresden nach dem nahen Bayern gefahren und dann auf das österreichische Gebiet hinübergegangen. Sehr klug und geschickt. Faber, vom Druck befreit, aß wieder mit Appetit und blickte in der Stimmung eines jugendlichen Wanderers, der zum ersten Mal diese Kostbarkeiten entdeckt, vom Hradschin herab auf die alte Stadt. Am nächsten Tage erhielt er auch den angekündigten Brief. Gerda Rohr berichtete, daß sie Ernst am vereinbarten Ort gefunden habe und daß sie ohne besonderen Zwischenfall bis zur österreichischen Grenze gefahren seien. Das Auto hätten sie in Mittenwald bei einer zuverlässigen Person in Pflege gegeben, und der Spaziergang nach Österreich hinein »war so unbeschwert wie unsere Spaziergänge daheim« ... »Alles Weitere in Wien.« Über den Zeilen stand: »Lieber, Guter!« und am Schluß: »Viele innige Küsse. Deine G.« In die Beruhigung, die Faber empfand, mischte sich eine Unruhe, gegen die er vergeblich allerlei Gründe und Überlegungen zu Hilfe rief. Sie war in Sicherheit, und das war natürlich zunächst einmal die Hauptsache, aber warum schrieb sie nicht, wann sie in Wien sein werde, und warum war sie nicht schon auf der Reise dorthin? Möglich: Sie wollte nicht früher dort ankommen als er. Ihr Hotel in Innsbruck hatte sie nicht angegeben, eine Antwort, die auf sie aufmerksam machen konnte, wünschte sie nicht, und wahrscheinlich war sie dort unter falschem Namen eingekehrt. Wieder trieb er seine Gedanken über den gefährlichen Punkt hinweg. Wie man unwillkürlich seine Füße nicht fest aufsetzt, wenn man befürchtet – in einer unbestimmten Befürchtung –, daß der Boden nicht ganz sicher ist.

Aus dem nächsten Brief, den er in Wien erhielt, sprach ihre warme Anhänglichkeit so rein, so unmittelbar, mit so leuchtender Klarheit zu ihm – und sie war so ganz darin –, daß Faber, als er ihn zuerst schnell an dem Postschalter des Hotels las, entzückt und bezaubert, dabei rasend über die immer längere Trennung und von einem fast krankhaften Verlangen nach ihr ergriffen war. Sie lehnte sich mit ihren Worten an ihn, wie sie sich mit ihrer Gestalt angelehnt hatte, und sie umarmen und den Druck ihrer Glieder spüren konnte nur seine Phantasie. Dieser Brief enthielt nicht einmal eine Ortsbezeichnung, er war, wie sich aus dem Stempel entziffern ließ, auf dem Bahnhof in Innsbruck in den Postkasten geworfen worden, Faber sollte nach Innsbruck poste restante schreiben, Nachrichten von ihm würden mit Ungeduld erwartet und pünktlich abgeholt. Gerda wohnte in der nahen Umgebung, in einem kleinen Gebirgsort – sie müsse noch dortbleiben, denn sie erwarte ihren Paß. Ein Freund von Ernst sei nach Berlin gefahren, komme aber zurück und wolle ihr den Paß mitbringen, der glücklicherweise nicht bei der Tante in der Belle-Alliance-Straße aufbewahrt worden sei, sondern in einem sicheren Versteck. Bis dieser Bote wieder eintreffe, werde sie in dem Bergdorf bleiben müssen, und aushalten könne man es dort schon – »darf ich das nicht sagen, bist Du verstimmt?« – sie sei schon ganz verbrannt von der Sonne auf dem Schnee, und auf ihrer Nase entwickele sich ein gräßlicher Sonnenbrand. Sogar mit den Skiern habe sie es probiert. »Mein lieber, guter U., Du hast mir die Berge im Schnee zeigen wollen, und nun sehe ich sie ohne Dich. Alles wäre noch tausendmal schöner, wenn wir zusammen wären. Wenn ich so in jedem Augenblick sehen könnte – fühlen kann ich es in jedem Augenblick auch in der Ferne –, wie gut Du mir bist. Ich würde so gern auch Dein boshaftes Lächeln sehen, wenn ich beim Skilaufen regelmäßig auf die sonnenverbrannte Nase falle, die davon nicht hübscher wird. Es ist mit meiner Kunst leider nicht ganz so großartig, wie Du es geschildert hast, als wir beim Frühstück in dem Zimmer mit der bunten Tapete saßen. Als ich Deine Hand streicheln durfte. Nicht wahr, Du weißt, daß Du mein Allerbester, mein Einziger bist, und Du wirst mir das immer glauben? Immer, auch wenn Du findest, daß es ein Kopfschmerzenwort ist. Denke nichts Falsches! Du darfst nie etwas Falsches denken! Es ist so wichtig für mich, daß

Du Vertrauen zu mir hast. Ich hänge so ganz davon ab, in allem. Viel mehr, als Du ahnen kannst.«

Sie hatte – er wußte das, und in den drei Jahren hatte er sie kennengelernt – diese Worte nicht gesucht, nichts war mit Überlegung geformt. Alles war dem wahren, natürlichen Gefühl entströmt. Aber in ihrem Brief fehlte auch jetzt wieder jede Andeutung darüber, wann sie in ihr »Zuhause« zurückkehren werde, und nicht einmal ungefähr und mit unbestimmtem Datum sprach sie davon. »Du bleibst nun nicht länger in Prag und bist doch vorläufig in Wien?« Warum schrieb sie nicht: »In zwei Tagen stehst du in Wien auf dem Bahnhof und lachst, weil Dir meine sonnenverbrannte Nase aus dem Coupéfenster entgegenglüht« ...? oder so ähnlich in ihrer eigenen Art. In seiner Antwort sagte er, das habe er in ihrem wonnigen Brief furchtbar vermißt. Für die Reise innerhalb der österreichischen Grenzen brauche sie ja keinen Paß, und Ernst werde gewiß bereit sein, den Freund allein zu erwarten und ihr den Paß – den sie jetzt doch gar nicht zeigen durfte – dann nach Wien zu bringen.

Er ging in einer schauderhaften Stimmung, unstät, friedlos und hadernd durch die festlich gebaute Stadt Wien und blickte den Stephansdom, zu dem er Gerda Rohr hatte hinführen wollen, zornig an. In der Kärntner Straße blieb er, mit einer bitteren Empfindung seiner Ohnmacht, vor den Schaufenstern stehen: Diesen Gürtel und diese Schuhe dort würde er ihr kaufen, wenn sie da wäre, und diesen Hut dort müßte sie aufprobieren, und während ihr das Fräulein in dem Friseurgeschäft den blondbraunen Schopf bearbeitete, würde er dabeisitzen, und sie würde, sich nach ihm umwendend, fragen: »Gefällt es dir so?« Sein Gemütszustand wurde durch Nachrichten nicht gebessert, die er aus Deutschland erhielt. Die Dönhoff-Bank hatte nun ihre Schalter geschlossen, der »mit unbekanntem Aufenthalt von Berlin abwesende Herr Ulrich Faber« wurde unter den Hauptverlierern genannt. Er ließ durch seinen Rechtsbeistand erklären, er sei aus der Leitung der Firma schon am 1. Oktober 1928 ausgeschieden und jetzt nur für kurze Zeit in privaten Angelegenheiten in Wien, und er schrieb auch an die Union-Elektrizität. Wie er ferner erfuhr, erzählte der Knabe Martin, Ulrich Faber sei nicht sein Vater, und ersuchte, ihn von jetzt ab »Martin Steinhausen« zu nennen.

Leider hatte Ulrich Faber jetzt, unruhig und reizbar, gegenüber den Dingen und Menschen, die ihn umgaben, nicht diese beinahe phlegmatische Objektivität, die man ihm immer nachgesagt hatte, und er war voll Galle und ungerecht. Die schmeichlerischen Worte, mit denen der traditionelle Lokalpatriotismus sich über die weniger süßen Tatsachen hinweghalf, mißfielen ihm, die Walzermelodien sollten die Klagen der Verarmung verdecken, und wurden nicht von den vielen geistreichen Sprachkünstlern dieser Stadt die Wahrheiten, gleich der Donau, aus Grau oder Schmutzigbraun in Blau umgefärbt? Das Leben hatte einen schweren Gang. Die trügerischen Worte flossen glatt und leicht.

Eine Woche lang kam keine Nachricht von Gerda, und aus diesem Zögern war deutlich zu ersehen, daß sie irgend etwas zurückhielt, sich nicht damit hervorwagte, einen vielleicht noch unfertigen Gedanken verbarg. Dann aber überwand in ihr der anständige Wille zur Ehrlichkeit diese Scheu. »Mein lieber, guter U., mein Einziger«, schrieb sie, »Du bist zornig und begreifst nicht, daß ich noch nicht bei Dir bin. Ich hätte Dir schon alles sagen müssen, und ich schäme mich – ich hatte nicht den Mut, ich war entsetzlich feige, und so habe ich mich um das Aussprechen herumgedrückt. Aber ich habe auch gehofft, Du würdest Dich an das erinnern, was ich Dir gesagt habe, damals in dem Zimmer, ehe ich von Dir fortfuhr. Und dann würdest Du alles wissen oder doch ein bißchen ahnen. Du hast mir gesagt, wie wir nun zusammen durch die Welt wandern und so viel Schönes sehen würden, und Du hast das in Deiner Liebe für mich so wundervoll ausgemalt. Ja, es wäre wundervoll, aber ich habe Dir geantwortet, nicht wahr, daß das doch nicht gehe, denn so würde ich auf die Dauer nicht leben dürfen und auch nicht leben können. Siehst Du, ich muß doch wieder einmal arbeiten und versuchen, selbständig etwas zu werden und vorwärtszukommen. Es war herrlich, wie Du mich verwöhnt hast, und Du sollst mich auch wieder verwöhnen, es ist so warm, wenn ich mich an Dich anlehnen kann, aber das darf nun nicht immer so sein. Ich bin doch auch nicht das kleine Mädchen mehr, das Du erzogen und verzogen hast. Wenn ich zu Dir zurückkomme, dann möchte ich es doch zu etwas gebracht haben – Gott, etwas Großes wird es nicht sein, aber soll ich denn immer nur solch ein Anhängsel bleiben, das Dir doch auch einmal lästig werden kann, auch wenn Du mir das niemals zeigen würdest? Mein Einziger und Allerbester, Du wirst jetzt auch Deine Sorgen haben, natürlich wirst Du mit Deiner fabelhaften Klugheit Dich besser durchsetzen als andere und oben bleiben, wenn Du nicht Deine Energie verlierst. Aber Du hast Deine Mutter und Deine Schwester und gewiß noch viele Verpflichtungen, und im Anfang wird es auch für Dich nicht ganz leicht sein. Was ich unternehmen werde, weiß ich noch nicht. Ich habe allerlei Ideen und

Pläne, mit denen man etwas verdienen und vielleicht sogar noch mehr erreichen könnte, aber bisher hat noch nichts so richtig geklappt. Sobald ich ein bestimmtes Ziel sehe, berichte ich Dir. Wenn ich von hier fortgehe, wird mir das Postamt in Innsbruck Deine Briefe nachsenden. Den Ernst behalte ich bei mir, er ist der letzte meiner drei Musketiere, und Du kannst Dich darauf verlassen, daß er mich treu und sorgfältig behütet. Treu und sorgfältig, wenn auch, Du begreifst, in anderer Weise als Du. Mein lieber, allerbester U., das weißt und fühlst Du doch, daß Du der Einzige bist und daß ich mich zu Dir zurücksehnen und daß ich zu Dir zurückkehren werde, in meine Heimat, denn Du bist und bleibst doch jetzt die Heimat, und die kann ich nicht entbehren. Ich werde mich wieder bei Dir ankuscheln, nur laß mich erst ein wenig versuchen, ob ich noch in dieser häßlichen Welt etwas erreichen kann. Wir beide hassen die großen Worte und die Schwüre, mit denen die Menschen, wenn sie sich gegenseitig belügen wollen, so freigebig sind. Aber wir haben uns doch auf das Wort ›Zugehörigkeit‹ geeinigt, und es besagt alles – wir sind einander zugehörig, und dabei muß es nun schon bleiben, das wird sich nicht mehr ändern. Nun habe ich Dir mein Herz ausgeschüttet, und nun sehe ich Dich vor mir ... Lieber, guter U., nicht traurig sein!«

Am Abend des Tages, an dem er diesen Brief erhalten hatte, trank Ulrich Faber in einem Bar-Restaurant sehr viel von einem alten schweren Bordeaux. Während seine Sinne im Karussell herumkreisten, blieb sein Verstand doch aufrecht genug, um ihn vor der abgeschmackten Romantik des Trinkers zu warnen, der seinen Kummer im Wein ertränkt. Bisweilen gelang es seiner Vernunft auch, eine kurze Weile lang die quälerische Stimmung zu verdrängen. Wenn Gerda Rohr jetzt ihren eigenen Weg, den Weg zur freien Kraftentfaltung suchte und ihn gehen mußte, so offenbarte sich auch darin die Schönheit ihrer Natur, und so hatte er sie doch gewollt. Sie zog in diesen Kampf mit Illusionen hinaus, sie kannte noch nicht die hundert Hindernisse und die tausend Widerwärtigkeiten des Abenteuers, ihr jugendlicher Optimismus, ihr starkes Selbstvertrauen würden zermürbt werden in den Enttäuschungen, denen sie entgegenging. Sollte er wünschen, daß sie so zu ihm zurückkehre, gescheitert und enttäuscht? Diese und ähnliche Überlegungen trieben seine anderen Gedanken und Empfindungen nur manchmal, nur für Augenblicke zurück. Auf den Wein konnte er verzichten, auf die Gedanken und Empfindungen nicht. Dabei war das, was Gerda Rohr über die Sorgen, die jetzt an ihn herantraten, geschrieben hatte, nicht falsch. Seine Mutter war in Stuttgart ohne Mittel, ganz auf ihn angewiesen, und derjenige Teil seines Vermögens, den die Katastrophe der Dönhoff-Bank nicht berührt hatte, war in Deutschland festgelegt. Durch eine Mittelsperson empfing er in Wien die Mitteilung, sein Anwalt, Justizrat Köhler, sei in Zürich und halte eine Besprechung über diese Angelegenheiten für wünschenswert. Er reiste nach Zürich, nachdem er an Gerda Rohr geschrieben hatte, sie würde ihn bis auf Weiteres dort im Baur au Lac erreichen können.

Justizrat Köhler zitierte alle Bestimmungen der Devisengesetzgebung – Faber kannte sie alle – mit juristischer Umständlichkeit. Er machte genaue und unerfreuliche Angaben über die Situation, die sich aus dem Konkurs der Dönhoff-Bank ergab. Der Aufsichtsratsvorsitzende der

Union-Elektrizität hatte in einem gemessen liebenswürdigen Schreiben bedauert, daß Herr Ulrich Faber seine so ungemein erfolgreiche Tätigkeit für die Gesellschaft einstellen müsse, und in wohl abgewogenen Ausdrücken höchster Anerkennung dem Scheidenden gedankt. »Sie kann das alles doch nicht genieren«, sagte der Justizrat, »mit Ihren ungeheuren persönlichen Verbindungen können Sie sich ja Ihren Platz schaffen, wo Sie wollen – ich würde gern mit Ihnen tauschen, Sie sind wirklich ein Götterliebling, in allem haben Sie Glück.«

Faber verbrachte mehrere Monate in Zürich – im Grunde war es ihm gleichgültig, ob hier oder anderswo. Da er seine eigenen Finanzen immer so unbekümmert und sorglos behandelt hatte, besaß er hier draußen nicht, wie andere, rechtzeitig geborgene Schätze, und er war genötigt, die ihm bekannten Bankdirektoren aufzusuchen und sich wieder nach einigen geschäftlichen Gelegenheiten umzusehen. Er tat es unlustig, aber, sobald er erst einmal in den Kontoren der Schweizer Herren saß, mit seiner noch nicht eingerosteten Gewandtheit und seinem noch nicht abgestorbenen Wirklichkeitssinn. Die Bankleute empfingen ihn mit einer steifen Freundlichkeit, die nicht weniger steif und nicht weniger freundlich als früher war. Sie waren übrigens alle überzeugt, daß ein Mann wie Ulrich Faber bald wieder irgendein bedeutendes Unternehmen leiten werde, die Intelligenzen waren ja nicht gerade üppig gesät. Erst bei späteren Besuchen in der Schweiz sah Faber auch viele Flüchtlinge oder Emigranten, wie man sagte, ankommen – die einen meinten, dortbleiben, abwarten zu können, für andere war dies eine Anfangsstation auf weiter Wanderung. Faber sah diejenigen, die zwischen der Gartenterrasse und der gläsernen Vorhalle des Hotels in ihren Autos einfuhren, bisweilen allzu fröhlich im Gefühl der Sicherheit. Was hatten diese Entwichenen der verlorenen Schlacht, in der sie nicht gekämpft hatten, mit so vielen anderen gemein, die durch die Straßen der Fremde wanderten und vor denen die Ungewißheit des Morgen lag? Die Besitzer der kostbaren Autos waren Gäste, nützliche Gäste, die Grandseigneurs der Flucht. Leider mußten die anderen arbeiten, Arbeit suchen, um mit den Ihrigen leben zu können. Infolge der Krise mußte jedes Land zunächst für seine eigenen Arbeitslosen sorgen, man konnte den Fremden nicht erlauben, Kleider zu flicken, Stiefel zu besohlen, Kranke zu heilen oder sich als Knecht zu vermieten. Nachdem man sie eine Weile lang mildtätig und gastfreundlich gespeist und beherbergt hatte, blieb nichts übrig, als sie abzuschieben, in ein bequem erreichbares Nachbarland, in ein anderes Asyl.

Gerdas Briefe waren noch immer auf dem Bahnpostamt in Innsbruck abgestempelt, aber das war ganz ersichtlich ein irreführender Stempel, wahrscheinlich wurden die Sendungen bei gelegentlicher Anwesenheit dem Briefkasten des Bahnhofes anvertraut. Aus den Briefen sprach immer und unverändert die »Zugehörigkeit«. Manchmal waren sie acht oder zehn Seiten lang, manchmal kurz, und in allen konnte Gerda nur mitteilen, daß sie schon vieles versucht und angefädelt habe, daß aber noch nichts das Richtige gewesen sei. Nicht selten drang zwischen zu sehr betonter Entschlossenheit und nicht ganz überzeugender Zuversicht deutlich ein Ton der Abgehetztheit hindurch. Die nicht erhebliche Summe, die sie beim Abschied von ihm angenommen hatte, war doch wohl nun auch bereits aufgebraucht. Ulrich Faber war von dem Gedanken gepeinigt: Sinke sie nicht, zu stolz, um sich an ihn zu wenden, in ein jämmerliches Elend hinein? Wenn ihn diese Sorge überfiel, schritt er stundenlang durch die Straßen, als könnte die Bewegung zwischen den fremden Menschen ihm eine Betäubung bringen. Aber alles weckte Erinnerungen. Die letzten Schneegrüße, die der abziehende Winter seinem geliebten Zürich und den bewaldeten Höhen zugeworfen hatte, waren geschmolzen, auf der glitzernden Fläche des Zürichsees segelten die Schwäne, langsam und mit hochgestreckten Hälsen, in ihrer Erhabenheit unberührt vom kleinlichen Weltgetriebe, die Dächer der aufsteigenden Altstadt und die Türme der Kirchen waren von den lichten Spinngeweben des Sonnendunstes umsponnen, und nun mußten auch auf den Bergwiesen von Tirol die Schneeglöckchen und die blauen Krokusse aufblühen, und wenigstens in den niedrigen Regionen konnten Skiläuferinnen nicht mehr auf weißen Bahnen ihre Wundertaten vollbringen. Nach einem Spaziergang auf dem Seeufer pflegte Faber in die Bahnhofstraße, die Hauptzone des Verkehrs, der Großbanken und der eleganten Geschäfte einzubiegen, und immer fügte es sich, daß er, nachdem er das Ende der Straße erreicht hatte, sich in der breiten Halle des Bahnhofs befand. Natürlich wollte er sich nur am Stand des Buchhändlers die neue Zeitung holen, aber er verweilte auch dort, wo die Züge aus Österreich einliefen, und musterte die hastig herausdrängenden Reisenden, als erwarte er eine befreundete Person, die nur sonderbarerweise, trotz bestimmter Ankündigung, nicht erschien. Das Bewußtsein, im Grunde etwas Törichtes zu tun, verhinderte ihn auch nicht, auf der Straße in jeden Hotelwagen hineinzublicken, der mit Ankömmlingen und Gepäck vorüberfuhr. Ganz schlimm war es, wenn er sich einbildete, ein junges Mädchen, das vor ihm herschritt und dessen Gesicht er nicht sehen konnte, habe im Wuchs, den Schultern oder der Farbe des Haares eine Ähnlichkeit mit Gerda Rohr. Immer, wo er auch war, die lächerliche Idee: Was würde sie dazu sagen, zu dieser Landschaft, zu den Sachen in diesem Schaufenster, zu diesem Film?

Auf einer Postkarte aus Bolzano, dem alten Bozen, meldete Gerda in aller Eile – die Abbildung des Obstmarktes nahm ohnehin den größten Teil des Raumes ein – das Erwartete von zu Hause, ihr Paß natürlich, sei eingetroffen, sie sei in Italien und unterwegs zu einer geschäftlichen Besprechung, ausführlicher Bericht über das Resultat folge bald.

Diesen ausführlichen Bericht über das Ergebnis der Geschäftsreise fand Faber auch nicht in den sehr liebevollen, Vertrauen erbittenden Grüßen, die dann aus Venedig und Mailand kamen und in denen es gewöhnlich hieß: »Hier auf der Durchreise«, oder: »Hier nur zu kurzem Aufenthalt«.

An einem Vormittag, als er in der Konditorei von Sprüngli am Paradeplatz gelangweilt eine italienische illustrierte Zeitung durchblätterte, erschrak er so sehr, daß er beinahe die Kaffeetasse von der Tischplatte hinunterstieß. Auf einer Seite des illustrierten Blattes, die der Damenmode gewidmet war, sah er ein großes Bild, angeblich eine photographische Aufnahme vom Autorennen in Monza, und zwischen einem Herrn, der sich zu ihr hinbeugte und ihr ins Ohr flüsterte, und einem anderen, der ihr galant sein Opernglas reichte, saß auf der Tribüne Gerda Rohr, in ungezwungener Haltung sich zurücklehnend, gekleidet mit modernster Eleganz und geschmackvoller Vornehmheit. Darunter stand der Name der Mailänder Schneiderfirma, aus deren Atelier das Kostüm hervorgegangen war. Ein näheres Studium ergab, daß es sich wieder, ganz wie damals in der Mauerstraße in Berlin, um ein Tricbild handelte: Gerda war nicht zusammen mit den anderen Personen, und wohl auch nicht auf der Tribüne von Monza, photographiert worden, und man hatte das ganze Bild sehr geschickt, und mit dem Zeichnerstift nachhelfend, aus allerlei Teilen zusammengesetzt. Wahrscheinlich war sie gar nicht in Monza gewesen, und die beiden Herren, die auf dem Bilde sehr vertraulich mit ihr umgingen, waren ihr in Wirklichkeit niemals so nahegekommen. Aber schließlich, dieses Kleid mußte sie doch getragen haben, als sie photographiert wurde, und ebenfalls diese Schuhe, die er ihr nicht gekauft hatte, und diesen ihm fremden Hut. Plötzlich kam ihm die Idee, sie sei bei der Schneiderfirma in Mailand Verkäuferin, Empfangsdame, oder – diese Möglichkeit ließ er nur mit Widerstreben gelten – als Mannequin angestellt. Jedenfalls mußte man in diesem Modegeschäft etwas über sie wissen, und er würde sie in Mailand finden können. Ein sonderbarer glücklicher Zufall hatte ihn auf die Spur gebracht. Was er in Zürich erledigen konnte, war erledigt, hier hielt ihn nichts mehr. In dem Augenblick, wo er sie auf dem Zeitungsbogen vor sich sah, war es, als würden mit einer scharfen Nadel seine Nerven aufgestachelt, seine erregten Sinne strebten von der Körperlosigkeit des Bildes zu ihr hin. Sein Begehren suchte nach ihr mit ausgestreckten Fangarmen, die nichts faßten, sondern abglitten wie in den südlichen Meeren die schnappenden Polypenfäden der

Blumentiere an einem vorüberziehenden und schon verschwindenden Schiff. Aber mitten in dem Trubel der Empfindungen, oder eigentlich über ihn hinweg, dachte er: wie doch das Leben in die Runde geht – ein Ritornell! Das alles habe ich, ganz ähnlich, mit ihr schon in unserer ersten Zeit erlebt.

Das Geschäft der Mailänder Damenmode befand sich in einem neuen, prunkvollen Hause des Corso Vittorio Emanuele und versorgte mit den letzten Erfindungen der schmückenden Tageskunst die Gattinnen und Töchter des Industriereichtums und der Aristokratie. Wenn man eintrat, war man angeweht von dieser aristokratischen Würde und Feinheit, und die Vorsteherin – es schien eine Vorsteherin, die Vorsteherin eines adeligen Stiftes zu sein –, die in strengem Schwarz nach den Wünschen Fabers fragte, öffnete kaum ihre dünnen Lippen und hatte, außer einem spitzen Kinn und einer spitzen Nase, im Gespräch mit Herren ganz unnötig eine zeremoniöse Unnahbarkeit. Ulrich Faber, der sich umblickte, entdeckte nirgends Gerda, sie stand nicht bei den schlanken Verkäuferinnen, sie stieg nicht auf der Treppe von den oberen Sälen herab. Seine Hoffnung preßte sich unter dem kalten Druck der Enttäuschung zusammen. Als er das Zeitungsblatt zeigte und Auskunft über die Dame auf der Tribüne in Monza erbat, wurden die Nase und das Kinn der Vorsteherin noch spitzer, denn sie witterte Unmoral. Sie erklärte, es handle sich um ein Reklamebild, die Person in der Mitte dürfte wohl ein Modell sein, der Firma sei sie völlig unbekannt. Es blieb Faber nur noch übrig, sich an die Redaktion des illustrierten Blattes zu wenden – ihr Haus lag dicht hinter der Scala –, und auf dem Wege dorthin beachtete er, nur um seine Nervosität zu meistern, die Plakate, die bunt und zahllos an den Mauern klebten und dem Volk immer wieder die bekannten Losungsworte einprägten, gleich als hätte jemand diese Worte von der einen Straßenecke bis zur nächsten vergessen können.

Der Zeichner Antonio Fortini war gerade in der Redaktion anwesend und erzählte sofort alles, was er wußte, sehr gefällig, mitteilsam, und indem er seine Erzählung häufig durch ein fröhliches Lachen unterbrach. Er war ein netter Mensch von etwa fünfundzwanzig Jahren, mit einem kleinen Schnurrbart in dem harmlosen Knabengesicht. Das schöne deutsche Fräulein, Fräulein Gerda Rohr – ja, so hieß sie –, war in den Laden eines Juweliers gekommen, der nebenbei auch den Antiquitätenhandel betrieb und mit Fortini befreundet war. Die entzückende junge Dame wollte allerhand verkaufen, Ringe, Broschen und Dosen – sie war dazu beauftragt, wie sie sagte, und konnte noch mehr beschaffen, und der Juwelier erfuhr, daß es Gegenstände aus dem Besitz russischer Emigranten seien. Er kaufte einen Ring und eine Brosche – obgleich die junge Dame offenbar von Juwelen nichts verstand, war sie bei der Aushandelung des Preises sehr hartnäckig –, und er hätte sich sogar noch mehr von ihr aufdrängen lassen, aber sie gefiel ihm zu gut, sie war zu schön, und er bat sich eine »giunta«, eine Zugabe aus, die er nicht erhielt. Als der nette Zeichner Antonio Fortini das Wort »giunta« aussprach – er wiederholte es ein paar Mal –, lachte er jungenhaft herzlich und fühlte sich, da es etwas so Natürliches war, auch nicht im mindesten durch die Anwesenheit des Besuchers geniert. Er hatte sich, ganz wie sein Freund, der Juwelier, in die reizende Deutsche vergafft, hatte sie für das Modebild, das er gerade abliefern sollte, photographiert und ihr 25 Lire gegeben, und er hätte ihr vielleicht noch bessere Einnahmen verschafft. Aber er wollte auch »la giunta« haben, und da wurde sie böse, richtig böse, und reiste ab. Wahrscheinlich nach Rom. Es war wirklich dumm. Er sagte das »stupido« mit seinem fröhlichen Lachen und auch ein wenig ärgerlich, wie ein Lausbub, dem ein schon beinahe gefangener Vogel davongeflogen ist. Dann geleitete er Faber, der ihm für seine Mitteilungen dankte, mit anmutiger Höflichkeit zur Tür. In den Straßen von Mailand beachtete Faber nicht mehr die Plakate mit dem Portrait des Duce und den in hohen Lettern gedruckten Worten, er dachte nur noch an Gerda Rohr, die für fremde Auftraggeber die über die Grenze gebrachten Ringe und Dosen anbot, um bei diesem Handel ein paar Lire für ein dürftiges Essen und eine verlauste Dachkammer zu gewinnen. Und er sah die Hände, die von allen Seiten her nach ihr griffen – wie lange würde sie noch die Kraft und die Möglichkeit haben, all diesen greifenden und haschenden Händen zu entfliehen?

XIV.

Das kleine Restaurant Petroff in Paris, in einer der Straßen zwischen der Rue de la Paix und dem Boulevard des Capucines, war eines von den vielen russischen Restaurants, die nach der bolschewistischen Revolution überall entstanden, und auch hier war der Besitzer ein adliger Emigrant. Es gab hier weder Balalaikas noch echt russische Kostüme, aber Petroff, ehemals ein sehr wohlhabender und lebensfroher Gutsbesitzer im Gouvernement Charkow, sorgte vortrefflich für Speisen und Bedienung und hatte auch ein paar Gerichte erfunden, die er, bevor er sie eigenhändig auf die Teller verteilte, an einem herangerollten Anrichtetisch vor den Augen der daneben sitzenden Gäste mit den letzten Feinheiten versah. Einige Überbleibsel der früheren Petersburger Gesellschaft, denen es ihr gerettetes Geld gestattete, bei Petroff zu essen, kamen regelmäßig und blickten auf die wechselnden Erscheinungen, Pariser und Fremde, mit dem ruhigen Selbstgefühl, das gesicherte Gewohnheiten verleihen. Eine russische Prinzessin, strohblond, sehr blaß und schlank, mit langen schmalen Händen und mit auffallend großen grünen Steinen an den Ringen und immer in hellfarbigen faltigen Gewändern, saß täglich an einem Tisch im Hintergrunde einem schon etwas ramponierten Sänger gegenüber, einem ehemaligen berühmten Star der Kaiserlichen Oper, für den sie die Rechnung bezahlte und den sie liebte – wahrscheinlich, weil er ihr die letzte Gestaltung des wunderbaren Traumes »Petersburg« war.

Ulrich Faber gehörte nicht zu den Dauerbewohnern des Restaurants Petroff, aber er kam doch, seit er in Paris lebte, ziemlich oft dorthin. Manchmal, in gewissen Zeitabständen, war es ihm auch eine Zerstreuung, Petroff erzählen zu lassen, der auf seinem Gut eine schöne Büchersammlung gehabt hatte und auch in der Verbannung ein epikuräischer Lebensphilosoph geblieben war. Dieser Epikuräer litt nur an einem zu guten Gedächtnis, oder seine Zuhörer litten darunter: Dieses Gedächtnis bewahrte zu sorgfältig die aus den Büchern gewonnenen Schätze auf. Und während der Wirt Petroff stets für frische Ware sorgte, öffnete der Philosoph und Geschichtsforscher allzugern die Konservenbüchsen der Bildung und entnahm ihnen Anekdoten, Aussprüche berühmter Männer, ein literarisches gemischtes Kompott. Faber hatte eine gewisse Sympathie für die Atmosphäre dieser russischen Emigration. Er fand, sie habe und bewahre einen Stil. Bei den Reichen und bei den Armen war, trotz allem, was sie trennte, die slavische Einheitlichkeit. Sie waren aus ihrer Heimat vertrieben, aber nicht aus ihrer Volksgemeinschaft, sie waren doch alle noch Kinder des Mütterchen Russland, niemand hatte ihnen diese innige Verwandtschaft absprechen können, und niemand hatte sie ihnen genommen. Als sie sich loslösen und fliehen mußten, haftete an ihren Schuhsohlen die heilige russische Erde, und wenn sie die Schuhe und die Sohlen nicht mehr besaßen, der Duft dieser Erde, ihrer gelben Kornfelder, ihrer Steppen und Landstraßen begleitete sie auf allen Etappen ihrer Wanderung. Sie waren die ersten Trümmer, die in einem gewaltsamen Umsturz hinausgeschleudert wurden, und man sah auch ohne den Scharfblick eines Archäologen ihren Ursprung und den Zusammenhang. Bei Petroff war Faber aber auch deshalb gern, weil dort keine Jazzband, kein Chor von Don-Kosaken in blauen Seidenblusen, kein

Klavierspieler und nicht einmal ein Radioapparat die Annehmlichkeit des Ortes verdarb. Er fürchtete sich vor gewissen Melodien, und als eines Abends in einem Restaurant das Orchester ein Schlagpotpourri gespielt hatte und plötzlich »Das gibt's nur einmal, das kommt nicht wieder« darin aufgetaucht war, hatte er sich geradezu krank gefühlt und war fortgegangen.

Drei Jahre und mehrere Monate waren verstrichen, seit Gerda für ihn verschwunden war. Alle seine Versuche, sie wiederzusehen, waren mißglückt. Dann und wann schrieb sie ihm, aus Italien, aus Österreich, aus Ungarn, vom Balkan, dazwischen auch aus Stockholm. Immer versicherte sie, daß sie nur ihm »zugehörig« sei, und bat um sein Vertrauen. »Wir werden uns wiedersehen, und ich werde Dir alles erzählen; kein Sprung soll bleiben. Ganz neu und ganz fest sollst Du wieder von mir überzeugt sein. Wenn ich Dir manchmal unzuverlässig erscheine, glaube mir, es ist kein Vergessen, kein Erkalten! Vertraue mir endlich!« Sie schrieb: »endlich«, denn sie hatte in seinem letzten Brief wieder einen unausgesprochenen Zweifel gespürt. »Du sollst mir endlich vertrauen. Ohne Einschränkung, ohne Vorbehalte, ohne Hintergedanken!«

Nur selten sagte sie, warum sie gerade in diesen Städten und Ländern sich aufhielt, wovon sie lebte, was sie weiter beabsichtigte, und auch die wenigen Mitteilungen kamen erst hinterher, nachträglich, wenn sie den Ort, von dem der Brief abgesendet war, schon verlassen hatte oder gerade verließ. In Wien hatte sie, wie sie schrieb, einem Kunsthändler bei der Auflösung einiger fürstlichen Privatsammlungen geholfen, und für eine Mittelmeerreise hatte sie ein englischer Bankier engagiert, dessen Korrespondenz sie zu erledigen hatte und der ihr immer gerade dann lange und langweilige Geschäftsbriefe diktierte, wenn man vor einer besonders schönen Küste lag. Aus Erzählungen von Bekannten, die ihr – begünstigter als er – zufällig begegnet waren, und aus Berichten von Nachforschungsbüros, die er beauftragt hatte, erfuhr Faber noch einiges, aber auch diese dürftigen Informationen kamen dann zu spät. Bei der Kunstauktion in Wien hatte ein witziger Käufer mit lauter Stimme verlangt, daß die junge Dame, die neben dem Auktionator die einzelnen Kunstobjekte hervorholte und dem Publikum zeigte, auch versteigert werde, und dieser Vorschlag hatte große Heiterkeit und bei allen anwesenden Herren Begeisterung erregt. In einem der Agentenberichte hieß es, sie habe in Budapest in einer Ausstattungsrevue als Leda auftreten sollen. Im letzten Moment habe die Polizei, im Interesse der Moral, dieses Debüt verhindert und wahrscheinlich der Dame auch zu verstehen gegeben, ihre Anwesenheit in der ungarischen Hauptstadt sei unerwünscht. Die Kenntnisse des Großstadtkindes waren bei Gerda Rohr immer etwas Äußerliches gewesen, ihre innere Sauberkeit, ihr Schamgefühl waren nicht davon berührt worden, schon über eine saftige Anekdote hatte sie zornig werden können. Daß sie so, wie der Zuträger des Auskunftbüros behauptete, sich den betastenden Blicken eines Theaterpöbels und der frechen, schmierigen Zudringlichkeit hinter den Kulissen preisgeben wollte, war einfach eine Unmöglichkeit. Alle Erzählungen aber bewiesen, daß es ihr abwechselnd gut und sehr schlecht gehen mußte, denn bald wohnte sie in einem Palasthotel und bald, sicherlich weit öfter, in einem Gasthof sechsten Ranges oder in einer armseligen maison meublée. In all diesen Erzählungen wurde auch ein junger blonder Mann erwähnt, der sie ständig begleitete und der natürlich niemand anders war als Ernst, der letzte Musketier. Man konnte nicht recht glauben, daß dieser bläßliche junge Mensch ihr Liebhaber sei, aber das gehörte zu einem unerforschbaren, der Wissenschaft unzugänglichen Gebiet, und auf Frauen üben ja, wie auf Insekten, oft gerade die Blumen, die uns reizlos erscheinen, eine mysteriöse Anziehung aus. Anderen Männern, das schien festzustehen, gab sie nichts. Waren ihre Sinne bedürfnislos? Diesen Eindruck machte sie gar nicht – allseitig wurde diese Meinung geäußert, und die Männer könnten in ihrer Nähe doch nicht so in Bewegung geraten, wenn sie nicht etwas in sich hätte, das viel versprach. Einer, den sie vermutlich enttäuscht hatte, äußerte achselzuckend, vielleicht tue er ihr unrecht, aber er habe sie für eine Abenteuerin gehalten und sei von diesem Verdacht nie ganz losgekommen. Die letzten dieser Mitteilungen hatte Ulrich Faber allerdings schon vor einem Jahr erhalten, seither hatte niemand mehr Gerda Rohr gesehen. Dem Nachforschungsbüro hatte er, nachdem es sich mit der Geschichte aus Budapest so zuverlässig gezeigt hatte, keinen neuen Auftrag erteilt.

Seine Haare waren nun fast ganz grau, an schlechten Tagen vertieften sich die neben den Nasenwinkeln schräg absteigenden Rinnen, und seine starken Schultern rundeten sich. Aber er hatte in seinem Gang und in seinen Bewegungen noch ganz die frühere Leichtigkeit – das Weltmännische – die geringfügige Wölbung des Bauches ließ sich ohne viel Kunstmittel verbergen, die beiden Reihen der kräftigen Zähne waren noch unversehrt. Er wohnte in einem kleinen, sauberen und freundlichen Hotel in einer Seitenstraße der Champs-Élysées. Was er besaß und verdiente, genügte für die Befriedigung nicht übertriebener Ansprüche. Seine Bekannten, die Finanziers in Paris, London und Amsterdam, gaben ihm bereitwillig die Möglichkeit zu einträglichen Geschäften, er hätte sogar ein neues Vermögen aufbauen können. Aber er sah darin keinen Sinn mehr und wartete auch nicht, wie andere, täglich auf die Kabeltelegramme aus New York. Seine alte Mutter, die er sehr geliebt hatte, war plötzlich an einem Herzschlag gestorben, er war zu der Beerdigung nach dem Heimatort gefahren, dann aber gleich wieder nach Paris zurückgekehrt. Er war den Menschen dort, wo er geboren war, ein Fremder geworden, und ebenso erschien ihm alles, was er dort gesehen hatte, bis zur Unverständlichkeit verändert und fremd. Nach Paris war furchtbar viel Elend eingewandert, es begehrte Hilfe, und er gehörte nicht zu denjenigen, die mildtätig ihre Türen zusperrten, weil sie es Hungernden ersparen wollten, den reichbeladenen Eßtisch zu sehen. Er gab und half, und dabei dachte er oft, daß Gerda Rohr jetzt mit ihrem heißen Eifer zu dieser oder jener notleidenden Familie gehen würde – und daß sie ihm böse vorwerfen würde, er tue noch nicht genug. Auch an den buntesten Plätzen des »großen Lebens«, in den Eldorados des Amüsements und auf den Rennplätzen von Longchamps und Chantilly, war, ganz wie in dem Volkstreiben der illuminierten, von Geschrei, Musik und Karussellgequietsche tönenden Jahrmärkte, doch nur Einsamkeit. Auf Ulrich Faber drückte mehr noch als diese Einsamkeit die Zeit, und bisweilen konnte er, teils unter dem Eindruck der Öde und teils aus Haß gegen den Wortschwall, mit dem diese Zeit prunkte, Wochen hindurch, ganz ähnlich wie der hellblonde Ernst, den Gerda deswegen ausgezankt hatte, »mundfaul« sein.

Er hatte in diesen Jahren einige Liebschaften, sehr kurzlebige oder längerwährende, aber es waren im Grunde unwirksame Rauschmittel, und alle langweilten ihn. Die uneingeschränkte Gunst, die ihm die Gattin eines Fabrikanten erwies, hätte beinahe zu fatalen Verwicklungen geführt. Diese sehr verliebte Frau hatte nicht beachtet, daß selbst die harmlosesten drei Zeilen – und Faber schrieb kaum drei und dann nur die harmlosesten – im Hause gefährlicher sein konnten als eine Kiste voll Dynamit. Glücklicherweise vergaß auch der Gatte bisweilen, empfangene Briefe einzuschließen, und so wurde, nach dem System der Kompensationen, das Gleichgewicht wiederhergestellt. Jetzt war Ulrich Fabers Freundin die kleine Mulattin oder Halbmulattin Zula, die im Ballett der Folies-Bergère tanzte und mit ihren biegsamen Gliedern wie eine zierliche junge Schlange sich spielend bewegte, in dem beglückenden Gefühl, von keiner Körperschwere gehemmt zu sein. Zulas Vater war in seinem Land der Enkel eines Königs gewesen, genau wie jeder andere braune oder schwarze Portier einer Pariser Bar.

An einem der Tage, die zwischen Grand Prix und Nationalfest lagen, saß Faber mittags wieder in dem russischen Restaurant. Petroff hatte sehr viele Gäste und mußte überall die letzten Zutaten in die Sauce mengen, die eine seiner Spezialitäten war. Die Prinzessin sorgte für den ehemals gefeierten Sänger und suchte ihm, um seine berühmte Kehle vor jedem Unfall zu bewahren, aus dem Fisch die Gräten heraus. Petroff vergaß nie, die fremden Damen und Herren auf sie aufmerksam zu machen, ungefähr wie eine merkwürdige Reliquie gezeigt wird oder wie der Wirt in einem oberitalienischen Albergo die Pantoffeln bewundern läßt, die der General Bonaparte nach der Schlacht bei Lodi getragen hat. An einem Tisch nicht weit von Ulrich Faber frühstückten zwei Herren. Der eine der beiden, der allein auffallen konnte, war groß und elegant, hatte eine energische Nase, einen schräggeschnittenen Kinnbart und einen nicht sehr freundlichen Gesichtsausdruck. In seinem locker sitzenden dunkelblauen Anzug und dem weichen Kragen hatte er etwas Seemännisches. Etwas vom seefahrenden Sportsmann, aber gar nichts von der amüsanten Gefälligkeit eines Kapitäns, der auf dem Luxusdampfer den Gattinnen und Töchtern der Millionäre hilfreich die Geheimnisse der Nautik erklärt. Sein Kinnbart war ungefähr wie der königliche Familienbart des englischen Georg V., des Zaren Nikolaus II. und des preußischen Prinzen Heinrich geformt. Aber er hatte nicht das Zarte und Weichflaumige dieses Gemeinschaftssymbols, sondern war, wie der Kinnbart der Hugenotten und ihrer Gegner, der katholischen Liga, abweisend und hart. Ein paar weiße Haare machten sich in diesem braunen Bart bemerkbar, und links über der Stirn war in dem etwas dunkleren Haarbogen ein weißer Fleck. Der Fremde war nicht sehr gesprächig, oder er hielt es nicht für nötig, an sein Gegenüber – unbedeutenderes, kleineres Format und offenbar ein Untergebener – viele Worte zu verschwenden, und seine Gesten hatten, unaffektiert, eine ziemlich hochmütige Lässigkeit. Aber dieser Ausdruck der Gleichgültigkeit oder der Langeweile wich anscheinend, als der Untergebene ihm etwas zuflüsterte und mit einer Kopfbewegung dort hinwies, wo Faber saß. Er wendete sich plötzlich um und blickte Faber mit einer kühlen und dabei sehr unverhohlenen Neugierde an. Während er sein Frühstück beendete, wiederholte er diese ausforschende Besichtigung, ohne daß sein Gesicht irgendeine Empfindung verriet. Dann ließ er sich die Rechnung geben, richtete leise und nachlässig eine Frage an den höflich herantretenden Petroff und streifte, als er hinausging, Ulrich Faber noch einmal mit diesem kühlen, etwas anmaßend examinierenden Blick.

»Sie kannten ihn doch wohl?« fragte Petroff. »Er jedenfalls hat Bescheid gewußt, er hat mich gefragt, ob Sie Herr Ulrich Faber seien.« – »Nein, ich erinnere mich nicht. Wer ist es?« – »Magnano Scott, der große Magnano Scott. Wenn er in Paris ist, kommt er auch hierher.« – »Das also ... Ich habe ihn zum ersten Mal gesehen. Er weiß wahrscheinlich, daß er mir viel zu schaffen gemacht hat, daher dieses schmeichelhafte Interesse, leider ein bißchen spät.« – »Ein Gewaltmensch, ein Korsar. Und ebenso gerieben wie rücksichtslos. Es dürfte nicht angenehm sein, mit ihm in Streit zu geraten.« – »Er hätte« – diesmal war die ironische Absicht kaum verborgen – »Indien erobern können. Oder, noch besser, wie Ferdinand Cortez, Mexiko. Wo stammt er eigentlich her?« – »Die Magnanos sind aus Saloniki, aber mehrere von ihnen – sie hatten schon ein gewisses Vermögen – haben Engländerinnen geheiratet, sie sind selbst halb englisch geworden. Dieser hier, der große Häuptling, hat sich den Namen ›Scott‹ zugelegt. So klingt es noch besser, auch für das Geschäft. Während des Krieges hat er den Engländern in Syrien geholfen, als ihre Truppen dort abgeschnitten oder eingeschlossen waren. Ich brauche Ihnen nicht erst zu sagen, daß er heute neben Basil Zaharoff der größte Waffenlieferant ist. Er hat für seine Unternehmungen eine eigene Handelsflotte, er ist enorm reich. Aber in Kleinigkeiten ist er knickerig – heute hat er das ausnahmsweise vergessen, sonst sieht er jedesmal die Rechnung so genau durch, als hätte er nur noch den letzten Hundertfrancschein in der Tasche.«

Als die meisten Gäste das Restaurant verlassen hatten – die russische Prinzessin blieb immer, eine Zigarette nach der anderen rauchend, bis in den Nachmittag hinein und lebte luftscheu nur hier und in ihrem Hotelzimmer –, hörte Faber noch minutenlang ein wenig zerstreut den Reden Petroffs zu. Petroff setzte sich erst bei ihm nieder, wenn er dazu eingeladen worden war, und Faber ließ dann den guten, ganz alten Kognak und zwei Gläser kommen. Der ehemalige russische Gutsbesitzer und Baron fand, ein Mensch wie Magnano Scott sei in einer Zeit, in der die Initiative des Einzelnen entweder ganz abgeschafft oder zwischen staatlichen Drahtzäunen völlig eingeengt werde, beinahe bewundernswert. Er sei ja gewiß kein ganz angenehmer Vertreter des Individualismus, aber sogar die Raubritter, die dreist und höhnisch über die Gesetze der Bürokratie hinwegritten, hätten für die Persönlichkeit, gegen Staatszwang und Herdengeist gekämpft. Petroff liebte es, mit so paradoxalen Aussprüchen zu jonglieren, und glaubte nichts davon. Wenn er seine Verachtung für jede im Namen des Staates ausgeübte Diktatur geäußert hatte, sagte er hinterher, daß man Moskau nicht so bedingungslos verurteilen dürfe, die Methoden verwerfe er natürlich, aber es sei doch über alledem eine Idee, und die Menschheit erlebe da, wie das Resultat auch sein möge, ein großes Experiment. Leider würden immer unzählige Ameisen zerquetscht, wenn der Ameisenspiritus fabriziert werde, mit dem man den Rheumatismus heilen will. Er ging noch weiter und zitierte mit einem sonderbaren patriotischen Stolz eine von den vielen Prophezeiungen Dostojewskis: daß

Russland dazu ausersehen sei, die Erde und die Rasse der Rettung zu werden, und allein das Wort werde sprechen können, »das die ganze Menschheit in wahrer Liebe vereinigen wird«. – »Alle Völker mit mehr als dreißig Millionen Seelen«, warf Faber etwas schläfrig ein, »sind ausersehen. Fast alle glauben es.« Das Unglück sei, seufzte Petroff, daß all die Bewegungen, die zur Befreiung des einen Teiles führen sollten, mit der Knechtung des anderen Teiles begönnen. Übrigens scheine auch da, wo es eigentlich nur die Gewalt gebe, das Wort »Freiheit« unentbehrlich zu sein. Zum Beweis für die Richtigkeit dieser nicht neuen Bemerkung zitierte er in buntem Durcheinander historische Beispiele: Cäsar ließ, bevor er den Rubikon überschritt, durch seinen Handlanger Clodius auf dem Palatin einen Freiheitstempel errichten, und als im Jahre 1877 die russische Regierung den Türken den Krieg erklärte, tat sie das, wie sie sagte, um die Unterdrückten von ihren Despoten zu befreien. »Ja«, nickte Faber, von der Unterhaltung ermüdet, »die Freiheit ist immer noch ein zauberhaftes Wort, auch in Ihrem Moskau. Die Tretmühle ist überall eine Tretmühle geblieben, oder so ungefähr. Aber die Leute merken das nicht, wenn man ihnen die Überzeugung eingepflanzt hat, sie hätten gesiegt und sie seien nun frei. Sie dürfen jetzt durch die Straßen marschieren und im Chor ihre Lieder singen. Im Chor, immer im Chor. Der Einzelgesang ist ihnen abgewöhnt worden. Alles ist Chor.« Petroff, noch nicht zufrieden mit seinen Beiträgen zur Geschichte, sprach nun über die Leichtgläubigkeit der Massen, die stets bereit seien, auf solche Versicherungen hineinzufallen. Napoleon habe allerdings gesagt, er würde sich nicht, wie Alexander der Große, einen göttlichen Ursprung beilegen können, jedes Fischweib würde ihn auspfeifen, die Völker seien jetzt zu aufgeklärt. Aber Napoleon habe sich geirrt. Schließlich wurde dem unerschöpflichen Vorrat noch der weise Solon entnommen, der die Athener vor den gleißenden Reden der schon heranziehenden Tyrannen warnte und sie fragte, ob sie denn alle blind seien und unfähig, das Kommende zu sehen. »Ich glaube nicht«, sagte Faber, indem er sich erhob, »daß man sich heute noch sehr für die griechische Geschichte interessiert.«

Er ging langsam über die Place de la Concorde zu den Champs-Élysées, auf den Arc de Triomphe zuschreitend, den der Sonnendunst umwob. Alles, was Petroff über die rhetorischen Künste und über die Einfalt der Menge gesagt hatte, stimmte ja ganz mit seinen eigenen, stetig wachsenden Abneigungen überein. Noch immer konnten die Klugen aus der Dummheit mehr Gewinn herausziehen als aus allen Goldminen und Diamantenfeldern der Welt. Bisweilen kam es nur auf den Ton an, in dem man zu einem solchen Publikum sprach. Man konnte den Einfältigen einreden: »Von morgen ab legen die Hähne Eier«, wenn man den Ton und die suggestive Geste besaß. Schauspieler haben ja oft diesen Versuch gemacht. Sie haben auf der Bühne statt des Textes von Shakespeare oder Goethe irgendeinen Unsinn pathetisch deklamiert, und das Publikum ist entzückt gewesen und hat gar nichts gemerkt. Aber Petroff trug die geschichtsphilosophischen Kenntnisse so wohlgefällig vor, und auch diese Weisheiten waren schon wieder abgedroschen und wurden, wenn einer sie so breittrat, reizlos und platt. Der Herausgeber einer französischen Monatsrevue hatte Faber, den er kennengelernt hatte, ermuntert, einen Aufsatz über die »Halbbildung« zu schreiben, und Faber, den das Thema lockte, hatte die Arbeit begonnen. Jetzt dachte er: auch das wäre ein guter Stoff: »Sparsam mit Worten sein!« Aber man würde dann diese Forderung auch mit zuviel Worten begründen, und die Leser würden mit Recht sagen, die Enthaltsamkeit müsse, wie die charity, at home beginnen.

Die Champs-Élysées hatten sich in den letzten zehn oder fünfzehn Jahren sehr verändert, die beiden Häuserreihen, jetzt mit billigen Geschäften, Kinos und Cafés für Massenbetrieb, hatten ihre Vornehmheit eingebüßt. Der Atem des Lebens und die sichtbare Luft dort hinten über dem Arc de Triomphe, die Luft am Morgen, am Mittag und vor und nach den Sonnenuntergängen, war wie einst. Hundert Schriftsteller und Dichter hatten das geschildert, immer wieder geschildert – waren nicht fast alle Bücher mit zuviel überflüssigen, nur das schon Gesagte wiederholenden Wortmalereien angefüllt? Plakate, die an den besonders für sie eingerichteten Holzwänden klebten, feuerten vor irgendeinem Wahlakt das Temperament der Bevölkerung an. Sie überschrieen einander mit ihren Versprechungen, nannten den Gegner einen Komplizen der Korruption, während der Kandidat, der sich dem Wähler empfahl, das empfindsame Reinlichkeitsbedürfnis des Hermelin hatte und den Schlüssel zum Paradies besaß. Ulrich Faber sagte sich spöttisch, er gerate, wie Gerda Rohr, in ein »Spintisieren« hinein. Immer stieg zwischen allen herumschweifenden Gedanken die Erinnerung auf, wie in der »Unvollendeten« Schuberts die eine Melodie, sich wellenlinig aus der Flut der Töne heraushebend, immer wiederkehrt.

Er beeilte sich nicht, obgleich er wußte, daß Zula, die kleine Mulattin, schon auf der Terrasse des Cafés, ein Stück hinter dem Rond-Point, auf ihn wartete und zwischen den weißen Zähnen den Strohhalm haltend ihre Limonade trank. Manchmal, und auch heute, war er sehr wenig zufrieden mit sich. Seine geschäftlichen Unternehmungen verlangten von ihm keine dauernde Anspannung, und zumeist war das Leben, das er seit drei Jahren führte, doch nur ein – durch einige Studien und ästhetische Liebhabereien halbwegs erträglich gemachter – Müßiggang. Und dann: Er trieb, soviel Freundschaft er überall fand, durch die Zeit wie ein von seinem Anker losgerissener Ballon. Sein Fall lag auch anders als der Fall der meisten Auswanderer oder Emigranten, der politischen Verfolgten oder der Juden, die in der Völkerwanderung eine Gruppe bildeten, obgleich sie an Geist und Charakterwert sehr verschieden voneinander waren und wie Christus und die Schächer – Faber wollte durchaus keine Vergleiche ziehen – nichts Gemeinsames hatten als den Hügel von Golgatha. Er war eigentlich nur zufällig fortgegangen und dann aus freiem Entschluß nicht zurückgekehrt. Er war kein Märtyrer, er war auch hier wieder der »Outsider«, der »Dilettant«, der »Amateur«. Viele der Begriffe, aus denen sich seiner Anschauung und seinem Empfinden nach die Kultur zusammensetzte und von denen man keinen herausbrechen konnte, ohne das ganze Gebilde zu zerstören, galten dort, wo er wurzelte, für überlebt. Vielleicht würde manches, was jetzt abgetan zu sein schien, wiederkommen, wie die Errungenschaften anderer, früherer Kulturepochen aus dem Schutt auferstanden sind. Vielleicht würde man die jetzt vergessenen Götterbilder wieder ausgraben und zusammenflicken, und die Trödler würden für solche Schätze die höchsten Preise fordern können. Die Dönhoff-Bank würde – war das etwa gar nichts – wieder blühen. Dorothee hatte wieder einen »Salon«. Das Portrait der Mama war jetzt von der Wand herabgenommen worden, aber man hatte die Kopie einer Madonna von Raffael dort aufgehängt. Nur eines schien für immer oder doch für lange verloren: Das Gefühl, das die Generationen vor dem Kriege noch gehabt hatten, ein Gefühl des Vertrauens zu dem, was als gesicherter, unantastbarer Ideenbesitz galt. Damals hätte man jeden, der die irrsinnige Barbarei des Krieges prophezeit hätte, achselzuckend weitergeschickt. Und wer hätte geglaubt, jene Gedanken, die in der Volkserde längst eingewurzelt zu sein schienen, hingen nur wie lose Blätter am Zweig? In dem Gefühl der Sicherheit, in dem Vertrauen, daß in dem notwendigen Wandel der Welt das in Jahrhunderten erkämpfte und ererbte geistige und moralische Gut keiner Zerstörung oder Enteignung mehr verfallen könnte, hatte man gelebt. Und *das* würde so bald nicht wieder auferstehen. Man mußte einen Halt auf neuem, festem Boden gewinnen. Bisweilen dachte Faber, wenn er sich diese Mahnung erteilte, an einen wirklichen Boden, er sah sich auf einer Farm an der südlichen Küste, Reisen, Bücherlesen und andere Abwechslung ließen sich einschalten, und man würde, mit einiger Erfindungsgabe, doch wieder etwas schaffen können. Ich werde mir einbilden, sagte er sich in solchen Augenblicken heiter, daß es noch nicht genug Nelken und Äpfel gibt. Wenn Gerda Rohr mit dabei wäre – aber da diese Luftspiegelung zerfloß, entschwand ebenso schnell die heitere Stimmung, und das Farmeridyll erschien ebenso fade wie die meisten Verse, in denen es besungen wird.

Nein, nicht mit Gerda Rohr, sondern mit der kleinen Zula hatte er eine Verabredung. Das Schlimmste war, daß all diese anderen die Verabredungen einhielten – niemals versäumten sie, wenn sie bei Bekannten auf dem Lande waren, den einzig möglichen Zug, niemals hatten sie eine plötzlich erkrankte Großmutter, alle kamen entsetzlich gewissenhaft und pünktlich zum Rendezvous. Als er kaum noch zwanzig Schritte von der Caféterrasse entfernt war und schon Zula sah, die vorn, in der ersten Reihe, ihre Limonade durch den Strohhalm auflutschte, gingen der ehemalige Abgeordnete Ammon und der Kommerzienrat Werner an ihm vorbei. Herr Werner hatte beide Hände in die Hosentaschen gesteckt, weil er das für die charakteristische Geste des kaltblütigen Weltreisenden und für amerikanisch hielt. Die beiden unterbrachen ihr Gespräch. Ammon, jetzt erster Präsident des großen Industrieverbandes, machte seinen Begleiter durch einen Stoß mit dem Ellbogen auf das Gespenst aufmerksam, das hier, übrigens wohlaussehend und gut gekleidet, durch die Sonne der Champs-Élysées promenierte, ganz wie ein noch lebender Mensch. Sie wendeten sich seitwärts, wodurch sich das Grußproblem erledigte, und fanden ersichtlich die Tatsache, daß in Paris die Toten herumspazieren konnten, überraschend und skandalös.

In dem geblümten Sommerkleid und mit dem Strohhut auf dem schwarzen Haar unterschied sich Zula nur sehr wenig, und nur durch ihre Gesichtsfarbe, von irgendeiner niedlichen jungen Pariser Kleinbürgerin. Der Star der Folies-Bergère war sie nur, wenn ihr enthüllter brauner Körper mit schlangenhafter Geschmeidigkeit sich drehte, sich bog, emporschnellte und vorüberflog. Sie wartete immer geduldig auf Faber, und niemals beklagte sie sich. Sobald er sich zu ihr setzte, war sie beglückt. Sie erzählte von den

Intrigen in der Theatergarderobe, von dem Schabernack, mit dem die eine Tänzerin versuchte, die andere in Verlegenheit zu bringen. Sie zweifelte nicht daran, daß das ungemein amüsante Neuigkeiten seien. Wirklich ruhte sich jetzt Ulrich Faber bei ihrem harmlosen Geplapper von den Zitaten Petroffs und von seinen eigenen Gedanken aus, wie man nach einem mühsamen Abstieg vom Berg sich bei dem Geplätscher einer über die Kiesel rinnenden und springenden Quelle erholt. Der Eifer, mit dem sie ihn unterhalten wollte, hatte beinahe etwas Rührendes in seiner Kindlichkeit. Faber nahm, halb mechanisch, eine ihrer schwarzen Locken zwischen zwei Finger und wollte sie ihr hinter das Ohr legen, aber sofort, während sie ihn dankbar anlächelte, ließ er ihr Haar wieder los und zog seine Hand zurück. Als er diese Spielerei so brüsk beendete und ihr gleich darauf sagte, daß er noch eine Verabredung habe und nicht bleiben könne, war sie so erschrocken, als hätte er sie geprügelt, und sie suchte mit furchtsamen und ahnungslosen Augen dieses rätselhafte Unglück zu verstehen.

Vierzehn Tage später erhielt Faber einen Brief von Gerda Rohr aus London, wo sie in einem sehr vornehmen Hotel zu wohnen schien, wie sich wenigstens aus dem Aufdruck des Briefpapiers ergab. Sie schrieb kurz und »in Eile«, sie hoffe, Faber nun bald wiederzusehen. Sie habe jetzt einen bestimmten Plan. Auch für ihn, wenn er wolle: »Ich bin sehr neugierig darauf, was Du zu alledem sagen wirst. Nicht wahr, Du freust Dich doch ein bißchen auf mich?« Er grübelte nach, was das bedeuten könne, wahrscheinlich machte ihre Phantasie aus den am Horizont schwebenden Einbildungen nahe Wirklichkeiten und griff dann schließlich in die leere Luft. Aber da ihn vor längerer Zeit schon ein englischer Finanzmann gebeten hatte, nach London zu kommen und die Gründung einer Elektrizitätsgesellschaft mit seinen fachmännischen Informationen zu unterstützen, fuhr er über den Kanal. Seine Besprechungen in der City waren ergebnisreich, dagegen forschte er in dem vornehmen Hotel vergeblich nach Gerda Rohr. Man glaubte sich dort zu erinnern, daß eine Dame, die wohl die Geschilderte sein konnte, mit einigen Herren im Speisesaal geluncht und dann im Lesezimmer Briefe geschrieben habe, aber sie war hier nicht abgestiegen, und Faber fand in dem Verzeichnis der Hotelgäste weder ihren Namen noch einen, der auf die richtige Spur hätte hinweisen können. Wie er in Wien, in Zürich und in Paris so oft gehofft hatte, ein Zufall werde sie ihm in den Weg führen, ging er nun in London mit einer suchenden Sehnsucht, deren Torheit ihm bewußt war, durch die Straßen und Parks. Er spähte im Hyde Park und im St. James's Park nach allen Seiten, erfaßte jede am Rand der Rasenflächen herannahende weibliche Silhouette, hielt sich vor der Westminsterabtei auf, die sie doch gewiß würde besuchen wollen, und stand, da sie, von Einkäufen kommend, zweifellos aus der Regent Street hier einbiegen würde, am Piccadilly Circus, wo der Menschenstrom vorbeihastete und die roten zweistöckigen Autobusse in ununterbrochener Reihe klirrend, rasselnd und so schräg heranrollten, als müßten sie umkippen und auf den Bürgersteig fallen. Er fragte nach ihr bei den Portiers und den Auskunftsbeamten sehr vieler großer und kleiner Hotels, suchte sie mittags bei Berkeley und auch in den italienischen, französischen, chinesischen Restaurants von Soho, und beim Lunch und beim Dinner im Carlton und im Savoy. Überall war die gleiche Fülle, das gleiche Treiben der Wohlhabenheit und des Reichtums, überall verkündete sich die erneuerte Macht der englischen Wirtschaft, überall speisten, umgeben vom Geschäft der Welt, die Könige und die Königinnen des amerikanischen Films. Ulrich Faber traf den alten Lord Lothberry, der ihm sagte, daß die Vernunft unaufhaltsam vordringe und daß die scheinbaren Niederlagen des liberalen Geistes nur unwesentliche Betriebsunfälle, natürlich und unvermeidlich bei diesem Tempo des Fortschrittes seien. Der Völkerbund sei der Sinai, von dem die Menschen die zehn Gebote des Rechtes, der Freiheit und der Humanität empfingen.

XV.

Der Londoner Finanzmann hatte Ulrich Faber gebeten, im August nach Cannes zu kommen, wo er selbst seine Ferien verbringen werde und wo man die begonnene Unterhaltung werde fortsetzen können. Es war seit ein paar Jahren Mode, sich im heißen Sommer die Haut von der Rivierasonne gründlich bräunen zu lassen, und besonders in Cannes und im Eden-Roc auf Cap d'Antibes war im August, mehr als in jeder anderen Zeit des Jahres, große Saison. Faber gab in Cannes dem Herrn aus der City die gewünschten Aufklärungen, neue Verpflichtungen übernahm er nicht. An einem Morgen besichtigte er oben auf den Höhen bei Grasse ein Landgut, das verkauft werden sollte, weil der Besitzer gestorben war. Der Schwiegersohn des Verblichenen, ein junger, schmächtiger Advokat aus Lyon, dessen trockene Beredsamkeit mehr praktischen Sinn als Freude an der Natur erkennen ließ und dessen Gesicht nicht in die Gegend hineinpaßte, führte ihn herum. Es war ein ziemlich ausgedehnter Besitz, die Pflanzungen stiegen von Terrasse zu Terrasse an den schrägen Wänden von zwei breiten Hügeln hinunter, der Advokat nannte die erhebliche Zahl der Orangenbäume und hielt ebenso die Ziffern der übrigen Obstbestände und der Ernte bereit. Ein kleineres Stück des Hügellandes gehörte der Blumenzucht. Die Nelkenstauden wuchsen auf der hart erscheinenden, in der heißen Luft bröckeligen Erde in langen, sauber getrennten Reihen, auf der anderen Fläche standen blutrote Dahlien und gelbe Calendulas, und kostbarere Pflanzen waren durch gläserne Überdachungen geschützt. In den Senkungen zwischen den Hügeln war eine urwaldhafte Fülle von

Sträuchern mit allerlei Beeren, eine üppige, sich drängende Pracht von grünem Laub. An einigen freien Stellen wuchsen Gräser und Farren so wild, so dicht und so hoch, daß sogar der große Schäferhund, der den Advokaten begleitete und, Opfer suchend, sich in diese Wildnis hineinwagte, nicht weit vorwärts kam. Das weiße Haus oben auf einem der Hügel war einfach, aber behaglich, mit alten französischen Möbeln ohne künstlerischen oder antiquarischen Wert. Von den Fenstern und vom kiesbedeckten Vorplatz aus hatte man eine prachtvolle Aussicht auf das Meer, auf die gebogene Küste mit den hinausragenden parkbepflanzten Caps und auf die rauhe Berglandschaft, die das bis zur Ebene und zum Strand sich senkende Rivieragebiet gegenüber dem Norden umschloß. Faber hatte dem erbenden Schwiegersohn schon vorher mitteilen lassen, daß er einstweilen das Gut nur sehen und sich informieren wolle, und er erklärte beim Abschied, alles habe ihm sehr gefallen. Über den Kaufpreis würde, falls er sich entschließen sollte, wohl noch zu reden sein.

Am Spätnachmittag trank er seinen Cocktail in dem Terrassengarten des »Malmaison« in Cannes. Dieser Garten des »Malmaison« an der Promenade de la Croisette, gegenüber der blauen Bucht, war jetzt, seit der ehemalige Boxer Charpentier dort als Direktor waltete, in diesen Stunden der beliebteste mondäne Versammlungsplatz. Hierher mußte man zum Cocktail oder zu der sonstigen notwendigen Vordîner-Erfrischung und zum Sehen oder Gesehenwerden kommen. Gegen sechs Uhr gab es unter den herabhängenden Wedeln der dickstämmigen Palmen keinen unbesetzten Stuhl. Es war ein großes Theater, ein von vielen Nationen und von den absurdesten Varietäten der Spezies Mensch besuchter oder beschickter Jahrmarkt des Vergnügens, der unverkäuflichen und der käuflichen Schönheit, des wahren und des falschen Luxus, der Schaulust und der Eitelkeit. Nirgends in der Welt gab es eine ähnliche Vermischung von massivem Reichtum und blendendem Schwindel, von korpulenter oder hagerer Respektabilität und vorbestrafter oder noch entwischter Gaunerei, von Lebenslust und Blasiertheit, von kalter Enthaltsamkeit und ungezähmter Perversität, von Echtheit und Schein. Nur auf dieser Kasinoküste begegneten sich auch jetzt, wo die größeren Zeiten der Riviera Erinnerungen waren, englische und skandinavische Prinzen, französische und italienische Grafen, Magnaten der amerikanischen Industrie und Börsenfürsten aus Paris, London und New York in Ellbogenberührung mit den Gangstern aus Marseille, den schmalen, dienstwilligen Gigolos und jenen tadellos gekleideten Rittern, deren Beruf es ist, ihre Freundinnen zu »lancieren« und sich nach abgeschlossenem Handel diskret zurückzuziehen. Und nur hier gab es diese nahe Nachbarschaft der steif lächelnden aristokratischen Damen, der würdigen Bankiersgattinnen, der von den Photographen der Zeitungen täglich verjüngten berühmten Schauspielerinnen und der eben erst aus einem Schneideratelier entführten hübschen Mädchen, der zur Lustreise eingeladenen Chorgirls und der Frauen, von denen man sagen kann, sie wanderten mehr herum als der Orinoco, der aus seinem eigenen Bett nur in das des Rio Negro und in das des Amazonenstromes hinüberstrebt. Ein paar Wochen lang dauerte dieses Nebeneinander auf dem neutralen Boden der Côte d'Azur. Dann erfolgte die Abwanderung in verschiedenen Richtungen, die Diamantringe und Rubine der

Society lagen wieder daheim im Boudoir oder im Safe, die an der Riviera verdienten Schmuckstücke der anderen wurden zu dem kritisch kopfschüttelnden Juwelier, zum Leihhaus oder zum Wucherer gebracht.

Ulrich Faber saß vorn an der mit grünem Buschwerk verdeckten Balustrade, die den höher liegenden Garten von der Straße schied. Hinter ihm, und ziemlich weit von ihm, stiegen immer neue Ankömmlinge die Stufen des mittleren Einganges hinauf, blieben umherblickend stehen, wandten sich zur oberen Terrasse, durchschlenderten langsam die engen Wege zwischen den Tischen, die meisten fanden keinen Platz. Der ehemalige Boxer Charpentier, sehr Gentleman und allgemein beliebt, schaffte den Damen, die er kannte, mit galanter Liebenswürdigkeit Stühle herbei. Viele Frauen und Mädchen trugen jetzt auf dem Strande und auf der Promenade die hellfarbigen Shorts, die kurzen, selten bis an die Knie reichenden weiten Leinenhosen, und nicht wenige erschienen so auch zum Cocktail im »Malmaison« und ließen, so hoch hinauf wie möglich, ihre rotbraunen Indianerbeine sehen. Andere zeigten, wenn sie ihren Mantel öffneten, bereitwillig ein prall anliegendes und winziges Badekostüm. Rundherum um diesen Wettbewerb der geringsten Bekleidung gab es die Konkurrenz der modernsten und teuersten Sommertoiletten und Hüte, und obgleich nach dem heißen Tage die Luft noch nicht sehr abgekühlt und über dieser Menschenanhäufung sogar einigermaßen stickig war, hatten manche Damen auch Pelze umgelegt. Eine Neuheit dieser Saison war die ungefähr ein Dutzend Mal vorgeführte bläulich durchhauchte weiße Haarfärbung, weißwellig, mit einem ganz feinen Schimmer von Blau. Von den Männern erschien auch am

Nachmittag nur eine Minderzahl, zu der Faber in seinem englischen Anzug gehörte, in jener Kleidung, die in den Städten für korrekt und unerläßlich gehalten wird. Vielen genügte infolge der Hitze Beinkleider, Gürtel, ein Hemd mit der Marke der besten Firma oder ein farbiger kurzärmliger Sweater, und die Jüngeren waren Cowboys oder Farmer und stellten den Frauen ihre herausfordernden Armmuskeln zur Schau. Draußen auf dem Fahrdamm bewegte sich ununterbrochen, lückenlos und oft stoppend, der Korso der Autos, der pompösesten Autos aus allen Weltgegenden und Fabriken, ein riesiger Lindwurm, der sich mit blanken Schuppen langsam vorwärtsschob. In den Wagen saßen die gesicherten Existenzen, das Polster einpressend wie schwere Geldsäcke, und flittrige Grazien, indische Maharadschas ohne den verzaubernden Glanz ihrer Palastkostüme, populäre männliche und weibliche Filmstars, mächtige Zeitungsbesitzer, Helden und Heldinnen der Spielsäle, Abenteurer mit der Komödienmiene kühner, eiserner Unbeweglichkeit. Fast alle taten, als wäre ihnen die Bewunderung der Zuschauer so gleichgültig wie in einer Rindviehausstellung den preisgekrönten Kühen. Fußgänger wandelten zwischen der Terrassenwand des »Malmaison« und dem von der Autoparade versperrten Damm. Manche hatten jene lächelnde Miene, die einen neidlosen Sinn andeuten soll.

Am Tisch Fabers waren, als er sich dort niederließ, drei Stühle reserviert. Eine betagte, ungemein umfangreiche, fleischige und götzenhaft geputzte Dame, ein magerer kleiner Gatte mit einer Brille und ein etwas schmalbrüstiger junger Cowboy, dessen Haar über den Ohren zu sehr geölt war, fanden sich ein. Die Stühle standen sehr dicht beieinander, die umfangreiche Dame fiel dem eingezwängten Faber, als sie sich neben ihm niedersetzen wollte, beinahe in den Schoß wie eine überreife Frucht. Sie sagte: »Pardon, monsieur«, mit freundlicher Vertraulichkeit und einem fremdländischen, geographisch schwer bestimmbaren Akzent. Unter den Frauen im Garten gab es einige Dutzend dieser ehrwürdigen Ruinen, auf allen Seiten kunstvoll gestützt und mit den Rosen der Schminke und den Ranken der falschen Locken geschmückt. Einige hatten eine Ähnlichkeit mit Goyas Portrait der spanischen Königin Maria Luisa – sie hatten ihre Bemalung rund um die schwarzen Knopfaugen, ihre zwischen dem eingefallenen Fleisch hervorstechenden Backenknochen und ihr schon herabsinkendes Kinn. Diese hier mit ihrer überquellenden Körperfülle erinnerte Faber mehr an Bilder des dänischen Malers Kristian Zahrtmann, die er in den Galerien Kopenhagens gesehen hatte, an die im Gefängnis gealterte, greisenhafte Königstochter Leonora Christina oder an die längst vom Jugendreiz entblätterte Aspasia. Aber nein, auf diesen Bildern war der Verfall nicht eine schaurige Posse, sondern eine Tragödie, der unvermeidliche Fortgang der Verwesung war nicht herabgewürdigt, der Däne hatte ihn liebevoll, mit einer ernsten Liebe, beinahe wie etwas Erhabenes gemalt.

Ein lang aufgeschossener junger Mann, der, zwischen den Tischreihen umherspähend, herangekommen war, trat hinter Faber und schien ihm etwas mitteilen zu wollen. Faber bemerkte ihn zunächst nicht, denn er betrachtete abwechselnd die Porzellanglasur auf den hängenden Wangen seiner Nachbarin und das schmalbrüstige Gegenüber, und erst als er fühlte, daß jemand sich über seine Schulter beugte, drehte er sich um. Der junge Mann, der hinter ihm stand, war Ernst. In einem grauen Reiseanzug, nicht mehr ganz so blaß, nicht mehr so mit den Spuren der Unterernährung wie damals in Berlin. Faber verspürte einen Chock, auf seine Brust legte sich ein Druck, wie in einer plötzlichen Umklammerung. »Fräulein Gerda Rohr ist hier«, sagte Ernst, »dort am Eingang, wir haben Sie gesucht.« Ein paar Sekunden lang regte sich Faber nicht. »Sie ist«, begann Ernst wieder, »hergekommen, um Sie zu sehen. In Ihrem Hotel hat man uns gesagt, wir würden Sie hier finden können.« Jetzt erhob sich Faber, aber er mußte erst das Knie der fleischigen Alten seitwärts schieben, das ihn verhinderte hinauszugelangen. Sein Gesicht hatte, als er an dieses Hindernis stieß, einen wütenden Ausdruck, er biß sich auf die Unterlippe und unterließ jede Höflichkeit. Die Berührung des dicken Knies war unappetitlich und grotesk in diesem Augenblick.

»Wo?« fragte er. Dann sah er durch einen Nebel Gerda Rohr. Sie wartete, anscheinend ruhig, bei den Treppenstufen, schlank und gleichsam noch etwas größer geworden, in einem unaufdringlich eleganten leinenen Jackenkleid. Neben ihr stand, sie überragend, in einem braunen Jackett und hellen Beinkleidern, Magnano Scott. Beide blickten zu Faber hin. Gerda Rohr gespannt, aber mit beherrschten Empfindungen, Magnano Scott mit der kühlen und etwas hochmütigen Ungeduld des Unbeteiligten, der seine Zeit nicht mit ihm gleichgültigen Lappalien verlieren will.

Fabers Mund war ausgetrocknet, er hatte eine lähmende Schwäche in den Beinen, und zum ersten Mal fühlte er, daß sein Herz, das nie von der Regelmäßigkeit abgewichen war, heftig schlug. Von alledem, was in ihm vorging, ahnten die gleichgültigen Gaffer nichts. Als er die Wartenden erreicht hatte und nach so langer Zeit Gerda wiedersah, die Schönheit ihres Gesichtes und ihrer Gestalt wiedersah, empfand er eine schmerzhafte Bewunderung. Er sah, daß sie die blaue Kette trug, die er einmal dem kleinen Mädchen geschenkt hatte, und das verursachte in ihm schnell hintereinander eine freudige Regung und den Gedanken, sie habe ihn mit diesem Zeichen nur trösten und täuschen wollen. Gerda Rohr streckte ihm die Hand entgegen und stellte dann vor: »Herr Magnano Scott – mein Freund Ulrich Faber« – ein Lächeln, mit dem sie den sich leicht verbeugenden Faber begrüßen wollte, mißlang. »Ich habe Sie schon einmal gesehen«, sagte Magnano Scott, »in dem russischen Restaurant in Paris.« – »Ja, es kann sein. Ich erinnere mich.« Er war ebenso kühl wie der andere, auf die Erinnerung an das sehr flüchtige Zusammentreffen im Restaurant Petroff legte er offenbar wenig Wert. Magnano Scott bat, ihn zu entschuldigen, er habe noch viel zu tun. Den Ernst schickte Gerda in das Hotel zurück. Neben Faber schritt sie die Stufen zur Straße hinab. »Du siehst«, sagte sie, indem sie wieder zu lächeln versuchte, »ich bin doch gekommen – du hast es nicht geglaubt. Freust du dich, daß ich da bin?« Er antwortete mit einer unbestimmten Gebärde, die jedenfalls keine klare Bejahung war.

»Willst du«, fragte er, als sie von der fremden Menge umringt waren, »daß wir zu einer Bar oder zu einem Tearoom gehen?« Sie wollte lieber im Freien bleiben, dort drüben in den Anlagen am Wasser seien ja Stühle, dort würde es am besten sein, nur von diesen Menschen hier wolle sie weg. Ihre Stimme sollte sicher und unbefangen klingen. Aber er meinte zu spüren, daß auch sie gegen ein Herzklopfen ankämpfte wie er selbst. Als sie sich zwischen den langsam fahrenden Autos hindurchgewunden hatten und auf der Promenadenseite am Meer entlang weitergingen, sprachen sie nicht. Erst als sie schon in den kleinen Parkanlagen waren, unterbrach Faber das Schweigen, hinter dem jeder von ihnen seine durcheinanderjagenden Gefühle versteckte und an seinen Gedanken spann. »Ist Magnano Scott jetzt dein Freund?« – »Nein. Er ist nicht mein Freund. Bestimmt nicht das, was du darunter verstehst.« Nach einer Weile: »Ich möchte nicht über ihn sprechen. Bitte, erlass' mir das. Er tut viel für mich. Du hast ja immer an mir gezweifelt, aber wirklich, dein Verdacht ist auch diesmal unbegründet. Wenn ich dir gleich alles sagen soll: Ich fahre nach China – du weißt doch, ich habe immer von China geträumt. Jetzt habe ich dort eine sehr gute Stellung, ich kann dort viel verdienen, und es interessiert mich sehr.« – »Eine Stellung ... bei Magnano Scott?« – »In seiner chinesischen Agentur ... ja, also bei Magnano Scott.«

Er rückte zwei Stühle dicht an den niedrigen Wall von Buschwerk, hinter dem die blaue Bucht flimmerte, zur Linken umschlungen von dem gerundeten Arm des Cap d'Antibes, zur Rechten umrahmt von der halbmondförmigen Hügelküste und dem höheren, felsigen und spitzigen, weit in das Meer hineindringenden Vorgebirge des jetzt in weiche Schatten aufgelösten Esterel. Zwei kleine weiße Segel zogen über die blaue Wasserfläche, die weißen und rosa Villen zwischen dem dunklen Baumgrün des Cap fingen das Licht der niedergehenden Sonne auf. Links sah man durch eine Lücke im Gebüsch den langen Strand dort unten, die blau und weiß gestreiften, roten und orangegelben Parasols, die krabbelnden, spielenden Kinder und die Mütter und Gouvernanten, die noch nicht Lust hatten, sich von ihrer Romanlektüre zu trennen. »Es kommt einem merkwürdig vor«, sagte Gerda, »daß man hier auch Kinder sieht ... Kann man so leben? Sag' einmal, findest du, daß das ein Leben ist?« Er beantwortete ihre Frage nicht, seine Gedanken waren anderswo festgebohrt. »Fährt Magnano Scott auch nach China? Ihr reist zusammen?« – »Er hat noch Geschäfte in Paris. Aber er kommt wahrscheinlich eine Woche später mit einem anderen Schiff.«

Sie suchte, selbst in einer Beklommenheit, die sie durch den festen Ton der Sprache verbergen wollte, ihn aus dieser Stimmung herauszubringen. »Du siehst sehr gut aus. Weißt du, daß du jünger geworden bist? Gib mir doch deine Hand!« Er hatte sehr deutlich die Empfindung, daß sie ihn keineswegs verjüngt finde, und wahrscheinlich – die schon früher eingegrabenen Furchen hatte sie vergessen – erschien er ihr bei dem plötzlichen Wiedersehen älter, verglichen mit dem Bilde, das in ihrer Erinnerung haften geblieben war. Indem er ihr seine Hand reichte, die sie mit der ihrigen umschloß und auf ihrem Schoß hielt, antwortete er: »Ich brauche dir nicht zu sagen, wie du aussiehst.« Er brauchte es nicht zu sagen, es lag, ebenso wie die Erbitterung, in seinem Blick. »In diesen drei Jahren – mehr als drei Jahren – in denen du mir keine Gelegenheit gegeben hast, dich zu sehen, haben dir ja auch unzählige Männer deutlich gezeigt, daß du ihnen sehr gefielst.« – »Vielleicht. Ich habe mir nichts daraus gemacht.« – »Es hilft immerhin mit.« – »Ich mache mir nichts daraus. Wenn du es nicht bist, der es mir zeigt.« – »Ja, aber in den drei Jahren, in mehr als drei Jahren, hast du mich nicht vermißt.« – »Rede nicht so! Ich habe dich immer vermißt. Aber du bist jetzt so voll Bitterkeit. Und ich brauche so sehr einen Menschen, der ohne Bitterkeit gut zu mir ist – ich möchte, du solltest es sein – es kann kein anderer sein als du ... Ich weiß, ich habe dich verlassen, ich habe dir weh getan. Du hast mir das noch nicht verziehen. Ich weiß auch, daß du mich überall gesucht hast. Aber ich mußte doch fort und mein Glück allein versuchen.« – »Dein Glück. Magnano Scott. Du hast es gefunden.« Sie hatte ihn versöhnen, besänftigen, ihn mit Zureden umweben, einweben wollen, aber als er den einen Namen immer wiederholte und in dem gleichen Ton zu ihr sprach, wurde sie gereizt. »Wollen wir wirklich diese kurze Zeit *damit* verbringen?«

Vermutlich hatte sie gehofft, ihn »abgeklärt« zu finden, aber da hatte sie sich geirrt. Es wäre sehr bequem für sie gewesen, aber leider konnte er ihr diesen Gefallen nicht tun, er war noch nicht so weit. Sie umpanzerte sich ihm gegenüber mit der Sicherheit einer Weltdame, all das war zu sehr unterstrichen, in der Notwehr des schlechten Gewissens zu sehr betont. Einen Moment lang sah er sie, wie sie in dem improvisierten Barren schaukelte, die Beine hochwarf und vergeblich mit den Fußspitzen nach ihm stieß. Vielleicht handelte er falsch, aber wie damals, als er sie in seinem Hotelzimmer gezwungen hatte, die Bücher vom Boden aufzuheben, fand er aus seiner Stimmung nicht heraus. Er hatte zu lange und zu unablässig an dieses Wiedersehen gedacht. So viel an Sehnsucht hatte sich aufgespeichert und so viel an Enttäuschung und Grimm. Und sie war jetzt mit Magnano Scott zusammen, von ihm abhängig, sie reiste mit ihm. Sie war wahrscheinlich nicht seine Geliebte, sie log nicht, sie hatte nie gelogen, aber der da durfte immer bei ihr, in ihrer Nähe sein, sie ließ sich doch gewiß von ihm am Arm führen, und war es so sicher, daß sie ihm immer alles andere verweigern könnte, in Zukunft, drüben in China? Dieser Mensch benutzte doch rücksichtslos jedes Mittel, um an sein Ziel zu gelangen. Er hatte auch dieses Kleid bezahlt, in dem sie hier saß, und auch das hatte etwas gräßlich Entfremdendes – ein Kleid, das ihr von einem anderen geschenkt, bezahlt worden war. »Wollen wir«, fragte sie ungeduldig, »wirklich diese kurze Zeit *damit* verbringen?« – »Du hast recht«, und seine Stimme klang etwas weicher, »wir haben wohl nur eine kurze Zeit. Wann geht dein Schiff, wann fährst du ab?« – »Morgen früh, von Marseille.« Ihm ging wieder durch den Kopf, daß sie ihn erst in der letzten Stunde aufgesucht hatte, nachdem sie ihm mehr als drei Jahre lang ferngeblieben war. Sie drückte seine Hand, die sie festhielt, und bat: »Sei doch vernünftig! Ich will dir ja auch noch etwas sagen, aber erst muß ich sehen, daß du mir wieder gut bist. Du hast soviel Mißtrauen und Zweifel, du quälst dich damit, dich und mich. Manches muß dir ja auch unverständlich sein und rätselhaft vorkommen. Ich könnte dir das alles aufklären, alles. Du würdest sehen, wie wenig das ist, was dir so unbegreiflich erscheint und so erscheinen muß.«

Er überhörte ihre Äußerung, daß sie ihm noch etwas sagen wollte, und erwiderte, nicht aggressiv, aber mit einer sachlichen Milde, so wie man einen Fall schonungsvoll auseinandersetzt: »Ich bin überzeugt, daß es wenig ist. Bis jetzt. Daran zweifle ich gar nicht, nur an der Stärke deines Gefühls für mich. Wenn es anders wäre – du wärst vielleicht nicht von mir fortgegangen, oder du wärst doch schon einmal vor diesem Abschied, nicht erst in dieser letzten Stunde, wieder zu mir gekommen. Und nicht so. Dein

Gefühl hätte dich dazu gezwungen. Du hast mich gern gehabt, ja, ich weiß das, und wenn du dich bei mir angelehnt, bei mir angekuschelt hast, war ich dein Zuhause, deine Heimat. Gewiß. Aber es war doch nicht unbedingt deine Heimat, ein bißchen blieb es für dich doch auch wie in der Fremde – nicht ganz deine Welt. Mit deinen Ideen und auch mit einem Stück von deinem Herzen warst du anderswo – dort, wo du untertauchtest, wo du hingingst, wenn du mir mit einem netten Kuß auf Wiedersehen gesagt hattest. Eigentlich war ich für dich doch ein zurückgebliebener, verständnisloser Bourgeois. Ganz wie für Lorenz Münch. Natürlich sieht jeder von euch das von einem anderen Standpunkt aus. Ich war unfähig, das Neue, das Junge zu begreifen. ›Der richtige Liberale‹ hast du so hübsch gesagt.«

»Du hast dir das alles aufgehoben. Nun schüttest du das alles auf mich aus, einen ganzen Eimer, und rechnest mit mir ab.« Daß er zuletzt fast mit Humor gesprochen hatte, verriet doch seinen Wunsch, die brüchig gewordene Brücke zu ihr wiederherzustellen. Sein Humor war salzig, aber das mußte ihm helfen, sich von dem Groll, der wie schwere Ketten auf ihm lastete, zu befreien. Sie hoffte das und hatte mit einer gespielten Heiterkeit geantwortet, um ihn weiter zu ziehen. »So war es ja auch gar nicht«, fügte sie dann leiser und kopfschüttelnd hinzu.

»Nein, es war nicht ganz so. Du hast immer gewollt, daß ich dir erzählen sollte, dich belehren sollte, du hast dann mit einer so goldigen Aufmerksamkeit zugehört. Du hast auch immer gefragt: ›Was denkst du darüber?‹ Aber das, was ich über die Menschen und über die Dinge dachte, das hat gar keinen Einfluß auf dich und deine eigenen Gedanken gehabt. Im Grunde war es dir gleichgültig. Du hast von der Höhe deiner besseren, jüngeren Überzeugung auf mich herabgeblickt.« – »Darf ich nicht auch meine eigene Weltanschauung haben?« – »Weltanschauung, ein bedeutendes Wort!« Trotz seiner schwarzen Stimmung war er belustigt und gerührt zugleich, als sie so »bedeutend« sprach. Sie hatte sonst für diese ein wenig wichtigtuerische Ausdrucksweise nichts übrig, aber jetzt in der Verteidigung griff sie nach dem breitesten Schild. »Wir haben«, sagte sie, »über manche Dinge eben verschiedene Meinungen gehabt, das ist ganz natürlich. Ich habe meine eigene Meinung, und die lasse ich mir von niemandem nehmen, auch nicht vor dir. Aber ich habe nicht auf dich herabgeblickt, das weißt du genau.« – »Ganz so schlimm habe ich es auch nicht gemeint. Ich habe es ja immer schön gefunden, daß du so warst, ich habe mich darüber gefreut. Innerlich. Es war dein gutes Recht. Gerade weil du so steifnackig mir gegenüber warst, habe ich mich gern ein bißchen mit dir gerauft und herumgebalgt. Du warst stolz darauf, daß du mir keine Konzessionen machtest, und ich wollte gar keine Konzessionen. Ich wollte dich so eigenwillig und trotzig haben, ja sogar heftig und geradezu feindselig – manchmal warst du so – in der Verteidigung deiner Unabhängigkeit. So wollte ich dich.« Er dachte zurück, in die Vergangenheit.

»Und nun bist du bei Magnano Scott. Von diesem großartigen Waffenhändler abhängig, der die Leidenschaften gegeneinanderhetzt und davon profitiert. Er findet sein Geld im Blut und Dreck, im Schutt der zerstörten Häuser und Fabriken, immer mehr Geld. Du bist – wenn auch noch nicht das, was er möchte – seine Begleiterin, seine Mitarbeiterin. Weil dein Ehrgeiz, dein so berechtigter Wunsch, etwas zu erreichen, dich treibt, scheinst du alles zu vergessen, was so unbeugsam und unerschütterlich war. Du willst ihm, ich glaube es dir, nicht deinen Körper preisgeben – du willst das nicht, aber du gibst ihm jetzt schon den Stolz, die Selbständigkeit, die Schönheit deiner Persönlichkeit. Wahrscheinlich meinst du, daß du ihm auch solche Konzessionen nicht machen wirst, aber du bist schon mittendrin.«

Sie hatte ihn nicht unterbrochen, sie saß wie versteinert da, ihr Gesicht war blaß und starr. Auf der Stirn hatten sich die Gewitterfalten zusammengezogen, ihre Hand hatte sie zurückgenommen, ihr Mund war verschlossen, erst nach einer Pause sagte sie: »Es ist nicht wahr.« Vorher hatte er mit deutlicher Übertreibung von feindseliger Heftigkeit gesprochen, die sie früher in den kleinen, harmlosen Streitereien ihn hatte verspüren lassen, jetzt war in ihrer Haltung und in ihrer Stimme, in dem »es ist nicht wahr« wirklich etwas Feindliches, eine zornige Gekränktheit, die bis zur Feindlichkeit wuchs. Aber nur einen Augenblick lang. Dann sagte sie, mehr traurig und matt als empört, in einer verzichtenden Abgespanntheit: »Wie falsch du urteilst – das war wirklich etwas weit vorbeigezielt.«

Als er sie wieder von der Seite anblickte, durchfuhr ihn ein schmerzhafter Schrecken, wie ein plötzlich tief eindringender Stich. Zum ersten Male sah er, daß unter ihrer Schläfe sich etwas wie eine kleine Höhlung, eine schmale Talmulde gebildet hatte, als habe dort schon die erste Arbeit für das Grab der Jugend begonnen. Es war kein Atom von Rachegefühl in ihm. Diese ja noch vorsichtige Mahnung an die kommende Zerstörung verursachte ihm eine unerträgliche Qual. Er hatte immer den Eindruck gehabt, daß bei Gerda die Blütezeit sehr lange dauern müsse, und sie schien auch aus einem schwer besiegbaren Material geformt zu sein. Sie mußte sehr viel Schlimmes durchgemacht haben – nur deshalb hatte der vorstoßende Angreifer sein Zeichen unter ihrer Schläfe zurücklassen können.

Ihre Erstarrung zuerst, dann das Aufflammen ihrer Empörung, die seltsame tiefe Verdunkelung ihrer Augen, der rauhe, farblose Klang ihrer Stimme, die traurige Müdigkeit – und jetzt auch dieses noch –, vielleicht hatte er sie zu schwer gekränkt. Er hatte sie gerade dort verwundet, wo sie unverwundbar sein wollte und wo sie meinte unverwundbar zu sein. Er nahm wieder seine Zuflucht zu dem sachlichen Diskussionston und lenkte ein. »Sieh mal – ich will dir doch nicht weh tun – ich revanchiere mich nicht. Aber vielleicht hast du dir nicht alles ganz genau und nüchtern überlegt. Du gehst nach China, nicht wahr, Magnano Scott gibt dir eine gewiß große Stellung, er sichert dir nicht nur den brillanten Verdienst, sondern auch das höchste Maß von Selbständigkeit zu. Worin besteht sein Geschäft? Im allgemeinen liefert er Waffen an alle, denen er eingeredet hat oder die selbst auf diesen Gedanken gekommen sind, daß sie sich für die Zivilisation oder für die Gerechtigkeit schlagen müssen. In China schlagen sich, wie anderswo, alle für die Zivilisation und für die Gerechtigkeit, und er verkauft natürlich Gewehre, Maschinengewehre, Kanonen und Munition an alle Generale, an alle Armeen, Banden und Parteien. Ihr – ich muß nun ›Ihr‹ sagen – seid interessiert daran, daß der Bürgerkrieg, die gegenseitige Zerfleischung niemals aufhört, denn sonst könnt ihr euere Magazine schließen – wenn die Menschen dort in Frieden leben, nimmt euch niemand eueren Mordkram ab. So ist es doch. Und ob die einen gut sind und ob wir ihre Bestrebungen, ihre Bewegung berechtigt finden und ihnen den Sieg wünschen – und ob die anderen schlecht und gemein sind, darauf kommt es, wenn man Geschäfte abschließen will, nicht an.«

»Du sprichst von einer Sache, von der du, entschuldige, eine falsche Vorstellung hast. Wenn ich in China sein werde – du kannst versichert sein, daß ich nicht dem schlechten und gemeinen Gesindel dort helfen werde, nicht den Banditen – du machst ein ungläubiges Gesicht, du glaubst mir wieder einmal nicht.« – »Du willst sie dir aussuchen – die, mit denen Magnano Scott durch dich Geschäfte machen soll?« – »Ja, in der Tat. Ich werde sie mir aussuchen. Es gibt ja in China auch allerlei Kämpfe und Ideen, nicht wahr, die mir sympathisch sind. Du weißt das ja alles ebenso wie ich – eine arme, elende Masse und eine Bewegung, die doch die Generale nicht mehr unterdrücken können, eine fabelhafte Organisation.« Sie brachte das alles sehr fest und entschieden vor, es duldete keinen Widerspruch. Sie hatte ihre Aufgabe, ihre »Mission«, und glaubte daran.

»Du wirst scheitern.« – »Das möchtest du wohl.« Der Ton, in dem sie das sagte, war herb und hart. – »Glaubst du, daß sie auf dich warten?« – »Ja, sie warten auf mich.«

Es war wieder Leben in ihr, von der Talmulde unter der Schläfe war kaum noch etwas zu sehen, sie hatte ihren trotzenden Stolz, sie war schön, er hätte sie am liebsten an sich gerissen, ihren »Phantasiekopf« gepackt und geküßt. »Du hast ja«, fuhr sie fort, »immer an allem gezweifelt – ein bißchen doch auch an mir. Lächle meinetwegen über meine jugendlichen Illusionen. Was haben dir dein überlegener Verstand und deine Nüchternheit, die sich niemals täuschen ließ, denn genützt? ... Gewiß, das, was da in China geschieht und geschehen muß, ist Bürgerkrieg. Ihr habt das nicht gekonnt – in den guten Familien tut man so etwas nicht. Ich meine nicht dich. Du bist ja eigentlich auch nicht aus ›guter Familie‹, und du bist nicht feige. Du trägst ja den Beweis« – sie blickte auf seinen linken Arm – »mit dir herum. Alle zusammen haben das nicht gekonnt.« – »Nein«, sagte er lächelnd und suchte wieder ihre Hand, die sie ihm willig überließ, »du brauchst gar keinen Unterschied zwischen mir und den anderen Schwächlingen zu machen, ich würde auch nicht mehr töten können.«

»Ich kann es. Ich habe schießen gelernt.« – Sie konstatierte das unverkennbar mit einer gewissen Genugtuung. »Ich habe immer meinen Revolver bei mir. Er hat mir schon sehr genützt. Wenn ich ihn nicht gehabt hätte, wäre es mir manchmal nicht ganz leicht gewesen, mich aus der Affäre zu ziehen.« Um welche »Affären« es sich gehandelt hatte, war ziemlich klar.

Sie mußte seinen Wunsch, sie zu umfassen und zu liebkosen, gespürt haben, denn sie sagte plötzlich: »Früher, wenn wir uns gestritten hatten, wenn ich unfolgsam gewesen war – wie du wenigstens glaubtest –, nahmst du mich bei den Schultern, du hast mich gehörig gerüttelt, und alles war wieder in Ordnung, mir war dann so leicht. So befreit.« Er sah deutlich das, wovon sie sprach. Wie er sie bei den Schultern nahm ... Er stand auf. »Was tust du?« fragte sie, ein wenig erschrocken ... zuerst fürchtete sie, er wolle gehen. Er heuchelte, sein Stuhl wackele auf einer unebenen Stelle des Bodens, und rückte den weißlackierten Armsessel dichter an sie heran. Als er so neben ihr war, legte Gerda Rohr ihren Kopf gegen seine Schulter – sie schob diesen

Kopf ein paar Sekunden lang hin und her, um ihn recht fest einbetten zu können. Das blondbraune Haar glitt auf seine Brust. Er beugte sich behutsam, um sie nicht von diesem Platz zu verdrängen, und sein Mund erreichte ihre Augen und ihre Stirn. Es war niemand in der Nähe, die Nounous mit dem Kinderwagen, die alten Rentiers und pensionierten Beamten dösten weiter hinten auf den Bänken bei dem Springbrunnen und dem Denkmal des King Edward. Faber hatte, während er den Stuhl in die neue Stellung brachte, diese Situation schnell überblickt. »Ich möchte so gern, daß auch *dein* Mund nicht so ganz unbeschäftigt bleibt.« Ihr Kopf machte, ohne seinen Platz zu verändern, eine verneinende Bewegung, und sie sah, von dorther, listig zu ihm hinauf. »Küßt man denn in Cannes?« – »Überall.«

Ganz sachte, als könnten rascher gesprochene Worte den Zauber zerreißen, erzählte er: »Heute vormittag, als ich noch nicht ahnte, daß du kommen würdest – und wahrscheinlich warst du schon hier und ich wußte es nicht –, habe ich mir oben bei Grasse, das ist mit dem Auto eine halbe Stunde von Cannes, eine Besitzung mit Obstzüchterei und Blumenkultur angesehen. Das ist zu verkaufen, und ich hatte daran gedacht, ohne klare Absicht, nur ganz unbestimmt. Von dem Hügelrücken, auf dem sie das reizende, behagliche Haus gebaut haben, sieht man die ganze Küste, die Berge und weit über das Meer.« Immer so mit dieser Bedachtsamkeit, mit der man Kindern erzählt, schilderte er ihr das Haus, die Pracht der Obstbäume, die Nelkenplantagen, den Urwald in der Schlucht. Er würde sich natürlich nicht immer, nicht das ganze Jahr dort verkriechen wollen, er könne die großen Städte nicht entbehren, er sei einstweilen noch kein Eremit. Aber es würde doch ein Vergnügen sein, einen solchen Besitz zu entwickeln, alle Fruchtbarkeit der Erde zu erwecken und zur höchsten Steigerung und Entfaltung zu bringen.

»Jetzt wirst du mich gleich fragen« – Gerda Rohr lächelte zu ihm hinauf – »ob ich dort mit dir hausen will ...« Sie wollte seiner Frage zuvorkommen, und in diesem scheinbar heiteren Vorgehen lag ebenso furchtsame Abwehr wie Entschlossenheit. Er nickte: »Es wäre unglaublich schön.« – »Ja, du Lieber, Guter, du mein Allerbester, es wäre unglaublich schön, aber du mußt doch einsehen, daß ich es nicht kann – vorläufig noch nicht. Erst muß ich das tun, was ich mir vorgenommen habe, in China – du magst es nicht notwendig und sogar töricht finden und überzeugt sein, daß ich niemandem helfen werde und daß ich das kleine Mädchen bin, das sich an Seifenblasen freut. Laß mir noch meine Jugenddummheiten. Ich muß es versuchen, ich glaube daran. Aber wenn es mir mißlingt, wenn ich scheitere, dann komme ich vielleicht zu dir auf dein Schloß. Nur die Nelkenzucht – ist das so wichtig? Ich stelle es mir auch gar nicht so furchtbar unterhaltend vor.«

Sie hatte seinen Wunsch abgewiesen, ehe er noch ausgesprochen war. Ulrich Faber hatte auch nicht ernsthaft erwartet, daß sie gleich freudig zustimmen werde, trotzdem sagte er jetzt noch wie zum Scherz: »Du dürftest dann keine Kleider tragen, die ich dir nicht ausgesucht habe, natürlich zusammen mit dir.« Es paßte nicht mehr in den Zusammenhang, er wußte das selber, während er seine Worte hörte, es klappte nach. Die Leiche war schon eingesargt, und er tat, als wäre das nicht eine Tatsache, und stellte noch das Mittagessen auf den Tisch.

Der Kopf, der an seiner Schulter lag, löste sich los. Gerda

Rohr richtete sich auf, aber ihre Finger spielten liebevoll mit seiner Hand. »Ich will dir doch auch einen Vorschlag machen – ich habe dir ja geschrieben, daß ich etwas plane, hast du das gar nicht gemerkt? So flüchtig liest du meine Briefe?« – »Doch, ich habe es natürlich gemerkt, aber offen gestanden, ich habe mir nicht viel dabei denken können. Was ist denn das für ein großer Plan?« Ihr mittlerer Finger und ihr Zeigefinger schoben sich an seinem Handgelenk hinauf unter den Ärmel und der Daumen folgte nach. Die Manschette war ein wenig eng, und sie tastete an dem Knopf herum, bis er aus dem Knopfloch herausglitt ... dann streichelte, zwickte und ziepte sie, in einer sinnenden Zärtlichkeit, seinen Arm, ihre Fingernägel stachen, und er fühlte mit Freude den kleinen Schmerz. Sie fragte, sich langsam hervortrauend: »Willst du mich nicht nach China begleiten? Willst du nicht mit mir kommen?«

Vielleicht hatte er ihren »Plan« schon geahnt, ganz wie sie von seinem Vorschlag nicht überrascht worden war. Aber er antwortete, als hätte er nichts Ähnliches erwarten können: »Ich? Auch ich? Wie denkst du dir das?« – »Du kannst doch sehr viel dort schaffen und aufbauen ... gerade du. Von der Union-Elektrizität her kennst du die Dinge in China, das alles ist dir nicht fremd.« – »Ja, aber ich kann nicht behaupten, daß meine persönlichen Erfahrungen sehr ermutigend gewesen sind.« – »Das braucht nicht immer so zu sein. Ich bin ganz überzeugt, du würdest in China alle anderen schlagen.« – »Auch im Bunde mit Magnano Scott?« Sie entgegnete, etwas nervös: »Hör schon damit auf! Du bist doch selbst etwas und für mich viel mehr.« – »Immer noch?« – »Immer noch – und mein wahres und einziges Zuhause.«

Sie blickten beide geradeaus, auf das heranrinnende blaue Wasser der Bucht, aber ohne es mit wissenden und empfänglichen Augen zu sehen. Er kannte dieses Meer, diese Küstenlinien und die ganze Dekoration zu genau, seine Aufnahmefähigkeit war abgestumpft, und Gerda Rohr war von dem schön gemalten Bilde nicht berührt. Wahrscheinlich hätten sie jetzt auch für eine Natur, aus der in jedem anderen Augenblick intime und geheime Glokkenklänge zu ihnen hingedrungen wären, keine Aufmerksamkeit gehabt. »Das Schiff«, begann Gerda Rohr wieder, »geht morgen nachmittag von Marseille ab, Ernst kann dir eine Kabine besorgen.« – »Ich fürchte«, stichelte er scherzhaft, »sie würde zu entfernt von deiner sein.« – »Ein Diener fährt mit uns, er kann dein Gepäck auf das Schiff mitnehmen, es wird dir wirklich ganz bequem gemacht, wie du siehst.« – »Ein Diener von Magnano Scott fährt mit?« – »Das ist doch gleichgültig«, entgegnete sie ein wenig ärgerlich.

»Sag doch ja!« ... Ulrich Faber fühlte ihre Schulter, die sich wieder gegen die seinige drückte, und seine Wünsche umschlangen ihren Körper, der eine so prachtvolle Einheit mit ihrem inneren Wesen, ihrem harten Stolz und ihrer Willenskraft bildete. Was war ihm Cannes? Was war selbst Paris? Was hielt ihn in diesem Europa zurück? Dieses Leben – und es war doch nur noch ein Lebensrest –, mußte es öde und sinnlos im Kleinlichen verrinnen? Dort über den Ozean hinüber zog seine Freude, das Glück. Er war kein Romantiker, aber das, was ihm entschwand, wenn er nicht morgen nachmittag in Marseille auf dem Deck des Ostasiendampfers stand, das war kein romantischer Traum, sondern die Wirklichkeit. Ja, er hatte die Frage von fern her gesehen, sie war zuerst nur wie ein Luftstreifen gewesen, ohne bestimmte Umrisse, jetzt trat sie so, daß kein Ausweichen möglich war, an ihn heran. »Nicht wahr, du kommst mit, du läßt mich nicht allein?«

»Ich werde vielleicht mit dir kommen. Aber ...« Sie sah ihn forschend und beunruhigt an. »Aber du weißt, ich kann mit dir nur reisen, wenn alles zwischen uns so ist wie an unserem letzten Abend in Berlin ...« Sie bog sich von seiner Schulter zurück, und ihre Finger hatten plötzlich etwas Lebloses und wichen, wie ermattete, besiegte Soldaten fortziehen, von seinem Arm. »Muß das denn sein?« fragte sie bittend, mit einer bei ihr ungewohnten Zaghaftigkeit. »Ich habe dich doch lieb, genügt dir das nicht? Du bist doch mein Einziger, ich brauche dich so sehr.«

Seine Kehle war so trocken, daß er nur mit Mühe sagen konnte: »Und ich soll dann neben dir gehen, und an deiner anderen Seite geht Magnano Scott. Du zwischen uns. Wenn ihr zu tun habt, euch besprechen wollt, bleibe ich draußen vor der Tür.« – »Er wird ja nicht lange in China sein.« Es klang schon ziemlich hoffnungslos, eine letzte Anstrengung, deren Vergeblichkeit man sieht. »Ob er lange dort sein wird, das wird wohl nicht nur von seinen Geschäften abhängen. Ein Mann glaubt so leicht.« – »Es ist nur dein Mißtrauen.« ... Er antwortete mit einem Kopfschütteln: »Das ist es nicht. Aber ich danke nicht ab – ganz gleich, aus welchem Grunde du es verlangst.«

Nach einer kleinen Pause: »Das, was ich meine – es würde wohl dem Mann nicht gefallen, von dem du jetzt abhängst.« – Sie hatte als Entgegnung nur ein Zucken in den Mundwinkeln, als lohne sich eine andere Antwort nicht. Das Dunkel in ihren Augen hatte jetzt nicht das wolkenhaft

Wechselnde, sondern war hart geworden und stand still. Ein paar Sekunden vergingen so.

Sie stand auf. »Ich habe mir das Wiedersehen anders gedacht.« Ihre Worte waren schleppend und ganz ohne Klang, aber sie zwang sich, wieder fest zu erscheinen, und hielt sich aufrecht, mit etwas zu absichtlich erhobenem Kopf. »Wir haben es uns beide anders gedacht. Erklär' mir doch noch das Eine ... Warum ist das, was damals war ...?« – »Damals kam so vieles zusammen. Wer weiß, was wieder geschieht! Denk doch nicht immer daran!« – »Ja, ich denke immer daran.«

Es war ihm selbst nicht ganz klar, ob er etwas Bitteres oder etwas Angenehmes äußern wollte, als er sagte: »Du bist glücklicherweise nicht sentimental.« – »Nein, ich bin nicht sentimental. Und dich bringt glücklicherweise deine Ironie über alles hinweg.« Im gleichen Augenblick sah er, während er neben ihr durch die Anlagen schritt, daß eine Träne in ihren Wimpern hing. Die Träne löste sich los und begann über ihr wieder bleich und müde gewordenes Gesicht hinabzurollen. »Es kann sein, vielleicht werde ich nachkommen.« – »Ich muß nun in mein Hotel. Wenn du mir etwas mitteilen willst, im Cook-Büro in Hongkong kannst du immer erfahren, wo du mich findest.«

Sie gingen nicht auf dem kürzesten Weg zurück, sondern erst noch ein kleines Stück am Meer entlang und dann schräg, in einem Bogen, über den Promenadenplatz. Sie gaben sich noch diese Gnadenfrist, jeder schien zu hoffen, daß der andere noch das erlösende Wort sagen werde, aber keiner von beiden sagte dieses Wort. Auf den Bänken saßen nur noch ein paar alte Leute im Halbschlummer, und auf seinem Denkmalsockel stand puppenhaft, im Kostüm des

Segelsportmannes, der King Edward. Über den Mastenspitzen der vielen, eng nebeneinander in ihrem Hafen liegenden Dampfyachten und Segelyachten blinzelte am noch halb hellen Himmel ein erster Stern. Sie kamen zum Rande des Fahrdammes, dies war wie eine Grenze, hinter der es kein Zurückfinden gab. Es fuhren jetzt nur noch vereinzelte Autos, die Damen und Herren, die Sträflinge des unablässigen Vergnügens, waren in ihren Hotels und machten sich für das Galadiner im Casino oder im Palm-Beach zurecht. Gerda Rohr reichte Faber die Hand, ohne die seinige zu drücken, als habe sie keine Kraft dazu. »Laß es dir gutgehen ... Und denke manchmal an mich!« – »Lebe wohl, Gerda! Glückliche Fahrt!« Sie schritt, gleichsam mechanisch und automatenhaft, über den Damm.

Ulrich Faber, am Rande des trennenden Fahrdamms, hing an jeder Bewegung ihrer sich drüben entfernenden Gestalt. Sie schien abgewendet von allem, was um sie herum war, ihr Gang hatte nicht die Elastizität, nicht die stolze Unbekümmertheit wie sonst, und die Schulterlinien senkten sich schlaff. Als sie ein paar Schritte gegangen war, blieb sie bei einem Schaufenster stehen. Sie trocknete mit einem Taschentuch die Augen und das Gesicht und verwischte die Tränenspur. Dann ging sie weiter, von einem Schaufenster zum anderen, vor jedem verweilte sie, als wollte sie die Ware betrachten, die dort ausgelegt war. Solange sie noch sichtbar war, folgte Ulrich Fabers Blick ihr durch die Dämmerung, aber sie setzte ihren Weg fort, sehr langsam, und sah sich nicht ein einziges Mal nach ihm um.

XVI.

Da Ulrich Faber die Treppenstufen des »Malmaison«, bei denen sie ihn erwartet hatte, und die Bank am Meer und die Schaufenster, an denen sie müde entlanggeschritten war, nicht mehr sehen wollte, verließ er am nächsten Morgen Cannes. Er hatte beschlossen, noch zwei Wochen in der Provence zu verbringen. Nach Paris, zu den Gewohnheiten und den Menschen dort, die er kannte, wollte er jetzt nicht gleich wieder zurück. Es war schon eine Reihe von Jahren vergangen, seit er zum letzten Mal die Provence durchstreift hatte – damals hatte er die Reste der Römerzeit sehr interessant gefunden und sich zwischen der bescheiden genußfrohen Bevölkerung, die von alters her Rede, Gesang und den kleinen Wein liebte, wohl gefühlt. Er hielt sich wieder in Arles, in Orange, in Tarascon und in Avignon auf und machte ein paar Ausflüge zu kleineren Orten, in denen es, wie die Reiseführer versicherten, Sehenswürdigkeiten gab. Aber die Römer hatten ihre Arenen, Amphitheater und Aquädukte hier doch nicht ganz so gewaltig wie in ihrer Heimat gebaut, die Altertümer waren Überbleibsel einer Provinzkunst, in den Museen waren einige Bilder, vor denen man gefesselt stehen bleiben konnte, von zuviel Trödel umgeben, und über der Landschaft lag ein von der Landstraße aufwirbelnder weißer Staub. Faber sah nur den Staub und vernahm nicht die Melodie. Aber er sagte sich: »Wahrscheinlich liegt es an mir.«

In Avignon blieb er mehrere Tage, zunächst vielleicht nur, weil ihm von früher her der Gasthof vertraut und in guter Erinnerung war. Er empfand es wohltuend, in einer kleinen Stadt zu sein, deren Leben zwischen den Türmen und Palastmauern einer großen Vergangenheit hinfließt, ohne die Streitpredigten der hierher geflüchteten Päpste, aber im Grunde ganz wie früher mit Freuden und Kümmernissen, mit Liebe und Zank. In Avignon war Jahrmarkt, auf Plätzen und in den Straßen drehten sich mit heiserer Musik die Karussells und die hohen Räder mit den schwebenden Wagen, die Schaukeln flogen hinauf in die Luft, vor einem Wanderzirkus, der mit grauer Leinwand umspannt war, lächelten Harlekin in seinem bunten Kostüm und Colombine in ihrem Gazeröckchen, auf den Tischen der Zeltbuden waren die bunten Stoffe, Schürzen, Tücher, Ledertaschen, Schuhe, Armbänder, Halsketten, das feinere Porzellan und die Glaswaren ausgebreitet, auf dem Straßenpflaster hatten die Händler die großen Töpfe, das Ackergerät und die für die Hauswirtschaft nötigen Gegenstände aneinander gereiht. Am Nachmittag und am Abend standen die männlichen und weiblichen, jungen und alten Bewohner der Stadt schaulustig, neugierig, lachend, suchend und feilschend vor all den Verlockungen, und hinter ihnen schoben sich im Gedränge andere vorüber, ziellos oder unterwegs zum nächsten Ziel. Auf den Schaukeln flatterten die Röcke, strampelten die Mädchenbeine, in den hinaufsteigenden Wagen der Luftkarussells zwickten die jungen Männer ihre Freundinnen, die sich nicht allzusehr wehrten, wenn sie meinen konnten, den Blicken der argwöhnischen Mütter weit genug entrückt zu sein. Es war ein Gedudel rostiger Klaviere, ein Gejuchze und Gekreisch von weiblichen Stimmen, dazwischen knatterte es in den Schießbuden, und über allem lag dick und dunstig ein Gestank von Öl und Fett. Faber hörte einem Demosthenes des Hausierhandels zu, der um den bloßen Hals lose und künstlerisch ein blaues Tuch geknüpft hatte und von der Höhe eines Stuhles herab das Publikum mit einem ungeheuren Wortschwall unterhielt. Der Mann war auch ein Zauberkünstler, er ließ das Taschenmesser, die Uhr, die Patentzahnbürste und den Rasierapparat, all die Dinge, die er anpries, im Ärmel verschwinden und holte sie unter allgemeinem frohem Beifall aus der Rocktasche eines Bürgers oder hinter dem Busentuch einer Landfrau hervor. Ganz wie diese Späße waren auch die Knalleffekte seiner Beredsamkeit nicht Eigengewächs, nicht immer originell, sondern gewissermaßen international. Aber er hatte eine ungewaschene Grazie, eine herrlich strömende Suada, eine unbesiegbare Schlagfertigkeit, in seinen »Boniments« eine Fülle schmückender Einfälle, und wenn er den Nutzen der Patentzahnbürste an den weißen Zähnen der lachend zurückweichenden Mädchen zeigen wollte, hatte er eine ungemein charmante Dreistigkeit. Und wie anspruchslos dabei, dachte Faber – mit soviel Talent setzt er seinen Kram auf den Jahrmärkten ab. Warum widmet er sich nicht der Politik?

Es war sehr schwer, nein, es war unmöglich, Völker als Ganzes gern zu haben, wenn man die Charakterzüge und Erscheinungen ihres privaten und öffentlichen Lebens sah. Hier waren viel Spießbürgerlichkeit und viel lebendig Persönliches, die ängstliche Scheu vor dem Neuen und Fremden und der Ärger über die eigenen Versäumnisse, aber wenn man zwanzig Jahre hinter den anderen zurückblieb, konnte man in einer plötzlichen Improvisation fünfzig Jahre überspringen. Dieses wirklich demokratisch fühlende Volk mit seinem Hang zu politischen Diskussionen erschien, oft mit Unrecht, respektlos und undiszipliniert. Es war so respektlos und undiszipliniert, daß es wahrscheinlich nicht leicht sein würde, hier diejenigen, die sich ihre Unabhängigkeit nicht nehmen lassen wollten, in Gefängnisse oder hinter ähnliche Gitter zu sperren. Leider hatte die große Revolution, die diesen schönen Geist der Unabhängigkeit geweckt hatte, durch die ersten Volksheere nicht nur die Menschenrechte über die Grenzen tragen lassen, sondern sie hatte auch, mit der Kriegspflicht der Nation, den Nationalismus erzeugt. Der Nationalismus steckte in vielen Millionen Gehirnen, die Menschenrechte waren nicht überall hingedrungen.

Sehr lange hielt es Faber, obwohl er zwischen diesen vergnügten Kleinbürgern und Landleuten nicht wie ein teilnahmsloser Fremder herumging, in dem Jahrmarktslärm und dem dicken Fettgeruch nicht aus. Dann verweilte er auf der Höhe über der Rhone, in dem Schatten des päpstlichen Palastes, neben zierlosen, kyklopischen, ohne italienische Anmut gigantisch aufgeschichteten Festungsmauern, in dem Asyl der kirchlichen Emigration. Aber bei den Schießbuden erinnerte ihn das Geknatter an Gerda Rohrs stolze Erklärung, sie habe schießen gelernt. Und bei dem Palast meinte er die hoheitsvolle Bemerkung zu hören: »Was soll ich mit deinen alten Päpsten, du bist ein Pedant.« Mein Gott, sagte er sich, ich muß aufhören, fortwährend an sie zu denken, allmählich wird das ein Spleen, eine Art von Besessenheit. Wenn das so weitergeht, werde ich kindisch, weich im Gehirn. Er redete sich außerordentlich energisch zu.

Auch jetzt wieder war es, wenn er seine Gedanken von ihr fortsteuern wollte, wie damals im Wald an der tschechischen Grenze: Sie hielten nicht eine gerade Linie ein, irrten im Zickzack hin und her. Jeder Faden, nach dem er griff, riß nach ein paar Minuten ab. Dann mußte er schnell eine andere Idee vorschieben, als Schutzwand, um das, was er von sich fernhalten wollte, nicht zu sehen. Noch weniger Ordnung war in seinen Empfindungen, die bösen und die zärtlichen folgten einander sehr schnell. Vermutlich ging es in allen Menschen, die an den gleichen Schmerzen litten, nicht anders zu. Eine photographische Schnellaufnahme ihres Gefühlslebens ergäbe ein seltsam chaotisches Bild. Die beste Methode war es noch, so zu tun, als spräche oder stritte er mit ihr. Zwar war sie dann auch wieder ganz da, aber aus dem Wortstreit heraus konnte sich ein Thema formen, das von ihrer Erscheinung fortführte, losgelöst im Raum. Auf ihre »Weltanschauung« hatte sie jugendlich, und eigentlich mit einer naiven Selbstgefälligkeit, gepocht. Sie umkleidete sich damit wie mit einem schönen lila Mantel aus dem großen Bazar. Ja, seine Weltanschauung war nicht so einheitlich. Sie ließ sich nicht mit ein paar Worten beschreiben, sie war nicht aus einem Guß. Für Menschen seiner Art konnte es vielleicht eine einheitliche Weltanschauung gar nicht mehr geben – das war früher möglich gewesen, bevor es sich zeigte, daß Sterne, an deren Ewigkeit man schon geglaubt hatte, ausgelöscht werden können, als wären sie nur Nachtlämpchen gewesen, und bevor neue Probleme zu dem Mittelpunkt wurden, um den nun alles kreist. Früher, da war man päpstlich oder lutherisch, Presbyterianer oder Independent, Royalist oder Republikaner, Protektionist oder Freihändler, Tory oder Whig. Es war sehr einfach, und man wußte, wo man stand. Man hatte Pfeiler gehabt, an denen man sich hielt. Anbetung der Gewalt war keine Weltanschauung, das Gewehr ein Argument, aber keine Idee. Übersteigerter Nationalismus war nur die Anschauung einer engen Welt. Und beifällig oder gleichgültig sahen die meisten zu, wenn die Gesetzestafeln eines lebendigen Humanismus zerbrochen wurden, weil alle Aufmerksamkeit nur noch den anderen Problemen galt. Allerdings kam man auch da mit der Lösung nicht recht vorwärts, und die Armen waren noch immer arm.

Gerda Rohrs feindselige Meinung, Faber könne in all diesen Fragen über das bloße Negieren nicht hinausgelangen, war wirklich ein wenig voreilig, denn er empfand den Wunsch und die Notwendigkeit, zu bejahen, klare und haltbare Formen für eine soziale Umgestaltung zu finden, und auch in den radikalsten Programmen war gutes Baumaterial. Aber bei allen positiven Ideen, die er sich zu eigen machte, mußte er einen Weg betreten, der zu einem unsympathischen Gatter hinführte, dorthin, wo der Staat – und in Wirklichkeit ein »Staat« genannter Einzelwille oder das von einer Machtgruppe aufgezwungene Gesetz – über dem Volke thronte, jeden Schritt des Lebens überwachte und regulierte und der Mensch nicht mehr war als eine schablonenhafte Kreatur. Eine wirkliche Unabhängigkeit hatte es natürlich nie gegeben, jedenfalls war sie eine Seltenheit, hier wie immer war hinter dem blühenden Fleisch der Worte nur ein klappriges Gerippe, fast alle Menschen wurden von ihrer Umgebung, ihrem Beruf abgeschliffen wie die Kiesel vom Wasser, und bekamen ein Normalgefühl. Immerhin hatte man im Lauf der Zeiten die menschliche Pflanze, die wachsen wollte, mit einem Schutzzaun von gebräuchlich gewordenen Rechten, Freiheiten und Kulturbegriffen umgeben, und der wurde nun auch zerhackt. Was blieb? Eine Leere oder ein gehorsamer Glaube, Nacktheit oder Uniform. Ein Magnano Scott durchbrach alle Absperrungen, ebenso wie ein Schmuggler die Kette der Wächter durchbricht. Die Wächter waren damit einverstanden, stellten sich schlafend und drückten beide Augen zu. War ein sozialer Umbau möglich, ohne daß der Staat der tyrannische Götze wurde und jegliche Selbständigkeit des Handelns und Denkens verlorenging? Faber kannte alle Systeme, die man entworfen hatte, und konstruierte daran herum, aber es war beinahe ebenso leicht, zwei parallele Linien an einem Punkt zueinander zu bringen.

Vielleicht war Gerda Rohr beneidenswert. Sie glaubte – manchmal zwang sie sich nur dazu, weil sie sicher und selbstbewußt erscheinen wollte – in dieser Welt, in der alles schwankte und fiel, ein feststehendes Ziel zu sehen. Wenn die Klassen, die immer nur hinter den voranschreitenden anderen den Profit aufgelesen hatten, zugrunde gingen, so hatten sie ihr Schicksal redlich verdient. Aber würden die von unten aufsteigenden Erben sich nicht beeilen, mit den im Schrank vorgefundenen Hosen und Röcken alle Eigenschaften der Verdrängten anzuziehen? Bei Gerda war das Harte, der Egoismus, mit dem sie jede Neigung wie einen Zweig benutzte, um sich daran emporzuschwingen, eine natürliche Kraft und von mancherlei anderer Schönheit umsonnt. Freilich, die Empfindungen, die sie erregen konnte, übermalten wohl auch allzu bereitwillig das, was nicht ganz so leuchtend war. Hier oben auf dem Hügel von Avignon war Faber geneigt, sich gegen die färbende, übermalende Phantasie aufzulehnen, und vielleicht war er, wie er sich selber sagte, bis zur Ungerechtigkeit dazu geneigt. Hatte sie in ihm nicht immer nur sich selbst gesehen, so wie mancher, wenn er ein Portrait zu betrachten scheint, sich nur in dem Glas vor dem Bilde spiegelt und nur sich selber sieht? Indem er sie zu verkleinern suchte, ihr freigebig Überheblichkeit, Hochmut, das Durcheinander von unbedenklichem Egoismus und hemmungslosem Mitleid, das »Grandseigneurale«, Gefühlsdünne, Unzuverlässigkeit, Abenteuerlust, Armut der Sinne – nein, nicht Armut, aber physische Unwilligkeit, verbesserte er sich – vorwarf, kehrte er zu ihrer »Weltanschauung« zurück. Der Liste der Eigenschaften, die er an ihr tadelte, fügte er die Oberflächlichkeit des Urteils hinzu. Sowenig wie er war sie ihrer Überzeugung wegen fortgegangen. Die Mordgeschichte hatte nicht das mindeste damit zu tun. Sie war, obgleich sie es gekonnt hätte, dann nicht zurückgekehrt. Da war zwischen ihnen wirklich kein Unterschied. In einem gut gebauten Theaterstück hätte sie ihm als das »Mädchen aus dem Volke« gegenüberstehen müssen, das für seine Ideen leidet – und er wäre dort der tatenscheue Genußmensch aus einer abgenutzten Generation. Aber das Leben glich selten einem gut gebauten Theaterstück. Das, was in ihrer Natur ihm gegensätzlich war – es war doch noch etwas anderes als nur zwischen Jugend und Alter –, das mußte sie ja auch nicht erst als Fahnenträgerin beweisen, und nicht mit dem Revolver in der Hand. Den Revolver, der ihr schon so gute Dienste geleistet hatte, würde sie in China mitunter gewiß gebrauchen können, für eine ganz andere Verteidigung.

Nein, sie waren jetzt nicht ihrer »Weltanschauung« wegen voneinander getrennt. Er saß doch nicht deswegen hier in Avignon, bei dem Papstpalast, mit dem Blick auf die Rhone dort unten, während sie in einem Liegestuhl auf dem Deck des Ostasiendampfers ruhte, wahrscheinlich wieder von den Wünschen der mitreisenden Männer umschwärmt. Sie hatte ihm nicht aus weltanschaulichen Gründen gesagt: »Muß das denn sein?« Wenn vielleicht auch deshalb ihre Empfindungen anfangs nur zögernd zu ihm gegangen waren, weil die Verschiedenheit der Lebensregionen ein Hindernis für sie bildete – an dem letzten Abend in Berlin hatte doch ein großer Sturm dieses Hindernis fortgefegt. »Damals«, hatte sie ihm geantwortet, »kam so vieles zusammen.« So vieles ... was ...? Sie war an dem großen Abend in einer Erregung, die in ihren Gliedern bebte, zu ihm gekommen. Er hatte es, als sie sich an ihn drückte, wie Zeichen einer aufsteigenden Entfesselung in ihr gespürt. Eines war ja ganz klar. Die Erlebnisse, der Überfall und der Mord, hatten das, was in die geheime Tiefe ihrer Natur gebannt war, aufgerührt. Und dann – sie hatte ihn in jener Stunde nicht verlieren wollen, nicht loslassen können, und in dem Wunsche, ihn zu halten, in dieser Angst und in dieser Anklammerung hatte ihr Gefühl sich gesteigert, eine solche umstürzende Kraft erlangt. – So vieles ... was noch sonst? Plokowski ... der Griff seiner harten Hände ... ohne daß es in ihrem Bewußtsein etwas anderes als Abscheu gab? Aber diese Vorstellung mußte sofort abgeschüttelt werden, abgeschüttelt und zertreten, nichts durfte davon übrigbleiben, keine eklige Spur. So kamen seine Gedanken, nachdem sie sich sprunghaft, ohne Verknüpfung, abgerissen wie einzelne Nebelfetzen, herumgetrieben hatten, wieder an ihren Ausgangspunkt. Sie begannen mit einer weiten Tour, zogen dann immer engere Kreise und hingen fest.

Hoffentlich hatte sie nicht gemerkt, wie er erschrak, als er die kleine Stelle unter ihrer Schläfe sah! Gott sei Dank, sie hatte es nicht gemerkt, und er hatte sich die Bedeutung dieser Sache auch sehr übertrieben, sie würde noch lange jung bleiben, und jetzt auf der Seereise waren alle fatalen Spuren – und auch die ihrer Tränen – schon wieder fortgelöscht. Hatte sie jemals mit einem Wort oder einer Geste in verletzender Weise zu verstehen gegeben, er sei zu alt für sie? Niemals, nein, niemals so, sie hatte vielleicht kein sehr starkes Gefühl, aber doch den Takt des Herzens, sie konnte sich auch darauf verlassen, daß er genau Bescheid wisse, und ein solches Wort wäre nie über ihre Lippen gekommen. Schließlich sagte er sich: Sie war in Cannes mir gegenüber aggressiv mit diesem ziemlich herabsetzenden Ton, weil sie gegen ihre Selbstvorwürfe Deckung suchte, ihr Unrecht empfand. Soll ich sie mir nun auch entstellen, wie ein barbarischer, gestrauchelter Liebhaber in seinem Zorn und seiner Eifersucht einem Mädchen die Nase abbeißt oder ihr Vitriol in die Augen wirft? Nein, ich will ihr nicht die Nase abbeißen, auch das tut man in den »guten Familien« nicht. Ich will sie mir nicht entstellen.

Als er wieder in seinem Pariser Hotel eintraf, sagte ihm das Fräulein, das die Bücher führte und Auskunft erteilte, eine alte Frau sei schon zweimal dagewesen und habe nach ihm gefragt. Sie hatte behauptet, daß sie eine wichtige Bestellung auszurichten habe, und man hatte ihr schließlich mitgeteilt, Herr Faber kehre heute von seiner Reise zurück. Ob man sie fortschicken solle? Faber nahm an, daß es sich um ein Unterstützungsgesuch handelte, und antwortete, nein, er werde die Frau empfangen. Während er eben zum Lift gehen wollte, kam sie schon. Er erkannte sie gleich, es war Madame Philippe, die Wirtin der kleinen Zula, Witwe eines Bahnbeamten, eine gutmütige, ein bißchen neugierige Alte – aber neugierig vielleicht nur, weil sie immer mütterlich besorgt um ihren braunen Schützling war. Madame Philippe fühlte sich, seit Zula bei ihr wohnte, als Theatermutter, mit dem ganzen eifersüchtigen Stolz, der diese Damen nicht zur Ruhe kommen läßt. Sie erklärte jedem, daß die kleine Mulattin tausendmal besser tanze als die steifen Koryphäen im Ballett der Großen Oper, und sie saß fast an jedem Abend, immer ein bißchen aufgeregt und die Mienen der anderen Zuschauer musternd, mit ihrem Freibillett im Parkett der Folies-Bergère. Die Neigung Zulas für Herrn Faber hatte sie, unter Zurückdrängung ihrer moralischen Bedenken, vom ersten Tage an verständnisvoll unterstützt. Als sie Herrn Faber den Schlüssel der Wohnungstür übergeben hatte, war sie ungefähr so bewegt gewesen wie eine Mama, die am Hochzeitsabend mit den Worten: »Machen Sie mein Kind glücklich!« die Tochter dem harrenden Gatten anvertraut.

Madame Philippe, deren gutes Mütterchengesicht mit dem runden Fleischknopf der Nase bekümmert aussah, bat um Entschuldigung, aber Herr Faber wisse noch gar nicht, daß etwas Schreckliches geschehen sei. Bevor sie weitersprach, führte er sie, damit das Hotelpersonal nicht zuhören könnte, in das Lesezimmer, dann fragte er: »Mit Zula ...? Was ist denn geschehen?« Zula hatte sich vergiftet, oder vielmehr, sie hatte es versucht und hatte *Veronal* geschluckt, alle Pillen, die sie sich hatte verschaffen können. Glücklicherweise, es war wirklich ein glücklicher Zufall, war gleich darauf Madame Philippe in das Zimmer getreten, sie hatte die Situation sofort überblickt, das Kind lag auf dem Bett, mit geschlossenen Augen, ganz starr ausgestreckt, die Hände auf der Brust gefaltet, und auch die braune Farbe war wie die Farbe einer Leiche, denn dahinter zirkulierte das Blut nicht mehr. Madame Philippe hatte dem Kind schnell ein Brechmittel zwischen die Zähne geklemmt und den Arzt geholt. Der Arzt hatte den Magen ausgepumpt, Madame Philippe hatte die Kleine gepflegt, wie sie nur ihren Gatten in seiner letzten Krankheit gepflegt hatte, und jetzt, nach vier Tagen, war Zula wiederhergestellt. An diesem Abend sollte sie zum ersten Mal wieder tanzen, der Direktor war sehr anständig gewesen und hatte keine andere Künstlerin engagiert. Eine Tänzerin wie Zula finde man ja auch nicht so leicht. Faber war bestürzt und hatte ein Schuldgefühl. Mit etwas unsicherer Stimme sagte er: »Arme Zula – warum hat sie das getan?«

Die gute Beamtenwitwe, betrübt über die männliche Blindheit und über die Torheit dieser Frage, antwortete kopfschüttelnd: »Aber Sie wissen doch, Monsieur Faber, daß dieses Kind Sie liebt. Und Zula ist nicht wie die anderen, sie ist, ich sage immer: wie eine Blume zwischen all diesem Unkraut, sie hat zuviel Herz, für sie ist das sehr ernst.« – Ulrich Faber beteuerte, daß er Zula doch liebhabe, worüber habe sie sich denn beklagt? Wie ihm Madame Philippe erklärte, hatte die kleine Mulattin immer wieder gefragt: »Warum will er denn nicht mehr mit mir schlafen?« – das Kind verstehe das nicht – ein Mann, der verliebt sei, müsse das doch wollen. Der vorwurfsvolle Ton der Mitteilung bewies, daß auch die gute Witwe trotz ihrer moralischen Lebensauffassung den Standpunkt Zulas durchaus begriff und das Verhalten Fabers nicht für anständig hielt. Indem sie den Kopf, den ein dunkelblauer Strohhut in Form einer Käseglocke umschloß, wieder kummervoll bewegte, äußerte sie, daß viele Herren sehr glücklich wären, von Zula die »Sache« zu erhalten, auf die Herr Faber so wenig Wert zu legen schien. Ihm kamen die Worte in den Sinn: »Muß das denn sein?« Aber sie wären, wenn er sie ausgesprochen hätte, eine Unwahrheit gewesen, da er ja gerade in jenen Momenten, in denen die Freude der kleinen Mulattin fortwährend erfinderisch den Ausdruck wechselte, diesen Verkehr keineswegs als unangenehm empfand. Er versicherte – und das war keine Verlegenheitslüge –, in der letzten Zeit hätten allerlei Sorgen und Geschäfte ihn gezwackt. Er dankte der hülfreichen Witwe herzlich, gab ihr einen größeren Geldschein für die Begleichung der Rechnungen beim Arzt und beim Apotheker und bat sie, die Einkäufe für ein hübsches Abendessen, für eine fröhliche Genesungsfeier zu machen, die Marke von Zulas Lieblingschampagner kenne sie ja.

Nachdem Madame Philippe, beruhigt und mit der Versicherung, daß Zula sehr glücklich sein werde, fortgegangen war, konnte Faber hinauffahren und sich in seinem Badezimmer von dem Reisestaub befreien. Es stimmte ihn mitleidig und ein wenig melancholisch, daß die kleine Zula hatte sterben wollen, weil für sie eine Liebe »ohne die Sache« gar keine Liebe war. Dann dachte er daran, daß die blonde Dina Holgers ihm neulich in einem Brief mit ihrer zierlich hineilenden Handschrift dringend zugeredet hatte, nach Amerika zu kommen. Das war vielleicht noch ein Ausweg, nur immer noch zu nahe bei China und nicht weit fort genug von der Zeit. Wie schattenlos sein Liebesverhältnis mit Dina Holgers gewesen war, vielleicht zu schattenlos! Im Wald und bei den Frauen muß es den beunruhigenden Zauber geheimnisvoller Hintergründe geben, und bei Dina Holgers und in dem Verkehr mit ihr gab es keine Beunruhigung.

Gegen Mittag brachte ihm der Groom eine Karte: Magnano Scott. Der Herr warte unten im Salon. Faber ließ Herrn Magnano Scott sagen, er werde sich beeilen, aber obgleich dieser Besuch eine spannende Überraschung war, beeilte er sich absichtlich nicht. Magnano Scott war nicht im Salon, sondern ging im Vorraum zwischen dem abgeteilten Platz des Portiers und dem Auskunftsschalter auf und ab. Die schnell erledigte Begrüßung war nicht auffällig konventionell, scheinbar ungezwungen. »Ich habe Sie«, sagte Magnano Scott, »in Cannes nicht mehr sehen können. Sie sind auch bald abgereist?« – »Am nächsten Morgen, ich war noch in der Provence.« – »Wollen Sie mir das Vergnügen machen, mit mir zu frühstücken?« Eine Erklärung, warum er mit Faber frühstücken wollte, gab er nicht. – »Gern. Ich glaubte, Sie seien schon nach China unterwegs.« – »Nein, ich fahre nicht nach China. Ich habe meine Pläne ändern müssen. Zu Petroff, wenn es Ihnen paßt?«

Das Auto stand vor der Tür, Magnano Scott lenkte selbst. Während kurz vor der Place de la Concorde gewartet werden mußte, bis die aus der Rue Royale und der Rue Rivoli heranjagenden Wagen vorüber waren, unterbrach er das Schweigen: »Aber *Sie* wollten doch auch nach China? Fräulein Rohr hat mir doch so etwas gesagt …« – »Das ist ein Irrtum. Ich habe nie die Absicht gehabt, nach China zu reisen.« – »Dann muß ich sie mißverstanden haben. Es wäre nicht das einzige Mißverständnis gewesen.« Sie hielten vor dem Restaurant, und Petroff, vermutlich angenehm erstaunt, als sie zusammen bei ihm eintraten, rückte schon an einem der Tische zwei Stühle zurecht.

Ohne auf die Karte zu blicken, bestellten sie die Gerichte, die Petroff empfahl. Sie wußten, daß sie sehr bald von Gerda Rohr sprechen würden, aber zunächst sprachen sie ein paar Minuten lang in belanglosen Redensarten von der Saison in Cannes. Petroff mußte glauben, daß sie einer geschäftlichen Angelegenheit wegen zusammengekommen seien. Offenbar waren die Dinge noch nicht ganz reif, denn die Unterhaltung bewegte sich nur schrittweise vorwärts, mit Pausen, und bisweilen richtete Magnano Scott seinen kühl examinierenden Blick auf Faber, als überlegte er. Beide waren in solchen Verhandlungen – und bei ihnen drehte es sich gewiß nicht um Kleinigkeiten – scharfe Spieler, der Waffenhändler spielte mit einer brutalen Kaltblütigkeit. Auch dieser Ulrich Faber war ein gerissener Bursche, nicht mehr obenauf, in den Strudel mit hineingerissen, manchmal schon ein bißchen barock, aber wenn es ihm darauf ankam, noch verteufelt intelligent ...

»Sie kennen Fräulein Rohr schon lange?« fragte Magnano Scott. Die Frage klang verdrossen, aber er heuchelte nicht eine unglaubhafte Gleichgültigkeit. Magnano Scott hatte keine Veranlassung, Komödie zu spielen und sich zu verstellen. »Sie sagt, Sie hätten sie erzogen. Sie spricht sehr dankbar von Ihnen.« – »Erzogen«, in Fabers Stimme war der Unterton von Ironie oder Selbstironie, »das dürfte übertrieben sein. Ich habe es vielleicht versucht. Anfangs. Aber sie ist ganz allein so geworden, wie sie nun eben ist. Sie ist kein Ton, den man kneten kann. Das ist ja auch sehr schön.« – »Ja, sehr schön, aber lästig.«

Magnano Scott blieb mürrisch, seine Backenknochen schoben sich hin und her, als kaue er an ärgerlichen Gedanken herum. Während der untere Teil seines nicht unschönen, sehr gebräunten Gesichtes wohl durch den kleidsam geschnittenen Kinnbart etwas beinahe salonmäßig Geglättetes erhielt, war die obere Partie mit der Stirn und den jetzt mehr unfroh als kalt blickenden Augen wie eine Landschaft, über die niemals ein Sonnenstrahl huscht. Sonderbar war über der Stirn in dem sonst nur hier und da leicht ergrauten Haar der herausleuchtende weiße Fleck, der aussah, als wäre die Haarsträhne dort auf einer nicht safttreibenden Stelle des Bodens gewachsen oder als hätte ein plötzlich herabschießendes ätzendes Licht sie gebleicht. Es war nur eine dünne, schmale Strähne, der Friseur hätte sie leicht entfernen können. Ulrich Faber betrachtete den Kopf und die Gestalt Magnano Scotts – die Gestalt war größer und schlanker als die seinige, die offenbar muskulösen Arme hatten phlegmatische Bewegungen, bis zur Mitte des Handrückens wuchs ein dunkelblonder Flaum. Er empfand ein beinahe physisches Unbehagen, denn seine Einbildungskraft zwang ihn, neben Magnano Scott, zusammen mit ihm, Gerda Rohr zu sehen. Sie hatte gesagt, Magnano habe viel für sie getan. Ganz ersichtlich hatte er ihr Gutes erwiesen, er hatte für sie gesorgt, ihre Wünsche erfüllt, sie jetzt nach China geschickt. Es war schwer, ihn sich weichherzig zu denken, aber in solchen Fällen verwandelt man sich. Die geistreichen Männer werden läppisch, die Tiger werden zahm.

Faber knüpfte die Unterhaltung wieder an: »Darf ich Sie fragen, wo Sie Fräulein Rohr kennengelernt haben?« – Magnano Scott erzählte langsam, mitunter lagen ein paar Sekunden zwischen dem einen und dem nächsten Satz. »In Budapest. In einer Bar. Sie war in sehr minderwertiger Gesellschaft. Aber wie ich hörte, und ich bin überzeugt, es war nicht gelogen, mit niemandem liiert. Sie fiel mir auf, ich glaubte, es werde sehr leicht sein, von ihr alles zu erlangen – ich hielt das nicht für eine große Angelegenheit. Als ich fortging, ließ ich durch den Kellner einen Menschen heranrufen, der neben ihr saß – ein kleiner Agent, der von den besseren Theaterleuten gemieden wurde, für solche Kuppeldienste ganz geeignet. Er sagte mir, sie sei eine Deutsche, habe kein Geld. Er und seine Freunde hätten ihr angeboten, in einer Revue als Leda aufzutreten, ganz ohne Schleier müsse sie prachtvoll aussehen. Aber sie wollte das nicht. Der Mensch war bereit, sie zu mir zu bringen. Sie kam am nächsten Tag zu mir ins Hotel. Ich sagte ihr geradeheraus, was ich von ihr wünschte. Natürlich hatte sie das ja auch gewußt, aber sie lehnte sehr entschieden ab. Sie wolle arbeiten, sie glaube, etwas leisten zu können. Sie bat mich, ihr eine Stellung bei mir zu geben. Ich fand sie sehr – sie hat ja alles, was die Phantasie aufreizt. Sie bat sehr dringend. Ich war im Zweifel, ob sie aufrichtig oder raffiniert sei, und habe mir gedacht: Wir werden ja sehen. Dann habe ich sie in meinem Sekretariat angestellt. Sie hat das Geschäft sehr schnell begriffen, manchmal war ich über ihre Klugheit erstaunt. Auch über ihre Energie ... Ich habe alles mit ihr versucht, im Guten und im Bösen. Schließlich, wenn es nicht anders geht, versucht man es ja auf jede Weise, man kann nicht immer nur zart sein. Sie ist mir immer entschlüpft. Ich habe nichts von ihr erhalten als das hier.«

Er zeigte seinen Daumen. Eine tiefe Narbe zog sich von dem fleischigen Teil bis zu dem Gelenkknochen hin. Faber sagte: »Ein kräftiger Biß.« – »Ja, es genügt.« – »Hat sie Ihnen auch Bücher an den Kopf geworfen?« – »Nein, so lustig war sie nicht. Hat sie *Ihnen* Bücher an den Kopf geworfen?« – »Ja, ein halbes Dutzend Bücher. Und alles, was sie auf meinem Schreibtisch finden konnte. Meine Niederlage war total, wie die Ihrige. Aber ich habe wenigstens nicht so schmerzhafte Bißwunden.«

Es war nicht zu erkennen, ob Magnano Scott diese Erklärung glaubwürdig fand. Sein Gesicht nahm, als er weitersprach, wieder den hochmütig kalten Ausdruck an. »Sie hat nicht bedauert, daß sie mir diese Verletzung da beigebracht hat. Im Gegenteil, als sie sah, daß der Finger schmerzte, hat sie beinahe bösartig gelächelt, sie empfand eine sadistische Freude darüber. Das hat mir sogar gefallen. Es gehört bei ihr wohl mit dazu.« Er schwieg, als erinnerte er sich an etwas, dann sagte er mit einem Achselzucken: »Aber das Spiel muß ein Ende haben. Ich habe nun genug. Ich werde nicht nach China fahren.« Er unterbrach sich wieder, reichte Faber sein Zigarettenetui und zündete sich selbst eine Zigarette an. »Ich habe ihr dort eine Stellung in einer meiner Agenturen übergeben. Sie hat mir erzählt, sie habe Sie immer gebeten, sie dorthin zu schikken, aber Sie hätten das nicht gewollt.« – »Ja, das ist ganz richtig. Sie arbeitete damals in der Dönhoff-Bank, man war sehr mit ihr zufrieden. Ich wollte ihren Wandertrieb nicht begünstigen.« – »Sie wird in China die Agentur, in die ich sie hineinsetze, ziemlich selbständig leiten können. Wahrscheinlich wird sie ihre Sache sehr gut machen. Manches Geschäft wird sie allerdings wohl verderben, weil sie Sympathien und Antipathien hat. Mir ist die eine Partei so gleichgültig wie die andere. Bis zu einem gewissen Grad werde ich ihr trotzdem freie Hand lassen. Wenn sie mir meine größeren Interessen stört, werde ich sie zur Räson bringen. Das wird sie bald merken. Selbstverständlich halte ich von Europa aus den Faden, an dem sie sich bewegt.«

Er winkte und wollte die Rechnung bezahlen, die Petroff brachte, aber Faber zahlte für sich selbst. Magnano Scott ließ es lässig zu: »Wenn Sie das lieber wollen. Aber es ist mir ein Vergnügen gewesen, mit Ihnen zu sprechen. Hoffentlich bald einmal wieder.« Als sie draußen auf der Straße standen, sagte er noch: »Sie wollen wirklich nicht nach China? Für einen Mann wie Sie wäre in Ostasien heute viel zu machen. Pardon, ich weiß, daß Sie mich dazu nicht brauchen.« Faber fühlte, wie Magnano Scott ihn von der Seite beobachtend ansah, und erwiderte, nein, er werde bestimmt nicht nach Ostasien reisen, übrigens werde er bei einem Unternehmen mittun, das gerade jetzt in London gegründet worden sei.

Ein paar Wochen später, an einem Vormittag im Oktober, ging er über die großen Boulevards zur Rue Royale. Er freute sich nicht über die warme Herbstsonne, an diesem Tage war seine Stimmung wieder einmal aus ohnmächtiger Vergangenheitssehnsucht und zielloser Auflehnung gemischt. Den Abend wollte er zusammen mit dem Herrn aus der Londoner City verbringen, denn er hatte nun wirklich seine Mitarbeit an der neuen Elektrizitätsgesellschaft zugesagt. Er hatte sich ohne Enthusiasmus dazu entschlossen, und der elektrische Strom, der ihn damals wie ein geheimnisvolles Wunder entzückt hatte, war genauso eine gleichgültige Verkaufsware wie alles andere, was die Technik in kluger Ausnutzung den Elementen abgewinnt. Nach der geschäftlichen Besprechung würde er mit dem Engländer in die Folies-Bergère gehen, wo die kleine Zula mit ihren hübschen braunen Schlangengliedern tanzte, herumwirbelte, in anmutiger, ungezwungener Kühnheit den schmalen Körper ringelte und bog. Ihm war eingefallen, wie Gerda Rohr ihm bei ihrer ersten Begegnung vorwurfsvoll gesagt hatte, zum Ausruhen sei er doch noch nicht alt genug, und wie dann gerade an jenem Abend – wie hübsch das gewesen war, der Spaziergang durch die Straßen und an der Friedhofsmauer vorbei! – seine Einigung mit der Union-Elektrizität zustande kam.

In der Nähe der Madeleine blieb er vor dem Laden einer Schiffahrtsgesellschaft stehen. Auf einer großen Karte, die im Schaufenster hing, waren die Schiffslinien eingezeichnet, die nach Ostasien gingen. An den Punkten, wo sich in diesem Augenblick die Dampfer der Gesellschaft befinden sollten, waren kleine Fahnen festgesteckt. Faber blickte dorthin, wo der Name »Hongkong« zu lesen war, denn dort mußte sie nun schon sein. Er blickte auf dieses gedruckte Wort »Hongkong« ungefähr wie in einer spiritistischen Séance eine trauernde Person auf die Stelle blickt, wo aus dem Dunkel heraus der unvergeßliche Verstorbene oder die entschlafene Geliebte erscheinen soll. Aber die Erscheinung tauchte nur in seinen Gedanken wieder auf. Gerda Rohr war jetzt in dem Büro von Magnano Scotts waffenspendender Agentur. Sie sprach mit den Angestellten und den Kunden, alle waren sofort von ihr entzückt, sie dirigierte schon, ein wenig innere Unsicherheit verscheuchend und verbergend, stolz und selbstbewußt. Sie würde nicht allen Gewehre geben wollen, denen Magnano Scott Ideale gab. Sie würde diejenigen unterstützen wollen, die ihr sympathisch waren, die bessere Sache, den gerechteren Kampf. Magnano Scott nahm ihr nicht gleich alle Freiheit, er ließ ihr, solange es ihn nicht genierte, den Glauben an ihre Unabhängigkeit. Sein kühler Hochmut und sein nachlässig spöttisches Wohlwollen gestatteten das. Aber wenn sie meint, mehr wagen, einen einzigen Schritt weitergehen zu dürfen, dann wird sie ihren Irrtum erkennen müssen, dann wird er das Nötige tun, um sie zur Räson zu bringen. Er hält von Europa aus den Faden, an dem sie sich bewegt.

»Verkauft« hatte sie sich nicht. Verkaufen würde sie sich auch nicht – was man so nennt. Übrigens gibt es da mindestens dreißig Nuancen, es braucht nicht immer der brutale Handel zu sein. Es gibt auch Schulden, wirkliche und vermeintliche, Pflichtschulden, Dankbarkeitsschulden, Mitleidsschulden, geistige Schulden, solche, die aus Abhängigkeit oder einfach aus dem Kleinverkehr der Alltäglichkeit entstehen. Vielleicht würde Gerda Rohr sich eines Tages aus Solidarität, aus Opposition – das war bei ihr schon möglich – einem gemiedenen Paria hingeben, oder einem armseligen Kuli, der die Vorübergehenden zum Mitleid bewegen will, oder einem Verfolgten, oder einem Händler im Bazar der Ideen, der alle »Weltanschauungen« auf Vorrat hält und ihr die ihrige im Schein seiner Öllampe glitzern läßt. Oder einem jener Rabulisten, die in ihrer Mentalität so viele schiefe, krumme, versteckte Gassen haben wie die Chinesenstadt, in der sie jetzt lebt. Ohne Lust, aus Opposition oder auch aus Müdigkeit, aus Indifferenz ... Vielleicht einem Apostel gerade gangbarer Religionen, der von dem erregbaren Enthusiasmus ihrer Natur zu profitieren versteht. Er würde ihr beibringen können, daß sie die ganze leidende Menschheit umarmen müsse, und sie würde sich zu der Umarmung hinleiten lassen, die er haben will. Der Eremit Paphnuce, dessen fleischliche Begierde nach dem Körper der schönen Thais schreit. Er umstrickt sie mit seiner heiligen Dialektik, sie unterwirft sich und folgt ihm, diese Geschichte ist alt und bekannt.

In diesem Augenblick schien es ihm beinahe unvermeidlich – es werde so kommen –, aber er sprach sich das wie ein Abergläubischer vor, der das Schicksal zu verscheuchen sucht, indem er es prophezeit. In seinen Gedanken sah er die unsauberen Gestalten vor sich, die meisten in schwankenden Konturen, aber alle mit irgendwelchen Merkmalen einer anrüchigen Zweideutigkeit. Dann fand er es töricht, daß er so gewissermaßen ins Blaue hinein haßte, und zu seiner Entschuldigung wußte er sich nur zu sagen, wer nicht hassen könne, der liebe auch nicht. Auch das war ein Stück aus der väterlichen Erbschaft, nur hatte die »Zivilisation« ihren Lack darübergelegt. Wie ein Schüler, der vor der Examenstür, um sich mehr Sicherheit zu geben, das Auswendiggelernte repetiert, sagte er sich Gerdas Forderung auf: »Du mußt mir endlich vertrauen, ohne Einschränkung, ohne Vorbehalte, ohne Hintergedanken.« Daß sie ein solches »Gentlemen's agreement« nicht so schnell vergessen werde wie die Diplomaten – die da wieder ein famoses Wort, eine neue Wortmogelei, in Umlauf gesetzt hatten –, das wußte er doch.

Eines, dachte Faber, als er die Place de la Concorde überquert hatte, wäre in China angenehm. Ich würde die chinesischen Plakate und Aufrufe mit ihren Schlagworten nicht lesen können. Gerda würde das lernen, wahrscheinlich stürzte sie sich schon eifrig auf dieses Studium. Wenn der Ehrgeiz sie trieb ... Auf dem breiten Fahrdamm der Champs-Élysées jagten, hinauf und hinunter, die Autos, deren Flut dann stockte, sobald der Polizist, der den Verkehr ordnete, das Zeichen gab. Das tägliche Bild, das ewige Einerlei. An den Ästen der Kastanienbäume waren die Blätter nun schon gelb. Die Sonne schenkte ihnen noch ein bißchen Vergoldung, aber sie waren abgelebt, und der erste Regenwind, der sie streifen würde, mußte sie herunterwehen.

Er war jetzt dicht an dem Rond-Point. Auf dem vom Sonnenschein belichteten Boden bewegte sich neben ihm ein Schatten, der Schatten eines Mannes, der hinter ihm schritt. Der Schatten wurde kleiner, verkürzte sich, kroch in sich zusammen. Dann wieder streckte er sich, wuchs und schob sich, lächerlich lang geworden, an Fabers eigenen Schatten heran. »Guten Tag«, sagte Lorenz Münch. »Wir haben uns lange nicht gesehen ... Ich habe Sie schon von weitem erkannt.« Faber war nicht besonders erstaunt, denn er hatte in den Zeitungen gelesen, daß Lorenz Münch in Paris, in einem Verein, dessen Präsident ein Abgeordneter der äußersten Rechten war, einen Vortrag gehalten habe, über den »heroischen Geist«. Ein wenig mehr wunderte ihn das Aussehen seines ehemaligen Kriegskameraden, den er ziemlich verändert fand, nicht nur deshalb, weil das einst wild auseinanderstrebende, dann künstlerisch geordnete Haar jetzt beinahe glatt und wie angeklebt auf der Schädeldecke lag. Dieses Gesicht hatte wieder Falten, aber sie waren nicht durch Krankheit verursacht, die Haut hing nicht entstrafft über leidvoll eingesunkenem Fleisch. Es waren Falten von gelblicher, überflüssiger Substanz, ein bißchen fettig, besonders zu beiden Seiten des Mundes und am Kinn. Vielleicht nur, weil ihm keine andere Einleitung einfiel und weil man doch über allerlei Erlebtes hinwegmußte, sprach Lorenz Münch sofort von seinem Vortrag und sagte, daß er von der französischen Gruppe – auch Mitglieder der Akademie gehörten zum Vorstand – eingeladen worden sei. Der Empfang, den man ihm bereitet habe, sei für ihn sehr interessant gewesen, auch in Frankreich sei der Einfluß Voltaires und der sogenannten Aufklärer ersichtlich im Niedergang. Sie bogen in einen Promenadenweg nahe der Avenue Gabriel ein. Ein kleiner, von einem niedlichen Esel gezogener Wagen, in dem strahlende Kinder saßen, kam, von Müttern und Gouvernanten begleitet, an ihnen vorbei. »Ich nehme an«, sagte Faber, »Sie haben sich in Ihrem Vortrag Mühe gegeben, die Leidenschaften zu entflammen, gegen die Vernunft.« – »Man kann nichts ohne Leidenschaft vollbringen, man siegt nicht ohne Leidenschaft.« Er betonte das, als verkündete er einen Befehl. Dann, mild überlegen: »Sie haben das leider nie glauben wollen. Sie sind in dem kraftlosen liberalen Zeitalter stekkengeblieben, das für immer tot und eingescharrt ist. Sie sind noch im neunzehnten Jahrhundert.« – »Das war ein großes Jahrhundert. Vielleicht das größte von allen.«

Plötzlich, und ohne daß er eine Sekunde vorher etwas derartiges beabsichtigt hatte, hob Ulrich Faber die rechte Hand und schlug mit lose geballter Faust Lorenz Münch gegen die Brust. Die Faust, die eigentlich ganz selbständig handelte, hatte wohl das Gesicht treffen wollen, aber Lorenz Münch hatte instinktiv den Kopf zurückgebeugt und der Stoß hatte nur die Brust erreicht. Lorenz Münch war sehr bleich geworden, im ersten Augenblick wollte er den Schlag erwidern, dann trat er zurück. »Nein«, sagte er, auf Fabers linken Arm deutend, der bei dem verschütteten Graben verwundet worden war – »wir sind quitt.« Ein paar Spaziergänger, die den Vorfall bemerkt hatten, machten neugierig halt. Zwei Knaben ließen ihre rollenden Reifen auf die Erde fallen und betrachteten die beiden feingekleideten Herren, die sich gezankt hatten, und auch ein Polizist, der sich gerade hier langweilte, trat würdig mit strenger Amtsmiene heran. »Es war nichts«, sagte Lorenz Münch zu dem Polizisten, und, sich noch weiter auf französisch verständlich machend: »Ein Mißverständnis, ein malentendu.« Faber bestätigte lächelnd: »Ein Mißverständnis, ich habe den Herrn nicht schlagen wollen. Überhaupt niemanden, es war anders – es war ein harmloses kleines Versehen.« Kopfschüttelnd entfernte sich der Polizist, indem er zu einem Briefträger, der zugehört hatte und auch nichts begriff, noch äußerte: »Sonderbare Fremde kommen jetzt nach Paris!«

Am Nachmittag saß Faber, diesmal allein, wieder auf der Terrasse des Cafés in den Champs-Élysées. Drei ihm unbekannte Männer pflanzten sich vor seinem Tisch auf und grüßten ihn. In dem Ältesten von den dreien hatten Mühe und Entbehrungen ihre Merkmale hinterlassen, und er trug offenbar nur deshalb einen schwarzen Gehrock, weil er andere Kleidungsstücke nicht mehr besaß. Die beiden Jüngeren hatten anscheinend weniger durchgemacht, ihr Benehmen war sehr resolut, sie waren Leute, die sich überall zurechtfinden, mit einem gar nicht verheimlichten Mangel an Schüchternheit. Der eine dieser beiden, der die Ausgangsgrenze der Zwanzig wohl noch nicht hinter sich hatte und, nach seinem Anzug zu schließen, nicht ganz mittellos sein konnte, sagte über den Tisch hinweg: »Wir wollen Sie beglückwünschen, Herr Faber, es war eine befreiende Tat.« Er sagte es mit einem slavischen Sprachklang und mit einer liebenswürdigen Vertraulichkeit, dabei ein wenig herablassend, wie einer, der berechtigt ist, über die Handlungsweise seiner Mitmenschen zu richten, und Lob und Tadel verteilen kann. Zwei, dachte Faber, mit einer stillen Anwandlung von Heiterkeit, sind eine Herausforderung zum Duell, drei sind eine Deputation. Aus irgendeinem Grunde war seine Laune jetzt weit besser als am Morgen, und die »Deputation« belustigte ihn. »Was meinen Sie? Hier scheint etwas nicht zu stimmen.« – »Doch«, erwiderte der Gratulant, »wir meinen den Vorfall von heute vormittag, und der war eine befreiende Tat. Wenn wir Sie dazu beglückwünschen, so sprechen wir im Namen vieler, die ...« – Faber hielt ihn auf: »Pardon, ich gebe Ihnen die Versicherung, daß Sie sich irren. Ich habe gar nichts Befreiendes getan und nichts Befreiendes tun wollen. Es ist sehr freundlich, daß Sie mich dieser Auszeichnung für wert erachten, aber ich verdiene sie wirklich nicht.«

Die drei entfernten sich, der Alte im schwarzen Gehrock schweigend, die beiden Jüngeren nach einer etwas sarkastischen Verbeugung, und bald darauf verließ auch Ulrich Faber den Platz, wo ihm vergeblich eine Lorbeerkrone angeboten worden war. Er war jetzt in der Stimmung, in der ein Mann sogar denken kann: Wenn sie nur glücklich wird, alles andere ist egal. Das Wie und das Wo ist egal – nur, man fügt nicht ganz so leicht hinzu: und mit wem. Er wußte, daß er sich in einer jener zweifelhaften Genesungsstimmungen befand, in denen man mit den Tatsachen Kompromisse schließt. Gleich darauf konnte sich eine schwarze Wolke über den Himmel breiten, dem Wetter war nicht zu trauen.

Als er am Arc de Triomphe und am Grabmal des unbekannten Soldaten vorbeikam, dachte er daran, daß viele unbekannte Soldaten für eine Idee kämpfen und leiden oder für ihre Überzeugung gestorben sind. Selbstverständlich gab es keinen Sieg ohne Leidenschaft. Aber selbstverständlich konnte die Leidenschaft schön oder gemein, göttlich oder tierisch sein, und selbstverständlich war sie sofort strafbar, wenn sie sich gegen eine herrschende Meinung erhob. Daß Lorenz Münch die Vernunft für abgesetzt erklärte und der Leidenschaft den ersten Preis geben wollte, war lächerlich. Ja, wenn man die Leidenschaft hat – nicht die Leidenschaft, für etwas zu leben, aber die Leidenschaft, für eine Sache zu sterben, die man für etwas Großes, für eine Sache der Menschheit hält –, diese schöne Sinnlosigkeit hätte noch einen Sinn. Den Sinn, auf eine anständige Art aus allem herauszukommen.

In der Avenue Foch, die früher die Avenue du Bois de Boulogne war, suchte sich Faber unter den Stühlen einen aus, den nicht ein ganzer Kreis von Nounous und spielenden Babys umlagert hielt. Nur eine spitznäsige und auch schon herbstliche Dame befand sich, ein paar Meter weiter, in der Nachbarschaft. Ihre Rufe: »Tonio, Tonio!« waren nicht letzte Liebeslaute, sondern galten einem drolligen jungen Foxterrier, der sich zu dem fremden Herrn hinbegeben hatte und, das platte, eckige Antlitz mit dem langen, sorgfältig frisierten Schnurrbart zu ihm erhebend, seine Treuepflichten vergaß. Ulrich Faber wischte von dem Stuhl ein paar vom Baum gefallene verknüllte braune Blätter fort. Er rückte, bevor er sich niedersetzte, den Stuhl noch etwas mehr in die Sonne und nickte dem unter dikken Haarbüscheln aufmerksam blinzelnden Tonio freundlich zu. Dann nahm er aus der Rocktasche einen Brief. Er hatte den Brief mit dem Poststempel »Colombo« an diesem Nachmittag, vor ein paar Stunden, erhalten, und er las ihn jetzt nicht zum ersten Mal. Gerda Rohr schilderte die Schönheit der Meerreise und das luxuriöse Schiff. Wenn sie verlegen war, zum Beispiel wenn sie sich bedanken mußte und die richtigen Worte nicht aus der Feder herauswollten, oder wenn sie nach einem kleinen Streit wieder anzuknüpfen wünschte, schrieb sie gewöhnlich mit solcher sich herumwindenden Sachlichkeit. Oder war sie, während sie den Bogen mit diesen Nebensächlichkeiten füllte, in ihren Gefühlen und Gedanken nicht ganz bei ihm, abgelenkt und anderswo? Vielleicht bei keinem anderen, aber auch nicht ganz bei ihm – es brauchten nicht Abgründe zu sein, über die sie hinwegbalancierte, aber er konnte nicht wissen, ob sie ihm in der Ferne völlig und richtig nahe war. Offenbar hatte sie, wie so oft, selbst empfunden, daß der Brief nicht das enthielt, was er erwartete und wünschte, und deshalb hatte sie noch ein Postskriptum hinzugefügt. »Du bist und bleibst mein Allerbester, mein Einziger, daran hat sich nichts geändert, auch nicht in Cannes. Solches Miteinanderleben, wie das unsrige war, das vergißt sich nicht, das ›setzt sich nicht in die Kleider‹. Niemals, und ich weiß genau, was ich sage, niemals werde ich von mir aus das vergessen können. Eine ›schöne Erinnerung‹ daraus zu machen, das ist mir zu wenig, und dazu war es, ich möchte sagen: dazu ist es auch zuviel. Du sollst weiter für mich da sein, so wie ich es für Dich sein will. Du mußt mir glauben, und wenn Du auch so erzürnt warst, Du hast mich doch noch lieb, nicht wahr? Es wäre entsetzlich, wenn es anders wäre, aber es kann gar nicht anders sein zwischen uns, und wir werden uns doch wiedersehen.« Natürlich, dachte er wie einer, der sich mit leicht spöttischer Resignation treiben läßt, es kann nicht mehr anders sein. Die großen Skeptiker, von Sextus Empiricus bis zu Anatole France, alles haben sie verneint, aber wenn ihnen ein hübsches Mädchen gesagt hat: »Du bist mein Allerbester, mein Einziger«, dann haben sie es geglaubt. Und das ist vielleicht ganz gut und richtig so. Und manchmal ist es sogar – auch das kommt vor – nicht Täuschung, sondern wahr. In dem Augenblick, in dem es gesagt oder geschrieben wird.

Tonio langweilte sich, weil man sich nicht mit ihm beschäftigte, und beschnupperte im Sande eine von einem anderen Hunde zurückgelassene feuchte Spur. Das Sonnenlicht lag nur noch matt und blaß, in jeder Minute mehr erblassend, auf dem Boden, die Autos kamen, dicht hintereinander und nebeneinander, aus dem Bois. An Faber, der nicht auf diese Jagd der Wagen achtete, zogen Erinnerungen vorbei. Er sah, wie Gerda von dem Sprunggestell des Badestrandes mit vorgestreckten Armen in den Fluß hinunterschoß, beim Emportauchen sich fröhlich schüttelte und dann, schnell enteilend, mit kräftigen Bewegungen durch die Wasserfläche schwamm. Sie hob die linke Hand, um ihm einen Gruß zu senden, begeistert und auch mit einem kleinen Triumphgefühl, weil er, durch seine Schwäche gehemmt, ihr nicht hatte folgen können und auf dem Ufer geblieben war. Nur seine Blicke folgten ihr, während sie ihm zu entfliehen, zu entschwinden schien. Aber als sie dann vor ihm stand, beglückt und mit dem diamantenen Glitzern der Wassertropfen auf den Armen, der Brust und den Beinen, und als er sie in den Bademantel einhüllte, fiel ihr die Verletzung ein, die ihn hindern mußte, den Wettkampf mit ihr aufzunehmen, und in ihren Augen war ein begütigendes, streichelndes Etwas, das um Verzeihung bat.

Als ob er zu ihr spräche und sie ihn hören könnte: »Gib gut acht, damit dich das Wasser nicht verschlingt!« Die nebelhaften Befürchtungen drängten sich wieder an ihn heran wie am Vormittag, aber nur einen Moment lang, und er befreite sich aus der Umklammerung.

Aus dem Briefumschlag zog er eine Photographie heraus. Auch dieses Bild hatte er, seit er es vor einigen Stunden zwischen den Briefblättern gefunden hatte, schon ein paar Mal betrachtet, oder sogar ziemlich oft. Gerda Rohr auf ihrer Seefahrt, auf der Reise ins Unbekannte hinein. Vielleicht hatte ein angestellter Bordphotograph die Aufnahme gemacht, vielleicht auch ein Passagier, der gehorsam all ihre Wünsche erfüllte und ihr mehr oder minder unzweideutig seine eigenen zu verstehen gab? Natürlich hatte sie an einem Tage photographiert sein wollen, an dem das Meer stürmisch war und klatschende Wellen auf das Schiffsdeck warf. Sie stand an der Deckbrüstung, sich gegen den Wind stemmend, der ihr Kleid gegen ihren Körper schlug und um ihre Glieder flattern ließ. Mit der Linken hielt sie sich fest, in der anderen Hand hielt sie die Kappe, die sie abgenommen hatte, um sie vor einer plötzlichen Entführung zu retten und wohl auch, um in dieser Lust des Erlebens noch freier zu sein. Der prachtvolle breite Haarschopf gab sich, hin- und hergerissen und zerzaust, ungebändigt dieser Freiheit hin. Zwei Möwen begleiteten das Schiff, man sah sie auf dem Bilde, sie segelten, gerade vor ihr, auf ruhigen Schwingen durch die Luft. So flogen ihre Illusionen vor ihr her. Gerda Rohr! Der Wind nahm sie bei den Schultern und rüttelte sie und strich ihr das blondbraune Haar hinter das Ohr zurück.

ENDE

NACHWORT

I. Als Theodor Wolffs Roman *Die Schwimmerin. Roman aus der Gegenwart* 1937 im Verlag Oprecht Zürich erschien, war die Überraschung groß: Niemand kannte Wolff als Romancier. Präsent jedoch war er, berühmt und hochangesehen als Chefredakteur des auch international gelesenen *Berliner Tageblatts*.

Das Kürzel T.W. unter den montäglichen Leitartikeln garantierte politisch pointierten, stilistisch glänzenden und angriffigen Journalismus, der mit scharf geschliffenem Florett kämpfte, gegen Extremismus von links und rechts, antidemokratischen und antisemitischen Geist, insbesondere gegen den heraufziehenden Nationalsozialismus, der »zurückgesetzten Übermenschen« »Brot und Uniform« gibt und Hakenkreuze als »nützliche Merkzeichen an der Grenze der Zivilisation« errichtet. »Die Burschen wollen Erneuerer sein, dem deutschen Volk und der Welt das Neue bringen. Und sie haben noch nicht einmal die Haut und die Lüste des Wildschweins, das vor 700 Jahren herumrodete, abgelegt.« – Hitler? »Ein wild zappelnder Demagoge.«

Und nun bringt dieser Star des politischen Journalismus einen Roman. Noch dazu einen, der eine seltsame Liebesgeschichte vor dem Hintergrund der politischen Ereignisse zwischen 1918 und der Gegenwart erzählt. Einen Roman, der im politischen Prospekt zwar historische Ereignisse genau einzeichnet – 1918, Inflation 1923, Wirtschaftsblüte, Börsencrash 1929, Tod Stresemanns –, den Reichstagsbrand am 27. Februar 1933 jedoch verwischt zum Brand des »Ausstellungsgebäudes«. Ausgerechnet dieses entscheidende Datum wird verhüllt, obwohl es den endgültigen Sturz in die Diktatur markiert und der Terror seitdem schamlos und höhnisch legitimiert ist. Die politische Geschichte »aus der Gegenwart«, so erzählt, schien nicht mit Wolffs spitzer Kampf-Feder geschrieben zu sein.

Die Kritik reagierte verblüfft, kopfschüttelnd. Was hat, rätselte man, Theodor Wolff nach Jahrzehnten erfolgreicher und einflußreicher Arbeit als Journalist veranlaßt, einen anzüglichen Roman über eine Liebesgeschichte zu schreiben? Und warum dieser eigentlich irreführende Untertitel: Roman aus der Gegenwart? Er beginnt zwar mit dem Epochendatum 1918, endet aber viele Jahre später im historisch Vagen. Nicht einmal der Name Hitler fällt.

Weil man annahm, daß der Roman die bekannte Haltung und Denkungsart Theodor Wolffs zeigen müsse, lag es nahe, in der Figur Ulrich Faber den Autor Theodor Wolff zu suchen. Aber die Gleichung Theodor Wolff *ist* Ulrich Faber ging irgendwie nicht auf. Und wer sollte sich hinter Gerda Rohr verbergen, deren Körper Ulrich Faber gerne mit den Augen verschlingt, am liebsten, wenn sie im eng anliegenden Badeanzug vor ihm steht?

So wird der Roman zwar breit und immer mit einer Verbeugung vor dem Stilisten rezensiert, aber so recht anfangen kann man nichts mit ihm.

Er sei, meinen die einen, nur eine belanglose Liebesgeschichte, und sie fertigen ihn spöttelnd ab: »Wenn der Boden einer ganzen Gesellschaftsordnung zu wanken beginnt, soll man Zeit und Kraft nicht damit vertrödeln, einem rassigen Bureaufräulein nachzulaufen. Sonst läuft man Gefahr, es in Nizza ebensowenig zu erobern wie in Berlin.« Für die Schweizer Kritik ist er zu fremd, zu deutsch; beides mag man nicht, Unterhaltsames schon. So einigt man sich: Es »bleibt ein gutes, ein lesenswertes Buch, mit dem man sich angeregt unterhalten hat«. Manche lesen etwas eingehender und bemängeln danach, daß sich vor die Liebesgeschichte die Politik schiebe, während die Liebesgeschichte den politischen Hintergrund trübe. Die Emigrantenpresse schimpft, der Roman gehe an der politischen Realität von 1937 vorbei. Einen leidenschaftlichen Verriß, den Klassenstandpunkt fest im phantasiefreien Blick, liefert Fritz Erpenbeck aus seinem Moskauer Exil gleich in mehreren Artikeln, die unter verschiedenen Pseudonymen in verschiedenen Zeitungen erscheinen. Erpenbeck ist Schauspieler, Dramaturg, nachmals hoher Kulturfunktionär der DDR. Von Theodor Wolff, schreibt er, einem Mann von bürgerlicher Kultur mit reicher Lebenserfahrung, einem stilistischen »Könner«, habe man anderes erwartet als diese Banalität. Faber sei ein »schwächlicher Liberaler des Geistes und des Körpers«, das Mädchen ein »gefühlskaltes, eigensinniges, dummes Ding mit gelegentlichen Anwandlungen von Sentimentalität und Hysterie«. Männer vom Format Wolffs, die überdies die »Ehre haben, von den Herren des Dritten Reiches verfolgt zu sein«, hätten, fordert er, die Pflicht zu kämpfen. Wolff jedoch sei es noch nicht einmal gelungen, die »progressiven Seiten des bürgerlichen Liberalismus« zu zeigen.

II. Theodor Wolff wird 1868 geboren, in einem »Haus am Dönhoffplatz, neben dem Schnittpunkt der Leipziger Straße, an der Ecke, wo dann [...] das Warenhaus errichtet wurde, das jetzt nicht mehr nach dem jüdischen Besitzer Tietz heißen darf«, erinnert er sich 1940. Später zieht die Familie in ein größeres Haus in der Potsdamer Straße. Die Schulzeit empfindet er als Strafe, die er mit nur mittelmäßigem Erfolg verbüßt; er läßt sich durch Denk- und Sprachzwänge nicht korsettieren. Er liebt Kunst, Literatur, Theater, ihren Betrieb und nicht zuletzt die Künstler – und Künstlerinnen. 1894 bis 1906 lebt er als Korrespondent des *BT* seines Cousins Rudolf Mosse in Paris. Mit brillanten Feuilletons, Literatur- und Theaterkritiken sowie Reiseberichten macht er sich einen Namen, in Deutschland wie in Frankreich. Er schreibt über Gesellschaft, Literatur wie auch über Politik. Seine engagierte Berichterstattung über den Dreyfus-Prozeß belegt seine liberale, rechtsstaatliche Überzeugung, bringt aber hier wie dort die rechtsnationale Presse gegen ihn auf.

Die Jahre in Paris, »der lachenden Schönheit«, erlebt er als die glücklichste Zeit seines Lebens. Er ist frei, pflegt Freundschaften mit Künstlern, Galeristen, Autoren, Theaterleuten, versucht sich selbst im Schreiben von Essays, Romanen; als Dramatiker bringt er es zu beachtlichem Erfolg, gibt aber die Schriftstellerei zugunsten des Journalismus auf. 1902 heiraten der Journalist Wolff und die Schauspielerin Marie Louise Anna Hickethier (1872–1956), Änne nennt er sie; es ist nicht nur eine Ehe, sondern eine Lebensbeziehung. 1906 wird der Sohn Richard geboren, und Rudolf Mosse bietet ihm die Chefredaktion des *BT* an. Eine großartige Chance ist das, ein unglaublicher Karrieresprung und lebenswendend. Aber zurück nach Berlin, in die »nüchterne Atmosphäre preußischer Ordnung«? Es wird ein Abschied unter Tränen.

Das *BT* hat mächtige Konkurrenz: Zeitungen aus dem Verlagshaus Ullstein, besonders die *Berliner Morgenpost* sowie die *Berliner Abendzeitung* aus dem Verlag August Scherl, dessen Zeitungsimperium 1916 der rechtsnationale

Rüstungs- und Medienunternehmer Alfred Hugenberg übernehmen wird. Das *BT* ist mit einer Auflage von etwa 300.000 Exemplaren zeitweilig die wichtigste Bastion gegen die Blätter des Hugenberg-Konzerns.

Alle drei Verlagshäuser waren Zeitungsriesen. Berlin produzierte nahezu dreißig Prozent aller deutschen Zeitungen und Zeitschriften – mit Auflagenhöhen, die heute astronomisch erscheinen. Das Mossehaus lag an der Ecke Schützenstraße / Jerusalemer Straße, das Ullsteinhaus in unmittelbarer Nähe – Goebbels wird sie als »Rotationssynagogen« bezeichnen –, das Scherl-Haus befand sich an der Zimmerstraße, dort, wo nach dem Bau der Mauer das Axel-Springer-Hochhaus errichtet wurde.

Theodor Wolff springt also 1906 ins kalte Wasser, ist mit 38 Jahren der jüngste Chefredakteur in Berlin. Peppt das Blatt auf, mit einer täglichen Beilage zum Beispiel, sonntags gibt es eine Illustrierte gratis dazu. Seit 1925 ist die junge Journalistin Gabriele Tergit heimlicher Star der Lokalredaktion. Ihre Gerichtsreportagen protokollieren die zunehmende Radikalisierung, den »Bürgerkrieg auf der Straße«, mit dem die Hilflosigkeit der Richter oder – zunehmend – ihre Politisierung nach rechts einhergeht. Das demokratische Justizwesen ist lange vor 1933 bereits infiltriert: »Unsichtbar steht ein großes Hakenkreuz vor dem Richtertisch«, schreibt sie. Ihre Berichte liefern wohl die Blaupause für die Gerichtsverhandlung gegen Kaluweit, in der Ulrich Faber als Zeuge geladen ist.

Nicht zuletzt Wolffs Leitartikel machen das *BT* in der jungen Republik zur führenden liberalen Zeitung Deutschlands. Mit Verve focht Wolff vor 1918 für Bürgerrechte, gegen das Dreiklassenwahlrecht, für Reformen des wilhelminischen Staatswesens, warnte vor der preußischen Rüstungs- und Flottenpolitik, vor Chauvinismus, schrieb während des Ersten Weltkriegs gegen die deutschen Annexionspläne an und warb für einen Verständigungsfrieden. Radikaldemokratisch wie er ist, begrüßt er 1918 die Abdankung des Kaisers, lehnt aber den Bolschewismus ab und unterstützt Friedrich Eberts gemäßigten Sozialismus. Vehement protestiert er gegen den Versailler Vertrag, der die Bedingungen des Friedens diktiert und damit eine Verständigung nach dem Völkerschlachten unmöglich macht. »Unterjochungspolitik«, durchgesetzt mit »gedankenlose[r] Brutalität«, wird, prophezeit er, rechtsextreme und militaristische Bewegungen befeuern.

Gleich im November 1918 tritt Wolff aktiv in die Politik ein. Gemeinsam mit linksliberalen Persönlichkeiten, darunter Max und Alfred Weber, gründet er die Deutsche Demokratische Partei, aus der er allerdings 1926 unter Protest austritt, weil die DDP Zensurbestimmungen gegen »Schmutz- und Schundliteratur« zugestimmt hatte. Meinungsfreiheit ist dem Liberalen heilig. Das Angebot des Reichskanzlers Hermann Müller, nach dem Krieg als erster deutscher Botschafter nach Paris zu gehen, lehnt er ab; er setzt statt dessen auf die Macht seiner journalistischen Sprache und seinen Einfluß als Berater, der mit der Stimme der politischen Vernunft zu Politik, Wirtschaft, Hochfinanz und Diplomatie spricht.

So ist es kein Wunder, daß das »volljüdische-börsianische« *BT* ins Visier der extremen Rechten gerät und Wolff bereits 1923 auf den Mordlisten der Nationalsozialisten steht. Ihr Chefideologe Alfred Rosenberg droht 1939, Wolff lebt bereits seit sechs Jahren im Exil: »Theodor Wolff, wir müssen in ihm einen der gefährlichsten Gegner eines starken Deutschtums erblicken, einen der hauptsächlichsten Unterhöhler unseres Volkstums, von dem wir einmal hoffen, daß er sich vor einem deutschen Staatsgerichtshof zu verantworten haben wird.«

In seinem letzten Leitartikel im *BT* zur Reichstagswahl am 5.3.1933 fordert Wolff auf: »geht hin und wählt!« Es ist die allerletzte Gelegenheit, dem Terror Widerstand zu leisten und sich zu entscheiden für »Freiheit, Sicherheit, Rechtsgleichheit und Heimatglück«. Er selbst ist bereits nicht mehr in Berlin. In der Nacht des Reichstagsbrandes am 27. Februar hatte ihn ein Kollege von seinem Stehpult geholt und ihn vom Redaktionsgebäude direkt zum Bahnhof gefahren.

Theodor Wolff nimmt den Zug nach München, denn – Bayern ist nicht Preußen – für kurze Zeit bietet Bayern Verfolgten Zuflucht.

Er ist nun einer von unzähligen Flüchtlingen. Aber ein untypischer, denn er empfindet weniger den Verlust als die Befreiung von beruflicher Last. Geldsorgen hat er – vorerst – nicht. Ein Teil seines Vermögens liegt bei einer Schweizer Bank, ein anderer in den USA. Nun kann er sich endlich in Ruhe politischen Betrachtungen und Reflexionen widmen und Bücher schreiben, die, so hofft er, Einkünfte bringen. An Zeitungspolemik und propagandistischen Aktivitäten der verschiedenen Emigrantengruppen beteiligt er sich nicht, in der Überzeugung, nur der politische Nahkampf sei sinnvoll, alles andere letztlich wirkungsloses, weinerliches Geschrei. Änne Wolff lebt bis Ende März mit den Kindern in Berlin, reist dann in Begleitung ihrer Tochter Lilly (geboren 1909) zu ihrem

Mann nach Zürich, zwei Koffer als Gepäck. Rudolf (geboren 1907), SPD-Mitglied und Journalist, folgt den Eltern im Sommer nach Zürich, lebt mit ihnen im Tessin und geht Mitte 1934 nach Paris, wo er als freier Journalist arbeitet, aber kaum etwas verdient; er siedelt Ende 1935 zu den Eltern nach Nizza über. Hier arbeitet er als Lehrer an einer Sprachschule und gibt Privatunterricht. 1939/1940 leistet er Dienst in der Fremdenlegion, die Voraussetzung für die Staatsbürgerschaft. Richard wandert 1935 in die USA aus, läßt sich einbürgern, tritt 1939 freiwillig in die US Army ein und ist gegen Kriegsende beim »Military Intelligence Service« in New York tätig. Lilly ist Reklamezeichnerin, heiratet 1934 und bleibt mit ihrem Mann in Berlin; die Ehe dauert nur kurz, wird aber erst 1947 geschieden. Lilly und ihr Mann können mit einem Besuchervisum 1938, gerade noch vor den Novemberpogromen, nach Paris reisen, ziehen dann zu den Eltern nach Nizza, wo sie getrennt leben. Mit Gelegenheitsarbeiten verdient sie etwas Geld.

III. Theodor Wolff beginnt also in Zürich sein künftiges Leben als Pensionär einzurichten. Er arbeitet an *Der Krieg des Pontius Pilatus.* Die Schrift, in der er, gewissermaßen aus erster Hand, Hintergründe, Verwicklungen, Mißverständnisse, Torheiten, Unfähigkeiten, Intrigen in ganz Europa schildert, die zum Ersten Weltkrieg führten, wird 1934 im Verlag Oprecht und Helbling erscheinen. Oprechts Verlag ist seit 1933 Heimat von emigrierten politischen Autoren wie Konrad Heiden, Willy Brandt, Rudolf Breitscheid, William Schlamm oder Hermann Rauschning; die Buchhandlung an der Rämistraße und die Wohnung Emil und Emmie Oprechts am Hirschengraben gegenüber dem deutschen Generalkonsulat sind Anlaufstellen für in Zürich gestrandete hilfebedürftige Emigranten.

Wolff macht die Erfahrung, die er Ulrich Faber zuschreibt: »Die Besitzer der kostbaren Autos waren Gäste, nützliche Gäste, Grandseigneurs der Flucht. Leider mußten die anderen arbeiten, Arbeit suchen, um mit den Ihrigen leben zu können. Infolge der Krise mußte jedes Land zunächst für seine eigenen Arbeitslosen sorgen, man konnte den Fremden ja nicht erlauben, Kleider zu flicken, Stiefel zu besohlen, Kranke zu heilen oder sich als Knecht zu vermieten. Nachdem man sie eine Weile mildtätig und gastfreundlich gespeist und beherbergt hatte, blieb nichts übrig, als sie abzuschieben, in ein bequem erreichbares Nachbarland, in ein anderes Asyl.«

Wolffs wohnen im Hotel Waldhaus Dolder. Er nimmt am geselligen Kreis um Oprechts teil, genießt die Annehmlichkeiten, die Aufführungen im Schauspielhaus, die landschaftliche Schönheit Zürichs, hat Kontakt zu Thomas Mann, ist zu Gast in Küsnacht. Zu gern wäre er in Zürich geblieben. Seine pure Anwesenheit jedoch bedeutet Konkurrenz für die Schweizer Journalisten; die Fremdenpolizei verfügt seine Ausreise. Nach drei Monaten muß das Ehepaar Zürich verlassen.

In Lugano – der Kanton Tessin ist weniger restriktiv als der Kanton Zürich – arbeitet er an *Der Krieg des Pontius Pilatus*. Die eidgenössische Fremdenpolizei verweigert endgültig die Niederlassungsbewilligung. Im Dezember 1933 verlassen Wolffs die Schweiz und gehen nach Frankreich. Wohin sonst?

Südfrankreich, die Côte d'Azur, ist für ihn ideal, denn er möchte ja in Ruhe Bücher schreiben. Zudem befindet er sich hier in bester kollegialer Gesellschaft und in anregender intellektueller Atmosphäre. Hier hat sich die geflüchtete Literaturprominenz niedergelassen. Die Wolffs entscheiden sich nicht für Sanary-sur-Mer, die »Hauptstadt der deutschen Literatur im Exil«, sondern für Nizza. Nicht nur, weil es mondäner und städtischer ist, sondern weil Wolff die geballte Emigrantenszene meidet. Ungesellig aber leben sie nicht. In der Wohnung an der Promenade des Anglais 63 stehen inzwischen Möbel und ein Großteil seiner Bibliothek aus der Berliner Wohnung, auch Kunstwerke und Bilder konnten überführt werden; die Prozedur verfolgte Thomas Mann aus eigenem Interesse genau. Hier setzt Wolff die Arbeit an seinen politischen Memoiren fort. *Der Marsch durch zwei Jahrzehnte* schildert und analysiert das Scheitern der Republik mit dem Resultat: »Die Republik hat sich selber abgeschafft.« Es ist der Schlüsselsatz auch für *Die Schwimmerin. Der Marsch* erscheint 1936 in Amsterdam bei Allert de Lange.

Das Ehepaar Wolff empfängt – fast wie früher – Gäste, darunter Stefan Zweig, Bruno Walter, Heinrich Mann und Thomas Mann mit Gattin »zum Thee«. Mit Freund René Schickele trifft er sich öfter in einem der Cafés an der Promenade. In Frankreich wird er als »Ehrengast« behandelt, was den Umgang mit Behörden erleichtert. Auch ist er – ebenfalls fast wie früher – auf Reisen: nach Paris, wo er sich mit deutschen Bekannten trifft, 1936 nach London, wo seine langjährige Freundin Elisabeth Bergner lebt, und natürlich nach Zürich, wo er Oprecht aufsucht, denn er arbeitet wieder an einem Buch.

Die Kritik hatte bereits den *Pontius Pilatus* und den *Marsch,* freundlich gesagt, verhalten aufgenommen und sich darauf beschränkt, dem Stilisten Wolff Reverenz zu erweisen. Die Schriftstellerkollegen hatten die Bücher vielsagend beschwiegen oder ärgerlich reagiert. Wolff verschwende seine stilistische Brillanz. Ein »Vergangener« sei er. Seine »Erzählungen von Generälen, Generaldirektoren, Botschaftern, Ministern und Kanzlern [...] kitzeln den Gaumen reminiszenzensüchtiger Bürger und Exgrößen, eben des Typs, den sie behandeln«, hieß es über den *Marsch*.

Weder Buchhändler noch Verleger hatten Wolffs Bücher als Bestseller bejubelt; auch Wolff brachten sie keine nennenswerten Einkünfte. »Es ist sehr schade«, klagte Emil Oprecht am 22. Februar 1937, »daß der Absatz im zweiten Halbjahr sozusagen gleich null war. Für uns ist der ›Krieg des Pontius Pilatus‹ ein ausgesprochenes Verlustgeschäft geworden. Ich hoffe, daß die ›Schwimmerin‹ dies einigermaßen ausgleichen wird, insbesondere, wenn Elisabeth Bergner den Film zustande bringt.«

Im Frühsommer 1937 erscheint bei Oprecht dieses neue Buch: *Die Schwimmerin. Roman aus der Gegenwart.*

Es ist ein buchhändlerisches Fiasko. Emmie Oprecht rechnet Wolff im März 1939 vor: »Bis jetzt sind von dem Buch 372 Exemplare verkauft; eine Zahl, die schrecklich gering ist, und Sie können sich vorstellen, was das für uns bedeutet. Wir wären sehr froh, wenn Sie Ihre ausgedehnten Beziehungen ausnutzen könnten, damit wir vielleicht doch das Buch an eine Filmgesellschaft verkaufen könnten.« Seit der letzten Abrechnung sind neun Exemplare über den Ladentisch gegangen. Wolffs Honorar beträgt Fr. 4,95 – für ihn ebenfalls ein »schrecklich geringer« Betrag, denn er ist inzwischen darauf angewiesen, daß sein Schreiben Geld einbringt. Sein Schweizer Konto hat kaum noch Reserven. Der Teil seines Vermögens, der in den USA liegt, ist unzugänglich. Seine Ausbürgerung ist, wie er weiß, nur noch eine Frage der Zeit. Sie wird im Oktober 1937 vollzogen, und damit ist er nicht nur staatenlos, es sind auch alle Vermögenswerte in Deutschland einschließlich aller Verlagsrechte an seinen Büchern eingezogen. Der erfolgreiche, routinierte, berühmte, bewunderte nahezu 70jährige Journalist Wolff hatte also unter finanziellen Nöten sein Schreiben ausrichten müssen auf Verkaufserfolg, hatte zum Lohnschreiber werden, Unterhaltsames herstellen müssen.

Der Titel schon sollte es verheißen. Gedacht war ursprünglich an »Durch den Lärm der Welt« oder »Das Geheul der Welt«. Unmöglich als Kaufanreiz. »Die Schwimmerin« hingegen suggeriert Dynamik, Erotik, Sport und in der weiblichen Form dies alles verkörpert in der modernen, selbstbewußten Frau. Eine Verfilmung hätte den Verkauf befördert; ein Hollywoodfilm hätte die finanziellen Sorgen von Wolff genommen – und dem Verlag ein weiteres Verlustgeschäft mit einem Buch eines Emigranten erspart. So aktiviert Wolff alle möglichen Kontakte zu Filmleuten, hofft auf Bekannte, ehemalige Berliner Theater- und Filmprominenz, die in den USA inzwischen Fuß fassen konnten, auf seine Beziehung nach England, wo Elisabeth Bergner Erfolge feiert. Aber sein Roman paßt nicht. Die amerikanische Filmindustrie sucht zwar durchaus Stoffe, allerdings dramatisch-romantische Liebesgeschichten. Diesen Anspruch aber erfüllt die Beziehung Ulrich Faber – Gerda Rohr nicht, zumal sie eingebettet ist in ferne deutsche Innenpolitik und viele Amerikaner seit dem Ersten Weltkrieg in den Deutschen »Hunnen« sehen. Auch als reine Beziehungsstory hat sie wenig Unterhaltungswert, denn es gibt keine Liebes- oder Kußszenen, und die Vergewaltigungsszenen sind wohl zuviel für das prüde amerikanische Publikum. Ungeeignet für Großleinwände. Auch fehlt ein befriedigendes Happy-End.

Wolffs letzte Hoffnung auf die Zugkraft des Stars Elisabeth Bergner zerschlägt sich. Behutsam, denn sie will die Freundschaft nicht zerstören, lehnt sie die Rolle der Gerda Rohr ab. Das Mädchen »in der Unklarheit ihrer Empfindungen« erscheine ihr »luluhaft« und ebenso unklar in ihrer Motivation. Wenn sie den Mann verlasse, den sie zu lieben vorgibt, um nach China zu gehen, dann müsse sie doch »eine große Berufung oder Mission in sich fuehlen – sozialischer [!] oder politischer Natur«. So höre »die ganze Handlung, die erzählt wird, da auf, wo sie eigentlich anfangen muesste«. »Lieber, guter Theodor Wolff, ich bitte Sie von ganzem Herzen, das zu verstehen und zu verzeihen.« Mit diesem Brief vom 11. März 1939 zieht sich Elisabeth Bergner definitiv aus dem Filmprojekt zurück.

Ein halbes Jahr später hat Hitler den Zweiten Weltkrieg entfesselt; die Hoffnung auf eine Verfilmung des Romans, gar in Hollywood und damit auf ein Dollarkonto, ist endgültig zunichte. Und wieder ein paar Monate später, im Sommer 1940, marschieren die Deutschen durch Paris. Kurz darauf ist Frankreich bis auf die Zone im Süden besetzt. Der Waffenstillstandsvertrag fordert, namentlich Benannte auf Verlangen auszuliefern. Einflußreiche Freunde beschaffen den Wolffs Visa in die USA, drängen ihn, sich in Sicherheit zu bringen. Aber er will nicht. Nicht Europa verlassen, nicht seine Wohnung, nicht seine Bibliothek. Nicht seine Kinder. Er ist krank und über Siebzig. Er weigert sich, schiebt Papier zwischen sich und die Realität und schreibt. Zum Schluß protokolliert er die Judenhatz in seiner unmittelbaren Umgebung.

Am 23. Mai 1943 wurde Theodor Wolff verhaftet, durch verschiedene Lager geschleppt, von Marseille aus nach Drancy, in das Sammellager für Transporte nach Auschwitz. Die Gaskammer blieb ihm erspart. Statt dessen wurde er als »politischer Gefangener« ins Polizeigefängnis Berlin-Moabit eingeliefert, schwer krank ein paar Monate später ins Jüdische Krankenhaus Berlin. Hier starb er am 23. September 1943.

IV. Die in den 1960er Jahren beginnende Exilforschung sorgt dafür, daß der Journalist Theodor Wolff nicht vergessen wird. Seit 1962 vergibt der Bundesverband Deutscher Zeitungsverleger alljährlich den Theodor-Wolff-Preis und ehrt damit Journalisten und Autoren, die »das Bewußtsein für Qualität und Verantwortung journalistischer Arbeit lebendig erhalten«. *Die Schwimmerin* wurde in der biographischen Literatur über Wolff in der Liste seiner Werke aufgeführt, gelegentlich auch in Darstellungen erwähnt. Der Roman aber war vergessen.

Am 10. Juli 2014 wird Ilse Stöbe (1913–1942) durch den damaligen Außenminister Frank-Walter Steinmeier gewürdigt. Siebzig Jahre nach ihrer Hinrichtung als »Volksverräterin« steht nun endlich ihr Name auf der Gedenktafel des Auswärtigen Amtes für seine Angehörigen, die im Dienst Widerstand gegen den Nationalsozialismus leisteten und dafür mit ihrem Leben bezahlten.

Ilse Stöbe war 1939 bis 1941 Mitarbeiterin des Auswärtigen Amtes, wurde 1942 wegen »Landesverrats« verurteilt, weil sie »in Verbindung mit dem Juden Herrnstadt« geheime Informationen an die Sowjetunion weitergegeben hatte, darunter Plan und Datum des geplanten Überfalls auf die Sowjetunion.

Zusammen mit ihr wurde der Legationsrat Rudolf von Scheliha zum Tode verurteilt und hingerichtet. Während sich von Schelihas Angehörige für seine Anerkennung als Widerstandskämpfer erfolgreich einsetzten und die Nennung seines Namens auf der Gedenktafel erwirkten, blieb ihr die Würdigung versagt.

Als Frau, vermeintliche Kommunistin und »Sowjet-Spionin« hatte sie in der Bundesrepublik während des Kalten Krieges in der Nachkriegszeit sowieso keine Chance, in den Kreis der »Widerstandskämpfer« aufgenommen zu werden. Anders als von Scheliha hatte sie auch keine Angehörigen mehr, die sich für eine öffentliche Ehrung hätten einsetzen können. An deren Stelle trat 2010 die Fraktion DIE LINKE im Bundestag. Ihre Forderung, »als einzige Form nachholender Gerechtigkeit« auch ihren Namen auf der Gedenktafel zu nennen, stieß auf einhellige Zustimmung. Die Realisierung erforderte jedoch Arbeit an einem Puzzle, dessen weit verstreute Kleinteile erst einmal zusammengesucht werden mußten.

Es war so gut wie nichts über sie und ihr Schicksal bekannt, die Aktenlage ebenso dürftig wie unübersichtlich, die Moskauer Archive blieben verschlossen. Man wußte jedoch, daß Ilse Stöbe 1929 bis 1933 als Sekretärin für Theodor Wolff gearbeitet hatte. Den Büroklatsch von damals über die Beziehung Theodor Wolffs zu der 43 Jahre jüngeren Ilse Stöbe konnte man bei der Journalistin Margret Boveri nachlesen. In ihren Erinnerungen *Wir lügen alle,* erschienen 1965, beteiligt sie sich an dem Getuschel, obwohl sie erst 1934 als Volontärin zur Redaktion des *BT* gekommen war: »Sie entzückte mit ihrer vielgerühmten blonden Schönheit Theodor Wolff.« Und Boveri kolportiert, was in der Redaktion damals herumging, Ilse Stöbe sei die Geliebte Rudolf Herrnstadts gewesen. Der Kommunist Herrnstadt (1903–1966), seit 1928 Redakteur des *BT,* bis 1936 Auslandskorrespondent, zunächst in Prag, dann in Warschau, seit 1931 tätig für den militärischen Nachrichtendienst der Sowjetunion, ging 1939 nach Moskau ins Exil, kehrte 1945 zurück, war zunächst Chefredakteur der *Berliner Zeitung,* leitete ab 1949 das Zentralorgan der SED *Neues Deutschland,* war führender Funktionär in der DDR, wurde nach den Ereignissen um den 17. Juni 1953 aller Ämter und Funktionen enthoben, aus der SED ausgeschlossen und war seitdem in der DDR Unperson. Über seine Beziehung zu Ilse Stöbe schwieg er zeitlebens öffentlich.

In der Bundesrepublik schwieg der Mann über sie, dem sie in ihrem Abschiedsbrief vor ihrer Hinrichtung schrieb: »Ich habe in meinem ganzen Leben einen einzigen Menschen als Frau geliebt und einem einzigen wirklich angehört; das warst Du.« Der Journalist Carl Helfrich (1906–1960) und Ilse Stöbe hatten sich 1940 kennengelernt, als er als wissenschaftlicher Mitarbeiter im Rang eines Legationssekretärs im Auswärtigen Amt tätig war. Auch Helfrich war für den sowjetischen Geheimdienst tätig. Beide wurden am 12. September 1942 von der Gestapo verhaftet; sie entlastete bei Verhören Helfrich. Er wurde nach einjähriger Haft ins KZ Mauthausen überstellt. Nach seiner Rückkehr

1945 arbeitete er kurze Zeit bei der *Berliner Zeitung* unter der Chefredaktion Herrnstadts und übersiedelte 1952 in die Bundesrepublik, wo er dann als Journalist eine leitende Funktion beim Hessischen Rundfunk innehatte.

Margret Boveri handelt das Schicksal Ilse Stöbes so ab, wie sie es gehört hatte: Stöbe sei mit dem Gesandtschaftsrat Rudolf von Scheliha »nach Berlin und ins Auswärtige Amt« gekommen, habe im Krieg die Übergabe von »Geheimakten« zwischen von Scheliha und Herrnstadt vermittelt und sei im Prozeß gegen die Rote Kapelle zusammen mit von Scheliha zum Tode verurteilt und hingerichtet worden. Dieser knappe und ungerührte Bericht zeigt, daß die »schöne Kommunistin« und »Landesverräterin« im Westen Deutschlands in den Zeiten des Kalten Krieges Unperson war – und eine Verbindung zu ihr Kommunismusverdacht erregen konnte.

Eine deutlichere Spur zu Ilse Stöbe legte Gabriele Tergit. In ihren Lebenserinnerungen, erschienen 1983 und jüngst neu herausgegeben, berichtet sie von ihrem Besuch bei Theodor Wolff 1938. Zuvor hatte sie sich *Die Schwimmerin* gekauft. »Ein schlechtes Buch«, urteilt sie knapp. Es »handelt von seiner Liebe zu Ilse Stöbe, die ursprünglich in der kaufmännischen Abteilung gearbeitet hatte und dann Wolffs Sekretärin wurde«. Das Buch findet sie peinlich, so wie ihr damals der sechzigjährige Chefredakteur in seiner Verliebtheit zu dieser jungen Frau, grade mal zwanzig Jahre alt, »komisch« erschienen war.

Es war nicht nur eine weitere Spur zu Wolff, sondern eine zu seinem Roman und damit – so schien es – zu der Frau hinter der Romanfigur Gerda Rohr. Also sah man den nur noch in wenigen Bibliotheksexemplaren zugänglichen

Roman auf Lebensspuren von Ilse Stöbe durch und legte Bilder daneben. Eines, mit dem Peter Weiss in *Die Ästhetik des Widerstands* den Charakter und die Motivation der Widerstandskämpferin Ilse Stöbe erklärt, und jenes, das der nachmalige Verleger Helmut Kindler in seinen Lebenserinnerungen (erschienen 1991) von seiner Freundin Ilse Stöbe gezeichnet hatte: apart, hochintelligent, eigenwillig, elegant, sportlich, prinzipienfest, ehrgeizig, mutig, mit Sympathien für das kommunistische Experiment in der Sowjetunion, eine »junge Revolutionärin«, erotisch anziehend, aber für Kindler unerreichbar; Herrnstadt und sie seien miteinander liiert und ein »antifaschistisches Duo« gewesen.

Die auffallende Ähnlichkeit zwischen Gerda Rohr und Ilse Stöbe drängte sich beim Lesen der *Schwimmerin* so sehr auf, daß der Bericht zur Rehabilitierung Ilse Stöbes den Roman als Dokument und die Beschreibung Gerda Rohrs als »Zeugnisse über Ilse Stöbe aus erster Hand« nahm. Sein Fazit: »Ilse Stöbe ist die Schwimmerin« und: »Sich selbst spiegelt Wolff mit der Figur eines aus dem Berufsleben scheidenden Bankiers namens Faber.«

Man könnte bemäkeln, daß die Lektüre des Romans eine flüchtige war und deshalb manche Lesefrucht falsch. Zum Beispiel versuchte nicht Walter, der zu den Nazis übergelaufene »Musketier«, Gerda in der Nacht des Brandes zu vergewaltigen, sondern der Schläger Plokowski. Man könnte die vielen Vermutungen, die kühnen Behauptungen irritierend finden, zum Beispiel – mit Bezug auf die Briefe Gerda Rohrs an Faber – Ilse Stöbe habe Wolff »wahrscheinlich ähnliche Briefe« von ihren Kurierreisen durch Europa geschickt. Fraglich ist, ob die »erschütternden Briefe« Theodor Wolffs an Ilse Stöbe wirklich existierten oder nur im Gedächtnis der einstigen Kollegin, die sich daran erinnert, sie gesehen zu haben.

Man könnte auch vieles einwenden. Zum Beispiel, daß niemand wissen kann, was, wie viel und ob überhaupt Theodor Wolff Genaues über Ilse Stöbes illegale Tätigkeit wußte. Daß er das Manuskript mehrmals umgeschrieben hat, um sie zu schützen, ist nicht belegbar. Überhaupt hat er sich nie belegbar über sie geäußert. Und schließlich ist zweifelhaft, daß Wolff mit der *Schwimmerin* ein nur kaum verschlüsseltes öffentliches Bekenntnis seiner Liebe zu Ilse Stöbe abgegeben hat.

Man könnte noch vieles einwenden, muß aber voller Hochachtung anerkennen, daß der Bericht über Ilse Stöbe viele einzelne Informationen über die Widerstandskämpferin zu einem Bild zusammensetzte und ihr damit endlich die gebührende »nachholende Gerechtigkeit« verschaffte.

Der Haupteinwand ist jedoch keine Mäkelei: Ein Roman ist kein Dokument, und damit greift die schlußfolgernde Gleichung Gerda Rohr *ist* Ilse Stöbe vorbei. Sie erweitert nur die Gleichsetzung der Rezensionen nach Erscheinen des Romans 1937, Ulrich Faber *ist* Theodor Wolff.

Es scheint niemandem aufgefallen zu sein, daß der Autor Theodor Wolff, der engagierte, politisch hellsichtige jüdische Journalist, mit seiner Romanfigur Ulrich Faber, dem Bankier und Lebemann, nicht identisch sein *kann.* Mit Ulrich Faber charakterisiert Wolff vielmehr einen Typus, der für den Niedergang der Weimarer Republik mitverantwortlich war.

Die Suche nach realen Personen hinter Romanfiguren mißachtet ohnehin den literarischen Anspruch eines Romans. Hier aber verfälscht die Suche den Inhalt und schmälert damit die Qualität des Romans. Sie verkennt nämlich, daß jeder gute Roman ein Gewebe aus Fakten, Fiktion und Leben ist, dessen Nähte Figuren zusammenhalten, die dem Roman Bedeutungsstruktur geben. So überträgt Theodor Wolff beim Schreiben des Romans 1936 der Figur Gerda Rohr zwar überdeutlich viele Züge seiner ehemaligen Sekretärin Ilse Stöbe, aber Gerda Rohr *ist* nicht Ilse Stöbe. Diese Lesart wird dem Roman ganz und gar nicht gerecht, denn sie projiziert ahistorisch und sehr kurzschlüssig heutiges Wissen über die Widerstandskämpferin Ilse Stöbe auf die Figur eines Romans, dessen Handlung in den mittleren 1930er Jahren offen endet.

V. Nun gibt es endlich, nach mehr als achtzig Jahren, eine Neuausgabe. Nur eine peinliche Liebesgeschichte nach dem längst überholten Muster altersneurotischer Mann, seiner Alterserotik verfallen, will Mädchen an sich binden? Eine Ausgrabung einer abgelebten Geschichte, die sich in einer ebenso abgelebten Zeit abspielte?

Ganz sicher ist die Neuausgabe eine Hommage an Theodor Wolff. Vor allem aber ist sie eine Ausgrabung, die sich als literarischer Fund erweist. Ist der Bibliotheksstaub weggepustet, erscheint nämlich ein Roman, der – wie jeder gute Roman – auf vielfache Weise gelesen werden kann. Zum Beispiel als ein politischer Zeitroman, der bereits Mitte der 1930er Jahre erstaunlich hellsichtig das Aufdämmern der Diktatur sowie die zerstörerische Wirkung von Ideologien erklärt, indem er an den Charakteren und der Lebensweise zentraler Figuren entlang den brüchigen inneren Zustand der Gesellschaft während der Weimarer Republik schildert.

Der Roman wäre somit zu lesen als eine literarische Antwort auf die politisch-historische Frage: Wie konnte der Nationalsozialismus entstehen, warum konnte die Demokratie in die Diktatur abgleiten? Mitte der 1930er Jahre geschrieben, ist er sowohl ein »Roman aus der Gegenwart« als auch, heute gelesen, ein Roman voller Gegenwart. Aus der historischen Distanz in einer Zeit gelesen, in der der Mob Parlamente stürmt, politische Morde vertuscht werden oder jahrelang ungesühnt bleiben, Demonstrationen als Straßenschlachten angelegt werden, Sprachregelungen aller Art die Meinungsfreiheit abwürgen oder Jagd auf Menschen gemacht wird, Menschen nach sinnstiftenden Lebensmustern in einer unübersichtlichen Welt suchen, Leidenschaften aller Art lodern, ist *Die Schwimmerin* verblüffend aktuell.

Aktuell ist der Roman zudem mit seiner Erzählung von einem Staat, der den Bürgern ihre individuelle Freiheit raubt, über ihren Besitz, über ihre Arbeitskraft verfügt, sie entmündigt, vor allem aber von Bürgern, die sich in der Aussicht auf Wohlstand, im Irrglauben an ihre Individualität oder an eine Gesellschaftsutopie verführen oder willig entmündigen lassen.

»An einem Tage im Mai des Jahres 1918 ließ sich Ulrich Faber in seinem Schlafzimmer im Hotel den linken Arm neu verbinden, der im Kampfgewühl an der Westfront verwundet worden war.« Der Krieg ist noch nicht vorbei, aber an den Fronten wird dem Kaiserreich blutig der Garaus gemacht. Ein Zeitalter versinkt unter dem Hagel von Granaten in den Schützengräben, während das kommende offen ist. Dieses Datum markiert das Ende einer Epoche. Wolffs österreichischer Kollege Robert Musil hatte den Zeitenbruch in seinem berühmten Roman bereits mit dem berühmten Satz eingeläutet: »Es war ein schöner Augusttag des Jahres 1913.« Wolff wählt wohl nicht ohne Hintersinn als Hauptfigur seines Romans einen Mann namens Ulrich. Damit macht er ihn verwandt mit Ulrich, dem »Mann ohne Eigenschaften«, der ein Prototyp aus der Klasse ist, die das Absterben der Epoche nicht begriff, während sie am monströsen Staatsprojekt »Parallelaktion« bastelte. Wolffs Ulrich wird Zeuge der nachfolgenden Epoche, der Republik, genauer: realitätsblinder Zuschauer ihres Absterbens.

Über Ulrich Faber, der gleich im ersten Satz näher vorgestellt wird, erfährt man im ersten und zweiten Kapitel das Wesentliche. Beide Kapitel gehören zusammen, sie sind ohne Zeitsprung ineinander gefügt. Der Ort wechselt unmittelbar von Fabers Privatzimmer in den Garten der Dönhoffvilla, wo er eigentlich schon längst beim Gartenfest des Bankhauses seine Firma repräsentieren müßte. So wird er doppelt charakterisiert, privat und in seiner Funktion.

Dreiundvierzig Jahre alt ist er, gutaussehend, charmant, liebenswürdig, gebildet, weltgewandt, wohlhabend, Kenner und Liebhaber avantgardistischer Kunst, nicht zur berühmten Bleistiftfamilie gehörig, sondern ein gönnergeförderter, talentierter Emporkömmling. Die Szene Gartenfest hätte Max Liebermann malen können, die Gäste, »Stützen der Gesellschaft« aus Hochfinanz, Wirtschaft, Industrie, Politik, Wissenschaft, hingegen scheinen aus Zeichnungen von George Grosz gefallen.

Die Episode am Rande – am Rand des Parks, am Rand der Gesellschaft, am Ende der Gartenparty – enthält in nuce die Konstellation der zentralen Figuren sowie die Konstellation des Romans in seinem politischen und gesellschaftlichen Kontext. Mit ihr wird zudem der Bilderbogen der Gesellschaft aufgeschlagen, die für den Untergang der Republik verantwortlich war, die der Diktatur nichts entgegenzusetzen hatte und an einer Zukunft baut, von der sie keine andere Vorstellung hat als die, mit der abgelebten Vergangenheit Tabula rasa zu machen.

So auch Gerda Rohr. Sie verachtet in Faber den »zurückgebliebenen Bourgeois«, hält seine nüchterne Vernunft und seinen »überlegenen Verstand« für »eine dürftige Sache«. Sie plädiert für »Leidenschaft«, fordert aber »Tatkraft«. Wozu? Willensstark, überaus intelligent, ehrgeizig, wenn nötig rücksichtslos, wie bei der Rauferei im Dönhoffschen Garten, kämpft sie um ihr ganz persönliches Glück, unabhängig und unbeeinflußt – »nur durch mich selbst« – ihr eigenes Leben nach eigenen Vorstellungen führen, zumindest ausprobieren zu können. Sie ist nicht nur eine »sehr reizvolle, fast zu reizvolle junge Person«. Wißbegierig ist sie, umsichtig, energisch, »immer schon über das nächste Ziel, die nächste Aufgabe hinaus«.

Ulrich Faber betrachtet sie »wie ein genießender Kunstliebhaber«, will sie »erziehen«, »als wäre sie seine Schülerin oder sein Geschöpf«, aber nicht ihrer Herkunft entfremden. Es entspinnt sich eine Beziehung, die aber in ihrer Asymmetrie ganz und gar nicht der Geschichte von Eliza Doolittle gleicht. Im Gegenteil. Gerda Rohr entzieht, emanzipiert sich, beharrt auf Unabhängigkeit im Handeln und Denken – und Leben. Sie läßt sich nicht zu seinem »Geschöpf« machen, ist nicht käuflich. Auch sie besteht, je länger desto nachdrücklicher, auf Unabhängigkeit. Wenn auch anders als Faber, der sich seine Unabhängigkeit finanziell leisten kann. Sie weigert sich, in eine Partei einzutreten. Sie bildet sich ihr eigenes politisches Urteil, und zwar an der Realität, so wie sie diese erlebt, nämlich ungerecht. Ihr Ziel ist, sie besser zu machen, Gleichheit der Menschen herzustellen, notfalls auch mit Waffengewalt.

Ihr Disput mit Faber über Gleichheit, Freiheit, Gerechtigkeit, die Grundwerte des politischen Liberalismus, markiert den Wendepunkt in ihrer intellektuellen Beziehung und entlarvt seinen Begriff von Liberalismus als Alibi, das ihm erlaubt, untätig bleiben zu können. Sie ist nun »gerüstet, an ihm Kritik zu üben«. Sie bietet ihm argumentativ Paroli und fragt auf sein Reden von der Ungerechtigkeit der Natur, der furchtbaren Ungleichheit zwischen Starken und Schwachen usw. suggestiv nach: »Findest du nicht, die Republik hätte auch mehr tun können?« Und sie wird aggressiv mit ihrem Vorwurf: »Du hättest sie antreiben sollen. Du hättest es doch gekonnt. Aber du hast dich von allem gedrückt. Man muß tun, was man kann, sagst du. Aber was tust du denn?« – »Du machst dir immer so schöne Ausreden zurecht, du erklärst immer so genau, warum etwas nicht möglich ist oder sich nicht lohnt. Nur um dich von allem drücken zu können. Du bist der richtige Liberale« – »einer, der so viele schöne Ideen hat und immer weiß, warum es nicht geht«.

Die Romanfigur Gerda Rohr ist keine politisch agierende mutige Frau, sie verkörpert eher eine rücksichtslose Individualistin, auf sich selbst fixiert. Ilse Stöbe hingegen setzte ihr Leben kompromißlos im Widerstand gegen die nationalsozialistische Diktatur ein.

»Mein Liebster, Einziger«, überschreibt Gerda Rohr ihre

Briefe an Faber, während sie rastlos durch Europa zieht. »Mein Liebster, Einziger«, schreibt Änne Wolff immer wieder an ihren »liebsten Theo« und schickt ihm »schriftliche Küsse« von der Nordsee, wo sie mit den Kindern seit 1910 alljährlich die Sommerferien verbringt. »Badeanzug, weiße Stiefel, fertig gemachtes Bett, alles steht schon bereit und wartet auf Dich.« Beim Kreuz- und Querlesen verschiedener Texte bemerkt man, wie Leben, unbemerkt von Späteren, in Literatur eingeht.

Das Ende des Romans ist offen. Zu spät kommt Fabers Selbsterkenntnis, er sei ein »tatenloser Genußmensch einer abgelebten Generation« gewesen. Wie er, der aus der Vergangenheit Übriggebliebene, sein Leben einrichten wird, bleibt offen. Geblieben ist ihm die Skepsis, daß weder ein politischer Umsturz noch ein Weltkrieg Neues hervorbringen würde, wie er anfangs Münch erklärt hatte: »Eine Sintflut wäre gar nicht so übel. Aber in der Arche würden immer wieder dieselben Menschen mit denselben Instinkten und Leidenschaften, Gemeinheiten und Scheußlichkeiten sich auf die trockene Erde hinüberretten. Als in London und Hamburg die alten Stadtteile niederbrannten, sagte man, das habe sein Gutes, die abscheulichen Pesthöhlen seien zerstört. Ich fürchte, der Weltkrieg hat nicht das gleiche Resultat.«

VI. Konnte Theodor Wolff, während er 1936 an seinem Roman schrieb, nach seinen Erfahrungen und bei nüchterner Betrachtung der aktuellen politischen Situation zu einem anderen Schluß kommen? Deutschland war »erwacht«, rüstete demonstrativ zum Krieg; in Spanien wurde bereits vor aller Augen die Demokratie mitsamt ihrer europäischen intellektuellen Elite militärisch zerschlagen und »eingescharrt«; daß Polen zum Aufmarschgebiet und Schlachtfeld der Diktaturen bestimmt war, zeichnete sich deutlich ab. Rudolf Herrnstadt, damals noch Korrespondent des *BT* in Warschau, bereitete ein Buch vor, um davor zu warnen: »Die Schlachtfelder von morgen«. Veröffentlicht wurde es nicht; das Typoskript des Exposés liegt im Nachlaß des Verlags Oprecht. Herrnstadt und Stöbe besuchten Wolff in Nizza, das genaue Datum ist nicht bekannt, das Typoskript trägt den Vermerk »1937 oder 38«; unbekannt ist auch, ob Wolff das Typoskript an Oprecht vermittelte. Anzunehmen aber ist, daß während des Besuchs der Krieg zentrales Gesprächsthema war und auch diskutiert wurde, ob und wie er noch zu verhindern sei.

Es ist erst die historische Distanz von mehr als achtzig Jahren, die das Gewebe aus Fakten, Fiktion und Leben in seiner damaligen politischen Aktualität mit den Konsequenzen für die Gegenwart sichtbar macht. *Die Schwimmerin. Roman aus der Gegenwart* ist also auch zu lesen als literarisch-politisches Vermächtnis Theodor Wolffs.

VII. Die Handlung des Romans liegt über der Landkarte, auf der die Stationen des Exils eingezeichnet sind, von Prag über Wien, Paris, London und Zürich bis an die Côte d'Azur, wo die Flüchtlinge – vorerst – stranden, ihr Leben fristen zwischen dem Amüsierpöbel aus Reichen, Neureichen, Halbseidenen und Gewinnlern der Verhältnisse.

Über Berlin jedoch liegt der Stadtplan, mit dem man, das Buch in der Hand, das Berlin der Zwanzigerjahre durchstreifen kann. Dieses Berlin ist nicht das heute medial aufgepumpte Babylon. Es ist eine kriegsgeschundene, traumatisierte, aber heimatliche Stadt, in der die Menschen sich mit ein bißchen Lebensglück einzurichten versuchen. »Berlin ist doch eine schöne Stadt«, sagt Gerda Rohr. »Vor ihnen, über dem Kanalufer, glitten, hoch oben, die erleuchteten Züge der Hochbahn in die Bahnhofshalle, und man sah hinter den Fenstern die Fahrgäste, die hinausblickten oder die Abendzeitung lasen oder sich von den Sitzen erhoben, hier am Endpunkt ihrer Fahrt. Schräg zur Linken rollten über die breite Kanalbrücke die Autos, es war eine ununterbrochene Bewegung, und dort drüben, am Eingang der Belle-Alliance-Straße war das große Kaufhaus noch von oben bis unten erhellt, und auch die mächtigen rot und gelb funkelnden Lichtreklamen kündeten noch den Ausverkauf zu nie dagewesenen billigen Preisen an.« Schön und friedlich und stimmungsvoll im »quirlenden Getriebe« ist auch die Landschaft am Rande der Stadt, wo »Fußballspieler herumjagten und übereinander herfielen, Familien von Proletariern und Kleinbürgern rund um die mitgebrachten Eßkörbe lagerten, Schuljungen ein von ihnen selbst verfertigtes Flugzeug steigen ließen und Liebespaare bedauerten, daß die Dunkelheit jetzt erst so spät begann«, wo selbst die ferne von Fabrikschloten gezeichnete Silhouette der Stadt zauberisch wirkt: »Jenseits des Flusses, auf dem Ufer dort drüben, wechselten bewaldete Hügelstriche und massige Fabrikanlagen, aber auch noch die Riesenschornsteine, die wie Pfahlgitter vor dem Himmel aufstiegen, hatten eine poetische Feinheit in dem weichen Mantel der Abendluft.«

Man folgt lesend den Spuren Fabers, die Wolff, in Nizza schreibend, durch Berlin legt. Es ist seine Stadt, an die er sich bis in die Einzelheiten von Nischen erinnert. An die Dreifaltigkeitskirche zum Beispiel. In ihrer Nähe begegnet Faber der siebzehnjährigen Gerda Rohr. Die Kirche war Wolff »ein gutes, altertümliches, vertrautes Möbel«, ein »freundliches Gotteshaus, ohne Türme, die wie spitze Lanzen sind, und ohne intolerante Eckigkeit, an der sich jeder andere Glaube stößt«. Hier wurde Bismarck konfirmiert; Hindenburg kam hierher zum Sonntagsgottesdienst; hier predigte Dietrich Bonhoeffer 1932–1933 während seiner Zeit als Studentenseelsorger. Die Kirche stand an der Zusammenführung von Mauer- und der heutigen Glinkastraße an der südlichen Seite der Mohrenstraße. Das Innere brannte 1943 nach einem Luftangriff aus. Die NSDAP-Gauleitung nutzte die Ruine als Luftschutzbunker. Die Kirchenruine wurde kurz vor Kriegsende durch die Straßenkämpfe bis auf Mauerreste zerstört und 1947 gesprengt. Heute deuten farbige Steine im Pflaster den ehemaligen Grundriß an. Man steht direkt vor dem Eingang der nordkoreanischen Botschaft.

Viele im Roman wichtige Gebäude sind zu besichtigen. Zum Beispiel das Gerichtsgebäude Moabit, Eingang Turmstraße. Hier findet der Prozeß gegen Kaluweit statt; die Staatsoper Unter den Linden, wo Gerda Rohr und Ulrich Faber *La Traviata* hören; das »Adlon«, wo sich Faber mit Geschäftspartnern trifft; der Eingang U-Bahn Hermannstraße in Neukölln, wo sich Gerda Rohr von Rosenbaum und Ernst trennt, um Faber vom »nahegelegenen Postamt« aus anzurufen.

Auch Straßen kann man lesend durchwandern. So die Belle-Alliance-Straße, wo Gerda Rohr wohnt. Sie heißt seit 1947 Mehringdamm, benannt nach dem sozialistischen

Journalisten Franz Mehring (1846–1919). Geht man heute den Mehringdamm entlang über den Kanal zum Halleschen Ufer in die Wilhelmstraße, findet man rechts einen kleinen Park, der seit 1993 Theodor-Wolff-Park heißt; am Parkeingang von der Friedrichstraße aus erinnert eine Gedenktafel an ihn. Der Belle-Alliance-Platz, wo Gerda Rohr hört, daß ihr Faber tatsächlich eine Anstellung verschafft hat, wurde 1734 angelegt, heißt seit 1947 Mehringplatz; das Gebiet um den Platz wurde im Februar 1942 durch einen Fliegerangriff völlig zerstört, der Platz in den 1960er Jahren neu- und umgebaut. Man kann lesend vom Reichstag aus den Weg des Trauerzugs gehen, der den Sarg Gustav Stresemanns durch das »schwarz behängte Brandenburger Tor« durch die Wilhelmstraße bis zum Belle-Alliance-Platz durch Kreuzberg bis zum Friedhofstor des Luisenstädtischen Friedhofs begleitete. Besonders dieser Weg durch das Brandenburger Tor führt durch die Geschichte Berlins und zeigt Wunden und Narben, aber auch Geheiltes als Folge des Krieges, der Nachkriegsgeschichte mit dem Wiederaufbau in Ost- und Westberlin sowie der zusammenwachsenden Stadt nach 1989. Unwiderruflich Verschwundenes lebt bei der Lektüre auf, wie etwa das »Hotel gegenüber dem Zoologischen Garten« beim Kurfürstendamm, in dem Faber wohnt und mit Gerda auf der Dachterrasse speist. Es ist das überaus luxuriöse Hotel Eden, gebaut 1911/12, das erste Hotel Berlins mit einem Dachgarten. Gegen Ende des Krieges wurde es zerstört; die Ruine in den frühen fünfziger Jahren beseitigt. Berühmt-berüchtigt wurde es, weil hier 1919 die Freicorpsoffiziere, die für die Ermordung Rosa Luxemburgs und Karl Liebknechts verantwortlich waren, ihr Quartier hatten. In den 1920er Jahren war die Bar des Hotels Treffpunkt illustrer Stammgäste: Film- und Theaterleute wie Marlene Dietrich oder Fritz Kortner, Schriftsteller von Alfred Polgar über Erich Maria Remarque bis Heinrich Mann, Zeitungsleute wie Rudolf Olden, Leopold Schwarzschild – und Theodor Wolff. Der residierte im Mossehaus, das im Roman unschwer in der Lagebeschreibung der Dönhoff-Bank zu erkennen ist.

Im Krieg wurde der Flügel an der Jerusalemer Straße zerstört, seit 1961 lag der Rest des Baus im Todesstreifen entlang der Mauer zwischen Mitte und Kreuzberg.

Die Union-Elektrizität, die Ulrich Faber nach dem Verlassen der Dönhoff-Bank berät und deren Geldströme er global steuert, ein »großes Gebäude mit breiter Sandsteinfront«, liegt »nicht weit vom nördlichen Rand des Tiergartens«. Das meint die AEG, die in dem 1906 fertiggestellten Haus am Friedrich-Karl-Ufer (seit 1951 Kapelle-Ufer) ihre Konzernzentrale hatte.

Wollte man eine Karte mit allen im Roman genannten Örtlichkeiten zeichnen, was ein dichtes Netz ergäbe, müßten zunächst viele solcher fiktionalisierten Beschreibungen entschlüsselt werden, bevor sie neben die real – einst oder immer noch – existierenden eingetragen werden könnten. Wie der Roman Fiktion, Fakten und Leben miteinander verknüpft, wiese diese Karte den Weg durch die Geschichte Berlins bis heute – und wäre zu lesen als topographisch-historische Fortsetzung des offenen Roman-Endes.

Theodor Wolff wurde auf dem Jüdischen Friedhof in Berlin-Weißensee begraben; sein Grab befindet sich in der Ehrenreihe – dafür sorgte sein Sohn Richard als Angehöriger der US-Armee.

Ilse Stöbe hat kein Grab, doch seit dem 12. November 2015 erinnert in der Frankfurter Allee 233 in Berlin-Lichtenberg eine Gedenkstele an sie.

Ute Kröger, Zürich, Juni 2021

Literatur

Wolff, Theodor: Der Krieg des Pontius Pilatus. Zürich 1934.

Wolff, Theodor: Der Marsch durch zwei Jahrzehnte. Amsterdam 1936.

Wolff, Theodor: »Die Juden«. Ein Dokument aus dem Exil 1942/43. Hrsg. und eingeleitet von Bernd Sösemann. Königstein/Ts. 1984.

Wolff, Theodor: »Es ist im Grunde eine schöne Zeit«. Vater-Tagebuch 1906 bis 1913. Hrsg. von Bernd Sösemann. Göttingen 2020.

Boveri, Margret: Wir lügen alle: eine Hauptstadtzeitung unter Hitler. Olten 1965.

Bröhan, Margrit: Theodor Wolff. Erlebnisse, Erinnerungen, Gedanken im südfranzösischen Exil. Boppard am Rhein 1992. (Schriften des Bundesarchivs 41).

Coppi, Hans / Kebir, Sabine: Ilse Stöbe: Wieder im Amt. Eine Widerstandskämpferin in der Wilhelmstraße. Mit einem Vorwort von Gregor Gysi und einer Würdigung von Frank-Walter Steinmeier. Hamburg 2015 (2. Auflage).

Hiller, Kurt: Köpfe und Tröpfe. Profile aus einem Vierteljahrhundert. Stuttgart, Hamburg 1950.

Kindler, Helmut: Zum Abschied ein Fest. Die Autobiographie eines deutschen Verlegers. München 1991.

Köhler, Wolfram: Der Chefredakteur Theodor Wolff. Ein Leben in Europa 1868–1943. Düsseldorf 1978.
Liebmann, Irina: Wäre es schön? Es wäre schön! Mein Vater Rudolf Herrnstadt. Berlin 2008.
Porges, Reingard: Theodor Wolff: Der Schriftsteller im Exil. University of Sidney 2006 (Dissertation)
Sösemann, Bernd: Theodor Wolff: Ein Leben mit der Zeitung. Stuttgart 2012.
Stahlberger, Peter: Der Zürcher Verleger Emil Oprecht und die deutsche politische Emigration 1933–1945. Zürich 1970.
Tergit, Gabriele: Etwas Seltenes überhaupt. Erinnerungen. Frankfurt a. M. 2018.
Tergit, Gabriele: Vom Frühling und von der Einsamkeit. Reportagen aus den Gerichten. Frankfurt a. M. 2020.
Weiss, Peter: Die Ästhetik des Widerstands. Frankfurt a. M. 1983.

Archivalien

Zentralbibliothek Zürich:
Ms. Oprecht 10. 1–25 lit.: W [Korr. Oprecht-Wolff]
Ms. Oprecht R. 609 [Rezensionen Die Schwimmerin]
Ms. Oprecht T. 154 [R. Herrnstadt: Die Schlachtfelder von morgen. Exposé]

Bundesarchiv Koblenz:
BArch N 1207/17 [Korr. Oprecht & Helbling. 1934–39, 1941]
BArch N 1207/20 [Korr. Elisabeth Bergner]

Die Originalausgabe erschien 1937 im Verlag Oprecht Zürich.

Offensichtliche Druckfehler im Original sind korrigiert,
die Zeichensetzung wurde behutsam angepaßt.

Dank an Neustart Kultur.

© 2021 Weidle Verlag
Beethovenplatz 4, 53115 Bonn
www.weidle-verlag.de
Lektorat: Stefan Weidle
Korrektur: Kim Lüftner
Scan und Kollation: Madeline Bause
Einband unter Verwendung der Titelschrift des Originals
von Harry Roth: Kat Menschik
Gestaltung und Satz: Friedrich Forssman
Schrift: Lava
Druck: Ph. Reinheimer GmbH, Darmstadt
Bindung: Schaumann, Darmstadt

Die Deutsche Bibliothek – CIP-Einheitsaufnahme
Ein Titeldatensatz für diese Publikation ist bei
Der Deutschen Nationalbibliothek erhältlich.
Dieses Buch wurde klimaneutral gedruckt.
natureOffice.com | DE-077-134232
978-3-949441-00-4